AURORA
DIE PROPHEZEIUNG

AYLIN SCHERZER

1. Auflage
Copyright © 2019 by

Scherzer Verlag

Aylin Scherzer
Lindenäckerweg 16
90455 Nürnberg
E-Mail: kontakt@aylin-scherzer.de

Covergestaltung: VercoDesign, Unna
Buchsatz: LoreDana Arts, Erftstadt

Alle Rechte vorbehalten
ISBN 978-3-982110-10-3

Angaben gemäß § 5 TMG

Widmung

Für die kleine Aylin,
deren größter Traum hiermit in Erfüllung geht!

*»Wenn dein reales Leben schöner ist
als jeder Traum,
dann bist du die glücklichste Version
deiner Selbst!«*

Ich danke meinem liebevollen Mann Flo, der immer an mich glaubt und der mich zur glücklichsten Version meiner Selbst macht.

Er brachte Licht in mein Leben und unsere kleinen Lichtlein Lana und Kim machen uns zu einer unglaublich glücklichen Familie.

Danke, dass es euch gibt! Ich liebe euch unendlich!

Die Vision

An diesem Morgen wachte Malina bereits mit dem ersten Sonnenstrahl auf. Sie schlug die Augen auf und starrte an ihre Zimmerdecke aus Holz. Heute war es genau drei Jahre her. Sie schluckte. Langsam richtete sie sich auf und schob ihre dünne Bettdecke zur Seite. Ihr Bett knarrte, als sie sich an den Rand setzte. Sie holte tief Luft und versuchte, dieses beklemmende Gefühl in ihrer Brust abzuschütteln. An diesem Tag vor drei Jahren waren ihre Eltern bei einem Feuer ums Leben gekommen. Malina konnte den Schmerz in ihrem Herzen noch spüren, als wäre es gestern gewesen. Sie wünschte sich immer noch, eines Tages aufzuwachen und das alles wäre nur ein schrecklicher Alptraum gewesen. Die drei Jahre allein mit ihrem großen Bruder hätte es nie gegeben. Dann würde ihre Mutter sie wieder jeden Morgen liebevoll in den Arm nehmen und ihr Vater ihr raten, in der Schule gut aufzupassen, um für ihr erwachsenes Leben gut vorbereitet zu sein. Nun war Malina bereits 15 Jahre alt und fühlte sich, als müsste sie nun erwachsen sein und über die Vergangenheit hinwegkommen. Doch sie wusste nicht, wie sie das schaffen sollte und hatte keinen Menschen, mit dem sie darüber reden konnte.

Sie stand auf und streckte sich. Wenn sie in ihrem kleinen Zimmer stand, wirkte es fast, als würde sie es komplett ausfüllen. Hinter ihr stand das Bett, das ihr Vater einst für sie gebaut hatte und inzwischen etwas zu klein für sie war. Vor ihr war die Kommode, in der sich alle Kleidung befand, die sie besaß. Malina machte einen Schritt nach rechts, um aus dem Fenster zu sehen.

Die Morgendämmerung setzte gerade ein und erhellte den Nebel, der über dem Fluss lag. Sie hörte das Wasser ganz leise plätschern. Ob ihr Bruder Mark wusste, welcher Tag heute war? Sie würde es ihm lieber nicht sagen, sonst würde er sich nur aufregen. Seitdem ihre Eltern bei dem Brand in ihrer Schreinerei gestorben waren, hatte ihr Bruder das Geschäft wieder aufgebaut. Ihr Vater hatte ihm zum Glück bereits einiges beigebracht gehabt. Deshalb hatte er nach dem Tod ihrer Eltern mit gerade mal 16 Jahren begonnen den Laden zu leiten. Inzwischen war Mark 19 Jahre alt und hatte ein paar Aufträge bekommen, doch damals war er mit der Kunst der Schreinerei noch vollkommen überfordert gewesen. Der Laden hatte nie wieder so gut wie vor dem Brand ausgesehen.

Malina verschränkte die Arme vor der Brust, da ihr in ihrem Nachthemd auf einmal kalt war. Sie dachte nicht gerne an die Zeit kurz nach dem Tod ihrer Eltern zurück.

Bis dahin hatte sie immer zu ihrem großen Bruder aufgesehen und ihm alles nachmachen wollen. Doch nach jenem Tag änderte sich alles.

Mark zwang sie, mit ihm die Schreinerei wieder aufzubauen, und versuchte ihr dieses Handwerk beizubringen, damit sie das Geschäft gemeinsam betreiben konnten. Doch Malina war dafür viel zu schwach gewesen. Sie hatte es mit ihren 12 Jahren einfach nicht geschafft so stark und geschickt mit dem Werkzeug umzugehen wie er. Mark musste dafür sorgen, dass sie Aufträge bekamen, damit sie nicht verhungerten, und hatte kein Verständnis für Malinas Ungeschicktheit gehabt. Er meldete sie von der Schule ab und ließ sie Tag und Nacht üben, bis ihre Hände voller Blasen waren und sie vor Schmerzen nicht weiterarbeiten konnte. Als sie ihm sagte, dass sie diese Arbeit nicht schaffte, schlug er sie zum ersten Mal. Danach hatte er immer mehr Gründe gefunden, um sie mit Prügel zu bestrafen.

Da sie ihm in der Schreinerei keine Hilfe war, verkaufte er sie schließlich als Dienstmädchen an eine reiche Familie. Zum Glück lernte sie diese Arbeit schnell und konnte dadurch etwas Geld verdienen. Somit leistete sie auch ihren Anteil, wie Mark es ausdrückte. Vor ein paar Wochen hatte die Gouvernante der reichen Familie sie sogar der Frau des Bürgermeisters empfohlen und nun durfte sie in dem prächtigsten aller Häuser für die Herrscherfamilie putzen.

Malina wandte sich vom Fenster ab und öffnete eine Schublade ihrer Kommode. Dann zog sie ihr schlichtes, blaues Kleid an, das sie neuerdings zu ihrer Arbeit tragen durfte, weil die Familie des Bürgermeisters auf das Tragen einer Uniform bei ihren Angestellten bestand. Das blaue Kleid hatte keine Ärmel, einen runden Ausschnitt und ging ihr bis zu den Knien. Sie fand es viel schöner als die braunen, unförmigen Kleider, die sie davor getragen hatte. Malina öffnete leise ihre Zimmertür, um ihren Bruder nicht zu wecken. Ganz vorsichtig schlich sie auf Zehenspitzen über die Holzdielen in den kurzen Flur und dann in das kleine Badezimmer. Gestern Abend hatte sie noch ein paar Eimer Wasser aus dem Brunnen nahe ihrem Haus geholt und wusch sich mit dem kalten Wasser. Dann fuhr sie mit einem Kamm durch ihr glattes, hellblondes Haar, das ihr bis zum Kinn reichte, und betrachtete ihr Gesicht in einem kleinen Spiegel. In den letzten Jahren hatte sie sich sehr verändert. Ihre Haut war nun blasser, sie war ein wenig gewachsen und ihre alten Kleider waren ihr alle zu weit geworden. Doch in ihrem Spiegelbild konnte sie immer noch die braunen Augen ihrer Mutter erkennen. Schnell wandte sie den Blick ab, bevor sie wieder den stechenden Schmerz in ihrer Brust spüren musste. Sie legte den Kamm weg und lief leise an der Zimmertür vorbei, hinter der früher ihre Eltern geschlafen hatten und sich nun Marks Zimmer befand. Dann trat sie in die Küche. Früher hatte Mark in ihrem Zimmer und sie in der Küche geschlafen, da ihr kleines Haus nur diese vier Räume hatte.

Malina holte zwei Teller, zwei Messer und zwei Becher aus einem Schrank und stellte sie auf den hölzernen Esstisch für vier Personen, der in der Mitte des Raumes vor der Haustür stand.

Schließlich holte sie einen Krug mit Wasser, einen halben Brotlaib und die Butter aus der Vorratskammer. Viel mehr gab es bei ihnen selten zum Frühstück. Am Sonntag freute sich Malina immer über etwas Käse zum Brot. Sie hörte Schritte und zuckte zusammen. Anscheinend war Mark nun auch wach. Sofort schlug ihr Herz vor Angst schneller. Hoffentlich war er heute gut gelaunt. Malina versuchte, ihm keine Gründe mehr zu geben sich über sie zu ärgern. Immerhin verdiente sie im Bürgermeisterhaus etwas mehr Geld, hatte es sich angewöhnt, ihre Eltern niemals zu erwähnen, und versuchte den Haushalt immer zu erledigen, bevor er Mark überhaupt auffiel. Da der Frühstückstisch bereits gedeckt war, atmete Malina tief durch und versuchte sich zu beruhigen. Sie schenkte etwas Wasser in die Becher ein und wollte sich gerade setzen, als ein schmerzendes Stechen in ihrem Kopf sie aufschreien ließ.

Malina presste die Hände an ihren Kopf und sank auf die Knie. Obwohl ihre Augen geschlossen waren, konnte sie den breiten Fluss sehen. Sie hörte das laute Plätschern des Wassers und sah ein hölzernes Ungetüm über den Fluss gleiten. Auf diesem komischen Ding standen Männer in merkwürdigen Uniformen und plötzlich wusste sie, dass diese ihren Tod wollten.

»Lauf weg!«, schrie eine Stimme in ihrem Kopf, die sie noch nie zuvor gehört hatte. Malina schrie auf, als sie etwas Hartes im Gesicht traf. Dann öffnete sie die Augen und befand sich plötzlich wieder in der Küche.

Sie lag auf dem Holzboden und Mark beugte sich mit erhobener Hand über sie. Anscheinend hatte er ihr eine Ohrfeige gegeben, damit sie wieder zu sich kam.

»Hör bloß auf so laut rumzuschreien«, fuhr Mark sie an und ließ die Hand sinken. Malina zitterte am ganzen Körper und bekam kein Wort heraus. Was war gerade passiert? Was hatte sie da nur gesehen?

Mark stand auf, packte seine Schwester an den Armen und zog sie auf die Beine. Doch er ließ sie nicht los.

»Was ist nur in dich gefahren?«, schrie er sie an und schüttelte sie.

Malina schnappte nach Luft und versuchte ihm zu antworten.

»Es... es... tut... mir...«, fing sie an.

»Hör auf wie eine Verrückte herumzustottern«, unterbrach er sie grob. »Was war hier los?«

Malina wusste nicht, was sie sagen konnte und sah ihn nur verzweifelt an. Doch Mark schien ihr Schweigen erst recht wütend zu machen. Er griff mit der einen Hand in ihr Haar und zog ihr Gesicht näher zu sich.

»Au«, rief Malina.

»Du wirst dich ab jetzt ganz normal benehmen, verstanden?«, schrie er. »Wenn die Leute mitbekommen, wie bescheuert du bist, kannst du deine Anstellung vergessen.« Er ballte eine Hand zur Faust, zögerte jedoch. Seit Malina bei der Familie des Bürgermeisters arbeitete, hatte Mark es vermieden, sie ins Gesicht zu schlagen, damit sie bei der Arbeit nicht mit einem blauen Auge erscheinen musste. Malina biss die Zähne zusammen, um nicht zu schreien, als Mark ihr mit der Faust in den Bauch schlug. Dann ließ er sie los. Weinend sank sie auf den Boden und rang nach Luft.

Ihr Bauch tat ihr furchtbar weh und ihr war ganz schlecht vor Schmerzen. Sie versuchte, ihr Schluchzen zu unterdrücken, da es ihn noch wütender machen konnte, wenn er ihre Tränen sah.

Mark setzte sich an den Küchentisch und meinte: »Es gibt jetzt Frühstück.«

Schnell rappelte Malina sich auf und setzte sich an den Tisch. Mark gab ihr eine Scheibe Brot und sie bestrich es mit einer dünnen Schicht Butter, obwohl ihre Hand immer noch zitterte. Sie zwang sich, einen Bissen zu essen, und wagte es nicht ihren großen Bruder anzusehen. Stumm starrte sie auf den Tisch und versuchte sich von den Schmerzen zu erholen. Wenn sie das Haus verließ, durfte man ihr nichts mehr ansehen.

»Die Gouvernante hat gehört, dass du dich im Bürgermeisterhaus ganz gut machst«, sagte Mark auf einmal, als würde er sich nun mit ihr unterhalten wollen.

Malina zuckte zusammen und zwang sich dann zu nicken. Ihr Bruder sprach mit ihr, als wäre gerade eben gar nichts passiert.

»Dann hab ich mich wohl geirrt«, fuhr Mark fort und fuhr sich durch sein kurzes, blondes Haar. »Du bist doch zu etwas zu gebrauchen!« Er lachte, als wäre das ein guter Witz. Langsam aß Malina ihr Brot auf und hoffte, dass Marks Wutanfall nun vorbei war. Wenigstens für heute Morgen.

»Streng dich bloß weiter an«, meinte Mark, als er mit dem Essen fertig war, und erhob sich von seinem Stuhl. »Ich will mir keine Beschwerden über dich anhören müssen!«

Sie bemerkte seinen ernsten Blick und sah schnell wieder zu Boden.

»Ja ... ich ... werde mein Bestes geben«, murmelte sie zögernd.

Mark schnaubte und verdrehte die Augen. »Das wird wohl kaum reichen, kleine Schwester!« Dann wandte er sich um und ging ins Badezimmer.

Schnell räumte Malina das Geschirr auf und zog ihre Schuhe an. Erleichtert verließ sie das kleine Haus, das ihr Vater ebenso wie die Schreinerei vor vielen Jahren gebaut hatte. Nun war sie vor ihrem Bruder erst einmal einen ganzen Arbeitstag lang sicher. Sie fuhr sich durch die Haare und über die Wangen, damit ihre Frisur noch richtig saß und keine Träne mehr zu sehen war.

Dann holte sie tief Luft und machte sich auf den Weg durch die Stadt Aurora, da das große Haus des Bürgermeisters im reichen Teil von Aurora lag. Auf dem Weg an den vielen Häusern aus Holz vorbei begegneten ihr einige Nachbarn und sie grüßten sich freundlich. Dann kam sie an ihrer alten Schule vorbei und sah einigen Schülern zu, wie sie das alte Gebäude betraten. Sie war früher sehr gerne zur Schule gegangen. Die meisten Fächer hatten ihr viel Spaß gemacht und ihre Eltern waren mit ihren Leistungen immer zufrieden gewesen. Sie hatte auch ein paar Freundinnen gehabt, die sie nun kaum noch sah.

Das Schulleben schien für Malina nun sehr weit weg zu sein, als wäre es nur ein schöner Traum gewesen. Sie tröstete sich mit dem Gedanken, dass nun auch mehrere Mädchen in ihrem Alter mit der Schule aufhörten, da sie mit 15 Jahren einen guten Beruf erlernen oder bereits heiraten konnten.

Sie verließ den vorgezeichneten Weg aus Erde und ging am Flussufer entlang. Sonst beruhigte es sie immer das Plätschern des Wassers am frühen Morgen zu hören und den kühlen Dunst auf ihrer Haut zu spüren, bevor der heiße Tag anbrach. Oft hatte sie sich gewünscht eines Tages genug Zeit zu haben, um am Flussufer zu sitzen und sehen zu können, wie die Sonne hinter den Bergen aufging und die Stadt in ein warmes Licht tauchte. Doch heute wühlte der Anblick des Flusses sie nur noch mehr auf. Warum hatte vorhin ihr Kopf nur so wehgetan und wieso hatte sie eine merkwürdige Konstruktion aus Holz auf dem Wasser gesehen? Das war vollkommen unmöglich. Es war noch nie etwas gebaut worden, was über den Fluss gleiten konnte. Die Strömung war außerdem so stark, dass es sogar verboten war nur in dem Fluss schwimmen zu gehen. Wahrscheinlich hatte Mark recht und Malina war doch verrückt.

Sie versuchte aufzuhören darüber nachzudenken und beschleunigte ihr Tempo. Bald kam sie an schönen, größeren Häusern vorbei, die aus Stein gebaut waren. Schließlich blieb sie vor dem großen Haus stehen, das für sie wie ein prächtiges Schloss aussah. Ein wunderschöner Vorgarten führte zu dem großen Eingangstor. Das Haus aus Stein hatte drei Stockwerke, auf der linken und rechten Seite einen kleinen Turm und im obersten Stockwerk zwei wunderschöne Balkone, von denen aus man bestimmt die ganze Stadt überblicken konnte. Malina lief am Garten entlang, um das Haus durch den Dienstboteneingang zu betreten.

Sie öffnete die Tür und betrat den kleinen Raum, in dem sich alle Putzutensilien befanden. Zwei ältere Frauen waren auch schon da und holten sich gerade Besen aus einem Schrank.

»Hallo Malina«, begrüßte sie eine der Frauen, »du sollst heute im dritten Stock im rechten Flur anfangen.«

»In Ordnung, danke schön«, sagte Malina und nahm sich einen Eimer aus dem Schrank. Als Erstes musste sie sich etwas Wasser vom Fluss holen, deshalb lief sie wieder nach draußen.

* * *

Anastasia trat auf den großen Balkon und holte tief Luft. Der Anblick, der sich ihr bot, war atemberaubend. Die Sonne brach über den Bergspitzen hervor und schien die ganze Stadt zu erleuchten. Anastasia konnte die imposanten Häuser vor sich ganz genau betrachten. Danach kamen die ärmeren, schlichteren Häuser und noch etwas weiter weg konnte sie sogar die Felder der Bauern und ihre Hütten erkennen. Hinter den Feldern lag ein kleiner Wald und danach ragten die Berge empor, hinter denen gerade die Sonne aufging. Anastasia liebte es, am Morgen die große Stadt zu mustern, die einerseits von den Bergen begrenzt wurde und anderseits zwischen zwei breiten Flüssen lag, die sich hinter dem Haus von Anastasias Familie zu einem vereinten, der noch stürmischer weiterfloss.

Irgendwie kam es Anastasia vor, als wäre die Stadt Aurora schon immer hier gewesen.

Obwohl sie im Privatunterricht sehr viel über die Geschichte Auroras gelernt hatte, konnte ihr Lehrer ihr nicht sagen, wer die Stadt vor vielen Jahrhunderten gegründet und aufgebaut hatte. Wahrscheinlich war es einst eine kleine Siedlung gewesen. Die schönsten Gebäude der Stadt waren auch noch sehr jung und es wurden ab und zu neue Häuser errichtet, da es inzwischen über 8000 Einwohner in Aurora gab. Anastasia überlegte oft, woher die Vorfahren von Aurora wohl einmal gekommen waren. Was gab es da draußen für Orte, von denen sie noch nichts wusste? Lebten hinter den Wäldern auf der anderen Seite der Flüsse vielleicht noch andere Menschen?

Ihr Vater sah es gar nicht gern, dass sie sich auch für das Gebiet hinter den Flüssen und den Bergen interessierte. Er erzählte ihr immer wieder, dass sie den Zaun zwischen den Feldern der Bauern und dem Wald vor den Bergen nicht grundlos errichtet hatten. Die Ordnungshüter der Stadt hielten dort Wache, da furchteinflößende Ungeheuer in den Bergen ihr Unwesen treiben sollten und die Bürger sich vor einem Angriff fürchteten. Doch so etwas war noch nie geschehen und niemand wusste genau, welche Monster dort leben sollten.

Nicht oft ließen die Ordnungshüter ein paar mutige Menschen in dem kleinen Wald nahe den Bergen Bäume fällen oder das Wild jagen. Außerdem gab es das Gerücht, dass, obwohl niemand in Aurora schwimmen konnte, es wenigen Menschen vor ein paar Jahrzehnten tatsächlich gelungen war, den reißenden Fluss zu überqueren.

Doch diese waren nie wieder nach Aurora zurückgekehrt. Anastasia dachte sich bei den Predigten ihres Vaters jedoch, dass diese Menschen nicht unbedingt tot sein mussten.

Vielleicht hatten sie einfach keine Lust gehabt, den Wald hinter dem Fluss wieder zu verlassen. Sie sah ans andere Ufer des breiten Flusses zu ihrer linken Seite. Dort standen die Bäume ganz dicht beieinander und strahlten in ihrer grünen Pracht. Bei diesem Anblick stieg in ihr ein prickelndes Gefühl herauf. Sie wollte diesen Wald so gerne entdecken und sich den Abenteuern, die dort auf sie warteten, stellen. Doch von diesen Gefühlen durfte ihr Vater nichts erfahren. Eines der wichtigsten Gesetze ihrer Stadt lautete, dass niemand Aurora jemals verlassen durfte. Dafür gab es keine Ausnahmen. Nicht einmal für die Tochter des

Bürgermeisters.

Anastasia seufzte und fühlte sich wie so oft eingesperrt. Sie würde so gerne frei sein und hingehen dürfen, wohin sie wollte. Der Wind blies ihr ihre braunen Locken ins Gesicht und sie versuchte ihre Frisur wieder in Ordnung zu bringen.

Sie hatte keine Lust wieder hinein zu gehen, da sie wusste, was ihr Vater heute mit ihr besprechen wollte. In einer Woche würde sie ihren 16. Geburtstag feiern. An diesem Tag wollte der Bürgermeister sehr gerne ihre Verlobung bekanntgeben.

Doch Anastasia interessierten ihre Verehrer nicht sonderlich, die ein paar Jahre älter waren als sie. Sie schmeichelten ihr mit tausend Komplimenten über ihre Schönheit und ihre Anmut, dabei kannten sie sie doch gar nicht.

Das lag auch daran, dass sie sich in der Öffentlichkeit immer vorbildlich verhalten musste. Wie sollte da ein Mann ihr wahres Wesen kennen lernen?

Sie konnte doch niemanden heiraten, der sie gar nicht um ihrer Willen mochte. Und vor allem wollte sie niemanden heiraten, zu dem sie sich gar nicht hingezogen fühlte. Obwohl ihr Vater sie niemals zwingen würde, drängte er sie doch, sich bald zu entscheiden. Immerhin war sie sein ältestes Kind und sollte eines Tages selbst die Regierung von Aurora übernehmen. Das konnte sie leider nicht ohne einen Mann an ihrer Seite.

Widerwillig ging Anastasia zurück in ihr Schlafgemach, vorbei an dem großer Schrank voller Kleider und dem Schreibtisch, an dem sie lernen und die Anfragen der Bürger beantworten konnte. Sie ging zu dem langen Spiegel neben ihrem Himmelbett, auf dem immer noch das Tablett lag, worauf ihr ein großes Frühstück mit viel Obst und frischgebackenen Köstlichkeiten vom Bäcker serviert worden war. Sie überprüfte ihre Erscheinung im Spiegel. Ihre blauen Augen musterten das dunkelrote, schöne Kleid, das ihre weiblichen Rundungen vorteilhaft betonte.

Das Kleid hatte ganz dünne Träger, einen V-Ausschnitt und ging ihr fast bis zu den Knien. Sie steckte eine Locke ihrer braunen, langen Haare zurück in ihre Hochsteckfrisur und nickte zufrieden. Nun konnte sie sich ihrem Vater und der Öffentlichkeit zeigen.

Anastasia verließ den Raum und lief in Gedanken versunken den Gang entlang.

Ein blondes Mädchen in ihrem Alter putzte gerade den Boden und schien sie staunend zu mustern. Als sie ihm zulächeln wollte, sah es jedoch sofort wieder zu Boden. Anastasia lief eine Treppe hinunter und in den kleinen Saal, in dem ihr Vater sie empfangen wollte. Sie mochte diesen Raum, da man durch die großen Fenster die Stelle sehen konnte, an der die zwei Flüsse aufeinandertrafen, und sie hörte das laute Plätschern. Prächtige Vorhänge hingen neben den Fenstern und in der Mitte des Raumes stand ein langer Eichentisch mit hübschen Blumen dekoriert. Der Bürgermeister saß an der Spitze des Tisches und erhob sich, als sie eintrat.

»Guten Morgen, Vater«, begrüßte sie ihn.

»Guten Morgen, meine Liebe«, erwiderte er und lächelte sie an. Dann nahm er sie in den Arm und drückte sie an seinen dicken Bauch. Anastasia lächelte.

Er ließ sie wieder los und sie setzten sich.

»Wie geht es dir heute?«, fragte er sie und schenkte ihnen aus einer Kanne heißen Tee ein.

»Gut«, antwortete sie und nahm eine Tasse in die Hand.

»Du weißt, was wir heute besprechen müssen, oder?«, fragte er sie und musterte sie mit einem liebevollen, aber tadelnden Blick. »Hast du dich bereits entschieden?«

Anastasia schüttelte den Kopf.

»Aber ich habe mir etwas überlegt«, meinte sie, bevor er etwas sagen konnte.

Er musterte sie gespannt und trank einen Schluck.

»Ich habe die Seherin gebeten heute zu mir zu kommen und mir meine Zukunft vorauszusagen«, erzählte sie ihm. »Ich hoffe, dass ich mich dadurch leichter für meinen zukünftigen Ehemann entscheiden kann.«

Ihr Vater runzelte nachdenklich die Stirn.

»Du weißt, dass ich nicht an Magie glaube und die alte Frau auch nicht für eine Seherin halte«, meinte er, »doch ich habe schon gehört, dass viele Menschen zu ihr gehen, um einen weisen Rat zu bekommen. Wenn dir das die Entscheidung erleichtern wird, möchte ich dich nicht davon abhalten.«

»Vielen Dank, Vater!«, freute Anastasia sich. Sie war schon sehr gespannt auf ihr Gespräch mit der Seherin. Es interessierte sie jedoch weniger, wen sie heiraten sollte, sondern eher, was die Seherin ihr über Magie alles erzählen konnte.

»Wie geht es Mutter heute?«, fragte Anastasia ihren Vater, um nicht weiter über ihre bevorstehende Verlobung sprechen zu müssen.

»Sie ruht sich etwas aus«, antwortete er und trank seinen Tee aus. »Die Schwangerschaft schwächt sie sehr.«

Anastasia nickte traurig. Ihre Mutter würde bald zum fünften Mal gebären. Anastasia dachte an ihre drei kleinen, frechen Brüder und hoffte sehr, dass sie dieses Mal ein Schwesterchen bekam.

»Du kannst später gerne zu ihr gehen«, meinte der Bürgermeister. »Ich werde im großen Saal weitere Anträge der Bürger anhören und kann deshalb nicht bei ihr sein.«

»Nach dem Gespräch mit der Seherin werde ich gleich

zu ihr gehen«, versprach Anastasia. Zum Glück hatte ihre Mutter eine gute Hebamme, die sich um ihre Gesundheit kümmerte.

Doch am fröhlichsten war sie immer, wenn Anastasia sie besuchte und ihr ausführlich erzählte, was in der Stadt so vor sich ging.

»Dann wünsche ich dir nun viel Erfolg«, sagte ihr Vater und stand auf.

»Danke«, meinte Anastasia. Er beugte sich über sie und gab ihr einen Kuss auf die Stirn. Dann verließ er den Raum. Anastasia trank nervös von ihrem Tee und überlegte, wie sie ihre Fragen an die Seherin formulieren sollte. Sie hatte die ältere Frau schon einige Male gesehen, jedoch noch nie allein mit ihr gesprochen. Ob sie den Menschen wirklich ihre Zukunft voraussagen konnte?

Anastasia stand auf und lief zu einem Fenster. Sie betrachtete den großen, stürmischen Fluss, der sich aus den zwei Flüssen bildete und zwischen den Wäldern entlang floss. Es gab so vieles, das sie noch nicht über die Welt wusste. Ob andere Menschen hinter den Bergen lebten und vielleicht niemals zu ihnen kamen, da sie sich auch vor den Ungeheuern fürchteten? Oder konnte es wirklich sein, dass ihr Vater recht hatte und sie auf der ganzen Welt die einzigen Menschen waren? Ob die Ungeheuer in den Wäldern und Bergen alle anderen getötet hatten? Am liebsten würde

Anastasia einen vollkommen neuen Beruf erfinden, den sie »Entdecker« nennen wollte. Dann würde sie die mutigsten Entdecker hinaus in die Welt schicken. Sie sollten nach einer Weile zurückkehren, ihre Erlebnisse und Entdeckungen berichten und am besten eine Karte von dem Gebiet um Aurora anfertigen.

Anastasia kannte nur das, was sie von ihrer Stadt aus sehen konnte, doch das reichte ihr nicht. Sie wollte die Natur um Aurora herum erforschen und begreifen können.

»Fräulein Anastasia«, unterbrach ein Bediensteter ihre Gedanken, »Ihr Besuch wäre nun hier.«

Anastasia drehte sich um und ging zu dem Tisch zurück.

»Bring sie bitte zu mir«, befahl sie dem Mann und er verschwand wieder durch die große Tür. Anastasia stellte schnell eine saubere Tasse von dem Teeservice auf dem Tisch bereit und wartete gespannt. Dann betrat eine alte Frau mit langen, grauen Haaren und vielen Falten im Gesicht den Saal.

»Guten Tag«, begrüßte Anastasia sie freundlich und ging auf sie zu.

»Guten Tag, mein Kind«, begrüßte die Frau sie und nahm ihre ausgestreckte Hand in ihre Hände.

»Bitte setzen Sie sich doch«, bot Anastasia ihr an. »Möchten Sie gerne Pfefferminztee?«

»Ja, vielen Dank«, meinte die Seherin und setzte sich

auf einen Stuhl.

Anastasia schenkte ihnen beiden Tee in die Tassen und setzte sich dann gegenüber von ihr an den Tisch.

»Danke schön, dass Sie kommen konnten«, begann Anastasia das Gespräch höflich.

»Das habe ich gern gemacht«, meinte die Frau und schmunzelte. »Wäre es dir nicht auch lieber, wenn wir auf die höfliche Anrede verzichten? Sprich mit mir ruhig wie mit einer alten Freundin.«

Anastasia sah sie erst überrascht an und lächelte dann. »Gerne«, meinte sie. Dennoch musste sie daran denken, dass sie gar nicht genau wusste, wie gute Freundinnen miteinander sprachen.

Sie kannte zwar einige, nette Mädchen in ihrem Alter, aber da diese sie immer nur als die Tochter des Bürgermeisters betrachteten, hatte sie mit keiner eine enge Freundschaft aufbauen können.

»Liebe Anastasia«, begann nun die Seherin, »wie kann ich dir weiterhelfen?«

Anastasia überlegte kurz und nahm dann ihren ganzen Mut zusammen.

»Ich hätte ein paar Fragen über Magie«, sagte sie.

Die Frau musterte sie neugierig. »Dann frag mich ruhig«, meinte sie.

»In Ordnung«, fing Anastasia an. »Ich habe gehört, dass

du schon vielen Bürgern ihre Zukunft vorhersagen konntest. Stimmt das?«

Die Seherin schwieg kurz und meinte dann: »Die Zukunft eines Menschen ist immer im Wandel, mein liebes Kind. Sie ist nicht eindeutig und von vielen Entscheidungen und Begebenheiten abhängig. Womit ich dienen kann, sind meine Eindrücke und Gefühle über eine Person. Ich spüre manchmal Gefahren oder Glücksfälle, bevor sie eintreten, doch es gibt dafür keine Garantie.«

Mit dieser Antwort hatte Anastasia nicht gerechnet. Sie runzelte nachdenklich die Stirn.

»Ich gebe dir ein Beispiel«, sagte die Frau. »Bei deiner Einladung dachte ich, dass ich dir bei der schwierigen Wahl deines Partners helfen soll. Doch bereits als ich dich sah, wusste ich, dass diese Annahme falsch war. Dich beschäftigen ganz andere Gedanken, bei denen ich dir gerne weiterhelfe. Es wirkt so, als wäre dein Geist sehr weit weg und gar nicht anwesend.«

»So fühle ich mich oft«, rutschte es Anastasia heraus. »Als wäre mein Platz auf der Welt ganz woanders.«

Die Seherin nickte und wartete geduldig auf ihre nächste Frage.

»Gibt es noch mehr Menschen, die wie du magische Fähigkeiten besitzen?«, wollte Anastasia wissen.

»Ja«, meinte die Frau und Anastasias Herz schlug sofort

schneller.

»Jedoch wissen viele Menschen nichts davon«, fuhr die Seherin fort. »Magie ist überall um uns herum und in unseren Herzen. Nur wenige Menschen können die Magie hinaus in die Welt tragen und sie ihren Mitmenschen offenbaren. Es gibt viele Menschen, die ihre Fähigkeiten gar nicht bemerken und deshalb auch nie ganz entwickeln. Somit ist Magie weit verbreitet und doch sehr schwer auszuleben.«

Anastasia holte tief Luft und traute sich nun endlich die Frage zu stellen, auf die sie die ganze Zeit hinaus wollte.

»Glaubst du, meine Zukunft ist mit der Magie verbunden?«, wollte sie wissen und hielt vor Aufregung die Luft an.

»Gib mir deine Hände«, bat die Seherin sie und legte ihre faltigen, kleinen Hände mit den Handrücken nach unten auf den Tisch.

Anastasia legte ihre Hände in die der Frau und war überrascht, wie warm ihr auf einmal wurde. Die Seherin schloss ihre Augen und ihr Gesicht bekam eine ausdruckslose Miene. Anastasia wartete gespannt.

Nach einem langen Augenblick öffnete die Frau wieder die Augen, hielt Anastasias Hände aber weiterhin in ihren.

»Ich spüre eine große Macht in dir, meine liebe Anastasia«, begann sie. »Du bist voller Neugier und Tatendrang und wirklich sehr stark.«

Anastasia lächelte erfreut.

»Die Magie wird immer ein Teil von dir sein und dich auf deinem Weg begleiten«, fuhr die Seherin fort, »doch ich muss dich auch warnen.«

Anastasia bemerkte den besorgten Blick der Frau und ihr wurde ganz mulmig zumute.

»Das Streben nach Macht kann auch in Form von Magie große Gefahren bergen. Vertraue stets auf dein Gefühl und vergiss nie, wie wichtig treue Freunde sind.«

Anastasia wusste nicht, wovon die Seherin nun sprach. Welche Gefahren? Sie strebte doch gar nicht nach Macht. Sie wollte ja nicht einmal freiwillig die Stadt regieren.

»Dein Schicksal ist mit vielen anderen eng verknüpft«, meinte die Seherin, dann öffnete sie den Mund, als wollte sie noch etwas sagen, schloss ihn jedoch wieder, als hätte sie es sich anders überlegt.

Anastasia bemerkte die große Sorge in ihren Augen und wollte unbedingt wissen, was die Frau über ihre Zukunft spüren konnte.

»Oh nein!«, rief die Seherin plötzlich und ließ ihre Hände los.

Anastasia sah sie überrascht an. »Was ist denn los?«, wollte sie wissen. »Wird mir etwas Schlimmes passieren?«

»Es tut mir so leid«, rief die Frau nun aufgebracht und

stand auf. »Ich habe es nicht kommen sehen. Bitte verzeih mir, mein Kind! Ich habe es nicht kommen sehen!«

Anastasia sprang erschrocken auf, als die Frau aus dem Raum eilte. Was war hier los? Was wusste die Seherin?

Der Angriff

Malina ging mit dem Lappen und dem Eimer mit dreckigem Wasser wieder die Treppe hinunter. Der Flur im obersten Stockwerk war nun sauber. Sie musste sich erst einmal frisches Wasser holen und dann im zweiten Stock den Flur putzen. Malina blieb im ersten Stock stehen und bewunderte wieder die schönen Malereien an den Wänden. Welcher Künstler dies wohl gemalt hatte? Sie hätte auch gern ein buntes Bild in ihrem Zimmer. Am liebsten ein gemaltes Porträt von ihren Eltern. Doch so etwas hatten die beiden leider nie anfertigen lassen. Die einzige Zeichnung, die Malina besaß, war ein Bild von ihrer Familie, das sie als Kind selbst gemalt hatte. Sie wollte gerade weiter hinuntergehen, als sie eine aufgeregte Stimme hörte. Sie sah eine ältere Frau mit grauen Haaren durch den Flur laufen.

Sie rief einem Diener ihre Frage laut zu, bevor sie überhaupt bei ihm war. »Wo ist der Bürgermeister?«, wollte sie hastig wissen. »Ich muss ihn dringend sprechen!«

Malina wartete die Antwort des Dieners nicht ab, da sie nicht beim Lauschen erwischt werden wollte. Sie lief ins

Erdgeschoss und in die Räume der Dienstboten. Im Putzraum ließ sie den Lappen liegen und überlegte, ob sie sich gleich zwei Eimer mit frischem Wasser holen sollte, um nicht so oft zum Fluss laufen zu müssen.

Sie nahm sich einen leeren Eimer mit und ging durch den Seiteneingang nach draußen. Die Sonne war inzwischen schon über den Bergspitzen aufgegangen und wärmte Malinas Haut. Malina überlegte, ob sie auch so schön wie die Tochter des Bürgermeisters aussehen würde, wenn sie sich öfter sonnen könnte. Die Haut dieses Mädchens war dunkler als ihre und hatte seidig und wunderschön ausgesehen. Malina beneidete sie auch um ihre einzigartigen Locken. Sie würde sich ihre Haare auch gern wieder wachsen lassen, doch Mark war dagegen. Er meinte, es könnte sie beim Putzen stören und würde auch nicht zu einer Dienstmagd passen. Malina seufzte, als sie beim Flussufer ankam. Wahrscheinlich hatte sie deshalb auch keinen Verehrer, weil sie gar keine Zeit hatte, um auf ihr Äußeres zu achten.

Malina schüttete den einen Eimer aus und füllte dann beide mit sauberem Wasser. Sie trat wieder vom Wasser weg und versuchte beide Eimer an den Henkeln hoch zu heben, doch das war schwerer, als sie es in Erinnerung hatte. Nach Luft schnappend machte sie vorsichtig ein paar Schritte zurück zum Haus. Da stach ihr etwas ins Auge. Sie wandte den Kopf um und erstarrte. Über einem der Häuser ganz in ihrer Nähe stieg Rauch auf.

»Feuer«, dachte sie. »Es brennt!«

Doch sie konnte sich nicht bewegen. Vor ihrem inneren Auge stand sie wieder vor der brennenden Schreinerei und weinte. Zwei Männer hielten Mark fest, der lautstark schrie und um sich schlug. Er wollte in das brennende Haus rennen, um ihre Eltern zu retten.

Er schrie und schrie, aber sie ließen ihn nicht los. Malina war wie erstarrt neben ihm gestanden und hatte sich nicht getraut näher an das heiße Feuer heranzutreten. Sie hätte hinein rennen können, doch sie war viel zu ängstlich gewesen. Und sie hatte das alles nicht ganz verstanden. Wie konnte es denn einfach so anfangen zu brennen? Ob jemand vergessen hatte, die Kerzen auszumachen? Doch wieso waren ihre Eltern nicht einfach hinaus gerannt?

»Feuer«, schrie plötzlich eine männliche Stimme und Malina zuckte zusammen.

Sie sah zu dem Rauch und hörte noch mehr Stimmen rufen. Dann sah sie hinunter zu den Eimern voller Wasser.

Sie war nun kein kleines Kind mehr. Sie konnte diesen Menschen helfen. So schnell wie möglich lief sie in die Richtung des Feuers. Bald taten ihr die Arme weh, doch sie lief trotzdem weiter. Vielleicht konnte das Wasser die Eltern eines anderen Kindes retten.

Als sie um die Ecke eines Hauses bog, rannte plötzlich

jemand in sie hinein. Malina fiel rückwärts zu Boden und die Eimer schlugen neben ihr auf der Erde auf. Das Wasser lief sofort aus.

»Oh nein«, murmelte sie und beachtete den Schmerz in ihren Armen und ihrem Rücken gar nicht.

Das Mädchen, das sie umgerannt hatte, rappelte sich schnell wieder auf. »Entschuldige«, rief es.

Malina musterte es überrascht.

Das Mädchen war wahrscheinlich nicht älter als dreizehn Jahre alt und hatte offensichtlich geweint. Doch bevor sie es ansprechen konnte, rannte es schon wieder weiter. Malina stand auf und lehnte sich an die Häuserwand.

Sie sah die zwei leeren Eimer auf dem Boden liegen und ließ den Kopf hängen. Sie war wohl doch nicht im Stande irgendjemandem zu helfen.

Gerade als sie sich umdrehen und zurückgehen wollte, sah sie einen Mann vorbei rennen. Er trug einen merkwürdigen, dunkelgrünen Anzug und schien sie nicht bemerkt zu haben. Neugierig sah sie ihm hinterher.

»Bleib stehen«, rief er und rannte in Richtung Fluss. Meinte er etwa das Mädchen?

Malina folgte ihm langsam. Sie hatte hier noch nie einen Mann so gekleidet gesehen. Sie blieb beim letzten Haus vor dem Fluss stehen und spähte vorsichtig um die Ecke. Der Mann schien tatsächlich dem Mädchen gefolgt zu sein.

Das Mädchen stand mit dem Rücken zum Fluss und sah sich panisch um.

Zwei Männer in grüner Uniform standen vor ihm und kamen langsam näher. Wollten sie das Mädchen etwa festnehmen? Ordnungshüter schienen sie aber nicht zu sein. Da durchfuhr Malina wie ein Schrecken das Bild, das sie heute Morgen gesehen hatte, als sie umgekippt war. Männer in merkwürdigen, grünen Uniformen waren auf einem Monster aus Holz über den Fluss gekommen. Sie schnappte nach Luft. Das konnte doch unmöglich passiert sein. Es musste irgendeine andere Erklärung geben.

»Hilfe!«, schrie das Mädchen aus vollem Hals. Es machte einen Schritt zurück in das Wasser hinein. Malina beobachtete die Szene wie erstarrt. Das Mädchen sah sich verzweifelt um und schien zu überlegen, ob die Männer oder die Strömung des Flusses gefährlicher waren. Es gab für es keine Fluchtmöglichkeit.

»Komm her«, sagte einer der Männer und kam dem Mädchen immer näher. »Wir tun dir auch nichts.«

Malina hielt die Luft an. Irgendjemand musste dem Mädchen helfen. Sie könnte vielleicht aus dem Versteck springen und die Männer kurz ablenken, damit das Mädchen wegrennen konnte. Doch sie traute sich einfach nicht. Als sie das Bild der Männer heute Morgen gesehen hatte, hatte sie Todesangst gehabt. Sie erinnerte sich an die unbekannte

Stimme, die heute Morgen in ihrem Kopf geschrien hatte: »Lauf weg!«

Doch Malina rührte sich nicht von der Stelle. Auch nicht, als die Männer das panisch schreiende Mädchen packten und mit sich zerrten. Die drei Personen verschwanden aus ihrem Blickfeld. Malina bewegte sich immer noch nicht. Sie fühlte sich, als wäre sie aus Furcht zu Stein erstarrt. Langsam holte sie tief Luft. Sie musste irgendjemandem erzählen, was sie gerade beobachtet hatte. Aber wem? Den anderen Dienstmägden? Oder Mark?

Aber sie musste doch zur Arbeit zurück. Sonst würde man sich bei ihrem Bruder über sie beschweren und das würde Mark richtig wütend machen. Wahrscheinlich war ihre Sorge sowieso übertrieben und unbegründet. Sie atmete noch einmal tief ein und aus und lief dann langsam zurück, um die leeren Eimer aufzuheben und zurück zum Bürgermeisterhaus zu gehen.

Als sie bei den Eimern ankam, hörte sie noch mehr Schreie. Sie sah auf und erblickte gleich zwei weitere Rauchschwaden in ihrer Nähe. Sie konnte den verbrannten Geruch sogar schon wahrnehmen.

Eine Frau rannte an ihr vorbei. Als sie Malina erblickte, packte sie das Mädchen am Arm und rief: »Lauf schnell weg! Versteck dich!«

Dann ließ sie sie los, öffnete die Haustür des nächsten

Hauses und verschwand im Inneren. Malina hörte, wie ein Riegel innen vor die Tür geschoben wurde. Nun gewann ihre Angst doch die Oberhand. Sie vergaß die beiden Eimer und rannte dicht an den Häuserwänden entlang, um zu ihrem großen Bruder zu laufen. Sie hatte Angst, dass irgendetwas Schlimmes geschehen und sie auch noch ihn verlieren könnte. Er war doch alles, was sie noch hatte. Malina achtete kaum noch auf ihre Umgebung und rannte immer schneller. Die Schreinerei stand ganz in der Nähe ihres Hauses. Sie musste es also nur schaffen, schnell genug nach Hause zu rennen. Immer mehr Menschen rannten ihr über den Weg und bremsten sie dadurch aus. Niemand schien zu wissen, was eigentlich los war, doch alle schienen große Angst zu haben. Sie sah sogar einen weinenden Mann am Boden liegen.

Endlich kam sie an Häusern aus Holz vorbei. Nun war es nicht mehr weit. Sie versuchte, weiter zu rennen, obwohl sie kaum noch Luft bekam. Plötzlich stolperte sie über etwas Weiches und stürzte zu Boden. Sie wollte wieder aufstehen, als sie sah, dass sie über einen Arm gestolpert war. Malina wandte sich um und traute ihren Augen nicht. Vor ihr lag ein junger Mann. Er hatte am Kopf eine große, blutende Wunde. Seine Augen waren geöffnet und starrten ausdruckslos in den Himmel.

Er war tot! Malina öffnete ihren Mund, doch kein Ton

kam heraus. Entsetzt rutschte sie rückwärts von der Leiche weg.

»Oh nein«, stammelte sie. »Nein, nein, nein!«

Das hier musste ein schlimmer Alptraum sein. Sie hatte noch nie einen Toten gesehen. Das konnte alles nicht wahr sein! Da blieb jemand vor Malina stehen und sie sah nach oben. Ein Mann in grüner Uniform stand mit grimmiger, entschlossener Miene und einem kalten Blick vor ihr. Er würdigte den toten Mann keines Blickes, sondern griff nach Malinas Arm.

»Nein«, schrie Malina ängstlich und trat nach ihm. Schnell sprang sie auf und rannte los. Doch der Mann folgte ihr und hatte sie schnell eingeholt.

»Mark«, schrie Malina laut, als der Mann sie am Arm packte und zurückriss. »Mark!«

Ihr großer Bruder würde sie retten. Er hatte sie immer vor allem beschützt.

»Mark, hilf mir«, rief sie verzweifelt.

Der Mann umschlang Malinas Oberkörper mit einem Arm und hielt ihr mit der freien Hand den Mund zu. Sie atmete panisch durch die Nase ein. Da hörte Malina ihren Namen.

Eine bekannte Stimme rief nach ihr.

»Malina, wo bist du?«, hörte sie Mark rufen. Sie wand sich in dem harten Griff des Mannes und versuchte ihm in die Hand zu beißen, um nach Mark rufen zu können. Er war ganz in der Nähe. Er würde sie retten. Doch der Griff des Mannes blieb eisern und Malina brachte keinen Ton heraus. Er schleppte sie mit sich, bis ein zweiter Mann in Uniform auftauchte. Der Mann fesselte Malinas Hände mit einem Seil. Malina sah sich nach Mark um. Wo war er? Gleich würde er auftauchen.

Doch sie konnte ihn nicht mehr rufen hören. Der eine Mann ließ sie los und der andere Mann zog sie an dem Seil, das um ihre Hände gefesselt war, hinter sich her. Malina hatte nicht genug Kraft, um sich loszureißen, und das Seil schnitt schmerzhaft in ihre Handgelenke. Sie wagte es nicht mehr, nach Mark zu rufen.

Der Mann zog sie mit sich, bis sie beim großen Marktplatz ankamen. Malina traute ihren Augen nicht. Dort standen sehr viele Mädchen, die alle so gefesselt waren wie sie.

Die Männer banden die Fesseln alle an ein langes Seil, damit die Mädchen im Gänsemarsch hinter ihnen herlaufen mussten. Malina machte große Augen. Eine Reihe von Mädchen wurde gerade weggeführt. Der Mann schubste Malina in eine Reihe und band das Seil von ihrer Fessel an das lange Seil, an dem bereits mindestens zehn andere Mädchen festgebunden waren. Was war hier los? Wo waren die Männer, Frauen und Jungen? Warum nahmen diese Männer alle

Mädchen fest? Malina sah sich Hilfe suchend um. Warum tat denn niemand etwas dagegen? Wo waren all die Ordnungshüter von Aurora? Da zog jemand an dem Seil und Malina musste dem Mädchen vor ihr folgen. Ein paar Männer liefen neben ihnen her, damit niemand die Flucht ergreifen konnte. Sie wurden an ein paar Steinhäusern vorbei geführt und kamen zum Fluss. Malina keuchte erschrocken auf, als sie das Ungetüm erblickte, das sie schon einmal gesehen hatte. Es war aus Holz gebaut worden, war sehr lang und stand auf dem Wasser.

Die untere Hälfte dieses Dinges war von einer halbrunden Form und schwankte wegen der starken Strömung hin und her. In dem Ding standen zwei Männer in Uniform und halfen den Mädchen vor ihr gerade beim Hineinsteigen. Malina blieb ängstlich stehen. Sie wollte nicht auf dieses Ding gebracht werden. Das war ihr viel zu unheimlich. Was war, wenn es unterging und sie alle ertranken? Sie konnte doch gar nicht schwimmen und mit den Fesseln hatte sie erst recht keine Chance. Ein Mann stieß sie vorwärts und sie musste einen Schritt ins Wasser machen und dann auf das Ungetüm steigen. Die anderen Mädchen beäugten das Ding genauso ängstlich, doch sie hatten auch keine Wahl. Sie mussten sich auf so etwas wie Bänke setzen und Malina bemerkte vier, lange Holzbretter, die ins Wasser hingen. Ob die Männer dieses Ding dadurch im Wasser bewegen konnten? Malina setzte sich ängstlich neben die anderen Mädchen und sah sich mit Tränen in den Augen um. Mit Entsetzen erblickte sie noch mindestens zehn weitere von diesen Dingern neben ihnen am Flussufer. Malina sah zurück zu ihrer Heimatstadt Aurora, wo nun großes Chaos herrschte, und wünschte sich nichts sehnlicher, als nun zuhause in Sicherheit zu sein.

* * *

Anastasia lief durch den Flur zu dem großen Saal. Sie musste unbedingt mit ihrem Vater über ihr Gespräch mit der Seherin reden.

Sie verstand einfach nicht, wovon die Seherin gesprochen hatte und ihr Herz klopfte vor Aufregung schneller. Obwohl ihr Vater nicht an Magie glaubte, würde er ihre Ängste sicher ernst nehmen. Und bestimmt konnte er sie beruhigen. Ein Diener öffnete ihr die Tür und sie betrat den großen Saal im Erdgeschoss. Hier fanden die großen Feste zu Geburtstagen oder Hochzeiten der reicheren Bürger statt. Anastasia stieg auf das Podest, um zu dem prachtvollen Stuhl zu gehen, auf dem der Bürgermeister saß. Erst da fiel ihr auf, dass auf der großen, freien Fläche zwischen den Säulen am Rand des Saals gar keine Bürger ihre Anträge vortrugen. Stattdessen standen dort etwa zwanzig Ordnungshüter in ihren blauen Uniformen mit Schwertern in der Hand und sahen alle in Richtung des Eingangstores, das in den Vorgarten führte, als erwarteten sie irgendjemanden. Anastasia stutzte. Worauf warteten die bewaffneten Männer denn? Oder war dies eine Sicherheitsübung?

»Vater, was geht hier vor sich?«, fragte sie den Bürgermeister und blieb neben seinem Stuhl stehen.

»Anastasia, was machst du denn hier?«, begrüßte er sie überrascht. »Ich dachte, du wärst längst bei deiner Mutter auf dem Zimmer.«

»Ich wollte noch kurz mit dir sprechen«, meinte sie.

Ihr Vater sah irgendwie besorgt aus. Ob er auch mit der Seherin gesprochen oder etwas von ihrem Gespräch mitbekommen hatte?

»Bitte geh sofort zu deiner Mutter und nimm deine Brüder mit«, bat er sie nun und stand auf. »Schließ das Zimmer ab und verbarrikadier die Tür, damit ihr in Sicherheit seid.«

Nun verstand Anastasia gar nichts mehr und bekam langsam Angst.

»Was ist hier los?«, fragte sie verwirrt. »Vater, was ist denn passiert?«

Ihr Vater legte ihr eine Hand auf die Schulter und sah sie mit einem einfühlsamen Blick an. »Du musst jetzt sehr stark sein, meine liebe Tochter«, meinte er. »Fremde Männer sind in unserer Stadt!«

Anastasia versuchte, seine Worte zu verstehen. Fremde Männer sollten in Aurora sein? Was meinte ihr Vater damit? Hatten sie etwa tatsächlich Besuch von anderen Menschen bekommen und dies machte ihrem Vater Angst?

»Schnell«, meinte er jetzt, »du musst dich in Sicherheit bringen und auf deine Mutter und deine Geschwister aufpassen. Diese fremden Männer überfallen Aurora!«

Draußen ertönten nun laute Schreie. Anastasia starrte den Bürgermeister erschrocken an, als sie die Situation allmählich begriff. Menschen von einem anderen Ort waren hier und sie griffen sie an! Ihr Herz hämmerte plötzlich laut in ihrer Brust.

»Was ist mit dir?«, rief sie nun. »Du musst dich auch in Sicherheit bringen!«

Ihr Vater schüttelte den Kopf. »Ich werde versuchen vernünftig mit dem Anführer dieser Menschen zu sprechen«, meinte er. »Aber keine Sorge«, fügte er bei ihrem panischen Blick hinzu, »die Aufpasser werden mich beschützen. Nun geh zu deiner Mutter. Ich habe bereits ein paar Beschützer und Diener zu ihr schicken können. Pass auf sie und deine Brüder auf, bis ich diesen Angriff gestoppt habe.«

Er gab Anastasia einen Kuss auf die Stirn und schien sich zu einem hoffnungsvollen Lächeln zu zwingen. Anastasia schluckte. Ihr Vater hatte das Gefühl ganz Aurora beschützen zu müssen. Doch war er dazu wirklich in der Lage?

»In Ordnung, Vater«, meinte sie schweren Herzens. »Ich werde zu Mutter gehen.«

Ihr Vater nickte.

»Bitte pass auf dich auf«, flüsterte sie noch, umarmte ihn kurz und drehte sich schnell um. Unter normalen Umständen hätte sie den Bürgermeister nie vor den Ordnungshütern umarmt, doch das war ihr im Moment nicht mehr wichtig. Ihre Stadt wurde angegriffen und sie konnte ihrem Vater nicht helfen! Sie hatte kaum etwas mitbekommen. Wie konnten fremde Männer so schnell mitten in Aurora auftauchen? Wenn jemand von einem anderen Ort zu ihnen kommen wollte, musste er die Berge überqueren und wäre sehr früh von den Ordnungshütern am Zaun entdeckt worden. Wie waren diese Männer also zu ihnen gelangt? Und wieso griffen sie ihre Stadt überhaupt an?

Anastasia lief in den Flur zurück und rannte in den ersten Stock. Dort blieb sie vor einem großen Fenster stehen und traute ihren Augen kaum. Mehrere Häuser in der Nähe brannten und sie sah auch Rauch von weiter entfernten Häusern aufsteigen. Die fremden Männer hatten Brände gelegt! Nun hörte sie mehrere Menschen schreien:

»Hilfe!«

»Feuer!«

»Hilfe!«

Wie hatte das nur passieren können? Sie waren auf keinen Angriff vorbereitet gewesen. Ihr Vater hatte nicht einmal daran geglaubt, dass außerhalb ihrer Stadt noch andere Menschen leben würden. Doch irgendwoher mussten diese Männer ja gekommen sein. Anastasia ballte die Hände vor Wut zu Fäusten. Warum überfielen diese Fremden nur eine friedliche Stadt? Ob sie nach Reichtümern suchten? Anastasia schüttelte entsetzt den Kopf. Sie musste doch irgendetwas dagegen unternehmen können! Ob die Seherin davon gesprochen hatte? Hatte sie den Angriff vorausgesehen und ihre Warnung war leider viel zu spät gekommen?

»Anastasia?«, ertönte eine junge Stimme.

Anastasia drehte sich um und erblickte ihren kleinen Bruder vor sich, der sie mit Tränen in den Augen ansah. Rico war mit seinen zehn Jahren der älteste ihrer Brüder und sie sah ihm sofort an, dass er wusste, dass etwas nicht in Ordnung war.

»Rico, was tust du hier?«, fragte sie ihn. »Wo sind unsere Brüder?«

»Bei Mutter«, antwortete er mit zittriger Stimme. »Ich habe dich gesucht und bin den Ordnungshütern weggelaufen.«

»Oh Rico«, entfuhr es Anastasia und sie nahm ihn in

den Arm.

»Alles wird wieder gut!«, versprach sie ihm.

In dem Moment ertönte draußen ein lauter Knall und die beiden zuckten erschrocken zusammen.

»Was war das?«, fragte ihr kleiner Bruder. Er war kurz davor anzufangen zu weinen.

»Ich weiß es nicht«, gab Anastasia zu. Dann sah sie ihn an. »Rico, du musst jetzt ganz tapfer sein.«

»In Ordnung«, schniefte er.

»Renn zurück zu Mutter und sag den Dienern, sie müssen die Tür versperren. Schiebt am besten einen Schrank davor.«

Rico nickte eifrig.

»Ich werde Vater helfen und komme dann zu euch«, erklärte Anastasia. »Nun geh.«

Rico nickte brav und rannte wieder die Treppe hoch. An jedem anderen Tag hätte Anastasia sich gefreut, dass ihr kleiner Bruder auf sie hörte, doch die Angst um ihren Vater ließ sie nicht los. Ihre Mutter und ihre Brüder würden gut beschützt werden und um im obersten Stock das Zimmer ihrer Mutter zu finden, mussten die fremden Männer erst einmal das gesamte Gebäude durchsuchen. Doch ihr Vater hatte vor mit diesen Angreifern zu sprechen und da wollte Anastasia ihm unbedingt beistehen. Sie hoffte sehr, dass sie die richtige Entscheidung traf und ihr Vater auf ihren

Mut stolz sein würde. Sie lief wieder hinunter und rannte den Flur entlang. Der Diener vor der Tür zum großen Saal war verschwunden, deshalb zog sie selbst die schwere Tür auf. Dann betrat sie den großen Saal, blieb jedoch unsicher stehen. In dem Saal schrien viele Männer durcheinander. Der Bürgermeister stand auf dem Podest und machte eine beschwichtigende Geste. Anastasia stellte sich hinter eine Säule und sah vorsichtig zu dem Eingangstor. Das Tor stand weit offen und in dem Eingang standen ungefähr zehn Männer den Ordnungshütern gegenüber. Die fremden Männer trugen eine dunkelgrüne Uniform und statt Schwertern hielten sie merkwürdige, schwarze Waffen in den Händen, die Anastasia noch nie gesehen hatte.

Ob sie damit die Ordnungshüter vor dem Haus niedergeschlagen hatten?

»Es ist keine weitere Gewaltanwendung notwendig!«, rief der Bürgermeister. »Bitte sagen Sie mir, was Sie in meiner Stadt suchen. Dann finden wir gemeinsam eine Lösung!«

Anastasia bewunderte die ruhige Stimme ihres Vaters. Er klang so gelassen und vernünftig, als würde er eine Rede an die Bürger halten und diese wegen einer misslungenen Ernte besänftigen wollen. Doch die fremden Männer sahen sehr entschlossen aus und schienen kaum Interesse an einem Gespräch zu haben. Die Ordnungshüter hatten dem Bürgermeister nun alle den Rücken zu gedreht und waren bereit die Eindringlinge mit ihren Schwertern anzugreifen.

Anastasia hielt vor Spannung die Luft an.

»Wer sind Sie?«, fragte nun einer der fremden Männer laut den Bürgermeister. Er hatte dunkelbraunes Haar und einen grimmigen Gesichtsausdruck. Anastasia wusste nicht, ob dieser Mann der Anführer war oder nur als einziger beschlossen hatte mit ihrem Vater zu reden.

»Ich bin der Bürgermeister von Aurora«, stellte sich ihr Vater vor, »und ich bin bereit, mit Ihnen über unsere Kapitulation zu sprechen. Es ist keine weitere Gewalt notwendig!«

»Bedeutet das, Sie sind hier der König?«, wollte der Mann nun wissen. »Also das Oberhaupt über diese Menschen?«

»Ja, so könnte man es auch ausdrücken«, meinte der Bürgermeister. »Bitte lassen Sie die friedlichen Bürger dieser Stadt in Ruhe. Wir werden Ihnen alles geben, was Sie möchten.«

Anastasia holte tief Luft. Dieser Vorschlag klang doch wirklich gut. Doch der Mann in der grünen Uniform schien nicht sehr beeindruckt zu sein.

»Das bezweifle ich«, erwiderte er. »Wir sind Soldaten von König Richard aus seinem Königreich Bugundur.«

Anastasia schluckte. Dieser Mann verwendete so viele

Begriffe, die sie nicht kannte. Was sollten denn Soldaten sein? Und war dieser Richard wohl der Bürgermeister einer anderen Stadt? Immerhin hatte der fremde Mann ihren Vater auch als König bezeichnet.

Da fuhr derselbe Mann fort: »König Richard verlangt, dass wir alle Mädchen im Alter zwischen 12 und 18 Jahren aus dieser Stadt zu ihm bringen.« Anastasia blieb der Mund offen stehen. Sie sah, wie ihr Vater diesen sogenannten Soldaten überrascht anstarrte.

»Alle Mädchen?«, wiederholte der Bürgermeister schockiert. »Das können Sie doch nicht tun!«

»Doch, das können wir«, meinte der Soldat. »Befehlen Sie Ihren Untergebenen die Mädchen freiwillig mit uns zu schicken und wir lassen alle anderen am Leben.«

Anastasias Vater holte tief Luft und schüttelte entsetzt den Kopf. »Das könnte ich niemals tun«, antwortete er mit leiserer Stimme.

Anastasia hatte Tränen in den Augen. Ob ihr Vater dabei an sie dachte?

»Dann stehen Sie uns nur im Weg!«, rief der Soldat da, hob seine Waffe mit beiden Händen auf Kopfhöhe und plötzlich ertönte ein lauter Knall.

Anastasia sah aus dem Augenwinkel, wie ihr Vater zu Boden stürzte.

»Vater!«, schrie sie erschrocken und sprang auf das

Podest. Sofort war sie bei ihm und sank neben ihm auf die Knie. Er lag auf dem Rücken und schien nach Luft zu ringen. Aus seiner Brust lief sehr viel Blut. Panisch drückte Anastasia ihre Hände auf die Wunde. Ihr Verstand arbeitete auf einmal zu langsam. Das Bild ihres Vaters in einer Blutlache ergab für sie einfach keinen Sinn.

»Halte durch, Vater!«, rief sie verzweifelt. »Ein Heiler wird dich retten! Du darfst nicht sterben!«

Der Bürgermeister sah sie mit unscharfem Blick an. »Anastasia?«, flüsterte er und legte seine Hand auf ihre.

Wegen des plötzlichen Kampflärms im Saal konnte Anastasia seine Stimme kaum hören.

»Ja, ich bin hier, Vater«, meinte sie. »Ich bleibe bei dir! Es wird alles wieder gut!«

Doch immer mehr Blut sickerte durch ihre Hände auf den Boden. Was war nur passiert? Warum blutete er? Wie konnte die Waffe des Soldaten ihn aus dieser Entfernung verletzen? Anastasia wusste, dass die Ordnungshüter nun gegen die Soldaten kämpften und sie sich in großer Gefahr befand. Doch ihre ganze Aufmerksamkeit galt ihrem Vater.

»Alles wird wieder gut«, wiederholte sie und streichelte ihm mit einer Hand über den Kopf.

Ihr Vater bewegte die Lippen, brachte jedoch kein Wort heraus. Dann schloss er die Augen und bewegte sich nicht mehr.

»Nein«, schrie Anastasia panisch und schüttelte ihn. »Nein, bitte nicht! Vater, bitte wach auf!«

Tränen liefen ihr übers Gesicht und sie konnte nicht aufhören zu schreien. Sie wusste, dass er tot war. Doch gleichzeitig konnte sie es einfach nicht verstehen. Er durfte nicht tot sein. Er war doch ihr Vater und vor ein paar Stunden war das noch ein ganz normaler Tag gewesen. Es musste einfach ein schlimmer Alptraum sein. Anastasia zitterte vor Schmerz am ganzen Körper und ließ ihren Kopf auf die Brust ihres Vaters sinken. Sie musste ihn festhalten, sich an ihn klammern, dann konnte er sie nicht verlassen. Dann konnte das alles nicht wirklich passieren.

Als sie jemand am Arm ergriff, dachte Anastasia, es wäre ein Ordnungshüter, der dem Bürgermeister helfen wollte, obwohl nun sowieso jede Hilfe vergebens war.

Sie wollte die Hand abschütteln und klammerte sich an ihren Vater. Doch der Griff wurde stärker und zerrte sie von ihrem Vater weg. Anastasia schrie auf und versuchte sich zu wehren. Sie erblickte den Soldaten, der sie festhielt und wusste, dass sie nun auch sterben würde. Doch das war ihr egal. Sie hatte vor sich bis zum Schluss zu widersetzen. Da ergriff ein anderer Soldat ihren anderen Arm. Anastasia versuchte, nach den Soldaten zu treten, und schrie sie an:

»Loslassen! Lasst mich sofort los!« Ihre Wut überlagerte ihre Trauer und sie wand sich immer weiter in dem starken

Griff. Doch sie erreichte damit nichts. Sie hörte einen Soldaten über ihren Vater reden. Er meinte zu einem anderen Soldaten, da der König nun tot sei, würde sich kein Bürger mehr wehren. Sie sah zu der Leiche ihres Vaters und hoffte, dass die Soldaten sie schnell umbringen würden, damit sie diesen Schmerz nicht länger ertragen musste.

Da trat der grausame Mann vor sie, der ihren Vater gerade getötet hatte. Er hob seine große Waffe.

Anastasia schloss die Augen und hielt still.

Nun war es vorbei. Das war ihr Ende. Doch sie hörte keinen Knall. Stattdessen spürte sie einen harten Schlag auf den Kopf und verlor das Bewusstsein.

Die Flucht

Malina sah ängstlich ins Wasser, als die Männer das Ungetüm, das sie ein Boot nannten, über den Fluss ruderten. Sie war in dem Boot mit vier Männern in grüner Uniform und ungefähr zehn anderen Mädchen, die alle aneinandergefesselt waren. Das Boot schwankte in der starken Strömung gefährlich hin und her und Malina schrie erschrocken auf. Es dauerte zum Glück nicht sehr lange, bis sie das andere Ufer erreicht hatten. Zwei Männer zogen das Boot halb aufs Land und halfen den Mädchen beim Aussteigen. Malina atmete erleichtert auf, als sie wieder festen Boden unter den Füßen hatte, obwohl sie als Gefangene keineswegs in Sicherheit war. Auf dieser Seite des Flusses gab es einen großen Wald, doch an der Stelle, wo sie waren, standen die Bäume in einigem Abstand zueinander.

»Loslaufen!«, befahl ein Mann und zog an dem Seil.

Malina lief langsam hinter dem Mädchen vor ihr her, um nicht über eine Wurzel zu stolpern. Sie sah noch einmal kurz zurück und bemerkte, dass gerade weitere Boote den Fluss überquerten. Wie viele Mädchen die Männer wohl gefangen nahmen? Malina wusste, dass Mark ihr nun nicht mehr helfen konnte. Er konnte wie sie und alle anderen Bürger nicht schwimmen und würde niemals freiwillig den Fluss überqueren. Auch nicht, um seiner Schwester das Leben zu retten.

Sie sah wieder nach vorne und konzentrierte sich auf ihre Schritte. Die Männer führten sie tiefer in den Wald hinein, bis sie auf einem schmalen Pfad ankamen. Dort standen mehrere breite Kutschen hintereinander und an jede Kutsche war ein großes Pferd gespannt. Die Kutschen waren aus Holz und hatten sogar Wände und ein Dach. Nur hinten konnte man hinein sehen. In Malina stieg erneut Angst empor. Sie hatte zwar schon öfter Kutschen gesehen, war aber noch nie in einer Kutsche gesessen. Wenigstens drohte bei einer Kutschfahrt keine so große Gefahr wie bei der Bootsfahrt über das schnell fließende Wasser. Malina erinnerte sich daran, dass Mark sie immer damit aufgezogen hatte, dass ihr alles Unbekannte Angst machte. Sie versuchte, sich mit dem Gedanken aufzumuntern, doch stattdessen hatte sie wieder Tränen in den Augen. Wann sie ihren Bruder wohl wiedersehen würde? Der Mann vor ihnen blieb vor einer leeren Kutsche stehen und sie taten es ihm gleich. Malina bemerkte, dass in einigen Kutschen bereits viele Mädchen saßen. Alle waren gefesselt und sahen so verängstigt aus, wie sie sich fühlte. Einige der Mädchen kannte Malina aus der Schule. Zwei Männer in den grünen Uniformen klappten gerade ein breites Brett hinten an einer Kutsche hoch, sodass Malina nur noch die Köpfe der Mädchen darin sehen konnte. Dann setzten sie sich vorne auf der Kutsche auf eine Holzbank und einer nahm die Zügel in die Hand, um das Pferd auf der Fahrt zu steuern.

»Da hinein!«, befahl nun der Mann vor ihnen und deutete auf die leere Kutsche. Das Brett auf der Rückseite war nach unten geklappt, sodass man mit einem großen Schritt hineinklettern konnte. Die ersten Mädchen stiegen hinein und rückten in der Kutsche immer weiter auf. Als ein Mädchen beim Hineingehen stolperte, half der Mann nach und schubste sie hinein.

»Schneller!«, rief er mit grimmiger Miene.

Malina schluckte. Sie war als Letzte dran und sprang fast, um den großen Schritt in die Kutsche auf Anhieb zu schaffen.

In der Kutsche gab es ein sehr kleines Fenster, wodurch etwas Licht hereinkam. Malina setzte sich wie die anderen Mädchen auf eine Bank an der einen Wand der Kutsche. Auf der anderen Seite der Kutsche war die Bank bereits voll besetzt.

»Denkt gar nicht erst daran zu fliehen!«, meinte der Mann nun und deutete auf ein langes, schwarz glänzendes Ding in seiner Hand.

Malina überlegte, ob das wohl eine Waffe war.

»Außerdem ist euer König tot«, lachte er plötzlich. »Euch kann niemand mehr helfen!«

Dann drehte er ihnen den Rücken zu und sprach mit einem anderen Mann in Uniform. Malina runzelte die Stirn. Was war denn ein König? Sie verstand kaum, wovon der Mann gesprochen hatte. Doch, dass sie keine Chance hatte zu fliehen, wusste sie auch so. Immerhin war sie mit einem Seil an zehn andere Mädchen gebunden und wurde von den gewalttätigen Männern durchgehend bewacht.

»Die muss auch noch bei euch mit«, sagte plötzlich ein anderer Mann.

Malina sah überrascht, dass er ein Mädchen in einem roten Kleid in den Armen trug. Er ging zu ihrer Kutsche und hievte das Mädchen auf die Bank neben Malina. Das Mädchen schien bewusstlos zu sein, denn sein Kopf sank sofort auf Malinas Schulter. Der Mann hob nun das Brett hoch und befestigte es in der Mitte an der Öffnung der Kutsche, um eine Flucht noch unmöglicher zu machen.

Malina sah vorsichtig zu dem Mädchen neben sich. Es hatte am Kopf eine kleine Beule und ihre gefesselten Hände und ihr Kleid waren von einer roten Flüssigkeit bedeckt. Erst als die Mädchen gegenüber unruhig zu flüstern begangen, erkannte Malina, dass die Flüssigkeit Blut war. Ihr Herz machte einen Satz. Hatten die Männer diesem Mädchen etwas angetan? Sie konnte keine offensichtliche Wunde entdecken. Als sie aus dem Augenwinkel wieder das Gesicht des bewusstlosen Mädchens musterte, kam ihr das Mädchen mit den braunen Locken irgendwie bekannt vor. Dann fiel es ihr ein und sie schnappte nach Luft. Das konnte doch nicht wahr sein! Sie hatte das Mädchen heute Morgen während der Arbeit gesehen. Es war die Tochter des Bürgermeisters! Malina hätte nie gedacht, dass die Männer auch sie gefangen nehmen konnten. Warum war sie nicht beschützt worden? Und von wem stammte das viele Blut? Malina wurde ganz schlecht, als sie an die Leiche dachte, über die sie heute gestolpert war. Wie viele Menschen diese Männer wohl umgebracht hatten? Ob es Mark gut ging?

Malina fielen die letzten Worte des Mannes in der grünen Uniform ein und sie überlegte, ob er mit »euer König« den Bürgermeister gemeint hatte. Dann hatten die Männer sogar Auroras Anführer und somit den Vater dieses Mädchens getötet!

Malina holte tief Luft. Sie waren wirklich verloren.

Es dauerte eine gefühlte Ewigkeit, bis sich die Kutsche endlich in Bewegung setzte. Malina saß mit den anderen schweigend darin und überlegte, wie viele Kutschen voller Gefangener wohl gerade losfuhren. Sie konnte das Pferd und die zwei Männer auf der Bank der Kutsche hinter ihnen sehen. Der Weg war sehr holprig und die Kutsche schwankte oft hin und her. Malina drückte sich mit dem Rücken an die Wand, um nicht von der Bank zu fallen. Mit ihren gefesselten Händen drückte sie die Tochter des Bürgermeisters an die Wand, damit diese nicht stürzte. Hoffentlich war sie nicht ernsthaft verletzt.

»Wer sind die?«, flüsterte nach einer Weile ein älteres, schwarzhaariges Mädchen im vorderen Bereich der Kutsche. Malina wagte es nicht, etwas zu sagen. Vielleicht konnten die Männer, die ihre Kutsche fuhren, sie hören und würden wütend werden.

»Was glaubt ihr, was haben sie mit uns vor?«, fragte dasselbe Mädchen nun.

»Pst«, machte ein anderes Mädchen. Niemand antwortete ihr. Malina sah hinaus in den Himmel. Auch sie musste darüber nachdenken, was wohl mit ihnen geschehen würde. Wenn die Männer sie hätten töten wollen, hätten sie das längst tun können.

Also wollten sie sie wohl lebend. Aber wofür?

Ob sie Mädchen als Dienerinnen brauchten? Oder gab es in dem Ort, von dem sie kamen, zu wenig junge Frauen zum Heiraten?

Malina wollte kaum daran denken, weshalb Männer noch Mädchen entführen konnten. Mark hatte sie bereits einige Male gewarnt und gemeint, manche Männer würden nur an ihre Triebe denken. Deshalb durfte Malina nie hinaus, wenn es bereits dunkel war. Malina schloss die Augen, um diesen Gedanken zu vertreiben. Dann wäre sie doch lieber tot als gefangen.

»Wie geht es ihr?«, wisperte eine junge Stimme. Malina öffnete die Augen wieder. Das Mädchen gegenüber von ihr, das am Ende der anderen Bank saß, schien mit ihr gesprochen zu haben. Es war kleiner als die anderen und hatte ganz kurze, fast durchsichtige Haare. Malina musterte es fragend. Es deutete mit dem Kopf auf das bewusstlose Mädchen. Malina sah kurz zu der Tochter des Bürgermeisters und wieder zurück. Dann zuckte sie ratlos mit den Schultern. Da das Mädchen nichts mehr sagte, beschäftigte Malina sich wieder mit ihren Sorgen. Sie hatte so viele Fragen im Kopf, die die anderen Mädchen sicher auch quälten. Wo brachten die Männer sie hin? Von welchem Ort waren sie gekommen? Warum hatten sie Aurora überfallen und Gefangene genommen? Und woher hatten sie überhaupt von der Existenz ihrer Stadt gewusst?

In der Schule hatte der Lehrer mehrmals erklärt, dass sie keinen Kontakt zu anderen Menschen hatten und es deshalb in der Nähe wahrscheinlich keine anderen Städte gab. Ob das falsch gewesen war?

Malina hoffte, dass der Lehrer sich dann auch irrte, was seine anderen Erzählungen über mystische Monster und lebensbedrohliche Gefahren in den Bergen und Wäldern betraf.

Sie sah in den wolkenlosen, blauen Himmel. Die Kutsche hinter ihnen konnte sie nicht mehr sehen, da die Kutschen nun anscheinend in einem größeren Abstand hintereinander her fuhren. Plötzlich bewegte sich das Mädchen neben ihr. Malina ließ es überrascht los. Anscheinend kam es wieder zu sich. Es richtete sich auf und blinzelte. Dann betrachtete es verwirrt seine gefesselten Hände und die anderen Mädchen in der Kutsche.

»Wo bin ich?«, wollte die Bürgermeistertochter wissen. Malina sah an ihren geröteten Augen, dass sie geweint hatte. Schnell legte sie sich einen Finger auf die Lippen und bedeutete ihr dadurch, still zu sein.

»In einer Kutsche«, flüsterte jedoch das Mädchen gegenüber von ihnen als Antwort, das sich vorhin bereits nach ihr erkundigt hatte. »Sie haben uns entführt.«

Die Bürgermeistertochter machte große Augen und sah sich noch mal um.

»Nur die Mädchen?«, fragte sie leise.

Das andere Mädchen nickte und antwortete noch leiser: »Meine Mutter haben sie getötet. Sie wollte mich beschützen.«

Es hatte nun Tränen in den Augen und sah schnell zur Seite.

Das Mädchen neben Malina schnappte erschrocken nach Luft. Es sah wieder auf seine Hände und schien jetzt erst das Blut zu bemerken.

Malina sah wieder nach draußen. Sie fand es nicht gut, dass die Mädchen so viel sprachen. Das würde ihnen allen noch eine Menge Ärger einbringen. Sie hatte auch jetzt schon große Angst. Da wollte sie die Männer nicht noch provozieren. Nun bildeten sich am Himmel ein paar dunklere Wolken und der Wind nahm zu. Die Kutsche wackelte während der Fahrt noch mehr hin und her. Die Bürgermeistertochter hob nun die Hände und versuchte anscheinend an ihre Haare heranzukommen. Ob sie sich im Moment wirklich Sorgen um ihre Frisur machte? Nach einer Weile gab sie es auf und wandte sich an Malina.

»Ziehst du bitte eine Haarnadel aus meinen Haaren«, bat sie Malina leise.

Malina zögerte. Was hatte sie denn vor?

Sie schien ihr Zögern zu missverstehen, denn sie fügte hinzu: »Wenn ich meine Fesseln lösen kann, helfe ich auch dir. Versprochen!«

Nun verstand Malina, hielt es aber für keine gute Idee.

Selbst wenn sie sich von den Fesseln befreien konnten, was sollten sie dann tun? Aus der fahrenden Kutsche springen?

Außerdem würden die Männer es später bemerken, wenn sie nicht mehr gefesselt waren und sie bestimmt bestrafen.

Trotzdem tat sie dem Mädchen den Gefallen und griff

in seine braunen Haare.

Bald hatte sie eine lange Haarnadel gefunden, zog sie vorsichtig heraus und gab sie ihm in die Hand.

»Danke«, meinte die Bürgermeistertochter.

Malina war es nicht gewohnt, dass ein reiches, angesehenes Mädchen mit ihr sprach, als wären sie Freundinnen oder zumindest Gleichberechtigte.

Deshalb sah sie schnell zu Boden und schwieg.

Das Mädchen begann mit der Haarnadel in dem Seil um ihre Handgelenke herumzustochern und zog immer wieder die Hände auseinander, um die Fesseln zu lockern. Malina bemerkte, dass nun auch andere den Mut hatten, zu versuchen, sich von dem Seil zu befreien. Der Wind wurde stärker und pfiff um die Kutsche herum. Die Männer fuhren deshalb jedoch nicht langsamer, anscheinend hatten sie es eilig. Malina beobachtete die Tochter des Bürgermeisters und eine ganz neue Art der Bewunderung stieg in ihr auf. Das Mädchen hatte einen entschlossenen, konzentrierten Gesichtsausdruck, wodurch Malina merkte, wie mutig und tapfer es sein musste. Es hatte ganz allein und sehr schnell entschieden, einen Fluchtversuch zu wagen, und dabei war es vor ein paar Minuten noch ohnmächtig gewesen. Als sich die Fesseln des Mädchens tatsächlich lösten und es seine Hände hinaus ziehen konnte, schnappte Malina überrascht nach Luft.

Es wandte sich wie versprochen sofort Malina zu und fing an mit der spitzen Haarnadel in das Seil hinein zu stechen.

Malina versuchte ihr zu helfen die Fesseln zu lockern.

Da schwankte die Kutsche plötzlich zur Seite und das Mädchen stach ihr mit der Haarnadel in die Hand. Malina biss schnell die Zähne zusammen, um nicht aufzuschreien, so wie sie es immer tat, wenn Mark sie schlug. Niemand sollte ihre Schmerzen hören.

»Entschuldige«, flüsterte das Mädchen und machte sich wieder an der Fessel zu schaffen.

Malina sah auf ihre linke Hand.

Es bildete sich an der schmerzenden Stelle ein Blutstropfen, doch die Wunde sah zum Glück nicht sehr tief aus. Als das Mädchen ihr half die Hände aus dem Seil zu ziehen, lächelte Malina sogar und wagte zum ersten Mal sich Hoffnungen zu machen, dass sie sich vielleicht doch selbst helfen konnte und den Männern nicht wehrlos ausgeliefert war. Nun sah die Tochter des Bürgermeisters zu dem Mädchen, das vorhin mit ihr gesprochen hatte. Sie ließ sich von der Bank hinunter und mit den Knien auf den Boden der Kutsche sinken. Vorsichtig krabbelte sie über das Holz zu dem Mädchen. Dann blieb sie vor ihm auf den Knien sitzen und machte sich an dem Seil um dessen Hände zu schaffen. Malina sah ängstlich nach draußen. Der Wind wurde nicht wieder schwächer und es ballten sich bereits mehrere, dunkle Wolken am Himmel zusammen. Ob es ein Gewitter geben würde? Das Seil konnten die Mädchen gemeinsam noch schneller lösen und die Bürgermeistertochter wandte sich an das nächste Mädchen, das neben dem kleinen Mädchen saß.

Anscheinend wollte sie alle Mädchen in dieser Kutsche von den Fesseln befreien und ihnen zur Flucht verhelfen. Malina fragte sich, wie sie das schaffen wollte. Sie ahnte vielleicht nicht, dass da draußen auf dem unebenen Weg noch viel mehr Kutschen voller Mädchen entlangfuhren. Malina überlegte, ob sie vielleicht doch ganz leise mit ihr sprechen sollte.

Plötzlich gab das Holz ein lautes, knarzendes Geräusch von sich, das Pferd wieherte laut auf und die Kutsche kippte zur Seite. Malina schrie auf, als sie nach hinten stürzte und etwas Schweres auf sie drauf fiel.

Der Aufprall war laut und tat unglaublich weh.

Bevor sie überhaupt begreifen konnte, was passiert war, zog jemand an ihrem Arm. Malina krabbelte aus der umgestürzten Kutsche und rang nach Luft.

»Schnell«, flüsterte ihr jemand zu und zog sie mit sich.

* * *

$\mathcal{A}$ nastasia zog das blonde Mädchen in dem blauen Kleid, das neben ihr gelegen hatte, mit sich und hoffte, dass die anderen ihnen folgen würden. Doch viele waren immer noch gefesselt und konnten sicher nicht so einfach aus der Kutsche klettern, die nun auf der linken Seite lag. Anastasia duckte sich mit dem Mädchen hinter einen breiten, grünen Busch, um nicht von den Soldaten gesehen zu werden. Sie waren ein Stück vom Weg entfernt im Wald, doch immer noch so nah, dass sie alles beobachten konnten.

Anscheinend war ein Rad der Kutsche in ein Loch im Boden geraten und hatte so den Sturz verursacht. Anastasia wagte noch nicht, zu überprüfen, ob sie unverletzt war. Erst musste sie sicher gehen, dass die Soldaten sie nicht gesehen hatten. Das blonde Mädchen atmete stoßweise und schien auch nicht ernsthaft verletzt zu sein. Es machte sich hinter dem Busch ganz klein, damit niemand es entdecken konnte.

Anastasia spähte durch die Blätter und hielt nach den anderen Mädchen und den Soldaten Ausschau.

Als Nächstes erschien das Mädchen mit den ganz kurzen Haaren, das so freundlich mit ihr gesprochen hatte, in der Öffnung der Kutsche und trat auf den Weg. Anastasia streckte vorsichtig ihre Hand nach oben, um das Mädchen auf sich aufmerksam zu machen. Doch das Mädchen bemerkte sie nicht und rannte zu einem Baum auf der anderen Seite des Weges.

Da sah Anastasia einen Soldaten hinter der Kutsche auftauchen und zog schnell wieder den Arm ein. Der Mann hob seine Waffe, zielte auf das Mädchen und betätige einen Abzug.

Anastasia zuckte zusammen, als der Knall ertönte. Das blonde Mädchen neben ihr riss die Augen erschrocken auf und öffnete den Mund, als wollte es schreien. Schnell drückte Anastasia ihm ihre Hand auf den Mund. Sie wusste, dass der Soldat das kleine Mädchen getötet hatte. Genau wie ihren Vater. Wenn sie jetzt einen Laut von sich gaben, würde der Soldat nicht zögern und sie beide auch umbringen.

»Alle raus aus der Kutsche!«, schrie der Mann.

Anastasia wagte nicht wieder zu dem Weg zu sehen. Sie vermutete, dass die anderen Mädchen aus der Kutsche krabbeln mussten. Sie waren alle gefesselt, da Anastasia es noch nicht geschafft hatte weitere Mädchen zu befreien. Sie hätte schneller sein und sie beschützen müssen. Langsam ließ sie das blonde Mädchen wieder los, das sich anscheinend wieder unter Kontrolle hatte und wusste, dass es nicht schreien durfte.

Das Stöhnen und Schluchzen der anderen Mädchen bestätigte Anastasias Vermutung, dass das kleine Mädchen tot auf dem Boden liegen musste. Sie schluckte und versuchte nicht an ihren Vater in der Blutlache zu denken.

»So ergeht es euch, wenn ihr flieht!«, rief nun ein Soldat. »Ist noch jemand weggerannt? Fehlt irgendjemand?«

Anastasia hielt die Luft an. Wenn die Mädchen sie nun verrieten, würden die Soldaten sie sofort finden und töten. Das blonde Mädchen begann zu zittern und umschlang seinen Körper mit den Armen, um sich zu beruhigen.

»Nein«, antwortete da ein Mädchen mit fester Stimme. Anastasia kannte diese Stimme nicht, doch sie dankte ihr in Gedanken tausendmal.

Sie blieben weiterhin hinter dem Busch versteckt, während die Soldaten sich darum bemühten, die Kutsche wieder aufzurichten, und die Mädchen anwiesen wieder hineinzusteigen. Anastasia tat es furchtbar leid, dass sie ihnen nicht helfen konnte, doch ihr fiel nichts ein, was sie für sie tun konnte, ohne dabei selbst getötet zu werden oder das Leben dieser Mädchen zu gefährden.

»Beeilen wir uns«, meinte einer der Männer. »Sonst stehen wir der nächsten Kutsche im Weg.«

Anastasia ließ den Kopf hängen. Bald kam die nächste Kutsche voller Mädchen. Hatten die Soldaten wirklich alle Mädchen ab 12 Jahren aus Aurora entführt? Sie sah vorsichtig zwischen den Blättern hindurch.

Die Kutsche stand wieder und es war kein Mädchen mehr zu sehen. Anastasia sah verdutzt auf den Weg. Hatten sie etwa auch den Leichnam des kleinen Mädchens in die Kutsche geschafft?

Die zwei Soldaten saßen auf einer Bank vorne an der Kutsche und befahlen dem Pferd, wieder loszulaufen.

Langsam setzte sich die Kutsche in Bewegung. Anastasia atmete erleichtert aus und sah in die Richtung, aus der die Kutsche gekommen sein musste. Es war noch keine weitere Kutsche in Sicht.

Sobald die Kutsche aus ihrem Blickfeld verschwunden war, rappelte sie sich auf.

»Komm mit«, forderte sie das Mädchen neben sich auf. »Wir müssen hier schnell weg.«

Anastasia lief geduckt durch den Wald. Sie rannte schnell von Baum zu Baum, um ganz sicher zu gehen, dass kein Soldat mehr in der Nähe war und sie erblickte. Das Mädchen folgte ihr unsicher und sah sich immer wieder ängstlich um, wodurch es nur langsam vorankam.

Anastasia wartete ungeduldig auf das Mädchen. Als sie bereits einige Bäume zwischen sich und den Weg gebracht hatten, stolperte das Mädchen und fiel zu Boden. Anastasia lief zurück und half ihm wieder hoch.

»Ich kann nicht«, stotterte das Mädchen. Es zitterte immer noch am ganzen Körper.

»Wie heißt du?«, fragte Anastasia und bemühte sich um einen freundlichen, ruhigen Tonfall.

»Malina, Fräulein«, antwortete es und blickte ängstlich zu Boden.

»In Ordnung«, meinte sie. »Nenn mich bitte einfach Anastasia. Möchtest du gerne weiterleben, Malina?«

Sie nahm Malinas Gesicht in ihre Hände, damit Malina ihrem Blick nicht mehr ausweichen konnte und ihr in die Augen sehen musste.

»Ja«, murmelte sie zögernd.

»Zusammen werden wir überleben!«, versprach ihr Anastasia. »Aber dafür musst du jetzt unbedingt weiterlaufen, damit uns die Soldaten nicht finden. In Ordnung?«

Malina nickte.

»Gut«, meinte Anastasia. Sie ließ ihr Gesicht los und nahm Malinas linke Hand in ihre rechte Hand. Dann rannten die beiden los. Anastasia hielt Malina durchgehend fest und Malina schaffte es, das Tempo zu halten. Sie brachten so viele Bäume zwischen sich und den Weg, wie es ihnen möglich war.

Als sie nach langer Zeit anhielten, um sich kurz zu erholen, hatte der starke Wind bereits nachgelassen und es wurde sehr warm. Malina setzte sich auf einen Baumstumpf und Anastasia sah sich um. Egal, in welche Richtung sie blickte, sie konnte nichts als Bäume und Sträucher entdecken.

»Weißt du noch, in welcher Richtung der Weg lag?«,

fragte sie atemlos.

Malina sah sich ebenfalls um und schüttelte den Kopf. »Ich habe solchen Durst«, jammerte sie.

Anastasia tat ihr Hals auch schon furchtbar weh. »Dann suchen wir erst mal nach Wasser«, beschloss sie.

Sie schloss ihre Augen und versuchte den Geräuschen der Natur zu lauschen. Sie hörte Vögel zwitschern, Gras rascheln und irgendwo einen Specht gegen einen Baum klopfen. Doch das Plätschern von Wasser nahm sie leider nicht wahr. Sie öffnete ihre Augen wieder und ging zu einem Baum. Anastasia überlegte, was sie alles über das Überleben in der Natur in ihren Büchern gelesen hatte. Eine Seite des Baumes war von etwas grünem Moosflaum bedeckt.

In dieser Richtung lag dann Norden, oder? Hieß das auch, dass in dieser Richtung Wasser zu finden war?

Sie schüttelte verzweifelt den Kopf. Sie konnte sich im Moment einfach nicht daran erinnern. Malina zog gerade einige, kleine Holzsplitter aus einer Schürfwunde an ihrem Arm.

»Weißt du, wie man im Wald Wasser findet?«, fragte Anastasia sie, machte sich aber keine allzu großen Hoffnungen.

Malina schüttelte wieder den Kopf. Jetzt erst wurde Anastasia ihre Situation richtig bewusst. Sie waren im Moment zwar vor den Soldaten in Sicherheit, doch sie hatten sich in diesem großen Wald völlig verlaufen und hatten nichts bei sich als ihre Kleidung und Schuhe.

Anastasia versuchte einen kühlen Kopf zu bewahren und sich eine Lösung für ihre missliche Lage zu überlegen. Sie war sich sicher, wenn sie ihre Sorge zeigen würde, würde Malina noch mehr Angst bekommen und das würde ihnen auch nicht weiterhelfen. Sie holte tief Luft und dachte angestrengt nach.

»Was würde Vater nun tun?«, fragte sie sich in Gedanken.

Doch der Gedanke tat ihr nur weh und machte es ihr nicht leichter, ihre Angst zu ignorieren.

»Du musst jetzt stark sein, meine liebe Tochter«, würde ihr Vater zu ihr sagen. »Ich glaube an dich! Du wirst eine Lösung finden.« Er hatte ihren Entscheidungen immer vertraut. Ein trauriges Lächeln glitt ihr über die Lippen. Er war schon immer stolz auf sie gewesen.

Also musste Anastasia vielleicht gar nicht überlegen, was er nun tun würde, sondern einfach das tun, was sie selbst als richtig empfand.

»In welche Richtung sollen wir gehen?«, fragte Malina sie unsicher.

»Hier entlang«, antwortete Anastasia und lief voraus. Da sie es nun nicht mehr eilig hatten, liefen die beiden in normalem Tempo nebeneinander her. Anastasia vertraute auf die Worte der Seherin, dass die Magie immer um jeden herum und in einem war, doch viele Menschen ihre Gabe nicht bemerkten. Anastasia wollte nicht zu diesen Menschen gehören. Sie hatte sich ihr Leben lang von dem Wald auf der anderen Flussseite magisch angezogen gefühlt. Natürlich hatte sie niemals gewollt, dass ihr und den anderen Bürgern so etwas Schreckliches widerfuhr, doch nun war sie hier und konnte nichts mehr ungeschehen machen. Nun musste sie einfach bereit sein, sich den Abenteuern dieses Waldes zu stellen. Anastasia konnte den Grund selbst nicht benennen, doch sie glaubte daran, dass gute Geister über sie wachten und ihr auf ihrem schweren Weg beistehen würden. Sie fühlte, dass auf irgendeine Weise alles wieder gut werden konnte. Sie musste nur auf ihren Instinkt vertrauen. Anastasia versuchte, sich auf Wasser zu konzentrieren.

Während sie weiterliefen, dachte sie daran, wie Wasser schmeckte, wie sich das Plätschern anhörte und wie kühl es sich auf ihrer Haut anfühlen würde. Obwohl ihr Hals dadurch nur noch mehr brannte und ihre Zunge schon rau und geschwollen war, galten all ihre Gedanken dem Wasser. Sie musste sich darauf konzentrieren und daran glauben, dass sie es finden konnte. Malina musterte sie immer wieder nachdenklich, doch sagte nichts. Anastasia spürte allmählich ein leichtes Prickeln auf ihrer Haut. Es war wie eine leichte

Gänsehaut auf ihren Oberarmen.

Sie liefen weiter und das Prickeln verschwand.

»Warte kurz«, meinte sie und blieb stehen. Anastasia ging einen Schritt nach links und konnte das Prickeln wieder spüren. Ihr Herz schlug vor Aufregung schneller. Am liebsten hätte sie die Augen zugemacht und sich nur von ihrem Gefühl leiten lassen, doch das hätte für Malina sicher merkwürdig ausgesehen.

Deshalb suchte sie mit den Augen die Umgebung ab und ging langsam weiter. Malina folgte ihr mit einem kleinen Abstand. Da hörte Anastasia tatsächlich das Plätschern von Wasser.

»Da vorne«, rief sie erfreut und rannte einen kleinen Abhang hinunter. Zwischen den Büschen konnte sie bereits den kleinen Bach sehen, der friedlich vor sich hin plätscherte. Sie trat auf das Gras, kniete sich ans Ufer und legte ihre Hände in das kalte Wasser.

»Fantastisch«, freute sich Malina und schöpfte neben ihr bereits Wasser mit den Händen, um ihren Durst zu löschen. Anastasia befreite ihre Hände von dem getrockneten Blut, wusch ihr Gesicht und war dann auch mehrere Minuten mit dem Trinken beschäftigt. Das tat gut und ein warmes Glücksgefühl breitete sich in ihrer Brust aus. Sie hatte es tatsächlich geschafft! Die Mädchen beschlossen schließlich ihre Kleider auszuziehen und sie zu waschen, um sie von dem Blut und Dreck wieder sauber zu bekommen. Dann legten sie sie zum Trocknen in die Nachmittagssonne, die zwischen den hohen Baumkronen hindurch schien. Sie wuschen sich und ihre Haare gründlich und tranken viel Wasser. Anastasia ließ ihre langen Haare nach dem Waschen offen und ihre nassen Locken fielen ihr über die Schultern.

»Wir müssen im Wald übernachten, oder?«, fragte Malina mit einem Blick auf den Stand der Sonne. In ein paar Stunden würde bereits die Dämmerung einsetzen.

»Ja, ich fürchte schon«, meinte Anastasia. »Ich weiß nicht, wie weit wir noch laufen müssen. Wir sollten die Nacht erst einmal am Wasser verbringen und morgen mit neuen Kräften nach dem Ort suchen, an dem die anderen Mädchen nun gefangen gehalten werden.«

Malina horchte auf und fragte überrascht: »Du... du willst diesen Männern folgen?«

»Wir können die anderen doch nicht im Stich lassen«, antwortete Anastasia. »Erst einmal mussten wir vor den Soldaten fliehen und uns selbst in Sicherheit bringen. In der Nähe des Weges könnten sie uns jeder Zeit entdecken, da wir nicht wissen, wie viele Kutschen da noch entlang fahren werden. Aber vielleicht können wir ihnen auch durch den Wald folgen.«

»Also, ich würde lieber wieder nach Hause gehen«,

murmelte Malina leise.

Anastasia dachte an ihre Mutter und ihre kleinen Brüder. Sie wollte unbedingt wissen, ob es ihnen gut ging. Doch sie konnte einfach nicht nach Hause zurückkehren, ohne wenigstens versucht zu haben, die anderen Mädchen vor den grausamen Soldaten zu retten.

Sie hatte von ihrem Vater gelernt, dass ein Bürgermeister immer für seine Bürger da sein und sich um sie kümmern musste. Nur dann war man ein wahrer Anführer!

»Wir sollten uns morgen einen Plan überlegen«, seufzte Anastasia. »Im Moment weiß ich sowieso nicht, in welcher Richtung Aurora liegt.«

Malina nickte traurig. »Ja, wir haben uns total verlaufen«, meinte sie niedergeschlagen.

Nach ungefähr zwei Stunden konnten sie ihre Kleider wieder anziehen, obwohl sie immer noch etwas feucht waren. Anastasia hoffte, dass ihre Kleidung über Nacht an ihrem Körper vollständig trocknen würde, da sie nicht halbnackt schlafen wollte. In dem Wald wusste sie nicht, was sie in der Nacht erwartete. Malina fand an einem Busch neben dem Bach rote Beeren und gab ihr eine Hand voll.

»Wie sind wir eigentlich hierher gekommen?«, fragte Anastasia. »Ich meine, ist das hier der Wald hinter den Bergen oder dem Fluss?«

»Dem Fluss«, antwortete Malina und aß ein paar Beeren.

»Diese Männer... ähm, Soldaten hatten viele... ich glaube, sie nannten sie Boote.« Anastasia aß eine Beere, die sehr süß schmeckte. Sofort lief ihr das Wasser im Mund zusammen und sie aß weitere. Sie ließ sich von Malina diese Boote genauer beschreiben, die sie gerne selbst gesehen hätte. Also waren die Soldaten so schnell mitten in ihrer Stadt aufgetaucht, da sie über den Fluss gekommen waren. Kein Wunder, dass die Ordnungshüter genauso überrumpelt gewesen waren wie alle Bürger von Aurora.

Niemals hätte jemand erwartet, dass Fremde sie angriffen, indem sie die Flüsse überquerten, die sie selbst nicht überqueren konnten. Zum ersten Mal wurde Anastasia bewusst, dass Aurora wegen der ungünstigen Lage Feinden vollkommen ausgeliefert war. Die Beeren konnten Anastasias Hunger leider kaum stillen.

Sie war überrascht, dass Malina sich gar nicht über den Hunger beklagte, da ihr Magen vor Hunger rumorte. Morgen würden sie gezielt nach Nahrung suchen müssen, doch dafür war es nun schon zu spät. Sie sammelten ein paar kleine Äste und Holzstücke ein, um ein Feuer zu machen, falls es in der Nacht zu kalt werden würde. Anastasia legte zwei etwas größere Steine bereit, doch sie wusste nicht, ob sie es überhaupt schaffen würde ohne Streichhölzer ein Feuer zu entfachen. Wenn sie Glück hatten und es nicht regnete, würden sie bestimmt auch ohne Feuer kaum frieren müssen.

»Wir sollten abwechselnd schlafen«, schlug Anastasia vor, als es dunkel wurde und Malina stimmte ihr zu.

»Schlaf du ruhig zuerst«, bot sie Malina an. »Ich passe auf und wecke dich in ein paar Stunden.«

»Danke«, murmelte Malina und legte sich müde neben Anastasia auf den Boden. Anastasia schlang ihre Arme um den Körper und wartete sitzend auf die Dunkelheit. In dieser Nacht schien der Mond hell vom Himmel, sodass Anastasia wenigstens die Umrisse in ihrer Umgebung erkennen konnte. Sie hörte etwas weiter entfernt einen Wolf heulen. Ab und zu raschelte etwas in einem Busch in ihrer Nähe. Anastasia versuchte, sich auf das Plätschern des Wassers zu konzentrieren, um sich zu beruhigen. Als ihr bereits mehrmals die Augen zugefallen waren, beschloss sie schließlich, Malina zu wecken. Malina gähnte und setzte sich auf. Dann legte Anastasia sich auf den harten Boden und vermisste ihr weiches Bett sehr. Vollkommen erschöpft schloss sie die Augen und schlief schnell ein.

Der Wald

Malina setzte sich ein paar Schritte von Anastasia entfernt hin und lehnte sich an einen Baum. Sie musste sich öfter die Augen reiben und laut gähnen, um nicht aus Versehen wieder einzuschlafen. Die Morgendämmerung hatte noch nicht eingesetzt und sie fror in ihrem dünnen Kleid. Anastasia schlief nun tief und fest. Malina konnte den Umriss ihres Körpers im Mondschein erkennen und ihren gleichmäßigen Atem hören. Sie hatte diesem Mädchen ihr Leben zu verdanken und wusste nicht, wie sie ihr ihre Dankbarkeit zeigen sollte. Vielleicht konnte sie Anastasia anbieten, ihr ein Leben lang zu dienen, sobald sie wieder zuhause waren.

Malina schluckte. Falls sie überhaupt jemals wieder heimfanden.

Ihr war dieser Wald furchtbar unheimlich und sie konnte nicht verstehen, wie Anastasia die ganze Zeit so gelassen sein konnte. Hatte sie denn gar keine Angst? Malina wollte sie auch gern fragen, ob der Bürgermeister wirklich tot war, aber sie wollte Anastasia nicht verletzen und so eine Frage stand ihr eigentlich gar nicht zu. Unter normalen Umständen hätte sie Anastasia niemals ohne höfliche Anrede angesprochen, doch hier im Wald schien das alles auf einmal ganz unwichtig zu sein. Malina sah zu dem kleinen Bach und lauschte dem Geräusch des fließenden Wassers.

Zuhause hatte sie auch oft die Geräusche des Flusses in ihrem Zimmer gehört und den Klang als beruhigend empfunden. Hier ging es ihr leider nicht so. Leichter Nebel war vom Wasser aufgestiegen und sie konnte die Umgebung nicht mehr so deutlich erkennen.

Malina dachte an Mark und wünschte sich so sehr, dass er noch am Leben war. Wenn ihm etwas zugestoßen war, hatte sie gar keinen Grund, mehr nach Hause zurückzufinden. Was sollte sie ohne ihn auch tun? Er war immer für sie da gewesen und hatte dafür gesorgt, dass sie nie verhungerten. Mark hatte viel zu früh mit der Arbeit in der Schreinerei beginnen und sich um sie kümmern müssen. Hatte sie sich dafür jemals bei ihm bedankt? Malina bekam auf einmal Kopfschmerzen und schloss die Augen, um sich etwas zu entspannen. Diese Gedanken taten ihr nicht gut, doch sie konnte sie einfach nicht abschütteln.

»Malina!«

Malina horchte auf. Träumte sie etwa? Das klang wie Marks Stimme! Sie schlug die Augen auf und sah sich um. Der Nebel war nun dichter geworden und sie konnte kaum noch etwas erkennen.

»Malina«, hörte sie Marks Stimme ganz leise rufen. Sie sprang auf. Er musste hier ganz in der Nähe sein. War er den Soldaten etwa gefolgt und hatte sie gefunden? War er etwa hier?

»Mark?«, flüsterte Malina leise und machte einen Schritt nach vorn. Aus welcher Richtung war seine Stimme gekommen? Sie lauschte angestrengt und hörte ein Rascheln im Unterholz. Sie lief langsam auf das Geräusch zu.

Sie musste vorsichtig sein, da sie wegen dem Nebel nichts mehr in ihrer Umgebung erkennen konnte.

»Mark?«, rief sie nun. Sie wusste, dass sie eigentlich leise sein sollte, aber der Grund dafür fiel ihr nicht mehr ein. Sie musste ihren Bruder unbedingt finden. Zusammen würden sie diesem merkwürdigen Wald entkommen.

Sie streckte ihre Arme gerade vor sich aus und ging immer weiter.

»Malina«, rief Mark. Seine Stimme klang schwach und verzerrt. Irgendetwas stimmte da nicht. Ob er vielleicht verletzt war und ihre Hilfe brauchte? Malina beschleunigte ihr Tempo und hoffte, dass sie nicht gegen einen Baum laufen würde. Auf einmal war dieser dichte Nebel überall und versperrte ihr vollkommen die Sicht.

Doch er würde sie nicht daran hindern, Mark zu finden.

»Wo bist du?«, rief sie nun.

»Hilf mir«, rief er. »Bitte, hilf mir doch!«

»Ich komme«, schrie Malina. Sie stieß mit dem Fuß gegen Stein und tastete ihn mit den Händen ab. Sie musste über diesen Felsen klettern. Mark war schon ganz nah. Sie kletterte immer weiter. Es ging zwar nicht steil nach oben, aber es war trotzdem schwer, auf dem rauen Gestein nicht auszurutschen. Malina hatte schnell die Orientierung verloren und folgte nur noch Markus schwächer werdenden Hilferufen.

Da kam sie auf der Klippe an und blieb starr vor Schreck stehen. Auf einmal konnte sie wieder etwas sehen. Mark lag am Rand der Klippe mit dem Rücken auf dem Boden. Sein Gesicht war schmerzverzerrt. Über ihm stand ein Soldat und hatte ein blutiges Messer in der Hand.

Er drehte sich zu Malina um und auf seinem Gesicht erschien das abscheulichste Grinsen, das sie je gesehen hatte. Dann löste er sich plötzlich in Luft auf und war verschwunden.

»Mark«, schrie Malina entsetzt und stürzte zu ihrem Bruder. Sie kniete sich neben ihm hin und sah die klaffende Wunde in seinem Bauch. Überall war Blut.

»Malina«, stöhnte er. »Es tut so weh!«

»Oh nein, Mark!«, schluchzte sie. »Was soll ich tun? Was soll ich denn nur tun?« Sie begann zu weinen, da ihr einfach nicht einfiel, wie sie ihren Bruder retten konnte.

Sie stützte seinen Kopf mit ihrer Hand, damit er sie

ansehen konnte.

»Es tut mir so leid«, stotterte sie.

»Immer nur Entschuldigungen«, meinte Mark nun und verdrehte die Augen. »Mach doch einmal etwas richtig, dann muss es dir auch nicht leidtun!«

»Was?«, flüsterte Malina verwirrt. Seine Worte ergaben für sie keinen Sinn.

»Wie kann ich dir helfen?«, fragte sie mit neuer Hoffnung.

»Du hättest mich retten können«, sagte ihr Bruder. »Du hättest alle retten können, doch du hast einfach geschwiegen.«

»Ich weiß nicht, was du meinst«, meinte Malina.

Da packte Mark sie am Arm. »Du hast gesehen, was passieren wird, Malina!«, schrie er sie an. »Du hast uns alle umgebracht! Du bist schuld!«

»Nein«, schluchzte sie. »Das ist nicht wahr.« Doch tief in ihrem Herzen wusste sie, dass er recht hatte. Sie machte immer alles falsch. Es war alles ihre Schuld. Und nun musste ihr eigener Bruder wegen ihres Versagens sterben.

»Mark, bitte«, flehte sie ihn an. »Das habe ich doch nicht gewollt.«

»Ach wirklich?«, gab er zurück. »Dann wolltest du bestimmt auch nicht, dass Mutter und Vater sterben?«

Malina erstarrte. Plötzlich war ihr furchtbar kalt und sie hatte Angst zu erfrieren. »Bitte nicht«, wisperte sie.

Doch Mark fuhr mit eiskalter Stimme fort. »Du hast sie

umgebracht!«, schrie er sie wütend an. »Du hast sie einfach sterben lassen! Du dummes, feiges Mädchen! Wegen dir sind sie nun tot und das weißt du! Ich habe es all die Jahre gewusst! Ich wünschte nur, du wärst damals verbrannt und nicht sie!«

Malina fasste sich mit einer Hand an die Brust. Ihr tat das Herz so weh, dass sie das Gefühl hatte, es stünde in Flammen. Sie wollte nur noch, dass der Schmerz endlich aufhörte.

»Es tut mir leid«, rief sie schluchzend. »Was soll ich denn tun?«

Mark ließ ihren Arm los und streichelte ihre Wange. »Es ist ganz leicht, kleine Schwester«, meinte er nun sanft. »Mach dem allen ein Ende.«

Er deutete zu der Klippe und Malina folgte seinem Blick. Ein paar Meter weiter endete der steinerne Untergrund. Malina wusste auf einmal, dass es dort steil hinunterging. Sie konnte einfach hinunterspringen und es wäre endlich vorbei.

»Es ist besser so«, sagte Mark. »Es ist für alle besser so!«

Malina nickte und erhob sich langsam. Mark lächelte ihr aufmunternd zu.

Dann verschwand er im Nebel. Malina wusste, dass sie ihn verloren hatte. Aber bald würde sie wieder bei ihm und ihren Eltern sein. Dann waren sie alle nach so langer Zeit wieder vereint. Sie machte einen Schritt auf den Abhang zu.

»Es ist besser so«, wiederholte sie Marks Worte. Auf diese Art konnte sie niemandem mehr schaden. Sie würde nie wieder die Menschen verletzen, die sie liebte. Endlich würde sie das Richtige tun.

»Mark«, flüsterte sie, »bitte vergib mir!«

Sie machte einen weiteren Schritt und konnte bereits hinunter in den Abgrund sehen. In der Tiefe herrschte nur grenzenlose Dunkelheit. Sie würde einfach aus der Welt verschwinden. Wer sollte sie auch vermissen? Sie hatte allen, die sie liebte, den Tod gebracht. Malina machte sich bereit, den letzten Schritt ihres Lebens zu tun und in dem dichten, kalten Nebel für immer zu verschwinden.

»Malina!« Eine Stimme durchriss die Dunkelheit und Malina zuckte erschrocken zusammen. Wer war das? Wer kannte auf dieser Welt noch ihren Namen?

»Malina, was tust du da?«, schrie die laute Mädchenstimme. Malina wollte, dass sie endlich still war. Dies war ihr großer Augenblick. Diese Stimme machte nur alles kaputt. Sie hob ihr Bein, um Marks Wunsch endlich zu erfüllen. In dem Moment wurde sie nach hinten gerissen und stürzte auf den harten Steinboden.

»Nein!«, schrie sie und schlug um sich.

»Malina«, rief die Stimme. »Malina, bitte mach die Augen auf!«

Malina öffnete die Augen und hielt überrascht inne. Die ersten Sonnenstrahlen erhellten den Himmel über ihr und der Nebel war plötzlich verschwunden. Anastasia beugte sich über sie und hielt sie an den Armen fest.

»Bitte komm zu dir«, bat sie sie. Malina runzelte verwirrt die Stirn. Was war hier passiert? Wo war Mark?

Anastasia ließ sie los und beobachtete sie nachdenklich. Malina setzte sich auf und sah sich um. Nur einen Schritt von ihr entfernt hörte der Boden auf und sie wäre in die Tiefe gestürzt. Auf einmal wusste sie nicht mehr, wieso sie das gewollt hatte.

»Was ist passiert?«, stotterte sie und merkte, dass sie weinte. Was war nur mit ihr geschehen?

»Ich weiß es nicht«, meinte Anastasia. »Ich bin am frühen Morgen aufgewacht und du warst verschwunden. Ich habe nach dir gesucht und dich dann zum Glück schreien gehört. Bist du etwa schlafgewandelt?« Anastasia sah besorgt zu dem Abgrund hin. »Das war wirklich gefährlich!«

Malina schluckte und brachte kein Wort mehr hervor. In ihrem Kopf war alles durcheinander und sie fühlte sich ganz leer. Anastasia schien zu merken, dass es ihr nicht gut ging.

»Komm, ich helfe dir«, meinte sie und half ihr beim Aufstehen. »Gehen wir erst mal zum Bach zurück. Du solltest dich etwas ausruhen.«

Malina nickte traurig. »Dieser Wald ist mir nicht geheuer«, murmelte sie leise, doch Anastasia schien es nicht zu hören.

* * *

Anastasia stützte Malina beim Gehen, da sie sehr schwach wirkte und leicht zitterte. Als sie kurz darauf wieder beim Bach ankamen, ließ Malina sich auf das Gras sinken und trank etwas Wasser. Anastasia machte sich über ihren Zustand große Sorgen. Irgendetwas war in der Nacht passiert und schien sie sehr erschreckt zu haben. Sie konnte nicht glauben, dass Malina schlafend über den steinernen Hügel geklettert war, ohne sich anzustoßen und dadurch aufzuwachen. Es musste eine andere Erklärung geben. Doch als Anastasia sie von dem Abgrund weggezogen hatte, waren ihre Augen geschlossen gewesen und als sie sie öffnete, war sie sehr verwirrt gewesen und schien nicht mehr zu wissen, was genau passiert war.

Das gefiel Anastasia gar nicht. Die Seherin hatte ihr von der Magie im Wald erzählt, doch sie hatte niemals behauptet, dass diese nur gute Auswirkungen haben konnte. Vielleicht gab es hier auch böse Mächte, die Anastasia unterschätzt hatte. Anastasia aß noch zwei Hände voller Beeren und riet Malina auch etwas zu essen. Malina aß ein paar Beeren, doch ihr Blick wirkte leer, als wäre sie in Gedanken ganz weit weg.

Anastasia trank sehr viel Wasser, da sie nicht wusste, wann sie wieder eine Wasserquelle im Wald finden würden. Dann beschloss sie, dass sie aufbrechen sollten. Die Morgensonne stand nun hell am Himmel und die nebelige Dunkelheit der Nacht war vollkommen verschwunden.

»Gehen wir«, meinte sie zu Malina. Malina stand auf, sagte aber nichts. Sie folgte Anastasia wortlos. Anastasia schlug die Richtung ein, von der sie dachte, dass sie so wieder zu dem Weg gelangen konnten, doch sicher war sie sich nicht.

Sie hielt immer wieder nach hohen Bäumen Ausschau, die genug Äste hatten, um daran emporzuklettern. Sie hoffte, dass sie sich, wenn sie an einem Baum hochkletterte, einen Überblick über das große Waldgebiet verschaffen konnte. Da Anastasia sich immer noch Sorgen um Malina machte, versuchte sie, ein Gespräch anzufangen.

»Ich suche einen hohen Baum, auf den ich klettern kann«, meinte sie zu ihr. »Damit wir wissen, wo wir uns befinden.«

Malina nickte, sagte jedoch nichts und lief schweigend neben ihr her.

Anastasia erinnerte sich an ihr gestriges Gespräch

darüber, ob sie nach den Mädchen suchen oder lieber nach Hause gehen sollten.

»Ich hätte einen Vorschlag«, sagte sie nun.

Malina sah sie nicht an, sondern starrte beim Laufen auf ihre Füße.

»Wir versuchen erst einmal herauszufinden, welcher Ort von uns aus näher ist«, schlug Anastasia vor. »Die Stadt der Soldaten oder Aurora. Und wir gehen zu dem Ort, der näher ist, da wir ohne Essen nicht lange im Wald bleiben können.«

»Klingt gut«, murmelte Malina nun. »Hauptsache wir finden aus dem Wald raus.«

Anastasia nickte. Da hatte sie wohl recht.

Da erblickte sie einen geeigneten Baum. Er hatte einen sehr dicken Stamm und viele Äste, die relativ dicht beieinander waren. Anastasia blieb stehen und hoffte, dass ihre Idee wirklich gut war. Ob sie gut klettern konnte, hatte sie noch nie ausprobiert.

»Ich werde es hier versuchen«, meinte sie zu Malina, die daraufhin auch stehen blieb und den hohen Baum skeptisch musterte. Anastasia stellte sich unter den niedrigsten Ast, der zum Glück breit war und stabil aussah. Sie hielt sich daran mit beiden Händen fest und versuchte sich hochzuziehen. Sie zappelte mit den Füßen in der Luft herum und ihre Arme begannen zu schmerzen. Sie hatte nicht genug Kraft, um sich ganz hochzuziehen. Erschöpft ließ sie wieder los und kam mit den Füßen auf dem Boden auf.

»Ich helfe dir«, bot Malina ihr auf einmal an. Sie legte ihre Handflächen ineinander und bedeutete Anastasia, mit einem Fuß auf ihre Hände zu steigen. Anastasia schlüpfte schnell aus ihren Schuhen und nahm Malinas Angebot gerne an. Sie stellte einen nackten Fuß auf Malinas Handfläche und griff mit den Händen nach dem Ast. Dann stieß sie sich mit großer Kraft mit den Füßen ab und zog sich nach oben.

»Ah«, rief sie, als ihre Arme vor Anstrengung zu zittern begannen. Doch sie schaffte es ihren Oberkörper so weit hinaufzuziehen, dass sie sich auf den Ast setzen konnte. Erleichtert atmete sie aus und hielt sich an dem Ast und dem Stamm gut fest. Sie sah nach oben und ihr Mut schwand. Irgendwie hatte sie sich das viel leichter vorgestellt. Sie befürchtete, dass sie weiter oben abrutschen und das Gleichgewicht verlieren könnte. Solch einen Sturz würde sie sicher nicht ohne Verletzungen überstehen.

Doch sie musste es unbedingt versuchen. Ganz vorsichtig legte sie ihre Füße auf den Ast, klammerte sich an den Stamm und stand langsam auf.

»Sei vorsichtig«, hörte sie Malina sagen.

Anastasia lächelte.

Aus irgendeinem Grund freute es sie, dass Malina ihr

Wohlbefinden auch wichtig war. Dadurch fühlte sie sich in diesem Wald nicht ganz so allein. Sie konzentrierte sich genau auf das, was sie tat und ging immer sicher, dass sie genug Halt hatte, um von einem Ast auf einen anderen zu steigen.

Tatsächlich schaffte sie es, ein paar Meter nach oben zu klettern, bis die Äste zu klein wurden, um ihr Gewicht zu tragen. Sie hielt sich an einem dünnen Ast fest und stand auf einem stabileren Ast ganz nah am Stamm.

Anastasia blickte kurz nach unten, um nach Malina zu sehen, doch das war keine gute Idee. Sie war höher gekommen, als sie dachte und bei der Höhe wurde ihr sofort schwindelig. Schnell sah sie nach oben in den Himmel und versuchte sich zu beruhigen. Dann ließ sie den Blick schweifen. Sie war auf der Höhe der anderen Baumkronen, doch da einige Bäume kein dichtes Blätterdach hatten, konnte sie sehr weit blicken. Sie sah in alle Richtungen und versuchte nach allem Ausschau zu halten, das ihnen etwas über ihren Standpunkt verraten konnte. Doch wohin sie auch schaute, sah sie nichts als viele Bäume. Dieser Wald war wirklich riesig.

Sie konnte sehr weit weg einige Berge sehen, doch das ging ihr in mehreren Richtungen so und sie konnte nicht sagen, welche Berge die Berge in der Nähe von Aurora waren.

Manche Berge waren so hoch, dass sie in den Wolken verschwanden, andere schienen eher grüne Hügel zu sein, auf denen ebenfalls Bäume standen.

Als sie nach rechts sah, fiel ihr doch etwas in einiger Entfernung auf. Sie kniff die Augen zusammen und beugte sich instinktiv ein klein wenig nach vorne. Dort war etwas, das sich von den dichten Bäumen unterschied. In der Sonne schimmerte es rötlich. Anastasia überlegte, dann fiel es ihr ein. Das waren rote Dachziegel! Dort stand ein Haus! Sie sah noch einmal hin und bemerkte in der Nähe noch mehr Reflexionen der Sonne. Dort standen auf jeden Fall einige Gebäude. Ob es eine Stadt oder nur eine kleine Siedlung war, konnte Anastasia von ihrem Blickwinkel aus nicht erkennen. Doch sie war sich sicher, dass dies nicht ihre Stadt war. Die meisten Häuser bei ihnen hatten ein flaches Dach und dieses schien spitz zuzulaufen. Außerdem schienen die Häuser dicht am Waldrand zu stehen, also konnte kein Fluss zwischen den Bäumen und den Häusern liegen.

»In dieser Richtung gibt es Häuser«, rief Anastasia und deutete dorthin. Sie hoffte, dass auch Malina sich die Richtung merken würde und sie sich auch am Boden noch an die Richtung erinnern konnte. Sie betrachtete den Weg, den sie ungefähr zwischen den Bäumen entlang gehen mussten und versuchte sich einige Sträucher und besonders auffällige

Bäume einzuprägen. Dann begann sie ganz langsam und vorsichtig hinunterzuklettern. Das fiel ihr sogar noch schwerer als nach oben, da sie sich nicht traute längere Zeit nach unten zu sehen. Doch zum Glück brach kein Ast ab und sie fand immer guten Halt.

Als sie noch zwei Äste von dem niedrigsten Ast entfernt war, hörte sie plötzlich ein Geräusch. Sie sah zu Malina, die nahe am Baum stand und zu ihr hochsah. Das Geräusch kam auf jeden Fall nicht von ihr. Es war wie ein Surren und kam langsam näher. Da hörte sie genauer hin. Es war ein Knurren!

Anastasia sah zur Seite und da stand tatsächlich ein großer, silberner Wolf. Er war ein paar Meter von ihnen entfernt, hatte seine Augen auf Malina geheftet und fletschte die Zähne.

»Malina«, rief Anastasia. »Du musst sofort hochklettern. Schnell!«

Malina sah sie verständnislos an. »Brauchst du Hilfe?«, fragte sie.

Anscheinend hörte sie das Knurren nicht und Anastasia hatte den Wolf vor ihr entdeckt, da sie von oben eine bessere Sicht hatte. Da fiel ihr ein, dass sie selbst kaum auf den untersten Ast gekommen war und Malina es ohne Hilfe auch nicht schaffen würde, hochzuklettern. Schnell hangelte sich Anastasia weiter nach unten und stellte sich auf den letzten

Ast.

»Du musst hochklettern«, meinte sie zu Malina.

Malina runzelte verwirrt die Stirn.

Der knurrende Wolf kam langsam näher und das Geräusch wurde lauter. Malina sah überrascht über ihre Schulter, erblickte das Tier und schrie dann erschrocken auf.

Sie presste sich mit dem Rücken gegen den Baumstamm und starrte den Wolf ängstlich an. Anastasia hielt sich an einem anderen Ast fest und ging auf die Knie. Sie streckte ihre Hand nach unten.

»Nimm meine Hand«, wies sie Malina an. »Du musst hoch klettern.«

Malina sah zu ihr und ihr Gesichtsausdruck zeigte, dass sie lieber gleich die Flucht ergreifen und wegrennen wollte.

»Vertrau mir!«, fügte Anastasia hinzu. »Hier oben sind wir sicher.«

Der Wolf fletschte wieder die Zähne, dann rannte er direkt auf Malina zu.

»Schnell«, schrie Anastasia.

Malina wandte sich zu ihr und griff nach ihrer Hand. Mit großer Mühe zog Anastasia sie nach oben, während Malina sich mit einer Hand an dem Ast festhielt. Doch sie fand mit den Füßen keinen Halt an dem Stamm.

»Noch ein Stück«, keuchte Anastasia. Der Wolf war gleich bei ihnen!

Da schaffte Malina es, sich ganz auf den Ast zu ziehen und konnte sich auf ihn setzen. Unter dem Gewicht der beiden Mädchen knarzte er bedrohlich. Schnell kletterte Anastasia auf einen höheren Ast. Malina bemühte sich, auf dem Ast aufzustehen, und zog gerade ihre Füße hoch, als der Wolf nach ihnen schnappte.

Malina schrie auf und klammerte sich an den Stamm. Der Wolf knurrte und versuchte, am Baum hochzuspringen. Er kam dem untersten Ast bedrohlich nahe.

Anastasia sah, dass dem Wolf Speichel aus dem Maul floss und seine schwarzen Augen seine Beute nicht aus dem Blick ließen.

»Wir müssen höher«, meinte sie. Sie kletterte weiter nach oben und Malina folgte ihr. Anastasia bemerkte, dass sie beim Klettern sehr geschickt war. Ob Malina nur aus Panik auf einmal so gut klettern konnte, wusste sie nicht. Nun saßen sie weit über dem Wolf auf den Ästen und atmeten beide erleichtert auf.

»Das war knapp«, flüsterte Malina.

Anastasia nickte zustimmend.

Es dauerte eine Weile, bis der Wolf aufhörte, zu knurren und am Baumstamm hochzuspringen. Doch dann sah er nicht mehr nach oben und fing an zu schnüffeln. Anastasia hoffte, dass er sich eine leichtere Beute suchen würde. Doch der Wolf roch stattdessen an den Sandalen, die Anastasia auf dem Boden liegen gelassen hatte. Sie schluckte. Hoffentlich konnte sich das Tier ihren Geruch nicht lange merken und später nicht ihre Spur verfolgen. Der Wolf riss plötzlich den Kopf nach hinten und heulte auf. Anastasia zuckte erschrocken zusammen.

»Ruft er jetzt weitere Wölfe hierher?«, fragte Malina sie mit besorgtem Blick.

»Ich hoffe nicht«, meinte Anastasia. Dann hätten sie wirklich ein Problem. Sie konnten nicht für immer auf diesem Baum bleiben. Ihr taten jetzt schon alle Glieder weh. Außerdem hoffte sie sehr, dass der Wolf nicht ihre Schuhe zerbiss. Sonst müsste sie barfuß über den Waldboden laufen und das würde bei all den Wurzeln und Zweigen sehr wehtun.

Der Wolf heulte noch einmal, dann trottete er langsam wieder weg von dem Baum. Anastasia konnte ihr Glück kaum fassen. Sie warteten, bis sie den Wolf nicht mehr sehen konnten, und kletterten langsam wieder nach unten.

»Denkst du, er ist weg?«, wollte Malina wissen.

»Ja«, antwortete Anastasia und ihre Stimme klang sicherer, als sie sich fühlte.

Da sprang Malina sofort vom untersten Ast und landete auf dem Waldboden. Anscheinend vertraute sie Anastasias Urteil allmählich. Anastasia folgte ihr und zog erleichtert ihre Schuhe wieder an.

»Lass uns zu den Häusern gehen«, schlug sie Malina vor und deutete in die Richtung, in die sie dafür gehen mussten. Malina nickte und die beiden machten sich auf den Weg.

Sie sahen sich immer wieder um, ob der Wolf sie verfolgte.

Anastasia war jederzeit bereit wieder auf einen Baum zu klettern, doch der Wolf tauchte nicht wieder auf. Stattdessen begegneten sie freundlicheren Waldbewohnern wie Eichhörnchen und einem Reh, das bei ihrem Anblick sofort die Flucht ergriff.

Anastasia lauschte dem Gesang der Vögel und genoss die angenehmere Seite des Waldes. Die Luft roch ganz frisch und trug viele Gerüche mit sich, die sie kaum unterscheiden konnte. Inzwischen schien die heiße Mittagssonne vom Himmel und Anastasias Mund war wie ausgetrocknet. Sie konnte nur schwer einschätzen, wie lange es noch dauern würde, bis sie bei den Häusern ankamen. Hoffentlich gingen sie überhaupt noch in die richtige Richtung.

»Meine Füße tun so weh«, jammerte Malina. »Ich hab bestimmt schon Blasen.«

»Ich hab schon Blasen an den Blasen«, meinte Anastasia und lachte.

Malina lächelte unsicher. Wahrscheinlich fand sie den Witz nicht sehr lustig, doch Anastasia hätte gern die Stimmung etwas aufgeheitert. Immerhin könnten sie sich so von den wirklich schlimmen Problemen, von denen sie im Moment genug hatten, ablenken.

Nach einer gefühlten Ewigkeit erblickten sie in der Ferne tatsächlich ein Gebäude.

»Da vorn«, rief Malina erfreut.

»Wir haben es geschafft«, jubelte Anastasia.

Die beiden rannten nun, so schnell sie konnten, auf das Gebäude zu. Der Wald lichtete sich und schließlich liefen sie an vereinzelten Bäumen vorbei. Dann blieben sie am Waldrand stehen. Vor ihnen stand ein kleines, heruntergekommenes Haus aus Stein mit roten Dachziegeln, das von vereinzelten Bäumen umringt war. Davor war ein großes Feld, auf dem Kartoffeln und einige Gemüsearten angepflanzt waren.

»Wasser«, rief Malina und deutete auf den Steinbrunnen vor dem Haus. Die beiden rannten zum Brunnen und Anastasia zog an einem Seil, um einen Eimer voller Wasser hochzuziehen. Als der Eimer in der Öffnung des Brunnens ankam, hielt Malina ihn fest und stellte ihn auf den Rand des Brunnens. Dann schöpften sie abwechselnd mit der Hand das Wasser, um ihren Durst zu löschen.

Sie leerten zusammen fast den ganzen Eimer und Anastasia überlegte einen weiteren Eimer voller Wasser aus dem Brunnen zu holen. Da fiel ihr ein Baum in der Nähe des

Hauses auf. Es war ein prachtvoller Apfelbaum, an dem viele grüne und schon ein paar rote Äpfel hingen.

»Ich muss unbedingt etwas essen«, meinte sie zu Malina und deutete auf den Baum.

»O ja, gern«, stimmte sie ihr zu.

Sie liefen zu dem Baum und pflückten sich jeweils einen roten Apfel. Anastasia biss in den Apfel und hatte das Gefühl noch nie etwas so Leckeres gekostet zu haben. Ihr Magen rumorte, als wollte er ihr sagen, dass er mehr davon brauchte. Nachdem sie einen ganzen Apfel aufgegessen hatte, pflückte sie weitere, um diese später noch essen zu können.

Da sah sie aus dem Augenwinkel eine Bewegung und sah zum Haus. Die Tür öffnete sich und ein muskulöser Mann trat hinaus.

Anastasia lächelte. Zum Glück war jemand zuhause. Nun konnten sie den Mann um Hilfe bitten. Er konnte ihnen sicher sagen, wohin sie laufen mussten, um zur nächsten Stadt zu kommen.

Sie wollte gerade auf ihn zugehen, als der Mann von einem Stapel Holz vor dem Haus eine Axt aufhob und schrie: »Was macht ihr Bälger in meinem Garten?«

Malina zuckte erschrocken zusammen, drehte sich um und rannte sofort wieder in den Wald hinein.

Anastasia erstarrte und wusste nicht, was sie tun sollte.

Doch der Mann wirkte sehr aggressiv, hob die Axt und kam auf sie zu. Da drehte sie sich ebenfalls um und rannte hinter Malina her. Mit Mühe konnte sie zwei Äpfel in ihren Händen festhalten, während sie schnell wegrannte.

Sie holte Malina bald ein und blieb nach Luft schnappend stehen. Malina hielt sich den Bauch an der rechten Seite, als hätte sie Schmerzen. Anastasia sah sich um. Sie waren zwar wieder im Wald, doch die Bäume standen weit voneinander entfernt. Das Bauernhaus war nicht mehr zu sehen und der unfreundliche Mann zum Glück auch nicht.

»Oh je«, wisperte Malina und setzte sich auf das Gras.

»Das war knapp«, meinte Anastasia.

Sie bemerkte, dass Malina keinen Apfel in der Hand hatte und gab ihr einen von ihren. Sie hatte gehofft, dass sie mehr Glück hatten, wenn sie auf fremde Menschen trafen.

Wahrscheinlich hätten sie sich nicht einfach an dem Apfelbaum des Mannes bedienen dürfen.

Als sich ihre Atmung wieder normalisiert hatte, biss sie in den Apfel und genoss jedes Stück. Leider war der Apfel viel zu schnell aufgegessen und sie sah traurig zu Malina, die ihren auch schon gegessen hatte.

»Danke«, meinte Malina und lächelte ihr zu. Anastasia erwiderte ihr Lächeln. Sie blieben etwas sitzen, um sich auszuruhen.

Dann meinte Anastasia: »Lass uns weiter nach dieser Stadt suchen. Ich denke, der Wald endet in dieser Richtung bald.«

»Ich hoffe es«, fügte Malina hinzu.

Die beiden standen auf und machten sich wieder auf den Weg.

Der Markt

Bald darauf erreichten die beiden den Waldrand und Malina war sehr froh, den unheimlichen Wald endlich hinter sich zu lassen. Doch als sie die vielen Häuser erblickte, blieb sie überrascht stehen.

»Diese Stadt ist bestimmt größer als unsere«, vermutete Anastasia und betrachtete beeindruckt die vielen, großen Häuser vor ihnen.

Malina konnte kaum schätzen, wie groß diese Stadt war, da sie weder links noch rechts von sich sehen konnte, wann die Steinhäuser aufhörten. Am meisten überrascht war sie jedoch über den Weg zwischen all den Häusern. Der breite Weg schien mit flachen, bunten Steinen gepflastert worden zu sein.

Malina trat auf den Weg und spürte den harten Untergrund. Vielleicht konnten Kutschen auf diesem Weg besser fahren als auf Erde, doch zum Laufen stellte Malina es sich nicht sehr angenehm vor.

»Was sollen wir jetzt tun?«, fragte sie.

Anastasia sah immer noch von einem Haus zum anderen. »Wir könnten erst einmal in die Stadt hinein laufen und uns etwas umsehen«, schlug sie vor.

Malina runzelte die Stirn. Bei Anastasia klang das so, als würde sie gerne die Gebäude besichtigen und die große Stadt näher kennen lernen. Malina befürchtete, dass sie vergaß, was für sie oberste Priorität haben sollte.

Sie folgte Anastasia, als diese einen Weg durch die ersten Häuser entlang ging und meinte: »Sollten wir nicht zuerst jemanden fragen, wo wir hier sind? Immerhin kennen wir den Weg nach Hause nicht, haben nichts zu essen und für heute Nacht keinen Ort zum Schlafen.«

»Natürlich«, sagte Anastasia. »Ich bin mir aber nicht sicher, ob wir einfach irgendjemanden Fremden ansprechen sollten.«

Darauf wusste Malina leider keine Antwort.

Ihnen begegneten ein paar Menschen, die ihren Weg kreuzten oder ihnen entgegenkamen. Malina befürchtete, dass diese Menschen sofort merken würden, dass die beiden nicht aus dieser Stadt stammten. Doch die Bürger beachteten die beiden Mädchen gar nicht und Malina atmete auf. Sie überlegte, wen sie ansprechen könnten. Immerhin zog sich ihr Magen vor Hunger bereits schmerzhaft zusammen. Da blieb Anastasia vor einem prächtigen dreistöckigen Haus stehen, das im Vergleich zu den anderen einfachen Häusern wie ein Palast aussah.

»So eine Bauart habe ich noch nie gesehen«, staunte

sie.

Malina interessierte sich im Moment nicht sehr für das Gebäude und wartete ungeduldig darauf, dass Anastasia endlich weiterging. Sie konnte Anastasias Faszination in ihrer unangenehmen Lage einfach nicht nachvollziehen.

»Vielleicht können wir uns an eine nette, ältere Frau wenden und sie um Hilfe bitten?«, schlug Malina vor und lief langsam weiter.

Anastasia folgte ihr, sagte aber nichts.

Sie folgten dem gepflasterten Weg bis zu einem großen Marktplatz, an dem sich sehr viele Menschen aufhielten. In einem Halbkreis um den Platz herum waren mehrere Stände aufgebaut, an denen Kleidung, Essen und andere Dinge verkauft wurden. Vor den Ständen drängten sich viele Menschen zusammen und einige riefen den Verkäufern etwas zu. Malina wich einem kleinen Jungen aus, der an ihr vorbei zu seiner Mutter rannte.

»Der Marktplatz ist auch viel größer als bei uns«, meinte Anastasia. »Und wie viel hier am Nachmittag los ist, ist wirklich erstaunlich.«

»Hast du auch so schlimmen Hunger?«, fragte Malina und Anastasia nickte.

»Aber wir haben keine Münzen bei uns«, sagte sie niedergeschlagen. »Und wir wissen auch nicht, ob die Menschen in dieser Stadt anderes Geld verwenden als in Aurora.«

Malina sah zu einem Stand voller frischem Obst und ihr lief das Wasser im Mund zusammen. Ob sie um Geld betteln sollten? Sie wagte es aber nicht, Anastasia diesen Vorschlag zu machen. Als Tochter des Bürgermeisters von Aurora würde sie bestimmt niemals fremde Menschen nach Geld fragen.

Anastasia folgte Malinas Blick und meinte nun in einem leisen Ton: »Es ist an dem Stand so viel los, der Verkäufer wird uns sicher nicht bemerken. Schnapp dir im Vorbeigehen einfach einen Apfel oder eine Birne.«

Malina sah sie mit großen Augen an. »Wir sollen stehlen?«, flüsterte sie entsetzt.

Anastasia wusste doch sicher auch, dass so etwas nur Verbrecher taten.

»Ich hab leider keine andere Idee«, sagte Anastasia und zuckte mit den Schultern.

Malina schluckte. Sie fürchtete sich davor, von jemandem erwischt zu werden. Ob man gleich in einen Arrest kam, wenn man Obst stahl?

»Komm mit«, forderte Anastasia sie auf.

Malina folgte ihr bis vor den Stand. Es sprachen gerade drei Menschen gleichzeitig mit dem älteren Mann, der das Obst verkaufte. Anastasia drängte sich unauffällig durch die Menschenmenge, schnappte sich eine Birne, ohne das

Obst überhaupt anzusehen, und lief dann ganz langsam zum nächsten Stand. Niemand hatte sie bemerkt.

Malina sah, wie Anastasia in die Birne biss und ihr großer Hunger gab ihr Mut. Sie würde es einfach genauso machen und der Verkäufer würde eine einzelne Birne nicht einmal vermissen. Ganz langsam ging sie zu dem Stand und begutachtete das Obst. Der Verkäufer sah nicht einmal in ihre Richtung, doch die Angst stieg trotzdem in ihr hoch. Marks Stimme ertönte in ihrem Kopf und sagte ihr, dass dies falsch war. So etwas durfte man nicht tun. Doch ihr schmerzender Magen übertönte die Stimme der Vernunft. Malina griff ganz schnell nach einer Birne und drehte sich um.

»Hey, junges Fräulein«, rief auf einmal eine Männerstimme. »Das musst du aber bezahlen!«

Malina zuckte zusammen und wagte es nicht den Verkäufer anzusehen. Schnell rannte sie in die Menschenmenge vor den anderen Ständen hinein und sah sich panisch nach Anastasia um, doch sie konnte sie nirgends entdecken. Sie versteckte sich hinter einem anderen Stand und sah zu dem Obststand.

»Diebin!«, rief der Verkäufer nun laut. »Haltet die Diebin!«

Da traten zwei Männer in grüner Uniform an den Stand und redeten mit dem Verkäufer.

Malina schnappte erschrocken nach Luft. Das waren Soldaten! Die Soldaten, die Aurora angegriffen und sie entführt hatten, waren also tatsächlich hier. Und nun sahen sie sich suchend nach Malina um! Malina wusste, dass diese Männer merken würden, dass sie nicht aus dieser Stadt kam. Ob sie sie dann sofort umbringen würden? Malina wich an den Rand des Marktplatzes zurück und sah sich wieder um. Wo war Anastasia? Als die Soldaten in ihre Richtung liefen, bekam ihre Panik die Oberhand. Schnell lief sie in eine kleinere Gasse und rannte den Weg entlang. Ob die Soldaten sie gesehen hatten, wusste sie nicht. Sie rannte, so schnell sie konnte, und sah kurz über ihre Schulter. In der Gasse hinter ihr war niemand zu sehen. Da stieß sie plötzlich mit jemandem zusammen. Die Birne fiel ihr aus der Hand und sie stürzte zu Boden.

Mit den Händen und Knien kam Malina auf dem steinernen Boden auf und der Schmerz schoss ihr in Arme und Beine. Sie schnappte nach Luft und versuchte den Schmerz zu verdrängen. Langsam richtete sie sich wieder auf und sah sich verwirrt um. Ein älterer, blonder Junge lag vor ihr auf dem Boden. Die Gasse kreuzte sich hier mit einem breiteren Weg und anscheinend hatte er gerade in die Gasse treten wollen, als sie ihn umgestoßen hatte.

»Es... es tut mir leid«, entschuldigte sie sich schüchtern. Sie sah wieder über ihre Schulter, doch zum Glück war von den Soldaten nichts zu sehen. Der Junge sprang auf die Beine und sah Malina mit finsterem Blick an.

Er war einen ganzen Kopf größer als sie und sehr muskulös. Das konnte Malina selbst durch sein ausgewaschenes, kurzärmliges Oberteil erkennen, das er über einer kurzen Hose trug. Seine dunkelblonden Haare fielen ihm ins gebräunte Gesicht und reichten bis zu seinen breiten Wangenknochen.

»Was fällt dir eigentlich ein?«, schrie er und funkelte Malina mit seinen grünen Augen wütend an.

Sie wollte sich gerade noch einmal entschuldigen, als er sie an den Oberarmen packte und gegen eine Häuserwand drückte.

»Wolltest du etwa meine Börse stehlen?«, schrie er und ragte über Malina auf.

»N... nein«, brachte Malina heraus. Ihr Herz schlug ihr bis zum Hals und sie dachte panisch darüber nach, wie sie sich aus seinem Griff befreien könnte. Doch der Junge war viel zu stark und Malinas Arme taten schon entsetzlich weh.

»Bitte...«, fing sie an, doch der Junge schüttelte sie und rief: »Los, sag schon! Bist du ein Spion?«

Malina fing an zu zittern und brachte kein Wort mehr hervor. Wenn der Junge sie nicht bald in Ruhe lassen würde, würde sie noch anfangen zu weinen. Sie wünschte sich so sehr, dass Anastasia nun hier wäre. Sie wüsste bestimmt, was zu tun wäre.

Da tippte ein Junge mit kurzen, schwarzen Haaren dem blonden Jungen auf die Schulter und deutete auf die Birne, die auf dem Boden lag. Der blonde Junge sah auf das Obst und dann wieder zu Malina. Er lockerte seinen Griff etwas, ließ sie jedoch nicht los.

»Hast du die etwa gestohlen?«, fragte er sie nun. Er klang nicht mehr so wütend, sondern eher überrascht.

Malina schüttelte ängstlich den Kopf. Ob er sie an die Soldaten verraten würde? Der Junge kniff die Augen zusammen und kam Malinas Gesicht mit seinem noch näher.

»Sag schon!«, forderte er sie auf.

»Ja«, flüsterte Malina.

»Du hast sie auf dem Markt gestohlen, wo es von den Soldaten des Königs nur so wimmelt?«, fragte er ungläubig.

Malina war total verwirrt.

Was wollte er überhaupt von ihr wissen? Wollte er sie nun verraten oder für den dummen Diebstahl schimpfen?

Der Junge kniff wieder die Augen zusammen und betrachtete Malinas Kleid. Ihr Gesicht wurde ganz heiß und sie wäre am liebsten vor Scham im Boden versunken.

»Du bist nicht von hier, oder?«, vermutete er.

Malina schluckte. Woher wusste er das?

»Doch«, log sie. Nun grinste der blonde Junge und machte ihr dadurch nur noch mehr Angst.

»In Ordnung«, meinte er. »Wie lautet die Parole des Königs?«

»König?«, wiederholte Malina leise. Was war ein König noch mal?

Dieses Wort hatten die Soldaten auch verwendet. Ob das der Anführer dieser Stadt war? Doch wenn dieser Anführer eine Parole hatte, konnte sie diese unmöglich erraten.

»Hab ich vergessen«, versuchte sie, sich rauszureden. Der blonde Junge lachte laut auf und Malina zuckte zusammen.

»Oh nein, Kleine«, meinte er. »Wenn du hier leben würdest, wüsstest du die Parole sogar im Schlaf und würdest niemals in Anwesenheit eines Soldaten Essen stehlen. Ich glaube nämlich nicht, dass du lebensmüde bist.«

Malina sah zu Boden. Im Lügen war sie noch nie gut gewesen.

Doch wie sollte sie den Jungen jetzt davon abbringen sie zu verraten?

»Bitte sag ihnen nichts«, traute sie sich, zu sagen, und sah in Richtung Marktplatz. »Bitte lass mich einfach gehen.«

Der Junge runzelte nachdenklich die Stirn.

»Woher kommst du?«, wollte er nun wissen und klang ehrlich interessiert.

Malina presste die Lippen aufeinander. Sie durfte ihm nichts erzählen, ohne dass Anastasia einverstanden war. Sie konnte diesem Jungen auf keinen Fall vertrauen und würde damit das Leben von ihnen beiden in Gefahr bringen.

Doch wie sollte sie Anastasia jetzt nur wieder finden? Sie konnte nicht zum Marktplatz zurückgehen, weil der Verkäufer sie erkennen und sofort die Soldaten informieren könnte.

Plötzlich ließ der blonde Junge sie los und Malina atmete erleichtert auf. Doch er stand immer noch direkt vor ihr und lehnte sich mit einem Arm über ihr an die Wand, sodass sie nicht einfach an ihm vorbei gehen konnte. Aber wenigstens tat er ihr nicht mehr weh.

»Ich mach dir einen Vorschlag«, meinte er. »Du erzählst mir, was ich wissen möchte und ich verpfeif dich nicht an die Soldaten.«

Malina überlegte, ob sie überhaupt eine Wahl hatte. Sie dachte daran, dass Anastasia sie bestimmt nicht verraten würde und sie das deshalb auch nicht tun durfte.

»Ich bin nicht allein hier«, fing sie zögernd an. »Ich hab meine Freundin auf dem Marktplatz verloren.« Sie holte tief Luft und versuchte so selbstbewusst wie möglich zu klingen. »Wenn du meine Freundin finden und herbringen könntest, dann erzählen wir dir alles, was du wissen möchtest«, versprach ihm Malina. Sie hoffte, dass Anastasia ihre Situation verstehen und nicht wütend sein würde, doch eine bessere Lösung fiel ihr im Moment einfach nicht ein.

Der blonde Junge kniff die Augen wieder nachdenklich zusammen, dann zuckte er mit den Schultern.

»Geht klar«, meinte er. »Wie sieht sie denn aus?«

»Sie hat lange, braune Locken und trägt ein dunkelrotes Kleid«, erzählte Malina. »Sie heißt Anastasia.«

»Das ist ja ein schöner Name«, meinte er nun und kam ihrem Gesicht mit seinem wieder näher. »Und wie heißt du?«

Von seiner Nähe verunsichert stottere Malina: »Ma... Ma... lina.«

»Lina?«, wiederholte er. »Ich mag kurze Namen.«

»Nein«, sagte sie schnell. »Malina.«

»Wie auch immer«, meinte er und stieß sich von der Wand ab. »Dann such ich mal deine Freundin. Du bleibst solange bei meinem Bruder.«

Er deutete auf den Jungen mit den schwarzen Haaren, der ihn vorhin auf die Birne aufmerksam gemacht hatte und nun an der Häuserwand gegenüber lehnte.

Malina hatte ihn bis jetzt gar nicht beachtet, da er sich in das Gespräch nicht eingemischt hatte.

Der blonde Junge lief die Gasse entlang, um zum Markt zu gehen, und Malina lehnte sich nun freiwillig gegen die Wand. Sie berührte mit der linken Hand ihren rechten Oberarm an der Stelle, die am meisten wehtat. Wahrscheinlich würde sie dort in ein paar Stunden große, blaue Flecken haben.

Dann sah sie zu dem dunkelhaarigen Jungen, der mit seinem Bruder keinerlei Ähnlichkeit hatte. Er war kaum größer als Malina und eher schmächtig gebaut. Seine Haut wirkte blass und seine schwarzen Augen musterten sie misstrauisch. Malina wandte den Blick schnell wieder ab und sah zu Boden. Der Junge wirkte nicht so, als wollte er ein Gespräch beginnen und das war Malina nur recht. Ihr war die Situation sowieso schon unangenehm genug, da machte es peinliches Schweigen auch nicht mehr schlimmer. Sie hoffte sehr, dass es Anastasia gut ging und der große, blonde Junge sie vor den Soldaten finden würde.

* * *

Anastasia sah sich auf dem Marktplatz nach Malina um, konnte sie jedoch nirgends entdecken. Wahrscheinlich sah sie sich ebenfalls die Ware an den vielen Ständen an. Anastasia ging langsam weiter und beobachtete die Menschen um sich herum. Sie empfand alles in dieser großen Stadt als neu und aufregend.

Bestimmt lebten die Menschen gerne hier und erlebten ein Abenteuer nach dem anderen. Anastasia lächelte bei dem Gedanken daran, dass sie nun endlich bereit war, die Welt zu entdecken. Auch wenn sie nicht ganz freiwillig hier war.

Anastasia erblickte einige Mädchen und Jungen unterschiedlichen Alters, die vor einem Stand saßen.

Sie kam näher und bemerkte, dass das zwischen den zwei Ständen gar kein Stand war, den die Kinder bestaunten. Stattdessen schien es eine kleine Bühne zu sein, auf der ein Mann mit ein paar Requisiten eine Geschichte erzählte.

»Und dann beschloss der König«, fuhr der Mann fort und alle Kinder lauschten ihm gespannt, »dass sie diese Verbrecher angreifen mussten.«

Die Kinder jubelten und der Mann setzte sich eine Krone aus Holz auf den Kopf.

»Angriff!«, rief er als König verkleidet. Einige kleine Kinder lachten.

Anastasia blieb hinter den Kindern stehen und beobachtete das Schauspiel amüsiert.

Der Mann setzte die Krone wieder ab, nahm ein Schwert aus Holz in die Hand und eine brennende Fackel, die in einem Halter an der Wand seiner Bühne gestanden hatte.

»Die Soldaten mussten einen finsteren, großen Wald durchqueren«, rief er aufgeregt. »Bis sie die Stadt dieser Verräter erreichten.«

Nun waren fast alle Kinder still und beobachteten ihn mit großen Augen. Anastasia hielt dieses Schauspiel für eine tolle Idee, da die Kinder offensichtlich ihren Spaß hatten, während ihre Eltern wahrscheinlich auf dem Markt einkauften.

Sie wollte gerade weitergehen, als der Mann sagte: »Dann erreichten die Soldaten einen Fluss.« Er stellte die Fackel wieder in den Halter und hob sein Schwert. »Was denkt ihr haben sie gemacht?«

»Schwimmen«, rief eines der Kinder.

»Nein«, meinte der Mann. »Das wäre viel zu gefährlich. Sie bauten Boote!«

Auf einmal beschlich Anastasia ein ganz unheilvolles Gefühl.

Dieser Mann konnte doch unmöglich von den Soldaten sprechen, die Aurora angegriffen hatten. Oder etwa doch? Wenn das hier die Stadt der fremden Soldaten war, wüssten dann die Menschen bereits über den Überfall Bescheid? Und ob er den Kindern auch von den entführten Mädchen erzählen würde? Anastasia schüttelte den Kopf. Das war bestimmt nur ein merkwürdiger Zufall.

»Sie kamen in der Stadt der Feinde an«, erzählte der Mann und hob das Schwert, als würde er gegen einen unsichtbaren Gegner kämpfen.

»Konnten sie siegen?«, fragte ein älterer Junge laut.

»Es war nicht leicht«, rief der Mann. »Diese Menschen waren hinterhältig und blutrünstig!«

Einige Kinder holten erschrocken Luft.

»Doch ein besonders mutiger Soldat stellte sich ihrem

Anführer«, fuhr er fort. »Dieser Verbrecher trachtete nach dem Tod unseres Königs und der Soldat erfüllte seine Pflicht und durchbohrte sein Herz!«

Die Kinder jubelten laut. Anastasia fasste sich an die Brust, da sie den plötzlichen Schmerz kaum aushielt. Erzählte dieser Mann wirklich gerade von dem Tod ihres Vaters? Sie sah vor ihrem inneren Auge, wie ihr Vater zu Boden stürzte und immer mehr Blut verlor. Ihr Name war das letzte Wort, das ihr Vater je sagen würde.

Anastasia versuchte, tief Luft zu holen, doch sie konnte kaum noch atmen. Der Schmerz und die Trauer, die sie die ganze Zeit über verdrängt hatte, kehrten schlagartig zurück und raubten ihr den Atem.

»Vater«, wisperte sie und Tränen traten ihr in die Augen.

»Der Verbrecher lag in seinem eigenen Blut und winselte um Vergebung«, rief der Mann und die Kinder lachten. »Er wusste in seinem letzten Atemzug, dass unser König gewonnen hatte, so wie er immer gewinnen wird. Hoch lebe König Richard!«

Alle Kinder riefen fast gleichzeitig: »Hoch lebe König Richard!«

Anastasia biss die Zähne zusammen, um mit der Wut klarzukommen, die sie bei den Worten des Mannes überkam. Ihr Vater sollte der Verbrecher in dieser Geschichte sein? Sie ballte ihre Hände zu Fäusten und hätte den Mann am liebsten vor all den Kindern angeschrien.

Sie wollte ihm ins Gesicht schreien, dass ihr Vater der edelste und tugendhafteste Mann gewesen war, den man sich vorstellen konnte und ihr dummer König der wahre, hinterhältige, feige Verbrecher war! Sie biss die Zähne noch fester aufeinander, um nicht anzufangen, vor Wut laut zu schreien.

Da fingen die Kinder plötzlich zu kreischen an und sprangen auf. Überrascht sah Anastasia zu der Bühne, die auf einmal in Flammen stand. Der Holzboden der Bühne brannte auf der linken Seite in der Nähe der Fackel. Der Mann wedelte mit einer Decke hektisch in der Luft herum, um das Feuer zu bändigen, doch es erfasste bereits die Wand der kleinen Bühne.

»Feuer!«, rief eine Frau erschrocken.

Anastasia lächelte unvermittelt. Irgendwie fand sie es gut, dass der Mann das Schauspiel wenigstens heute nicht mehr wiederholen konnte.

Doch wie die Bühne so plötzlich Feuer gefangen hatte, war ihr ein Rätsel. Ob von der brennenden Fackel Funken auf den Boden gesprungen waren? Nun kamen viele Menschen mit Eimern voller Wasser angelaufen und Anastasia trat zur Seite, um ihnen nicht im Weg zu stehen. Da sah sie, dass auch einige Soldaten in grünen Uniformen zur Hilfe eilten. Schnell wandte sie sich ab und mischte sich unter eine Menschengruppe, die sich vor einem anderen Stand aufhielt. Also war es tatsächlich wahr! Die Soldaten waren hier und das bedeutete, der König dieser Stadt war für das verantwortlich, was den Bürgern von Aurora und ihrem geliebten Vater widerfahren war!

Anastasia entfernte sich noch weiter von der brennenden Bühne und sah sich wieder nach Malina um. Sie musste ihr unbedingt erzählen, dass sie hier vor den Soldaten nicht sicher waren.

»Anastasia?« Als sie jemanden ihren Namen sagen hörte, drehte sie sich überrascht um. Vor ihr stand ein großer, kräftiger Junge mit dunkelblondem Haar und grünen Augen. Sie überlegte, ob er sie vielleicht verwechselte und auf dem Marktplatz jemand anderes auch Anastasia hieß. Doch der Junge machte einen Schritt auf sie zu und musterte sie eingehend von oben bis unten. Anastasia versuchte, nicht rot zu werden und sich nicht davon ablenken zu lassen, dass der Junge sehr attraktiv aussah.

»Hallo Anastasia«, begrüßte er sie mit einem frechen Grinsen im Gesicht.

»Wer bist du?«, wollte sie misstrauisch wissen. »Und woher kennst du meinen Namen?«

»Von deiner Freundin«, meinte er. »Dieser Lina.«

»Lina?«, wiederholte sie zweifelnd. Auf einmal machte sie sich große Sorgen um Malina. Ob ihr etwas zugestoßen war? Vielleicht war sie von den Soldaten entdeckt worden und dieser Junge sollte nun auch Anastasia gefangen nehmen.

»Oder eben Malina«, meinte der Junge und zuckte mit den Schultern. »Ich find kurze Namen besser. Was hältst du davon, wenn ich dich einfach Anna nenne?«

Anastasia hob überrascht die Augenbrauen. Machte er sich etwa über sie lustig?

»Wo ist Malina?«, fuhr sie ihn nun wütend an.

»Bei meinem Bruder«, antwortete er und grinste immer noch. Anastasias Wut schien ihn gar nicht zu stören.

»Ich warne dich«, meinte sie nun mit ernstem Ton und funkelte ihn zornig an. »Wenn meiner Freundin etwas passiert, wird dir das Grinsen schon noch vergehen!«

Daraufhin brach der Junge in Lachen aus. »Was willst du denn machen, Anna?«, fragte er sie amüsiert. »Mich verprügeln?«

Anastasia ballte die Hände zu Fäusten. In Aurora hätte es kein Junge jemals gewagt, so mit ihr zu sprechen.

»Wieso denn nicht?«, meinte sie nun drohend.

Der Junge hörte auf, zu lachen, doch das Grinsen war immer noch nicht aus seinem Gesicht verschwunden.

»Da hab ich aber Angst«, sagte er ironisch. »Dann bringe ich dich mal lieber schnell zu deiner kleinen Freundin.«

Er drehte sich um und lief zu einer Gasse. Dann blieb

er stehen und sah sich nach Anastasia um.

»Kommst du, Anna?«, rief er.

Anastasia blieb unschlüssig stehen. Was sollte sie tun? Wenn Malina wirklich bei seinem Bruder war, musste sie ihm folgen. Er konnte ihren Namen nur von ihr erfahren haben und sie konnte Malina doch nicht im Stich lassen. Widerstrebend ging sie zu dem Jungen.

»Ich heiße Anastasia«, erklärte sie ihm. »Verstanden?«

»Alles klar«, lachte er. Dann folgte sie ihm die schmale Gasse entlang und hoffte, dass dies keine Falle war. Als sie Malina am Ende der Gasse erblickte, lächelte sie erleichtert.

»Anastasia«, rief Malina erfreut und umarmte sie.

»Es tut mir leid«, flüsterte sie ihr schnell ins Ohr. »Ich hatte keine Wahl.«

Anastasia nickte, obwohl sie das alles immer noch nicht ganz verstand. Malina ließ sie wieder los und Anastasia bemerkte einen dünnen Jungen mit schwarzen Haaren, der still an der Wand lehnte und die beiden beobachtete. Sollte das etwa der Bruder des Jungen sein?

»Was ist denn passiert?«, fragte sie nun Malina.

»Ich wäre fast beim Stehlen von den Soldaten erwischt worden«, erzählte ihr Malina und Anastasia sah sie erschrocken an. Oh nein! Und sie hatte gar nichts mitbekommen.

»Und dann hat sie mich einfach umgerannt«, meinte

der große Junge grinsend. »Da haben wir eine Vereinbarung getroffen.«

Anastasia runzelte misstrauisch die Stirn. Das gefiel ihr gar nicht.

»Ich verrate den Soldaten nichts und hole dich her«, sagte der Junge. »Und dafür erzählt ihr uns, woher ihr kommt und was ihr hier macht.«

Anastasia sah zu Malina, die bedrückt zu Boden blickte. Woher wusste der Junge, dass sie nicht aus dieser Stadt kamen? Wie viel hatte Malina ihnen bereits verraten?

»Warum interessiert dich das überhaupt?«, fragte Anastasia.

Der große Junge machte einen Schritt auf sie zu und Malina wich ängstlich zurück. Anastasia stellte sich beschützend vor sie.

»Weißt du«, flüsterte er leise und kam Anastasias Gesicht mit seinem ganz nah. »Ich kenne Menschen, die für Informationen viel bezahlen. Das ist sozusagen mein Beruf. Ich bin ein Informant.«

Er lächelte geheimnisvoll. Anastasia hielt seinem Blick stand.

»Also sind diese Informationen wertvoll«, schloss sie aus seinen Worten. »Dann haben sie auch ihren Preis!«

Der Junge kniff verärgert die Augen zusammen. »Lina und ich haben bereits eine Vereinbarung«, erwiderte er.

»Das interessiert mich nicht«, gab Anastasia zurück. »Wenn du alles über unsere Herkunft erfahren willst, verlange ich für diese wichtigen Informationen auch einen Lohn!«

»Und was wäre das?«, fragte der Junge nun.

»Ihr könnt uns mit einem Essen bezahlen«, beschloss Anastasia und hoffte, dass dem Jungen die Sache so wichtig war, dass er sich darauf einlassen würde.

Der Junge trat wieder einen Schritt zurück und sah zu seinem Bruder, der einmal kurz nickte.

»Na schön«, meinte er dann. »Wir laden euch ein.«

Anastasia merkte, wie Malina aufatmete. Bestimmt freute sie sich genauso wie Anastasia auf die Aussicht, dass ihr Magen nicht mehr vor Hunger schmerzte.

»Wie heißt du eigentlich?«, wollte Anastasia nun wissen.

»Jan«, antwortete der Junge grinsend.

»Und du?«, fragte Anastasia seinen Bruder. Doch der dünne Junge sah sie nur an, ohne ihr zu antworten. Ihr fiel auf, dass er bis jetzt noch kein Wort gesagt hatte.

»Das ist Ryan«, stellte Jan ihn vor. »Mein kleiner Bruder spricht nicht so gern mit Mädchen.«

Ryan warf seinem großen Bruder einen bösen Blick zu.

»Ist ja gut«, lachte Jan. »Er spricht mit niemandem. Stumme haben das so an sich.«

Anastasia sah Ryan überrascht an. Der Junge konnte

nicht sprechen? Das war ja furchtbar! Bevor sie Ryan sagen konnte, dass ihr das für ihn wirklich leidtat, drehte Jan sich schon um und ging los.

»Dann kommt mal mit!«, forderte er sie auf. Ryan folgte ihm sofort. Anastasia sah kurz zu Malina, dann liefen die beiden den Jungen hinterher.

Das Versteck

Malina konnte kaum glauben, dass der Junge mit den schwarzen Haaren stumm war. Wie konnte er sich dann nur mit seinem Bruder und anderen Menschen verständigen?

Obwohl sie selbst nicht sehr gesprächig war, fand sie den Gedanken unerträglich, sich nicht äußern zu können. Wahrscheinlich musste sein großer Bruder immer für ihn sprechen, was bestimmt nicht leicht war. Doch mit Jan hatte Malina kein Mitleid. Er wirkte auf sie aggressiv, eingebildet und angsteinflößend. Wahrscheinlich erinnerte er sie sogar ein wenig an ihren eigenen Bruder.

Malina versuchte, mit Anastasia Schritt zu halten, während sie den beiden Jungen durch viele Straßen und Gassen folgten. Auf Malina wirkte diese Stadt riesig und sie hatte schnell den Überblick verloren. Schließlich blieben Jan und Ryan vor einer weiteren Häuserreihe stehen und Malina und Anastasia stellten sich zu ihnen.

»Was ist los?«, fragte Anastasia. »Wo sind wir?«

»Wir sind bei unserem Versteck angekommen«, meinte Jan und sah zu einem Haus am Ende der Straße. »Allerdings darf uns kein Nachbar oder Soldat beim Reingehen sehen.«

»Ein Versteck?«, wiederholte Anastasia verwirrt. »Ich dachte, ihr ladet uns zum Essen zu euch ein. Habt ihr kein Zuhause?«

Malina bekam ein mulmiges Gefühl. Ob sie diesen Jungen wirklich trauen konnten? »Sie können uns doch einfach was zum Essen kaufen«, flüsterte sie Anastasia zu.

»Wir sollten aber nicht auf der Straße darüber reden, woher wir kommen«, erwiderte Anastasia leise.

»Wenn ihr was zum Essen wollt, muss euch unser Versteck ausreichen«, sagte Jan. »Ein guter Freund lässt uns dort seit einiger Zeit wohnen, doch uns darf niemand anderes bemerken.« Er blickte die Straße entlang, auf der nur wenige Menschen zu sehen waren. »Zu viert ist es zu auffällig«, meinte er nun. »Anna, wir zwei gehen voraus. Ryan und Lina kommen dann nach.«

Anastasia runzelte verärgert die Stirn.

Malina wunderte sich, dass Jan sie Anna nannte. Sollte das eine Kurzform ihres schönen Namens sein? Dieser Spitzname schien ihr jedoch nicht zu gefallen. Doch was Malina noch viel mehr störte, war, dass Jan vorschlug, dass sie und Anastasia sich für kurze Zeit trennen sollten. Das hielt sie für gar keine gute Idee. Leider widersprach Anastasia dem Jungen nicht und Malina wagte es auch nicht.

Jan winkte Anastasia mit sich und die beiden gingen

langsam die Straße entlang.

Malina spürte, dass Ryan zu ihr sah, doch sie wandte ihren Blick nicht von Anastasia ab. Sie durfte ihre Freundin auf keinen Fall ein zweites Mal aus den Augen verlieren. Vor einem Haus am Ende der Straße blieben die beiden kurz stehen und sahen sich um. Dann gingen sie schnell zur Haustür und verschwanden im Inneren des Hauses. Malina konnte keinen Menschen entdecken, der die beiden beobachtet hätte.

Ob in diesem Haus der Freund wohnte, von dem Jan gesprochen hatte? Hoffentlich würde er nicht wütend sein, wenn Anastasia und sie in seinem Haus auftauchten.

Malina sah zu Ryan, der sie immer noch aufmerksam musterte. Was er wohl gerade dachte? Malina wusste nicht, was sie sagen sollte und lächelte unsicher.

»Wann... wann sollen wir ihnen nachgehen?«, fragte sie ihn schüchtern. Doch dann fiel ihr wieder ein, dass er ihr gar keine Antwort geben konnte und sie schämte sich für ihre Frage. Sie sollte ihn nur etwas fragen, auf dass er mit Ja oder Nein antworten konnte. Dann konnte er einfach nicken oder den Kopf schütteln.

Ryan sagte nichts und Malina biss sich auf die Lippe, um nicht noch einmal etwas Dummes zu sagen. Sie sah zu Boden und war erleichtert, als Ryan den Blick von ihr abwandte und auf die Straße vor ihnen sah.

Plötzlich legte er seine Hand auf Malinas Schulter. Malina zuckte erschrocken zusammen und sah auf. Ryan hob die Hände in einer beschwichtigenden Geste, als wolle er sich dafür entschuldigen, dass er sie erschreckt hatte. Dann deutete er auf die Straße und Malina verstand, dass sie nun losgehen sollten. Sie nickte und lief neben Ryan die Straße entlang.

Durch sein zurückhaltendes Verhalten war er ihr viel sympathischer als Jan. Doch sie wusste auch nicht, wie sie einen Menschen einschätzen sollte, der gar nicht sagen konnte, was er wirklich dachte. Ryan und sie blieben kurz vor dem schmalen Haus aus Stein stehen und er sah sich um. Dann legte er seine Hand an Malinas Rücken und führte sie schnell zur Haustür. Die Tür war nicht verschlossen. Die beiden betraten das Haus und Ryan schloss die Tür hinter ihnen schnell wieder.

Malina fand sich in einem kleinen Eingangsbereich wieder.

Direkt vor ihr lag ein großes Zimmer, durch dessen Fenster man nach hinten in einen kleinen Garten sehen konnte. Rechts von ihr führte eine Treppe nach oben und nach unten.

Anscheinend hatte das Haus sogar einen Keller. Ryan betrat die Treppe nach unten und Malina folgte ihm zögernd. Sie stieg die Stufen hinab und sah, dass Ryan eine schwere

Eisentür aufzog. Da blieb Malina stehen. Sie wollte da nicht hinein gehen. Wenn das eine Falle war, würde sie diesen Keller nie wieder verlassen können. Warum konnte das Versteck dieser Jungen nicht im ersten Stock sein, wo es bestimmt viele Fenster und keine dicken, schweren Türen gab? Ryan hielt die Tür offen und bedeutete Malina mit einer Handbewegung hinein zu gehen, doch sie war vor Angst wie erstarrt. Alles in ihr widerstrebte der Vorstellung diesen dunklen Keller zu betreten. Ob Anastasia schon in dem Raum war? Hoffentlich ging es ihr gut und Jan hatte ihr nichts angetan.

Ryan machte einen Schritt auf Malina zu. Malina schluckte und sah ihn an. Er schien ihre Sorge zu verstehen. Da nahm er auf einmal ihre Hand und hielt sie einfach nur fest. Ihre Hand lag nun warm in seiner Hand und diese Berührung beruhigte sie. Sie blickte Ryan in die Augen und zum ersten Mal sah sie ihn lächeln.

Er wirkte weder böse noch bedrohlich, sondern einfach nur freundlich. Sein Lächeln war ansteckend und Malina erwiderte es. Aus irgendeinem Grund vertraute sie diesem Jungen. Sie ließ seine Hand wieder los und ging durch den Türeingang.

Ryan folgte ihr und schloss die Tür hinter ihnen.

Malina sah sich erstaunt in dem kleinen Raum um, der durch Kerzen in ein dämmriges Licht getaucht war. Es gab keine Fenster und nur diese eine Tür. Anastasia und Jan saßen an einem niedrigen Tisch, auf dem mehrere Kerzen standen. Die beiden saßen auf einem Teppich, da es hier keine Stühle gab. Neben dem Tisch lagen zwei Matratzen, ein paar Kissen und Decken. Anscheinend schliefen die Jungen auch in diesem Versteck. Neben dem Schlafplatz lagen einige Gegenstände wie Rucksäcke, Kleidung und wenige Essensvorräte. An der Wand links von ihr standen drei Raumtrenner, die einen Bereich des Zimmers vom Rest abgrenzten. Da sie direkt davor Eimer voller Wasser und Handtücher sah, vermutete sie, dass der kleine Bereich ein provisorisches Badezimmer sein sollte. An einer Wand hing auch ein kleiner Spiegel, in dem Malina sich selbst sehen konnte. In dem Kerzenschein schimmerte ihre Haut und ihr Haar sah aus, als wäre es golden.

»Das schmeckt wundervoll«, meinte Anastasia gerade zu Jan und gewann dadurch Malinas Aufmerksamkeit.

Malina machte zwei Schritte auf sie zu und setzte sich neben Anastasia an den Tisch.

Anastasia biss abwechselnd von einem Brötchen und einem Stück Fleisch ab, das wie ein Hühnerschenkel aussah.

»Ihr habt Fleisch?«, fragte Malina erstaunt und das Wasser lief ihr im Mund zusammen. Sie hatte erst wenige Male in ihrem Leben Fleisch gegessen. Ihre Familie hatte sich diesen Luxus nie leisten können, sondern höchstens mal ein Fischessen an Feiertagen. Doch sie wusste noch, wie toll es gewesen war, als es auf einem großen Fest in Aurora nicht nur Fisch, sondern auch etwas Fleisch für die Bürger gegeben hatte.

»Klar«, meinte Jan, als wäre das selbstverständlich. Vielleicht hatten sie in dieser Stadt viel mehr Tiere zur Verfügung, überlegte Malina. Jan reichte ihr ebenfalls ein Brötchen und ein Stück Fleisch. Dann schenkte er von einem Krug etwas Wasser in zwei Becher und stellte sie vor ihnen hin.

Malina begann zu essen und alle ihre Ängste wegen den Jungen oder diesem Versteck waren restlos verschwunden.

Ryan setzte sich auf eine Matratze etwas vom Tisch entfernt und lehnte sich gegen die graue Wand. Jan schien Anastasia belustigt beim Essen zuzusehen.

Als Anastasia fertig war und ihren Becher leer trank, schenkte er ihr nach.

»Endlich bin ich mal wieder satt«, seufzte sie zufrieden.

Malina war immer noch mit ihrem Essen beschäftigt und nahm extra kleine Bissen, damit sie so lange wie möglich den Geschmack von frischem Brot und gebratenem Fleisch genießen konnte.

»Wann hattet ihr denn eure letzte anständige Mahlzeit?«, wollte Jan grinsend wissen.

»Gestern am frühen Morgen«, antwortete Anastasia. »Im

Wald haben wir nur einige Beeren und Äpfel gefunden.«

»Nun da wir euch etwas zu Essen gegeben haben, ist es wohl an der Zeit für die Informationen«, meinte er dann und Anastasia nickte.

»Was wollt ihr denn wissen?«, fragte sie.

Malina war froh, dass sie in das Gespräch nicht miteingebunden wurde. Anastasia würde sicher wissen, wie viel sie den Jungen anvertrauen konnten.

»Woher kommt ihr?«, wollte Jan wissen.

»Aus der Stadt Aurora«, erzählte Anastasia. »Um von hier aus dorthin zu gelangen, muss man durch den großen Wald gehen und einen Fluss überqueren.«

Jan sah kurz zu Ryan, wandte sich aber gleich wieder Anastasia zu. »Dann seid ihr aus eurer Stadt wegen dem Krieg geflohen?«, vermutete er.

»Welcher Krieg?«, fragte Anastasia verwirrt.

»Der Krieg, den eure Regierung gegen unseren König führt«, antwortete Jan.

Nun runzelte auch Malina verwirrt die Stirn. Wovon sprach er denn da?

»Unsere Stadt hat mit niemandem Krieg geführt«, meinte Anastasia aufgebracht. Sie klang, als würde sie Aurora vor diesen Anschuldigungen in Schutz nehmen wollen. »Wir kennen euren König und diese Stadt gar nicht und hatten nicht einmal genug Ordnungshüter, um uns vor dem

Angriff eurer Soldaten zu schützen!«

»Was?«, fragte Jan nun irritiert. »Also erstens ist das hier keine Stadt, sondern das Königreich Bugundur von König Richard mit über 30.000 Untertanen.«

Er machte eine kurze Pause, dann fuhr er fort: »Und zweitens wurde verkündet, dass der König nur Soldaten ausgesandt hat, weil eure Soldaten das Ziel hätten, König Richard zu stürzen.«

Malina verstand Jans Erklärung nicht. Sie war mit dem Essen fertig und trank durstig ihr Wasser aus.

»In Aurora kannte niemand euer Königreich«, erklärte Anastasia. »Unsere Stadt ist von Bergen und zwei Flüssen umgeben und niemand hat sie deshalb je verlassen. Die Soldaten eures Königs sind einfach so aufgetaucht und haben angefangen Menschen zu töten!« Anastasias Stimme war nun lauter geworden und sie ballte die Hände zu Fäusten.

Malina glaubte, Tränen in ihren Augen glitzern zu sehen. Doch Anastasia blinzelte schnell und sie waren wieder verschwunden.

Malina wollte Anastasia unbedingt unterstützen, deshalb fügte sie hinzu: »Die Soldaten haben alle Mädchen gefangen genommen und entführt. Nur wir beide konnten im Wald fliehen.«

Jans Grinsen war inzwischen vollkommen verschwunden. Er sah etwas ratlos zu Ryan. Mit solchen Informationen hatte er anscheinend nicht gerechnet.

* * *

Anastasia holte tief Luft und versuchte sich zu beruhigen. Sie wusste, dass die zwei Jungen nichts für die Befehle ihres Königs konnten und sie ihre Wut über den Angriff auf Aurora auch nicht an ihnen auslassen sollte.

»Ich bin gerade etwas verwirrt«, meinte Jan und kniff die Augen zusammen, als versuche er, sich zu konzentrieren.

»In Ordnung«, meinte Anastasia mit ruhigerer Stimme. »Dann fangen wir noch einmal von vorne an.«

»Gern«, sagte er. »Also ihr kommt aus einer Stadt namens Aurora?«

Anastasia nickte.

»Ihr kanntet unser Königreich gar nicht und eure Stadt wurde von den Soldaten von König Richard überfallen?«

Wieder nickte Anastasia.

»Aber wieso?«, fragte Jan.

»Das wissen wir auch nicht«, gab Anastasia zu. »Kein Bürger hat unsere Stadt jemals verlassen und wir hatten gar keine Soldaten, um irgendjemanden anzugreifen oder uns zu verteidigen. Aus irgendeinem Grund sollten die Soldaten eures Königs alle Mädchen zwischen 12 und 18 Jahren aus Aurora entführen.«

Jan runzelte nachdenklich die Stirn. »König Richard hat in Bugundur verkünden lassen, dass die Soldaten uns beschützen würden, indem sie eure Stadt angreifen«, erklärte er. »Es hieß, da lebten Verbrecher, die den Tod des Königs wollen würden.«

Anastasia schüttelte den Kopf. »Das macht gar keinen Sinn«, meinte sie. »Als die Soldaten in unser Haus stürmten, hat mein Vater ihnen angeboten, dass unsere Stadt kapituliert, doch das hat sie gar nicht interessiert. Sie wollten nur alle Mädchen mitnehmen.«

»Dein Vater?«, hakte Jan nach.

»Ihr Vater ist der Bürgermeister von Aurora«, sagte nun Malina.

Anastasia sah sie überrascht an. Malina hatte in ihrer Aussage die Gegenwartsform benutzt, als würde Anastasias Vater noch leben. Erst jetzt fiel Anastasia auf, dass sie ihrer neuen Freundin noch nichts über den Tod ihres Vaters erzählt hatte. Und dass sie auch gar nicht wusste, ob Malinas Familie noch am Leben war.

»Was ist ein Bürgermeister?«, wollte Jan wissen.

»Er hat unsere Stadt regiert«, erklärte Anastasia und in ihrer Stimme schwang Stolz mit. »Nach ihm werde ich diese Aufgabe übernehmen.«

Jan machte große Augen. »Dann bist du so was wie eine Prinzessin?«, fragte er und grinste wieder.

Anastasia zuckte nur mit den Schultern. Sie kannte diesen Begriff nicht. Sie wusste nur, dass sie die Verantwortung für ihre Bürger trug und das war keine Auszeichnung, sondern eine wichtige Aufgabe. Diese Aufgabe musste sie nun übernehmen, da ihr Vater dies nicht mehr tun konnte. Und sie würde ihn ganz sicher nicht enttäuschen.

»Und woher kennt ihr euch?«, fragte Jan und deutete auf Malina. »Seid ihr auch verwandt?«

»Nein«, antwortete Anastasia. »Wir konnten nur gemeinsam fliehen. Davor kannten wir uns gar nicht.«

Malina sah Anastasia kurz überrascht an, dann blickte sie schnell zu Boden. Anastasia wusste nicht, ob sie ihr hatte widersprechen wollen. Ihr kam Malina nicht bekannt vor und sie wusste auch nichts über ihre Familie. Doch bestimmt hatte Malina Anastasia bei öffentlichen Ansprachen oder Festen schon mal gesehen.

»Und ihr seid wirklich Brüder?«, wollte Anastasia nun lächelnd wissen und sah von Jan zu Ryan und wieder zurück. »Sehr ähnlich seht ihr euch aber nicht.«

»Ja«, antwortete Jan schulterzuckend. »Das liegt daran, dass wir nur denselben Vater haben.«

Anastasia wollte gerade fragen, wo ihr Vater sei, als Jan schnell sagte: »Und die Soldaten haben alle Mädchen entführt?«

»Ja«, antwortete sie. »Frauen, Männer, Jungen oder kleine Mädchen interessierten sie anscheinend nicht. Sie haben alle jugendlichen Mädchen gefangen genommen und wer sich gewehrt oder sich ihnen in den Weg gestellt hat, wurde getötet.«

Jan schluckte und sah zu Boden. Anastasia merkte überrascht, dass sie ihn nicht ganz richtig eingeschätzt hatte. Er konnte anscheinend auch ernst sein, doch irgendwie fehlte ihr sein schelmisches Grinsen sogar.

»Aber wenn ihr beide vor den Soldaten auf der Flucht seid«, sagte Jan. »Wieso seid ihr dann in unser Königreich gekommen?«

»Wir können die anderen Mädchen doch nicht im Stich lassen«, meinte Anastasia, dann fügte sie leise hinzu: »Und wir wissen auch nicht, wie wir zurück nach Aurora finden sollen.«

Malina legte ihre Arme auf den Tisch und ihren Kopf auf ihre Unterarme. Sicher war sie sehr erschöpft. Anastasia spürte die Müdigkeit auch schon. Draußen brach bestimmt bereits die Dämmerung an. Doch sie musste wach bleiben und überlegen, wo Malina und sie in dieser Nacht schlafen konnten.

»Eine Landkarte könnte ich wahrscheinlich für euch auftreiben«, überlegte Jan gerade. »Das kostet allerdings

einiges. Ihr habt nicht zufällig etwas Geld bei euch, oder?«
Anastasia schmunzelte und schüttelte den Kopf.

Wenn sie Geld bei sich hätten, hätten sie das Obst auf dem Marktplatz sicher nicht gestohlen. Da hatte sie eine Idee und richtete sich angespannt auf.

»Ich möchte euch gerne einen neuen Handel vorschlagen«, meinte sie.

Jan zog erstaunt die Augenbrauen hoch.

»Für das Essen haben wir euch viele Informationen gegeben, also nehme ich an, wir sind uns nun nichts mehr schuldig.«

Jan nickte zustimmend.

Nun sah auch Malina gespannt auf. Anastasia hoffte, sie würde ihre Idee gut finden, da sie keine Zeit hatte, sich vorher mit ihr abzusprechen.

»Malina und ich brauchen eure Hilfe«, fing Anastasia an. »Wir brauchen einen Ort zum Schlafen, wollen herausfinden, wo die anderen Mädchen aus Aurora sind und wir müssen Vorräte und einige wichtige Dinge besorgen, um den Heimweg antreten zu können.«

»Was haben wir davon euch zu helfen?«, fragte Jan nun misstrauisch. »Ihr habt kein Geld oder andere Ware zum Handeln.«

»Das stimmt«, gab Anastasia zu. »Im Moment haben wir nichts. Doch wenn ich wieder in Aurora bin und die

Regentschaft übernehme, kann ich euch für eure Hilfe entlohnen. Ihr könnt euch von mir alles wünschen, was ihr wollt: wertvolle Handelsware, sehr viel Geld oder euer eigenes Haus in Aurora.«

Jan blieb vor Überraschung der Mund offen stehen. Dann sah er langsam zu Ryan. Anastasia fragte sich, warum Ryan ihm mit den Händen keinerlei Zeichen machte, ob er für den Vorschlag oder dagegen war. Konnten die beiden Brüder sich etwa nur durch Blicke verständigen?

»Woher wissen wir, ob wir dir trauen können?«, wollte Jan wissen.

Anastasia überlegte, wie sie ihre ehrlichen Absichten beweisen könnte. »Ich kann euch ein von mir unterschriebenes Dokument geben«, schlug sie vor. »Darin halte ich fest, dass ihr bei mir einen Wunsch eurer Wahl frei habt und ihr ihn einlösen könnt, sobald ich in Aurora bin. Natürlich müsste ich dann nach meiner Ankunft jemanden zu euch schicken oder ihr besucht unsere Stadt, um euren Lohn zu erhalten.«

»Aber wenn die Soldaten euch auf dem Weg töten oder ihr im Wald sterbt, bekommen wir nichts«, meinte Jan nüchtern.

Malina zuckte bei seinen Worten zusammen. Sie sah Anastasia mit großen, ängstlichen Augen an. Anastasia legte ihr beruhigend eine Hand auf die Schulter.

»Uns wird nichts passieren«, versicherte sie ihr.

Jan hatte nicht gerade viel Feingefühl.

Anastasia sah ihn wieder an. »Das bleibt euer Risiko«, antwortete sie direkt. »Doch wenn alles gut geht, müsst ihr nie wieder im Keller leben und Informationen verkaufen, um Geld zu verdienen.«

Jan schien ernsthaft darüber nachzudenken.

»Warum versteckt ihr euch eigentlich in diesem Keller?«, fragte Malina auf einmal leise.

»Ach, der König erhöht ständig die Steuern«, beschwerte sich Jan. »Der denkt, nur weil das sein Königreich ist, kann er sich alles erlauben.« Er lachte, doch Anastasia sah eine merkwürdige Traurigkeit in seinen Augen. »Das können wir uns eben nicht mehr leisten«, winkte er ab.

»Was passiert, wenn man seine Steuern nicht zahlen kann?«, wollte Anastasia nun wissen.

Jans unechtes Lächeln verschwand. »Man wird als Diener an eine reiche Familie verkauft oder gleich getötet«, antwortete er.

Malina schnappte erschrocken nach Luft und Anastasia schluckte.

»Nein«, wisperte Anastasia. »Das tut euer König euch an?«

Jan nickte. Er öffnete den Mund, um noch mehr zu sagen, schien es sich dann jedoch anders zu überlegen und schloss ihn wieder. Ein paar Minuten lang sagte niemand etwas.

Dann fragte Anastasia: »Dann seid ihr genauso auf der Hut vor den Soldaten wie wir?«

»Nur wenn sie unser Versteck entdecken«, meinte Jan. »Auf der Straße bemerkt uns niemand, aber wenn sie wissen würden, dass wir zur Untermiete steuerfrei wohnen, hätten wir ein großes Problem.«

Anastasia gefiel dieses Königreich immer weniger. Was war das nur für ein König, der seine Untertanen in Angst und Schrecken versetzte?

»Wenn du die Informationen, die wir dir gegeben haben, weitererzählst«, sagte Anastasia, »dann erwähne bitte unsere Namen und unser Aussehen nicht. Die Soldaten dürfen uns auf keinen Fall finden!«

»Keine Sorge«, meinte er, »das werde ich nicht. Und die Leute, die an solchen Informationen interessiert sind, sind sowieso nicht auf der Seite des Königs.«

Anastasia sah ihn fragend an.

»Es gibt schon lange Rebellen«, erklärte Jan. »Diese mutigen Menschen tun sich zusammen, um irgendwann einen Aufstand anzuzetteln und den König zu stürzen. Sie wollen sich seine Tyrannei einfach nicht mehr gefallen lassen!«

In dem Moment klopfte es an der Tür und Anastasia

zuckte zusammen.

Malina schrie erschrocken auf.

»Jan, seid ihr da?«, rief eine männliche Stimme.

»Keine Panik«, meinte Jan grinsend zu Anastasia und Malina. Dann rief er: »Komm rein, Diego!«

Die Tür öffnete sich und ein Mann betrat den Raum. Anastasia sah auch im gedämpften Licht, dass der Mann viel älter war als Jan und Ryan. Sie schätzte ihn auf mindestens 30 Jahre. Er hatte braunes Haar, war ungefähr so groß wie Jan und etwas dicker.

»Das ist Diego«, stellte Jan ihn vor und stand auf. »Er ist unser freundlicher Vermieter.«

Diego lachte bei Jans Worten kurz auf. »Und mit wem habe ich das Vergnügen?«, wollte er wissen und trat zu ihnen.

»Das sind Anna und Lina«, meinte Jan.

Ausnahmsweise war Anastasia froh über diese blöden Spitznamen. So mussten sie Diego nicht gleich ihre richtigen Namen sagen.

Diego sah zu Malina, die unsicher zu ihm aufblickte. Dann fiel sein Blick auf Anastasia und er lächelte sie an. Anastasia gefiel sein lüsterner Blick gar nicht. Sie war sich in dem dämmrigen Licht zwar nicht ganz sicher, doch sie vermutete, dass er eher ihr Dekolleté bewunderte, anstatt ihr ins Gesicht zu sehen.

»Ihr seht jung aus«, meinte der Mann. »Wie alt seid ihr denn?«

»15«, antwortete Malina leise.

»Ich werde bald 16«, meinte Anastasia und hielt Diegos Blick stand.

»Dann bist du ja bald so alt wie Ryan«, sagte Diego und legte Jan eine Hand auf die Schulter. »Und du bist der einzige junge Erwachsene hier im Keller.«

Anastasia schloss aus seinen Worten, dass Jan bereits 18 Jahre alt sein musste und dadurch volljährig war. In Aurora durfte man zwar bereits ab 15 Jahren einen Beruf erlernen und heiraten. Doch ein eigenes Zuhause zu gründen und die Familie zu verlassen, zog viele Verpflichtungen nach sich und wurde deshalb erst ab 18 Jahren als gut angesehen. Ob das in Bugundur auch so ähnlich war?

Jan lachte und Diego sah wieder zu Anastasia und Malina.

»Und ihr wollt euch dieses nette Plätzchen wohl mit Jan und Ryan teilen«, vermutete er und wandte sich wieder an Jan. »Habt ihr euch etwa Freundinnen angelacht?«

»Nein, nein«, sagte Jan grinsend. »Sie wollten uns nur besuchen und bleiben ganz sicher nicht lange. Versprochen.«

Anastasia bemerkte, wie Malina rot wurde und beschämt zu Boden sah. Ob ihr der Gedanke, mit den beiden Jungen im selben Raum zu schlafen, Sorgen machte? Anastasia machte sich wegen Jan und Ryan eigentlich keine Sorgen, obwohl sie die beiden noch nicht gut kannte und diese schon Hintergedanken haben könnten. Doch in Diegos Nähe fühlte sie sich viel unwohler. Vielleicht lag das auch nur daran, dass er ein erwachsener Mann war und ihm das Haus gehörte, in dem sie Zuflucht gefunden hatten.

»Alles klar«, meinte Diego. »Ich wollte euch auch nur erzählen, welches Gerücht heute die Runde gemacht hat.«

Anastasia horchte interessiert auf.

»Was ist denn los?«, fragte Jan.

Diego sah kurz zu Anastasia. »Kommt doch mal mit nach oben«, schlug er vor.

Anastasia begriff, dass diese Einladung nur für Jan und Ryan galt. Anscheinend vertraute Diego ihr genauso wenig wie sie ihm.

»Klar«, meinte Jan und Ryan stand auf.

»Gute Nacht, ihr Süßen«, verabschiedete sich Diego mit einem Augenzwinkern und verließ den Raum.

»Ihr dürft übrigens unser Bad benutzen«, meinte Jan. »Für heute Nacht könnt ihr erst mal hier bleiben und morgen sprechen wir noch mal über deinen Vorschlag, Anna.«

Anastasia nickte und war froh die Nacht nicht unter freiem Himmel in diesem fremden, beängstigenden Königreich verbringen zu müssen.

»Danke«, murmelte Malina erleichtert.

Jan und Ryan folgten ihrem Vermieter und schlossen die Tür. Anastasia und Malina tranken noch etwas Wasser und gingen dann abwechselnd in das winzige Badezimmer, um sich zu waschen. Danach sah Anastasia sich in dem Raum um. Es gab für die Jungen genau zwei schmale Matratzen, zwei Kissen und zwei Decken. Da sie natürlich nicht ihren Schlafplatz beanspruchen wollte, schlug sie vor, den niedrigen Tisch etwas zur Seite zu schieben und auf dem Teppich zu schlafen.

»Das ist bestimmt angenehmer als auf dem harten Waldboden«, stimmte Malina ihr zu.

Sie verschoben den Tisch ganz vorsichtig ein Stück und legten sich auf den Teppich, sodass sie mit den Füßen zur Tür und mit den Köpfen fast beim Schlafplatz der Jungen lagen. Beide drehten sich auf die Seite, sodass sie sich ansehen konnten.

»Ich bin total müde«, murmelte Anastasia erschöpft und Malina gähnte. Kurz darauf fielen Malina auch schon die Augen zu und Anastasia befand sich bald im Halbschlaf. Sie bekam noch mit, dass die schwere Eisentür auf und wieder zu ging. Sie glaubte Ryan neben ihnen stehen zu sehen. Er deckte sie und Malina mit einer kuscheligen Decke zu. Dann blies jemand die Kerzen aus und es wurde stockdunkel. In diesem Moment schlief Anastasia tief und fest ein.

Die Prophezeiung

»Mark«, flüsterte Malina und schlug die Augen auf. Sie brauchte einen Moment, um zu begreifen, dass sie nur geträumt hatte. Sie holte tief Luft und versuchte das Bild von ihrem Bruder in der brennenden Schreinerei und seine schmerzerfüllten Schreie aus ihrem Kopf zu vertreiben. Leise setzte sie sich auf und sah sich in der Dunkelheit um. Wo war sie? Da fiel es ihr wieder ein. Sie war mit Anastasia im Keller der Jungen eingeschlafen. Allmählich schlug ihr Herz wieder langsamer und ihre Augen gewöhnten sich an die Dunkelheit. Sie konnte die Umrisse der wenigen Möbel erkennen und sah Anastasia, die neben ihr lag. Ihr gleichmäßiger Atem deutete daraufhin, dass sie noch tief und fest schlief. Malina konnte nicht erahnen, ob es bereits morgens oder noch mitten in der Nacht war, da von nirgendwo Sonnenlicht in den Keller dringen konnte.

Sie drehte sich zu dem Schlafplatz der Jungen um. Auf der einen Matratze sah sie den großen Umriss von Jan, doch Ryan lag nicht auf der Matratze neben ihm. Malina erblickte ihn am Ende der Matratze und zuckte überrascht zusammen. Er saß an die Wand gelehnt da und schien in ihre Richtung zu sehen.

Vielleicht war er schon früher aufgewacht als sie. Oder schlief er etwa im Sitzen?

»Hallo«, flüsterte Malina unsicher.

Ryan hob eine Hand und winkte ihr zu. Also war er wohl wach.

»Ist es schon Morgen?«, fragte sie ihn leise.

Er nickte. Dann stand er auf und stieg vorsichtig über Jan. Er ging zu dem Tisch neben Anastasia und zündete mit Streichhölzern eine Kerze an, die darauf stand. Malina war froh, als die Kerze das Zimmer in ein dämmriges Licht tauchte und sie wieder besser sehen konnte.

Ryan schenkte etwas Wasser in zwei Becher ein. Dann kam er zu Malina, reichte ihr einen Becher und setzte sich neben sie.

»Danke«, flüsterte sie und trank einen Schluck. Sie hoffte, dass Anastasia und Jan durch das Licht auch bald wach werden würden, da sie sich mit Ryan nicht unterhalten konnte und gern so bald wie möglich diesen stickigen Keller wieder verlassen und frische Luft schnappen wollte. Sie musterte Ryan im Kerzenschein. Er trug noch wie gestern ein kurzärmliges Oberteil und eine kurze Hose. Seine schwarzen Haare waren vom Schlafen nur ein wenig zerzaust. Instinktiv fuhr Malina sich durch ihre Haare und wünschte sich, sie hätte einen Kamm zur Verfügung. Ryan trank das Wasser aus und stellte seinen leeren Becher auf den Boden. Dann griff er in einen Rucksack und schien nach etwas zu suchen. Malina beobachtete ihn neugierig.

Er zog schließlich ein Stück Papier und einen Stift aus dem Rucksack. Dann schrieb er etwas auf und zeigte es Malina.

Dort stand in ganz kleiner Schrift: »Wer ist Mark?«

Malina schluckte und sah wieder zu Ryan. Er hatte wohl gehört, wie sie den Namen beim Aufwachen gesagt hatte.

Da er bis jetzt nichts getan hatte, weshalb er ihr Misstrauen verdienen würde, beschloss sie, ehrlich zu sein.

»Mein älterer Bruder«, antwortete sie.

Ryan hatte das Papier immer noch in der Hand, doch er schrieb keine weitere Frage auf. Stattdessen sah er Malina nur interessiert an.

Nach einer stillen Minute fügte sie hinzu: »Er hat sich immer um mich gekümmert, doch bei dem Angriff der Soldaten konnte er mir nicht helfen. Ich weiß nicht einmal, ob er noch am Leben ist.« Malina stiegen Tränen in die Augen und sie sah schnell auf den Boden. Sie wollte vor Ryan nicht weinen.

Ryan legte seine rechte Hand auf ihre Hand und streichelte sie. Malina war so eine zärtliche Berührung nicht gewöhnt und sah überrascht zu ihm auf.

Er sah sie mitfühlend an und lächelte traurig. Eine Träne lief ihr übers Gesicht, doch sie lächelte ihn dankbar an. Dieser Junge konnte sich selbst ohne Worte mit ihr verständigen und war sehr einfühlsam. Eine Weile saßen sie nur da und hielten sich an den Händen fest. Dann zog Ryan seine Hand zurück und schrieb wieder etwas auf.

Malina las: »Deine Eltern?«

Er hatte wieder ganz klein geschrieben. Wahrscheinlich wollte er Platz sparen, da er nicht so viel Papier zur Verfügung hatte.

Sie holte tief Luft und sprach es dann zum ersten Mal in ihrem Leben laut aus: »Meine Eltern sind tot.«

Vor ihrem inneren Auge tauchte wieder das Bild der brennenden Schreinerei auf. Ihre Eltern hatten so einen schrecklichen und schmerzhaften Tod nicht verdient gehabt. Hätte Malina sie doch nur retten können!

Sie schüttelte den Kopf, um diese schlimme Erinnerung zu vertreiben.

»Leben deine Eltern noch?«, fragte sie Ryan.

Nun schüttelte er traurig den Kopf. Malina wollte ihn nicht nach der Ursache ihres Todes fragen, deshalb versuchte sie, ihn nur mitfühlend anzulächeln.

In dem Moment wachte Jan auf. Er gähnte laut und streckte sich. Dann setzte er sich auf und sah zu Malina und Ryan.

»Guten Morgen«, grinste er die beiden mit vom Kopf abstehenden Haaren an.

Malina musste ein Lachen unterdrücken. Von Jans lauten Worten wachte schließlich auch Anastasia auf und sah sich verschlafen um.

»Guten Morgen«, begrüßte Malina sie.

Anastasias dunkle Locken sahen noch genauso schön aus wie am Tag davor, allerdings war sich Malina sicher, dass Anastasia auch bald eine Haarbürste brauchte, wenn sie keine Knoten in ihren Locken haben wollte.

»Morgen«, murmelte sie müde und rieb sich den Schlaf aus den Augen.

Jan stellte ein paar Essensvorräte auf den Tisch und nachdem Anastasia die Decke zur Seite gelegt hatte, schob er den Tisch zurück in die Mitte des Teppichs.

»Lasst uns erst mal frühstücken«, schlug Jan vor und zündete noch mehr Kerzen an.

Malina griff dankbar nach einem Brötchen und biss hinein. Anastasia nahm sich einen Apfel und schien nun ganz wach und ansprechbar zu sein.

»Was hat Diego euch gestern erzählt?«, fragte sie Jan nach einer Weile. Jan schluckte erst einen großen Bissen hinunter.

»Er hat von einem Freund etwas Merkwürdiges gehört«, erzählte er dann. »Heute sollen vor dem Palast viele Mädchen verkauft werden.«

Malina horchte auf. Sie fragte sich, wo dieser Palast wohl war. Ob dieses Königreich wirklich so groß war, dass sie den Palast noch gar nicht gesehen hatten?

»Verkauft?«, wiederholte Anastasia fragend.

Jan nickte. »Es gibt eine große Auktion.«

Auf Anastasias fragenden Blick hin meinte er: »Es ist wie bei den Menschen, die ihre Steuern nicht zahlen können oder in die Ungnade des Königs gefallen sind. Auf dem großen Platz vor dem Palast gibt es eine Bühne. Dort werden die einzelnen Personen dem Publikum gezeigt. Jeder, der am Kauf interessiert ist, kann dort hinkommen: Reiche Familien, die Diener suchen. Männer, die sich Frauen kaufen möchten. Und natürlich die Betreiber von Freudenhäusern.«

»Freudenhäuser?«, rief Anastasia entsetzt.

Malina sah von Jan zu Anastasia. »Was sind denn Freudenhäuser?«, wollte sie wissen.

Jan sah sie überrascht an.

»In welcher heilen Welt bist du denn aufgewachsen?«, fragte er und lachte.

Malina sah beschämt zu Boden. Da Anastasia wusste, wovon Jan sprach, müsste sie diesen Begriff wohl auch verstehen. Am besten sie würde sich einfach nicht mehr in das Gespräch einmischen.

»Der Höchstbietende bekommt dann das Mädchen«,

meinte Jan. »Und heute soll es eine riesige Auswahl geben. Das sind ganz sicher die entführten Mädchen aus eurer Stadt.«

Anastasia biss sich auf die Lippe, dann sah sie zu Malina. »Ich glaube nicht, dass wir die Mädchen retten können«, sagte sie niedergeschlagen. »Sie werden schon heute als Dienerinnen verkauft und wir können sie davor gar nicht beschützen.«

»Dachtest du etwa, du kannst dem König ins Handwerk pfuschen?«, meinte Jan und verdrehte die Augen. »Anna, ihr seid nur zwei kleine Mädchen und der König hat hunderte von Soldaten. Er schafft es alle Untertanen seines Königreichs zu unterdrücken, da werdet ihr ihn sicher nicht davon abhalten können, seine Kriegsbeute zu verkaufen.«

Malina erschrak bei Jans Worten. Hatte der König die Mädchen etwa entführt, um sie zu verkaufen? Anastasia und sie hätten ohne ihre Flucht das gleiche Schicksal erlitten.

»Das sind unschuldige Kinder«, rief Anastasia Jan nun wütend zu und ballte die Hände zu Fäusten. »Natürlich will ich ihnen helfen! Ich bin ihre Anführerin und kann sie nicht einfach im Stich lassen!«

Jan schüttelte verständnislos den Kopf.

Malina gefiel es gar nicht, dass Anastasia so laut wurde. »Vielleicht«, begann sie zögernd, um einen Streit zu verhindern. »Vielleicht müssen wir erst Verstärkung holen.«

Anastasia sah fragend zu ihr.

»Ich meine, wenn wir zuhause sind«, sagte Malina leise. »Dann erzählen wir allen Bürgern, was passiert ist und wo die anderen Mädchen sind. Gemeinsam fällt uns bestimmt eine Lösung ein.«

»Ja, da hast du vermutlich recht«, stimmte Anastasia ihr zu und nickte bedrückt. »Wir können im Moment nichts für sie tun. Aber die vielen Familien in Aurora werden sicher für ihre Töchter kämpfen wollen.« Sie sah zu Jan und meinte: »Am Ende bekommt euer König vielleicht doch noch seinen Krieg!«

Jans Augen blitzen auf, als würde er das gerne hören. »Wenn die Rebellen zur selben Zeit angreifen würden, könnten wir den König womöglich tatsächlich besiegen!«, rief er hoffnungsvoll.

Malina bekam nun keinen Bissen mehr hinunter. Die beiden wollten einen Krieg gegen die vielen, starken Soldaten des Königs führen? Das klang für sie gar nicht wünschenswert.

»Aber erst mal müssen Malina und ich nach Aurora«, meinte Anastasia nun. »Werdet ihr uns helfen?« Sie sah kurz Ryan an und dann zu Jan.

Malina wartete gespannt auf seine Antwort.

»Na klar«, meinte Jan und zuckte mit den Schultern, als wäre ihm diese Entscheidung leicht gefallen. »Wir helfen euch alle wichtigen Sachen für eure Reise zu besorgen und danach bekommen wir ein Haus in eurer Stadt und entkommen so dem König ein für alle mal.«

Anastasia streckte ihre Hand aus und er schüttelte sie.

»Abgemacht!«, stimmte sie ihm zu.

Malina lächelte erleichtert. Mit Essensvorräten, einer Karte und etwas Ausrüstung würden sie im Wald wenigstens nicht verhungern, erfrieren oder sich für immer verirren.

»Ich werde euch eine Liste schreiben, was wir alles benötigen«, meinte Anastasia und griff nach dem Papier, das neben Ryan lag. Sie schrieb viele Wörter auf und reichte das Papier schließlich Jan.

»Da werde ich erst mal etwas Geld besorgen müssen«, meinte er grinsend. »Ryan und ich werden jetzt losgehen und ein paar Informationen über Aurora und die anderen Mädchen an die Rebellen weitergeben. Von der Belohnung können wir bereits einiges für euch kaufen.«

Anastasia nickte erfreut.

»Später können wir dann auch noch mal zusammen losgehen und den Rest kaufen«, sagte Jan.

Malina fragte sich, ob Anastasia und sie dann schon heute aufbrechen mussten. Sie hatte sich in dieser Nacht im Keller viel sicherer gefühlt als zu zweit im Wald. Ob sie nicht noch eine Nacht bleiben konnten?

Hoffentlich würde Anastasia ihre Reise erst ganz genau

mit Jan planen, bevor sie wieder in den unheimlichen Wald gingen. Malina wusste überhaupt nicht, wie man eine Landkarte las. Sie musste aber in Gedanken auch zugeben, dass sie einfach gerne noch länger bei Ryan bleiben würde.

Jan und Ryan standen auf und zogen ihre Schuhe an.

»Ach ja, ihr dürft übrigens Diegos Badezimmer im ersten Stock benutzen«, meinte Jan auf dem Weg zur Tür. »Ich habe ihn gestern gefragt, weil er uns auch ab und zu hoch lässt. Ihr habt seine einmalige Erlaubnis bekommen.« Jan zwinkerte ihnen zu und lachte.

»Danke schön«, meinte Anastasia.

Malina freute sich auch. Nun konnte sie ihre Haare endlich wieder mit Seife waschen. Vielleicht hatte Diego sogar eine Wanne, dann könnte sie ein Bad nehmen. Bei sich zuhause hatte sie nur einen großen Eimer zur Verfügung, der an der Decke in ihrem kleinen Bad hing.

Sie musste immer an einer Schnur ziehen, damit der Eimer das Wasser über sie goss und wenn das Wasser leer war, musste sie mit dem Waschen fertig sein, da es länger dauerte, wieder so viel Wasser vom Brunnen zu holen.

Ryan winkte Malina und Anastasia zum Abschied kurz zu und verließ dann mit Jan den Keller. Sobald sie weg waren, wandte Anastasia sich zu ihr um. »Bist du eigentlich mit unserer Abmachung einverstanden?«, wollte sie wissen.

»Ich habe gestern Abend gar nicht mehr daran gedacht dich

zu fragen.«

»Natürlich«, antwortete Malina. »Das ist eine tolle Idee!« Es ehrte sie, dass Anastasia ihre Meinung wichtig war.

»Gut«, meinte Anastasia erleichtert. »Ich bin froh, dass es wirklich klappt. Durch Jans und Ryans Hilfe haben wir endlich eine Chance wieder heim zu finden.«

Malina nickte. Dann meinte sie: »Anastasia, es ist nicht deine Schuld.«

Anastasia sah sie überrascht an. »Was meinst du?«, fragte sie.

»Das Schicksal der anderen Mädchen«, sagte Malina. »Es ist schrecklich und ich würde ihnen auch gerne helfen. Aber du kannst nichts für das, was ihnen widerfahren ist.«

Anastasia holte tief Luft. »Ich fühle mich aber verantwortlich«, gab sie zu. »Vor allem jetzt da mein Vater nicht mehr da ist, um die Bürger von Aurora zu beschützen.«

Malina schluckte. Also war der Bürgermeister wirklich von den Soldaten getötet worden. Sie legte ihrer Freundin eine Hand auf die Schulter.

»Das tut mir sehr leid«, murmelte sie. Sie konnte Anastasias Schmerz gut verstehen und war beeindruckt, wie gefasst sie die ganze Zeit gewirkt hatte, obwohl ihr so etwas Schlimmes zugestoßen war. Malina hatte nach dem Tod ihrer Eltern wenigstens ein wenig Zeit zum Trauern gehabt.

Anastasia nickte nur traurig und wich Malinas Blick aus.

»Möchtest du zuerst ins Bad gehen?«, wechselte Anastasia bald darauf das Thema.

»Gern«, meinte Malina verwundert. Hatte Anastasia denn gar keine Angst, dass danach nicht mehr genug Wasser für sie übrig war? Doch dann fiel Malina ein, dass Anastasia bestimmt niemals das Wasser für ihr Bad selbst hatte holen müssen. Sie stand auf und verließ den Keller. Auf der Treppe blinzelte sie ins helle Licht und holte tief Luft.

Endlich war es nicht mehr so dunkel und stickig. Malina stieg die Treppe hoch in den ersten Stock und fand sich in einem langen Gang mit mehreren Holztüren wieder. Wo das Badezimmer wohl war? Unsicher lief sie den Gang entlang, da bemerkte sie eine offene Tür rechts von ihr. Anscheinend hatte Diego extra die Tür offengelassen, damit sie das Bad gleich finden würden.

Das Bad war viel größer als bei Malina daheim und zu ihrer Freude erblickte sie eine große Wanne aus Holz. Sie schloss die Tür und sah sich nach Eimern um, um die Wanne mit Wasser zu füllen. Doch nirgendwo stand ein Eimer mit Wasser herum. Malina schluckte. Jan hatte nicht erwähnt, dass sie das Wasser erst holen mussten. Malina wollte nicht nach draußen gehen, weil auf den Straßen immer wieder Soldaten herum liefen.

Außerdem wusste sie gar nicht, wo der nächste Brunnen

war. In diesem Königreich hatte sie noch gar keinen gesehen. Da bemerkte sie eine Art Hebel, der über der Badewanne an der Wand befestigt war. Neugierig beugte sie sich über die Wanne und drehte den Hebel nach oben. Plötzlich floss Wasser direkt aus einer Öffnung unter dem Hebel in die Wanne.

Malina traute ihren Augen nicht. Wo kam das Wasser denn her? Sie hielt ihre Hand unter den Wasserstrahl und stellte fest, dass das Wasser sogar warm war. Wie war das nur möglich?

Sie würde später auf jeden Fall Anastasia fragen, ob sie so etwas nicht auch in Aurora einrichten konnten.

Malina zog sich aus, holte ein Handtuch für sich aus einer hohen Kommode und legte die Seife auf den breiten Rand der Wanne. Als die Wanne zur Hälfte mit Wasser gefüllt war, drehte sie den Hebel wieder nach unten, stieg hinein und legte sich in das warme Wasser.

»Oh, wie schön«, murmelte sie. Sie fühlte sich so entspannt wie ewig nicht mehr. Die Seife roch sehr gut und sie konnte ihre Haare endlich komplett von Erde und Schmutz befreien. Lange Zeit blieb sie in der Wanne liegen, genoss das warme Gefühl und fuhr mit der Seife immer wieder über ihre Haut. Als sie aus der Wanne stieg und sich abtrocknete, fühlte sie sich rundum sauber und wohl. Leider musste sie ihre leicht schmutzige Kleidung wieder anziehen, da sie nichts anderes da hatte. Sie bemerkte einen Kamm auf einer kleinen Kommode und kämmte ihre blonden Haare vor einem Spiegel, bis diese wieder glatt und gepflegt aussahen.

Malina sah im Spiegel ihre braunen Augen, die sie immer an die gutmütigen Augen ihrer Mutter erinnerten. Doch dieses Mal wandte sie den Blick nicht ab. Es waren nicht die Augen ihrer Mutter, sondern ihre eigenen und sie hatte das Gefühl, als hätte ihr ihre Mutter mehr als nur die Augenfarbe vererbt. Es war fast, als wäre ein Teil von ihr noch bei Malina und würde auf sie aufpassen.

Schließlich verließ Malina das Badezimmer und lief den Gang entlang zur Treppe. Doch, statt hinunterzugehen, blieb sie kurz stehen und sah sich um. Merkwürdigerweise fühlte sie sich beobachtet. Ob Diego auch hier oben war? Sie konnte ihn allerdings nirgends entdecken.

Malina schüttelte den Kopf.

Bestimmt litt sie wegen den schlimmen Erlebnissen der letzten zwei Tage unter Verfolgungswahn. Ob sie die Angst vor den Soldaten jemals wieder würde abschütteln können? Sie ging die Treppe hinunter und zurück in den Keller. Die schwere Eisentür ließ sie offen, damit etwas frische Luft in den kleinen Raum kam.

Anastasia lag auf Jans Matratze und schlief. Anscheinend war sie immer noch so müde gewesen, dass sie sich noch mal hingelegt hatte. Das war gar keine schlechte

Idee. Malina entschied, sich auch auszuruhen, während die Jungen unterwegs waren. Sie wusste ja nicht, ob sie im Wald überhaupt würde schlafen können. Sie weckte Anastasia rücksichtsvoll auf und schlug ihr vor, auch ein Bad zu nehmen. Anastasia nickte und rappelte sich langsam auf.

Dann verließ sie den Raum und Malina machte es sich auf einer Matratze mit den Decken gemütlich.

* * *

Nach dem erholsamen, angenehmen Bad ging es Anastasia viel besser und sie fühlte sich fit und munter. Als sie sich abgetrocknet, wieder angezogen und gekämmt hatte, sah sie in den Spiegel im Badezimmer. Sie freute sich, dass ihre braunen Locken, die ihr über die Schultern und die Oberarme fielen, wieder seidig glänzten. Wenn ihre Haare nass waren, hatten sie sogar einen leicht rötlichen Schimmer. Ob Jan ihre Locken wohl hübsch fand? Sie schüttelte schnell den Kopf, um diesen Gedanken zu vertreiben.

Es gab viel wichtigere Dinge, über die sie nachdenken sollte. Anastasia trat näher an den Spiegel heran und sah in ihre strahlend blauen Augen.

»Du wirst das schaffen«, versuchte sie, sich Mut zu machen. »Du wirst Malina beschützen und nach Aurora zurückfinden. Und dann wird alles wieder gut!« Doch sie konnte ihr Spiegelbild nicht belügen.

Ihre Augen zeigten ihr deutlich, wie viel Angst sie vor diesen großen Herausforderungen hatte. Sie hatte immer gedacht, aufregende Abenteuer zu erleben, würde Spaß machen. Doch sie fand es überhaupt nicht schön, ständig in Lebensgefahr zu sein. Jede Fehlentscheidung konnte Malina und sie das Leben kosten. Vielleicht brachten sie nun sogar Jan und Ryan in Gefahr.

Anastasia atmete tief durch und trat dann aus dem Badezimmer. Sie schloss die Tür hinter sich und lief den Gang entlang.

»Anna«, rief auf einmal jemand und sie sah sich überrascht um. In einer offenen Tür rechts von ihr stand Diego. Hinter ihm konnte sie ein Bett sehen, deshalb vermutete sie, dass dies sein Schlafzimmer war. Er trat zu ihr in den Gang.

»Na, habt ihr gut geschlafen?«, fragte er und lächelte sie an. Sein Blick fiel kurz auf ihr Kleid.

»Ja, danke schön«, antwortete Anastasia. Es gefiel ihr gar nicht, dass er nun zwischen ihr und der Treppe stand. Ohne die anderen fühlte sie sich in Diegos Nähe noch viel unwohler.

»Es ist mir eine Freude euch zu helfen«, meinte Diego. »Weißt du, ich kannte den Vater von Jan und Ryan gut und würde die beiden deshalb nie im Stich lassen. Wir sind fast wie eine Familie.«

Anastasia runzelte die Stirn. Also war Jans Vater wohl nicht mehr am Leben? Aber warum erzählte er ihr das? »Das ist nett von dir«, sagte sie unsicher.

»Ich weiß«, meinte er und legte seinen Kopf schief. »Allerdings zahlen mir die beiden trotzdem eine Miete, da ich für sie ein hohes Risiko eingehe.«

Diego machte einen Schritt auf Anastasia zu und stand nun ganz dicht vor ihr. Anastasia hatte den Drang zurückzuweichen oder wegzurennen, doch hinter ihr gab es keine Fluchtmöglichkeit, deshalb versuchte sie ihre Angst nicht zu zeigen.

»Weißt du, ich bin nicht dumm«, fuhr er fort. »Der König führt mit einer fremden Stadt Krieg und verkauft heute viele Mädchen, die noch niemand im ganzen Königreich zuvor gesehen hat. Da frage ich mich, woher du und Lina wohl kommt?«

Anastasia schluckte und überlegte, ob sie versuchen sollte zu lügen oder ob er ihr sowieso nicht glauben würde. Doch die Wahrheit konnte ihr nun auch nicht weiterhelfen. Was wollte er nur von ihr?

»Wenn ihr aus der Stadt unserer Feinde kommt, wäre ich es dem König ja fast schuldig euch zu melden«, sagte Diego und grinste. »Doch ich gebe euch die gleiche Chance wie Jan und Ryan. Bezahlt für mein Schweigen und ich lasse euch hier schlafen. So nett bin ich eben!«

Anastasia klopfte ihr Herz bis zum Hals, doch sie versuchte, ruhig zu bleiben.

»Wir haben kein Geld«, meinte sie leise und sah zu Diego hoch.

»Ich weiß«, antwortete er und sein Grinsen wurde noch breiter.

Er streckte eine Hand aus und streichelte über Anastasias nackten Oberarm.

Sie zuckte zurück und stand nun mit dem Rücken an der Wand.

»Uns fällt schon eine andere Bezahlungsmöglichkeit ein«, meinte Diego und kam ihr noch näher.

Anastasia wusste nun genau, was er von ihr wollte und in ihr machte sich Panik breit. Sie konnte dies nicht einmal für Malina und die Jungen tun. Um nichts in der Welt würde sie auf Diegos Erpressung eingehen. Doch wie sollte sie sich gegen ihn wehren? Diego war groß und stark.

Wenn er sie festhalten und zu dem Bett rüber ziehen würde, konnte sie sich wahrscheinlich nicht losreißen. Vielleicht waren Jan und Ryan schon wieder da und Anastasia könnte um Hilfe rufen?

Als Diego sie plötzlich am Arm festhielt, schrie Anastasia auf. »Nein!«, schrie sie aus vollem Hals und stieß

Diego nach hinten.

Schnell lief sie an ihm vorbei. Sie behielt ihn im Blick, während sie rückwärts einen Schritt Richtung Treppe machte.

»Schon in Ordnung«, rief Diego zu ihrer Überraschung und hob beschwichtigend die Hände.

Anastasia blieb irritiert stehen.

»Ein einfaches Nein hätte genügt«, meinte er und lachte. Er machte einen Schritt auf sie zu. »Wenn du nicht willst, werde ich dich auch nicht zwingen«, behauptete er.

»Und wirst du uns verraten?«, fragte sie mit zitternder Stimme.

»Ach Quatsch«, winkte Diego ab. »Da mach dir mal keine Sorgen. So ernst hab ich das doch nicht gemeint!«

Anastasia wusste nicht mehr, was sie glauben sollte. War Diego nun eine Bedrohung oder nicht?

»Du kannst deine Schulden auch auf andere Weise ausgleichen«, schlug er ihr vor.

»Und wie?«, wollte sie misstrauisch wissen.

Diego grinste sie an. »Schick doch einfach deine kleine Freundin zu mir«, meinte er. »Sie sieht aus wie ein liebes Kind, das brav auf dich hören und sich nicht wehren wird.« Seine Augen funkelten vor Vorfreude.

Anastasia blieb der Mund offen stehen. Bei dem Gedanken, dass dieser ekelhafte Mann sich an der unschuldigen Malina vergreifen wollte, stieg grenzenlose Wut in ihr auf. Sie schlug ihm mit der offenen Hand ins Gesicht. Diego wich überrascht zurück und funkelte sie dann wütend an. Panisch drehte Anastasia sich um und rannte, so schnell sie konnte, die Treppe hinunter. Sie war sich sicher, dass Diego ihr folgen und sich an ihr rächen würde.

Sie musste unbedingt Malina vor ihm warnen und die Kellertür zuschließen, damit er ihnen nichts antun konnte, bis Jan und Ryan wieder da waren. Anastasia rannte in den Keller und machte schnell die Tür zu. Dann drehte sie sich um und sah überrascht, dass Jan und Ryan bereits hier waren.

Sie saßen mit Malina auf dem Teppich.

»Sie haben uns neue, merkwürdige Kleidung mitgebracht«, erzählte Malina ihr.

»In Ordnung«, brachte Anastasia heraus. Sie sah noch mal zur Tür. Auf der Treppe waren keine Schritte zu hören. Ob Diego es gut sein lassen würde? Sie fragte sich auch, ob Jan sie im Ernstfall beschützen würde. Immerhin war Diego sein Freund. Sie bemerkte, dass Ryan sie intensiv beobachtete, deshalb versuchte sie, sich zu beruhigen, und setzte sich zu den anderen. Vor Jan und Ryan konnte sie Malina nichts von Diegos Forderung erzählen, doch sie würde Malina auf jeden Fall vor ihm beschützen. Allmählich schlug ihr Herz wieder langsamer und sie versuchte, sich zu entspannen. Doch lange wollte sie nicht mehr in diesem Haus bleiben.

Jan zeigte Anastasia, was sie bereits alles gekauft hatten, doch sie konnte sich kaum darauf konzentrieren.

»Wenn ihr euch umgezogen habt, können wir uns zusammen nach einer Landkarte umsehen«, meinte er schließlich. »Ich weiß ja gar nicht, wo eure Stadt überhaupt liegt.«

Anastasia nickte erleichtert. Dann würden sie alle diesen Keller für eine Weile verlassen.

»Wir warten auf der Straße auf euch«, sagte Jan und stand auf. »Passt auf, dass euch niemand sieht!«

Anastasia biss sich auf die Lippe. Ihr fiel nichts ein, wodurch sie dafür sorgen konnte, dass Jan und Ryan im Haus auf sie warteten. Doch was sollte sie tun, wenn Diego in den Keller kommen würde?

»Das machen wir«, stimmte Malina zu. Sie sah ein wenig verwirrt zu Anastasia. Wahrscheinlich war sie es nicht gewöhnt, dass Anastasia nicht für sie beide sprach.

Jan und Ryan verließen den Raum und Anastasia bat Malina, sich mit dem Umziehen zu beeilen.

»Ist alles in Ordnung?«, wollte Malina wissen.

»Ja«, log Anastasia. »Ich möchte nur gern schnell an die frische Luft gehen.« Sie war sich nicht sicher, ob Malina ihr glaubte. Einen Moment lang überlegte sie, ihr die

Wahrheit zu sagen, doch die Erklärung würde zu viel Zeit in Anspruch nehmen und Malina würde bestimmt große Angst vor Diego bekommen. Das wollte ihr Anastasia lieber nicht zumuten. Sie zog sich um und freute sich über die frische Unterwäsche und die saubere Kleidung. Allerdings war sie es bis jetzt gewöhnt gewesen, Kleider zu tragen. Die Jungen hatten ihnen jedoch knielange Hosen, ärmellose Oberteile, Strickjacken und feste Schuhe gekauft.

Mit den Hosen und den geschlossenen Schuhen konnten sie im Wald bestimmt schneller laufen und besser auf Bäume klettern. Die weichen Jäckchen konnten sie nachts über ihr Oberteil ziehen, um nicht zu frieren. Auch wenn Anastasia fand, dass vornehme Frauen keine Hosen tragen sollten, freute sie sich, wie schlau Jan mitgedacht hatte. Er war ihr wirklich eine große Hilfe.

Die weißen Jacken ließen sie liegen, da es draußen bestimmt sehr warm war, doch die neuen, bequemen Schuhe zogen sie gleich an. Sie trugen nun beide eine kurze, schwarze Hose aus Leinenstoff. Für Malina hatten die Jungen ein dunkelgrünes Oberteil mit breiten Trägern mitgebracht. Anastasia freute sich über ihr Oberteil in ihrer Lieblingsfarbe rot, das ganz dünne Träger hatte und ein wenig Ausschnitt zeigte. Sie fragte sich, ob Jan ihr das mit Absicht ausgesucht hatte oder ob es ein glücklicher Zufall war.

»Gehen wir«, meinte sie und Malina nickte.

Anastasia ging die Treppe voran nach oben ins Erdgeschoss. Vorsichtig sah sie sich um. Von Diego war zum Glück nichts zu sehen. Dann öffnete sie die Haustür und wartete, bis ein Passant an dem Haus vorbei gelaufen war. Schnell gingen sie nach draußen, schlossen die Tür und liefen auf die Straße. Jan und Ryan warteten am Ende der Straße auf sie.

Anastasia freute sich über das schöne Wetter und war froh, wieder unter freiem Himmel zu sein. Sie vermisste den fantastischen Ausblick über Aurora, wenn die Sonne am frühen Morgen aufging, doch der blaue Himmel und die warmen Sonnenstrahlen hoben trotzdem ihre Stimmung.

»Die neuen Sachen stehen euch gut«, meinte Jan grinsend, als sie bei ihnen ankamen. Malina wurde sofort rot und Anastasia versuchte, ein Lächeln zu unterdrücken.

»Wo können wir denn eine Landkarte kaufen?«, fragte sie ihn.

»Ich kenn da schon einen Laden«, sagte Jan. »Aber ich schlage vor, dass wir nur zu zweit hingehen. Ryan und Lina können währenddessen zum Marktplatz laufen und Essensvorräte einkaufen.«

Anastasia sah zu Malina, da sie wissen wollte, ob sie mit dem Vorschlag einverstanden war.

Malina nickte und lächelte Ryan an. Anscheinend vertraute sie ihm inzwischen. Anastasia wagte es noch nicht, Jan oder Ryan vollkommen zu vertrauen. Immerhin war Diego ihr Freund und das sprach nicht gerade für ihre Menschenkenntnis.

»Ryan hat die Einkaufsliste und Geld dabei«, erzählte Jan Malina. »Dann treffen wir uns später wieder im Versteck.«

Bevor Anastasia etwas erwidern konnte, verabschiedete sich Malina von ihnen und ging mit Ryan die Straße entlang. Anastasia hoffte, dass es kein Fehler gewesen war sie nicht vor Diego zu warnen. Hoffentlich würde Malina bei Ryan bleiben und später nicht mehr in das Badezimmer im ersten Stock gehen.

»Los geht's«, meinte Jan und zwinkerte ihr zu. Er war so gut gelaunt wie gestern. Anastasia musste lächelnd und folgte ihm die Straße entlang in die entgegengesetzte Richtung wie Malina und Ryan. Sie liefen eine Weile durch die Stadt und Anastasia sah sich neugierig um. Ob sie etwas von der Baukunst oder einigen Erfindungen auch in Aurora verwenden könnte? Anastasia fand das Königreich viel fortschrittlicher als ihre Stadt.

Sie hatten hier gepflasterte Straßen, gefährliche Waffen und ein Wassersystem, wodurch man vermutlich in jedem Haus Wasser aus einer Leitung bekam.

Anastasia war gespannt, ob die Wissenschaftler in

Aurora durch ihre Erzählungen etwas davon umsetzen konnten.

»Wir sind da«, sagte Jan auf einmal. Sie standen in einer Straße, in der es viele Läden gab, in denen ganz verschiedene Waren verkauft wurden. Jan führte Anastasia zu einem etwas kleineren Geschäft. Durch das Schaufenster konnte sie einige Puppen, Hüte und gezeichnete Bilder sehen.

Auf einem Bild war der Marktplatz zu sehen und auf einem anderen ein wunderschöner, riesiger Palast. Anastasia staunte über diese schöne Kunst. Dann öffnete Jan die Tür und sie traten ein. Anastasia sah sofort, dass in diesem kleinen Laden alles Mögliche verkauft wurde, doch Landkarten konnte sie nirgends entdecken. Im Moment waren keine anderen Kunden hier. Jan trat an die Theke und begrüßte die Verkäuferin im mittleren Alter.

»Hallo Sanna«, sagte er.

Die Frau sah auf und lächelte. »Wie schön dich mal wieder zu sehen, Jan«, meinte sie freundlich. »Wie geht es dir und deinem Bruder?«

»Ganz gut«, antwortete Jan, dann deutete er auf Anastasia. »Das ist Anna, eine neue Freundin von mir.«

Die Frau lächelte Anastasia an. »Freut mich dich kennen zu lernen«, meinte sie.

»Mich auch«, sagte Anastasia lächelnd.

»Was führt euch zu mir?«, wollte sie wissen.

»Wir brauchen eine Karte«, antwortete Jan mit gesenkter Stimme. »Eine Landkarte der Umgebung. Kannst du uns dabei helfen?«

Sanna sah Jan mit großen Augen an. »Natürlich kann ich dir helfen«, meinte sie. »Aber du hast doch nicht vor in den Wald zu gehen, oder?«

»Nein«, winkte er ab. »Die ist für Anna.«

Sanna sah nun besorgt zu Anastasia. »Bitte pass gut auf dich auf, mein Kind«, sagte sie besorgt.

Anastasia schluckte. »Warum denn?«, fragte sie, obwohl sie sich gar nicht sicher war, ob sie die Antwort überhaupt hören wollte.

»Ich höre so viele Geschichten«, erzählte Sanna. »Der Wald birgt wirklich große Gefahren.« Dann drehte sie sich um und ging in ein Hinterzimmer.

Anastasia wunderte sich, dass sie die Landkarte erst holen musste. War es etwa verboten so etwas zu verkaufen? Jan sah kurz zu Anastasia und sie glaubte, ebenfalls Angst in seinen Augen zu sehen. Doch ob er sich um sie oder seine Belohnung sorgte, wusste sie nicht.

Sanna kam mit einer Rolle Papier zurück und breitete es auf der Theke aus. Anastasia trat neben Jan und betrachtete die Karte. Das Königreich war groß eingezeichnet und um es herum schien es hauptsächlich Wald zu geben.

Sanna deutete auf einen Punkt etwas weiter vom Königreich entfernt, an dem zwei Flüsse nebeneinander eingezeichnet waren und in der Umgebung einige Berge standen.

»Dort hat der König die Soldaten hingeschickt«, erklärte die Frau.

Anastasia schnappte überrascht nach Luft. »Woher weißt du, wohin ich möchte?«, fragte sie erstaunt.

Sanna sah sie mitfühlend an. »Ich kenne die Prophezeiung!«

Nun sah auch Jan neugierig von der Karte auf. »Prophezeiung?«, wiederholte er fragend.

»Ich habe angenommen, dass du deshalb zu mir gekommen bist«, sagte Sanna zu Jan. »Um neue Informationen über den Krieg zu bekommen.«

»Was weißt du?«, fragte Jan gespannt.

»Es gibt keinen Krieg«, antwortete Sanna. »Und ich bin mir sicher, deine neue Freundin weiß das bereits. Ich habe von dem heutigen Verkauf der vielen Mädchen aus einer fremden Stadt gehört und nun macht auch alles einen Sinn.«

Sie sah zu Anastasia. »Meine Schwester ist Dienerin im Palast«, erzählte sie ihr. »Sie bekommt dort vieles mit und riskiert ihr Leben, indem sie mir davon erzählt. Doch bei so etwas kann man auch nicht einfach schweigen.«

»Was hat sie denn erfahren?«, wollte Anastasia wissen. »Was ist das für eine Prophezeiung?«

»Vor einer Woche prophezeite ein Seher König Richard, dass er untergehen wird«, meinte Sanna. »Er sagte, ein Mädchen wird dafür sorgen, dass er seine Macht und sein gesamtes Königreich verliert. Und dieses Mädchen wohnt in einer fremden Stadt. Er konnte dem König das ungefähre Alter des Mädchens nennen und genau beschreiben, wo diese Stadt liegt. Das hätte er niemals tun dürfen, doch er ist dem König treu ergeben!«

Anastasia hielt sich an der Theke fest, da sie Angst hatte gleich umzukippen. Sie konnte nicht glauben, was sie da gerade hörte. Aurora war angegriffen worden und ihr geliebter Vater gestorben. Und das alles wegen der Prophezeiung eines Sehers?

Jeder wusste doch, dass Vorhersehende nie die ganze Wahrheit kannten. Doch wahrscheinlich war das dem König egal gewesen. Er hatte einfach kein Risiko eingehen wollen.

»Der König erzählte dem Volk von dem erfundenen Krieg und schickte seine Soldaten los«, fuhr Sanna fort. »Sie hatten den Auftrag alle Mädchen in dem passenden Alter gefangen zu nehmen und zu ihm zu bringen. Er wollte, dass der Seher ihm genau zeigen konnte, welches der Mädchen für seinen Untergang sorgen würde. Dann würde er dieses Mädchen vor seinen Augen töten lassen!«

Anastasia schnappte erschrocken nach Luft. Jan legte ihr eine Hand auf die Schulter, doch sie sah ihn nicht an.

»Hat er...«, fing sie an. Sie brachte die Frage kaum über die Lippen. »Hat er das Mädchen getötet?«

»Nein«, antwortete Sanna und schüttelte den Kopf. »Der Seher hat behauptet, das Mädchen wäre nicht dabei und würde dennoch leben, obwohl die Soldaten alle Mädchen der ganzen Stadt entführt oder getötet haben. Ich hatte schon Angst, der König würde aus Wut alle Mädchen umbringen lassen, doch er verkauft sie heute als Dienerinnen. Stattdessen überlegt er, den Seher köpfen zu lassen.«

Auf einmal drehte sich alles vor Anastasias Augen und sie bekam kaum noch Luft. Das konnte doch nicht wahr sein! Sie konnte das alles einfach nicht verstehen.

»Hast du etwas Wasser da?«, fragte Jan. Er schien sich um Anastasia zu sorgen.

Sanna reichte ihr einen Becher und Anastasia trank ihn aus. Sie war so schrecklich verwirrt und entsetzt von der Grausamkeit des Königs. Zum Glück setzte Jan die Unterhaltung mit der Verkäuferin fort.

Schließlich verkaufte Sanna Jan die Landkarte und wünschte Anastasia ganz viel Glück für ihre Reise.

»Danke schön«, meinte Anastasia benommen und verließ mit Jan das Geschäft.

Der Verrat

Malina sah besorgt in den Himmel. Plötzlich zogen dunkle Wolken über ihren Köpfen auf und es fing an zu regnen. Ryan zog sie in einen Häusereingang, damit sie nicht nass wurden.

»Gerade war doch noch so schönes Wetter«, meinte Malina traurig.

Ryan nickte. Er hielt die zwei Tüten voller Lebensmittel in den Händen, die sie an den Ständen am Markt gekauft hatten. Wie lange das Essen ihr und Anastasia reichen würde, wusste Malina nicht genau, doch es war schon mal ein beruhigendes Gefühl, nicht mit hungrigem Magen aufbrechen zu müssen. Der Regen wurde noch stärker und Malina und Ryan drückten sich gegen die Tür, um nicht nass zu werden. Als es blitzte, zuckte Malina zusammen und drängte sich näher an Ryan. Seine Nähe beruhigte sie ein wenig.

Er nahm die Taschen nun in eine Hand und legte den anderen Arm um Malinas Schultern. Obwohl es kurz darauf donnerte, erschrak Malina nicht mehr. Sie sah zu Ryan, der sie anlächelte. In diesem Moment fühlte sie sich vollkommen sicher und geborgen. Sie strahlte ihn an. Könnte sie doch nur länger bei ihm bleiben. Ryans schwarze Augen sahen in ihre, dann senkte er den Blick und betrachtete ihre Lippen. Malina wurde ganz warm und sie war sich sicher, dass ihr Gesicht rot wurde.

In ihr stieg ein prickelndes Gefühl auf, das sie noch nie zuvor gespürt hatte. Ob das Liebe war? Ob Ryan sie gerne küssen würde? Er beugte sich leicht nach vorne, doch Malina drehte schnell ihr Gesicht zur Seite. Sie konnte sich doch nicht von einem Jungen küssen lassen, den sie kaum kannte. Mark würde wegen so etwas sehr wütend auf sie werden, wenn sie jetzt zuhause wäre.

Sie sah in den Regen und hoffte, dass Ryan ihr Verhalten nicht falsch verstand. Sie hatte noch nie jemanden geküsst und im Moment passierte so vieles, das ihr Angst machte. Da durfte sie sich einfach nicht in ihn verlieben. Vielleicht würde sie ihn niemals wiedersehen. Malina sah wieder schüchtern zu Ryan und merkte, dass er sie aufmerksam musterte. Sie lächelte unsicher und er erwiderte das Lächeln. Dann sahen sie beide in den Regen. Malina hoffte, dass das Unwetter wieder so schnell verschwinden würde, wie es aufgetaucht war.

»Gibt es hier oft solche Wetterwechsel?«, fragte sie.

Ryan schüttelte den Kopf. Zum Glück wurde der Regen allmählich schwächer, doch die finsteren Wolken zogen nicht weiter. Ryan deutete auf die Straße vor ihnen.

»Sollen wir zum Versteck zurückgehen?«, riet Malina und er nickte.

Dann machten sie sich in dem leichten Nieselregen auf den Rückweg.

Malina nahm Ryan eine der Tüten ab und hielt dann seine Hand beim Gehen fest. Da er sich nicht aus ihrem Griff löste, war sie sich sicher, dass er die Berührung auch schön fand.

Sie freute sich über ihre stille Verbundenheit und fand es gar nicht mehr komisch, dass Ryan nie sprach. Man konnte sich Gefühle auch ohne Worte zeigen. Als sie in der Straße von Diegos Haus ankamen, eilten Anastasia und Jan auf sie zu.

Ryan ließ schnell Malinas Hand los, was sie überraschte.

»Hallo«, begrüßte sie die zwei, die auch kaum nass geworden waren. Doch keiner der beiden erwiderte ihre fröhliche Begrüßung. Anastasia sah sehr bedrückt aus und Jan wirkte ganz ernst, was gar nicht zu ihm passte.

»Was ist passiert?«, fragte Malina ängstlich und überlegte, was in der kurzen Zeit Schlimmes geschehen sein könnte.

»Ich würde gern kurz allein mit dir reden«, meinte Anastasia zu ihr.

Malina überlegte, ob sie irgendetwas falsch gemacht

hatte.

Wollte Anastasia sie vielleicht schimpfen, weil sie gemerkt hatte, dass Malina Ryan mochte? Oder hatten die beiden keine Karte bekommen und sie würden nie wieder nach Aurora zurückkehren können?

»Gehen wir schon mal rein«, forderte Jan Ryan auf. Ryan nahm Malina die Tüte wieder ab und folgte Jan zu Diegos Haus.

Anastasia zog Malina mit sich zu einer Bank aus Holz in einer Nebenstraße und setzte sich. Malina tat es ihr gleich und sah sie fragend an. Ihr Herz schlug immer schneller.

Hoffentlich war nichts Schlimmes passiert!

»Ich muss dir etwas erzählen«, begann Anastasia und holte tief Luft. Dieses Gespräch schien ihr sehr schwerzufallen, als wollte sie mit Malina eigentlich gar nicht darüber reden. »Wir waren bei einer Freundin von Jan«, sagte sie. »Und sie wusste viel über den König und warum er Aurora angegriffen hat.«

Malina blieb vor Überraschung der Mund offen stehen. Aber waren das nicht gute Neuigkeiten?

Anastasia sah sich um, ob jemand in der Nähe war und sie hören könnte. Dann fuhr sie leise fort: »Ein Seher hat dem König vorhergesagt, dass ihn jemand stürzen wird.«

Malina runzelte nachdenklich die Stirn. Von der Seherin aus Aurora hatte sie schon einmal gehört und es überraschte sie nicht, dass es auch hier Seher gab. Aber wer sollte denn den König dieses großen Reiches stürzen? Vielleicht meinte der Seher ja die Rebellen, von denen Jan gesprochen hatte.

»Das ist der Grund, warum der König die Soldaten in unsere Stadt geschickt hat«, meinte Anastasia. »Ein Mädchen aus Aurora soll für den Fall des Königs sorgen!«

Malina war sich nicht ganz sicher, ob sie nun lachen oder geschockt sein sollte. »Das meinst du nicht ernst, oder?«, fragte sie ungläubig.

Anastasia sah sie mit großen Augen an.

»Das ist doch vollkommen unmöglich«, fügte Malina hinzu.

Ein einziges Mädchen sollte einen König stürzen? Doch in dem Moment begriff sie Anastasias Entsetzen. Deshalb hatten die Soldaten alle Mädchen aus Aurora entführt! Ihre Verwirrung verschwand und ihr Hals wurde ganz trocken.

»Nein«, wisperte sie. Das konnte der König doch nicht tun! Nur wegen den Worten eines Sehers hatten seine Soldaten Aurora überfallen?

»Doch«, murmelte Anastasia. »Der Seher erzählte dem König von unserer Stadt und das ungefähre Alter des Mädchens. Daraufhin ließ der König alle Mädchen zu sich bringen, damit der Seher ihm das Richtige zeigen und er es töten lassen konnte.«

Malina zuckte erschrocken zusammen. »Nein«, rief sie.

»Das hat er getan?«

Anastasia schüttelte den Kopf. »Das richtige Mädchen war nicht dabei«, erzählte sie ihr. »Der König ist noch immer auf der Suche nach diesem Mädchen!«

Malina wurde vor Angst ganz schlecht. »Er wird uns töten«, stotterte sie. »Wenn er erfährt, dass wir entkommen sind, wird er uns töten.«

»Vielleicht sind noch andere entkommen«, überlegte Anastasia. »Oder der Seher irrt sich einfach.«

Malina sah sie nun verwirrt an. Wovon sprach sie denn da? Dann riss sie die Augen auf. »Du denkst, der Seher könnte dich meinen?«, fragte sie entsetzt.

»Oder dich«, antwortete Anastasia.

Malina sprang auf. »Nein!« Sie schüttelte den Kopf. »Wie sollte ich denn einen König stürzen?«

»Das kann ich doch auch nicht«, meinte Anastasia mit ruhiger Stimme und stand auch auf. »Der Seher muss sich einfach irren!«

Malina dachte an das Gespräch von heute Morgen. Jan würde den König gern mithilfe der Rebellen stürzen und Anastasia hatte überlegt, dass die Bürger von Aurora das Königreich angreifen könnten, um die Mädchen zu retten. Sie könnte tatsächlich dieses Mädchen sein! Das bedeutete jedoch, dass der König ihren Tod wollte und nicht aufhören würde, nach ihnen zu suchen!

Malina holte tief Luft und versuchte die Panik abzuschütteln. Was sollten sie jetzt nur tun?

Ob der König nun weitere Soldaten nach Aurora schicken würde und sie ihnen im Wald begegnen konnten? Ob der Seher wirklich recht hatte?

Malina schüttelte verzweifelt den Kopf. Ihre Gedanken schwirrten umher. Das war ihr alles viel zu viel.

»Ganz ruhig«, murmelte Anastasia und legte ihr eine Hand auf die Schulter. »Wir schaffen das schon.«

Malina sah sie skeptisch an. Nahm Anastasia sie auf den Arm oder glaubte sie das tatsächlich? Anastasia nahm nun Malinas Hände in ihre und sah ihr direkt in die Augen.

»Zusammen werden wir überleben!«, versprach sie ihr.

Malina erinnerte sich, dass sie dies auch zu ihr gesagt hatte, als sie aus der Kutsche geflohen waren und Malina schon aufgeben wollte. Bis jetzt hatte Anastasia recht behalten. Sie lebten dank ihr noch!

Malina nickte und versuchte sich zu beruhigen.

»Lass uns zu Jan und Ryan gehen«, schlug Anastasia vor. Malina folgte ihr und sie liefen langsam die Straße entlang. Sie achteten diesmal noch genauer darauf, dass niemand sah, wie sie das Haus betraten. Dann folgte Malina ihr die Treppe hinunter und in den Keller. Jan verstummte, als sie den Raum betraten.

Wahrscheinlich hatte er Ryan gerade auch alles erzählt.

Die beiden saßen auf dem Teppich und Ryan sah besorgt zu Malina. Sie lächelte tapfer, damit er wusste, dass sie damit klarkommen würde, obwohl sie sich selbst gar nicht so sicher war. Doch Anastasia war ihr eine große Hilfe und sie vertraute ihr. Sie würde sie sicher nicht belügen. Gemeinsam würden sie alles schaffen! Anastasia setzte sich neben Jan und fragte ihn, was sie nun schon alles für die Reise hätten und ob noch etwas fehlte.

»Ich würde gerne so bald wie möglich aufbrechen«, beschloss sie. Malina schluckte und sah zu Ryan. Vielleicht würde er sie irgendwann besuchen, wenn Anastasia für die beiden ein Haus in Aurora bauen ließ.

In diesem Moment durchfuhren Malina stechende Kopfschmerzen. Sie schrie auf und hielt sich die Hände an den Kopf. Sie hatte Angst vor Schmerzen umzukippen. Vor ihrem inneren Auge sah sie die Soldaten in den grünen Uniformen. Es war, als würden sie direkt neben ihr in diesem Raum stehen.

»Durchsucht das ganze Haus!«, rief einer der Soldaten laut und es dröhnte in Malinas Kopf. Sie schrie auf und ließ sich zu Boden fallen. Die Soldaten durchwühlten den ganzen Keller, als würden sie nach etwas suchen.

»Hier ist niemand«, rief ein Soldat. »Der Informant muss sich irren oder die Flüchtlinge wurden gewarnt.« Nun ertönte plötzlich eine andere Stimme in Malinas Kopf:

»Lauf weg! Lina, lauf weg!« Sie hatte diese Stimme irgendwann schon einmal gehört.

Malina zuckte erschrocken zusammen und schlug die Augen auf. Ryan hielt sie fest im Arm und Anastasia und Jan standen vor ihr und sahen sie verständnislos an.

»Die Soldaten«, schrie Malina atemlos. »Sie kommen! Sie kommen hierher!«

* * *

Anastasia verstand nicht, was gerade passiert war. Malina hatte ohne jeden Grund zu schreien angefangen und war plötzlich umgefallen. Zum Glück hatte Ryan schnell reagiert und sie aufgefangen.

»Die Soldaten kommen«, murmelte sie schwach.

In Anastasia machte sich Panik breit. Sie hatte keine Ahnung, woher Malina das wusste, doch wenn sie recht hatte, waren sie alle in Lebensgefahr.

»Wir müssen hier weg!«, meinte sie zu Jan.

Er nickte und fing sofort an alles Mögliche in Rucksäcke zu stopfen. Ryan sah voller Sorge auf Malina hinunter und strich ihr sanft eine Haarsträhne aus dem Gesicht. Anscheinend war sie ihm wirklich wichtig. Anastasias Angst wurde noch größer, als ihr klar wurde, was das nun für die Jungen bedeutete. Jan und Ryan waren hier auch nicht mehr sicher und das war allein ihre Schuld. Bestimmt hatte Diego sie verraten. Das hatte sie doch niemals gewollt. Doch sie hätte sich eben nicht wehren dürfen. Sie hatte ihn verärgert und nun mussten ihre Freunde dafür bezahlen!

Anastasia versuchte, ihre Schuldgefühle erst einmal beiseitezuschieben, und kam Jan beim Packen zu Hilfe.

»Kann sie laufen?«, fragte Jan und sah kurz zu Malina, als sie die wichtigsten Sachen eingepackt hatten.

Anastasia war sich nicht ganz sicher. Ihre Freundin war noch blasser als sonst und zitterte am ganzen Körper. Doch sie musste nun stark sein. Da Ryan ihr nicht gut zureden konnte, trat sie zu Malina.

»Wir müssen jetzt gehen, Malina«, meinte Anastasia einfühlsam und nahm ihre Hand. »Meinst du, du schaffst das?«

Malina nickte langsam und sah ihr in die Augen. »Wir müssen uns beeilen«, flüsterte sie.

Anastasia schluckte.

Ryan und Anastasia halfen Malina beim Aufstehen. Dann gab Jan jedem von ihnen einen Rucksack und hob den größten auf seine Schultern. »Folgt mir schnell«, wies er sie an und verließ den Raum.

Anastasia nahm Malinas Hand und zog sie mit sich, als sie Jan folgte. Ryan ging hinter Malina her. Wegen seines besorgten Blickes vermutete Anastasia, dass er sicher gehen wollte, dass Malina nicht zusammenbrach.

Sie liefen schnell aus dem Haus, ohne diesmal darauf zu achten, wer sie beobachtete. Auf der Straße waren zum Glück keine Soldaten zu sehen. Jan führte sie ein paar Straßen und dann kleinere Gassen entlang. Als sie bereits die ersten Bäume des Waldes sehen konnten, blieb er plötzlich stehen. Er nahm seinen Rucksack ab und drückte ihn Ryan in die Hand.

»Bring die beiden bitte zu dem alten Brunnen nahe dem Waldrand, wo wir früher oft gespielt haben«, bat er seinen Bruder. »Ich laufe zurück und sehe nach, ob Diego in Schwierigkeiten steckt. Wir hätten ihn warnen müssen!«

Ryan öffnete den Mund, als wollte er Jan widersprechen, doch Jan schüttelte den Kopf.

»Sei vorsichtig!«, rief Anastasia besorgt, als Jan schon losrannte. Hoffentlich sprach er nicht mit Diego, wenn dieser tatsächlich der Verräter war. Anastasia hatte große Angst, dass die Soldaten Jan gefangen nehmen würden, und wäre ihm am liebsten gefolgt. Doch sie musste auf Malina achten und sich selbst in Sicherheit bringen. Immerhin suchten die Soldaten in erster Linie nach den Mädchen aus Aurora.

Ryan führte Anastasia und Malina in den Wald. Im Schutz der Bäume fühlte Anastasia sich sofort sicherer, doch erleichtert konnte sie erst sein, wenn Jan wieder bei ihnen war. Malina schien es wieder etwas besser zu gehen. Sie ließ Anastasias Hand los und atmete auf. Ryan führte sie zu einem Steinbrunnen, der von Moos überzogen war und so aussah, als hätte man ihn lange Zeit nicht benutzt. Es war weder ein Seil noch ein Eimer bei dem Brunnen, weshalb sie bei ihm leider kein Wasser holen konnten. Das musste der alte Brunnen sein, von dem Jan gesprochen hatte. Hier standen die Bäume bereits so dicht, dass sie die Häuser am Waldrand des Königreiches nicht mehr sehen konnten. Sie legten die schweren Rucksäcke ab und setzten sich vor dem Brunnen auf den Boden. Ryan holte eine Flasche voller Wasser aus dem Rucksack und reichte sie Malina.

»Trinkt nicht zu viel«, meinte Anastasia. »Ich weiß nicht, wann wir unsere Vorräte wieder auffüllen können.«

Malina nickte und trank nur einen kleinen Schluck. Ryan packte die Flasche wieder ein, ohne daraus zu trinken. Dann warteten die drei ungeduldig auf Jan.

Anastasia versuchte, sich selbst zu überzeugen, dass ihm schon nichts passieren würde, da Jan sehr schlau und stark war.

Er versteckte sich schon länger vor den Soldaten und würde sich bestimmt nicht erwischen lassen.

Anastasia fürchtete sich davor, ihm zu erzählen, dass Diego sie ihretwegen verraten hatte. Was würde Jan dann nur über sie denken? Sie hatte ihm doch keine

Schwierigkeiten machen wollen.

Vor allem nicht nach seiner großartigen Hilfe. Anastasia bemerkte, dass Ryan zu ihr sah und wunderte sich, warum sein Gesichtsausdruck so konzentriert wirkte. Ob er gerade darüber nachdachte, wer den Soldaten von ihrem Versteck erzählt hatte? Da wandte Ryan den Blick ab und sah zu Malina, die wieder etwas Farbe im Gesicht hatte. Anastasia wollte sie gerne fragen, was im Keller mit ihr passiert war, doch im Moment konnte sie nur an Jan denken.

Als sie schnelle Schritte hörte, sprang Anastasia gespannt auf. Da tauchte Jan zwischen den Sträuchern auf, rannte zu ihnen und blieb vor dem Brunnen stehen. Sein dunkelblondes Haar hing ihm ins Gesicht, während er nach Luft schnappte.

»Wirst du verfolgt?«, fragte Anastasia sofort, falls sie gleich wegrennen mussten. Doch Jan schüttelte den Kopf. Ryan und Malina standen ebenfalls auf.

»Wie konnte er uns das nur antun?«, keuchte Jan und ballte die Hände zu Fäusten.

Anastasia sah Wut in seinen grünen Augen aufblitzen. Also hatte Diego sie wirklich verraten.

»Nach unserer jahrelangen Freundschaft«, schrie er zornig. »Sogar unser Vater schätzte ihn!«

»Bitte beruhige dich«, versuchte Anastasia, ihn zu beschwichtigen, und machte einen Schritt auf ihn zu. Sie fürchtete, dass ihn sonst jemand am Waldrand schreien hören könnte.

»Er hat mit ihnen gesprochen«, meinte Jan und biss die Zähne zusammen. »Er stand vor dem Haus und hat sich mit den Soldaten unterhalten. Wie konnte er nur zu König Richard halten und nicht zu uns? Nur für eine Belohnung? Ich verstehe das einfach nicht!« Er schüttelte den Kopf.

Anastasia schluckte. Sie musste es ihm sagen, doch er war gerade so schrecklich wütend. Wie würde er nur auf ihre Worte reagieren?

»Wer?«, fragte da Malina leise.

Anastasia merkte jetzt erst, dass Jan den Namen des Verräters noch gar nicht ausgesprochen hatte. Ihr lief ein kalter Schauer über den Rücken, als er knurrte: »Diego!«

Malina schnappte erschrocken nach Luft. Anscheinend hatte sie erst jetzt verstanden, wovon Jan sprach. Ryan hingegen schien nicht sehr überrascht zu sein.

Da fiel Jans Blick auf Malina. »Woher wusstest du es?«, fragte er sie mit wütender Stimme. »Woher wusstest du, dass Diego uns verraten hat und die Soldaten auf dem Weg zu uns sind?«

Malina machte große Augen und in ihrem Blick spiegelte sich Furcht.

Anastasia konnte auf keinen Fall zulassen, dass Jan Malina für das Geschehene verantwortlich machte. Doch sie brachte es auch nicht über sich, den anderen die Wahrheit zu erzählen.

»Ich... ich hab es gesehen«, stotterte Malina unsicher.

»Was meinst du damit?«, fuhr Jan sie an. »Wann hast du es gesehen?«

»Jan, bitte...«, fing Anastasia an und legte ihm eine Hand auf den Arm. Doch er schob sie energisch zur Seite und machte einen Schritt auf Malina zu.

»Im Versteck«, antwortete Malina mit ängstlicher Stimme. »Ich hab gesehen, was gleich passieren wird.«

Nun sah auch Anastasia überrascht zu Malina. Hatte sie etwa eine Vision gehabt? Malina hatte ihr gar nicht erzählt, dass sie so etwas konnte.

»Dann bist du wohl eine Seherin?«, fragte Jan.

»Nein«, sagte Malina schnell und schüttelte den Kopf, als gefiele ihr der Gedanke gar nicht. »Das passiert mir nur ganz selten.«

»Heißt das, es ist dir schon mal passiert?«, wollte Anastasia nun wissen.

Malina sah zu ihr und hatte plötzlich Tränen in den Augen. »Ich wusste doch nicht, dass es wirklich passieren wird«, rief sie. »Mark meinte, ich wäre einfach nur verrückt und ich habe ihm geglaubt!«

»Mark?«, fragte Jan.

Anastasia hörte diesen Namen nicht zum ersten Mal.

Sie erinnerte sich, dass sie Malina in der einen Nacht im Wald schreien gehört hatte. Hatte sie da nicht auch diesen Namen gerufen?

»Das ist mein großer Bruder«, murmelte Malina und sah zu Boden.

»Was hast du denn das letzte Mal gesehen?«, hakte Anastasia nach.

Nun sahen sie alle gespannt zu Malina, der Tränen übers Gesicht liefen. »Ich habe gesehen, dass die Soldaten kommen«, erzählte sie bedrückt.

»Das wissen wir«, meinte Jan ungeduldig. »Das war doch erst gerade eben.«

Malina schüttelte den Kopf. Sie holte tief Luft, sah Anastasia an und sagte schweren Herzens: »Vor zwei Tagen an dem Morgen habe ich gesehen... dass Soldaten über den Fluss kommen werden... um Aurora anzugreifen.«

Anastasia blieb der Mund offen stehen. »Nein«, wisperte sie. »Und du hast niemanden informiert?«

»Es tut mir so leid«, schluchzte Malina. »Ich wusste doch nicht, dass wirklich Männer über das Wasser kommen können. Wem hätte ich denn davon erzählen sollen?«

»Meinem Vater!«, rief Anastasia aufgebracht. »Vielleicht hätte er dann... Vielleicht würde er dann noch...« Ihre Stimme brach ab.

Da stellte Ryan sich plötzlich vor Malina, sah Jan und

Anastasia mit finsterem Blick an und verschränkte die Arme. Anscheinend wollte er Malina beschützen und fand, dass Jan und sie zu gemein zu ihr waren.

Anastasia wandte sich schnell ab und ging ein paar Schritte von den anderen weg, um ihre Gedanken in Ruhe ordnen zu können.

Malina hatte also Visionen wie eine Seherin. Sie konnte in die Zukunft sehen und sie dadurch vor den Gefahren warnen. Zweimal hatte sie die Soldaten schon gesehen. Beim ersten Mal hatte sie es nicht ernst genommen, doch heute hatte sie ihnen sofort Bescheid gesagt und ihnen dadurch allen das Leben gerettet. Deshalb durften sie sie jetzt auch nicht unfair behandeln. Anastasia erinnerte sich an ihr Gespräch mit der Seherin in Aurora.

Kurz bevor sie die Soldaten angegriffen hatten, hatte die alte Frau ihr von Magie erzählt und plötzlich gerufen: »Es tut mir leid, ich hab es nicht kommen sehen!«

Ob sie in diesem Moment den Angriff gesehen und gewusst hatte, dass jede Warnung zu spät kommen würde? Anastasia hatte befürchtet, dass ihr etwas Schlimmes zustoßen würde und genau das war auch geschehen.

Sie überlegte, ob das bedeutete, dass Malina wie diese Seherin über Magie verfügte. Das wäre eigentlich eine sehr gute Neuigkeit, die ihnen weiterhelfen konnte. Doch anscheinend kam Malina mit ihrer Gabe noch nicht sehr gut zurecht. Immerhin hatte sie während der Vision vor Schmerzen geschrien. Und sie hatte von sich selbst gedacht, verrückt zu werden. Anastasia hoffte, dass sie Malina mit ihrem Wissen über Magie weiterhelfen konnte. Doch zuerst musste sie ihr sagen, dass es nicht ihre Schuld war, dass Anastasias Vater gestorben war. Anastasia sah wieder zu den anderen. Jan durchsuchte gerade einen Rucksack und Ryan versuchte Malina zu trösten, die ihr Gesicht in den Händen vergraben hatte und weinte. Anastasia bekam ein ganz schlechtes Gewissen. So durfte sie ihre Freundin doch nicht behandeln!

Sie hatte sich wie Jan verhalten und Malina wie einen Verbrecher verhört. Dabei hatte Malina sie doch gerade eben gerettet.

Anastasia ging zu ihr zurück und kniete sich vor Malina hin. Ryan warf ihr einen bösen Blick zu, doch sie beachtete ihn nicht.

»Malina, es tut mir leid«, fing sie zögernd an.

Malina sah nicht auf, doch ihr Schluchzen verstummte.

»Ich war einfach sehr überrascht«, entschuldigte sich Anastasia. »Und da habe ich falsch reagiert. Deine Vision hat uns heute allen das Leben gerettet! Ohne dich wären wir nun gefangen oder sogar tot!«

Malina sah überrascht auf. Ihre Augen waren rot vom Weinen und ihre Wangen von ihren Tränen ganz nass.

Auch Jan sah nun zu Anastasia. Anscheinend war ihm dieser Gedanke noch gar nicht gekommen. Er hatte seine Wut über das Geschehene einfach an derjenigen ausgelassen, die ihm davon erzählt hatte.

»Ich verstehe, dass du in Aurora auf deinen Bruder gehört und niemandem etwas erzählt hast«, sprach Anastasia weiter.

Malina sah schuldbewusst zu Boden. Bestimmt quälte sie diese Entscheidung schon seit dem Angriff auf Aurora.

»Es war nicht deine Schuld«, meinte Anastasia mit Nachdruck. »Selbst wenn du an dem Morgen meinem Vater etwas gesagt hättest, hätten wir den Angriff der Soldaten niemals verhindern können. Wir hatten keine Verteidigung und keine Fluchtmöglichkeit. Es war nicht deine Schuld!«

Malina nickte und schluckte. Hoffentlich glaubte sie Anastasia, dass sie es ehrlich meinte.

Anastasia sah nun auffordernd zu Jan. »Möchtest du dich nicht auch entschuldigen?«, fragte sie ihn.

»Wofür denn?«, gab er zurück.

Sie stand auf und stemmte die Hände in die Hüften.

»Natürlich dafür, dass du deine Wut über Diego an Malina ausgelassen hast«, sagte sie.

Jan verdrehte genervt die Augen und stöhnte. Wenigstens war seine Wut inzwischen verraucht. »Entschuldige, Lina«, murmelte er.

Malina lächelte nun und wischte sich die Tränen aus dem Gesicht, worüber Anastasia sich sehr freute. Auch Ryan wirkte nun erleichtert und lächelte Malina ermutigend an.

Anastasia setzte sich wieder zu Malina und überlegte, wie es nun weiterging. »Was habt ihr jetzt vor?«, fragte sie Jan.

»Wie meinst du das?«, wollte er wissen. Er machte den Rucksack wieder zu und setzte sich auch zu ihnen. Anastasia sah die Landkarte in seiner Hand.

»Naja, ihr könnt ja wohl kaum zurückgehen«, meinte sie. »Und Malina und ich müssen nun aufbrechen.«

Malina sah in den Himmel und Anastasia folgte ihrem Blick. Nach dem Stand der Sonne zu urteilen, musste es schon später Nachmittag sein. Sie mussten sich also bald auf den Weg machen und einen sicheren Platz für die Nacht finden.

Jan sah zu Ryan, dann beschloss er: »Wir kommen mit euch!«

Anastasia sah ihn erstaunt an. »Was?«, rief sie überrascht.

»Wie du gesagt hast«, meinte Jan und zuckte mit den Schultern. »Wir haben unser Versteck verloren und können nicht mehr zurück. Selbst wenn uns andere Freunde aufnehmen würden, könnte Diego den Soldaten unser Aussehen beschrieben haben und wir wären auf den Straßen nicht mehr sicher.«

Anastasia schluckte. Das war wirklich eine Katastrophe!

»Da kommt uns unsere Abmachung gerade recht«, sagte Jan und grinste. »Wir begleiten euch nach Aurora und bekommen dort gleich unsere Belohnung!«

Anastasia bemerkte, wie Malina erfreut lächelte und zu Ryan sah. Sie dachte über Jans Worte nach. Zwar hatten sie nur besprochen, dass die beiden ihnen vor der Reise helfen sollten, indem sie ihnen Ausrüstung und Essen kauften, doch wenn sie sie gleich begleiteten, waren sie ihnen eine noch viel größere Hilfe und konnten sie vielleicht beschützen. Immerhin war der Wald gefährlich und der Weg sehr weit. Anastasia wusste nicht einmal genau, wie lange sie in den Kutschen gefahren waren, bevor sie entkommen und zum Königreich gelaufen waren.

Und wenn Jan und Ryan gleich mit ihnen nach Aurora kamen, konnten sie den Bürgern auch alles über den König, sein Reich und die Rebellen erzählen und Anastasia würde sie dann mit einem Haus oder Reichtümern belohnen.

»Das ist eine tolle Idee!«, stimmte Anastasia nun lächelnd zu. Jan nickte und grinste sie an. »Dann lasst uns aufbrechen!«

Die Magie

Sie nahmen alle ihre Rucksäcke auf die Schultern und gingen tiefer in den Wald hinein. Malina war unglaublich erleichtert, dass sie sich nun gar nicht von Ryan verabschieden musste. Er würde sie bis nach Aurora begleiten und bestimmt auf sie aufpassen. Es war so süß von ihm gewesen, dass er sich vorhin um sie gekümmert hatte, obwohl er doch gerade sein Zuhause verloren hatte. Malina wurde ganz warm ums Herz, wenn sie daran dachte, wie wichtig sie ihm anscheinend war. Sie war Anastasia für ihre Worte auch sehr dankbar. Nun fühlte sie sich, als wäre ihr ein schwerer Stein vom Herzen gefallen und sie konnte endlich wieder leichter atmen. Obwohl sie sich dafür etwas schämte, hatte ihr das Weinen doch gutgetan nach all dem Schrecklichen, was geschehen war. Sie war nun nicht mehr ganz so bedrückt und konnte etwas optimistischer auf ihre Reise blicken.

»Malina«, sprach Anastasia sie an, während sie neben ihr herlief. »Vielleicht kann ich dir mit deinen Visionen weiterhelfen.«

»Wie meinst du das?«, fragte Malina sie überrascht.

»Ich beschäftige mich schon länger mit den Auswirkungen von Magie«, erzählte Anastasia ihr, »und ich habe in Aurora mit einer Seherin gesprochen. Die Frau meinte, dass um uns herum und in jedem Menschen Magie vorhanden ist, doch nur wenige Menschen mit ihren Fähigkeiten umgehen können. Vielleicht können wir zusammen herausfinden, wie du deine Visionen kontrollieren kannst und sie dir nicht mehr so schrecklich wehtun.«

Malina dachte über Anastasias Worte nach und sah zu den Jungen, die vor ihnen her gingen. Jan und Ryan hatten Anastasia anscheinend auch gehört, denn sie warfen sich einen vielsagenden Blick zu. Ob die beiden auch etwas über Magie wussten? Mark würde das alles für totalen Blödsinn halten und Malina wusste nicht genau, was sie glauben sollte.

»Ich will meine Visionen aber nicht kontrollieren«, meinte sie zu Anastasia. »Ich will, dass sie verschwinden.«

»Aber deine Vision hat dir doch heute das Leben gerettet«, entgegnete Anastasia verwirrt. »Wenn du selbst Visionen herbeirufen könntest, wäre das vielleicht eine große Hilfe.«

Malina schüttelte den Kopf. »Ich will das aber nicht«, sagte sie. »Ich will lieber wieder ganz normal sein.« Malina schluckte. Wenn sie in die Zukunft sehen konnte, fühlte sie sich für diese Zukunft auch verantwortlich und das ertrug sie einfach nicht. Das machte ihr viel zu große Angst und ändern konnte sie die Zukunft sowieso nicht. Alle ihre Visionen waren immer genauso eingetreten, wie sie es gesehen hatte. Anastasia schien nicht zu wissen, was sie noch sagen sollte. Deshalb liefen sie schweigend nebeneinander her.

Jan sah immer wieder auf die Landkarte und Malina hoffte, dass sie überhaupt in die richtige Richtung gingen.

Wie sollte man in so einem großen Wald nur nicht die Orientierung verlieren? Trotzdem fand sie den Wald zu viert nicht ganz so unheimlich wie mit Anastasia allein. Nach einiger Zeit setzte bereits die Dämmerung ein und Jan sagte ihnen, dass sie nach einem geeigneten Platz für ein Nachtlager Ausschau halten sollten. Malina konnte jedoch nichts als Bäume und Sträucher entdecken.

»Gehen wir noch ein Stück«, schlug Anastasia vor. »Vielleicht finden wir doch noch Wasser.«

Malina fand es erstaunlich, wie optimistisch Anastasia immer klang. Auf ihre positive Einstellung konnte sie sich genauso verlassen wie auf Jans Witze und Ryans Verständnis. Sie freute sich, dass sie unter so merkwürdigen Umständen so gute Freunde gefunden hatte.

Obwohl sie Jan immer noch nicht ganz über den Weg traute, da sie befürchtete, dass er seine Wut genauso wenig unter Kontrolle hatte wie ihr Bruder.

»Da vorne ist ein kleiner Bach«, rief Jan plötzlich erfreut

und Malina sah in die Richtung, in die er zeigte. Konnte das sogar derselbe Bach sein, an dem Anastasia und sie eine Nacht verbracht hatten? Malina bekam eine Gänsehaut, als sie an den unheimlichen Nebel dachte. Doch zum Glück war es nicht genau dieselbe Stelle wie vorletzte Nacht.

Sie legten ihre Rucksäcke auf den Waldboden in die Nähe des Wassers.

»Anna, hilfst du mir das Zelt aufzubauen?«, fragte Jan Anastasia.

»Ja klar«, antwortete sie.

Malina wunderte sich, dass sie der Spitzname Anna gar nicht mehr störte. Vielleicht gefiel er ihr inzwischen sogar? Malina störte der Spitzname Lina gar nicht. Sie fand, dass er irgendwie ganz gut zu ihr passte.

»Was sollen wir tun?«, fragte Malina und deutete auf Ryan und sich.

»Am besten holt ihr erst mal Holz für ein Feuer«, schlug Jan vor.

Ryan nickte und fing an mit Malina den Boden abzusuchen. Sie entfernten sich ein Stück vom Bach und sammelten kleinere Äste auf. Malina ging noch weiter weg, da sie hoffte, auch dickere Holzstücke zu finden, damit das Feuer nicht gleich wieder ausgehen würde. Sie war froh, dass Jan ihnen eine einfache Aufgabe zugeteilt hatte. Sie hatte das Gefühl, als hätte er alles im Griff und wusste genau, was sie zu tun hatten. Ob er schon mal in der Natur übernachtet hatte? In den letzten Tagen hatte Malina sich angewöhnt, Anastasias Vorschlägen zu vertrauen, und sie glaubte, wenn Anastasia Jans Anweisungen als falsch empfand, würde sie es auch offen sagen. Solange dies nicht der Fall war, versuchte Malina, auch Jan zu vertrauen.

Malina hatte nun bereits einige Holzstücke eingesammelt und überlegte, erst wieder zurückzugehen, bevor sie weitere einsammelte. Sie sah zu Ryan, der ein paar Meter von ihr entfernt stehen geblieben war. Er sah nicht auf den Boden, sondern auf irgendetwas in einiger Entfernung. Plötzlich ließ er die Äste fallen und hielt nur noch einen kurzen, dicken Ast in der Hand. Dann sah er zu Malina und sie sah die Anspannung in seinem Gesicht. Verwirrt folgte sie seinem Blick. Im selben Augenblick hörte sie bereits das Knurren. Sie hielt vor Schreck die Luft an.

Nicht weit von ihr entfernt stand ein silberner Wolf, fletschte die Zähne und starrte Malina direkt an.

»Lauf weg«, ertönte plötzlich eine laute Stimme in ihrem Kopf. Malina zuckte erschrocken zusammen und ließ die Äste fallen. Der knurrende Wolf kam langsam auf sie zu.

»Lina, lauf weg!«, schrie nun die Stimme in ihrem Kopf.

Malina sah panisch zu Ryan, der die Augen zusammengekniffen hatte und sie konzentriert anstarrte.

»Bitte, renn weg!«, hörte sie wieder die Stimme und

aus irgendeinem Grund wusste sie, dass diese Stimme Ryan gehörte. Doch Ryan hatte seinen Mund nicht geöffnet. War seine Stimme etwa nur in ihrem Kopf zu hören?

»Schnell«, schrie Ryans Stimme in ihrem Kopf und Malina zuckte wieder zusammen. Sie löste sich aus ihrer Erstarrung, drehte sich um und rannte los.

»Jan«, schrie Malina laut. »Jan! Hilfe!«

Jan kam sofort mit ernster Miene zu ihr gerannt.

»Ein Wolf«, keuchte Malina. »Ryan ist noch da.«

Jan rannte an ihr vorbei und Malina sah sich um. Ryan hatte sich dem Wolf in den Weg gestellt und schlug mit dem Ast in seine Richtung.

Der Wolf wich zurück, doch dann knurrte er nur noch wütender. Malina wusste nicht, was sie tun sollte. Ryan durfte doch nichts passieren!

»Was ist los?«, rief Anastasia erschrocken und kam neben Malina an. Sie deutete nur zu den beiden Jungen in einigen Metern Entfernung. Jan stand nun neben Ryan und zog aus seiner hinteren Hosentasche ein aufklappbares Messer. Malina schluckte.

Er hatte die ganze Zeit ein scharfes Messer bei sich gehabt? Wozu denn das?

Jan fuchtelte mit dem Jagdmesser vor dem Wolf herum und versuchte ihn dadurch zu verscheuchen.

Malina hielt gespannt die Luft an. Erst sah es so aus,

als würde es klappen. Doch dann setzte der Wolf zum Sprung an und sprang auf Jan zu. Da schlug Ryan dem Wolf mit dem Ast direkt auf die Schnauze. Der Wolf jaulte auf und stürzte davon.

»So ein Glück«, murmelte Anastasia erleichtert. »War das nicht derselbe Wolf wie letztes Mal?«

Malina zuckte nur mit den Schultern. Sie konnte ihren Blick nicht von Ryan abwenden. Was war da eben passiert? Er konnte doch unmöglich mit ihr gesprochen haben, ohne die Lippen zu bewegen. Sie verstand das alles nicht. Die Stimme in ihrem Kopf hatte sie schon zweimal gehört. Das erste Mal in ihrer Vision von den Soldaten in Aurora. Da hatte ihr die Stimme auch befohlen wegzulaufen. Und heute hatte die Stimme in ihrer Vision sogar ihren Namen genannt. Nein, genauer gesagt war es ihr Spitzname gewesen. Sie erinnerte sich genau.

»Lina, lauf weg!«, hatte sie geschrien. Genau dieselben Worte hatte die gleiche Stimme vor wenigen Minuten in Malinas Kopf gerufen und sie hatte sofort gespürt, dass diese Stimme zu Ryan gehörte. Er hatte sie gewarnt und beschützt. Doch wie war das möglich? Hatte sie in ihren Visionen etwa auch vorausgesehen, dass dies passieren würde?

Jan und Ryan hoben die Äste vom Boden auf und kamen zu ihnen. Malina sah zu Ryan, doch er wich ihrem Blick aus. Sie gingen gemeinsam zum Bach zurück, wo das dunkelgrüne Zelt fast fertig aufgebaut war.

Malina beobachtete, wie Jan das Zelt weiter aufbaute und Anastasia und Ryan sich darum bemühten ein Feuer zu machen. Sie legten um den Holzstapel Steine, damit sich das Feuer nicht ausbreiten konnte. Zum Glück hatte Jan Streichhölzer mit eingepackt und bald loderte ein kleines, warmes Feuer.

»Alles in Ordnung, Malina?«, fragte Anastasia sie mit beunruhigtem Blick.

Malina wusste nicht, was sie sagen sollte. Sie sah Ryan an, der zu Jan blickte.

»Was?«, rief Jan plötzlich und sah erst zu Ryan und dann zu Malina. »Ich dachte, das funktioniert nur bei mir.«

Anastasia und Malina sahen ihn völlig irritiert an.

»Wovon redest du?«, wollte Anastasia wissen.

Jan ließ den Kopf hängen. »Oh je«, murmelte er. »Ryan und ich müssen euch wohl etwas erklären.« Er setzte sich ans Feuer und die anderen folgten seinem Beispiel.

Jan sah zu Ryan und holte dann tief Luft. »In Ordnung«, fing er widerstrebend an.

Malina war gespannt, was Jan ihnen zu sagen hatte. Sprach er nun etwa für Ryan?

»Wir dachten, wir müssen es euch nicht erzählen, da wir eh nicht viel Zeit gemeinsam verbringen würden«, meinte Jan. »Aber nun, da wir zusammen nach eurer Stadt suchen, ist es wohl an der Zeit, euch ein wichtiges Geheimnis anzuvertrauen.«

Malina hielt gespannt die Luft an und sah Ryan direkt in die Augen, der ihren Blick erwiderte. Er wirkte sehr angespannt und nervös genau wie Jan.

»Ihr dürft es aber niemals jemandem verraten«, sagte Jan nachdrücklich.

»Was ist denn los?«, fragte Anastasia ungeduldig. »Was müssen wir über euch wissen?«

Malina vermutete, dass Anastasia etwas Schreckliches erwartete. Doch Malina war sich gar nicht sicher, ob das ein schlimmes Geheimnis war, wenn sie mit ihrer Vermutung richtig lag.

Jan holte tief Luft. »Ihr wisst ja beide bereits, dass Magie existiert und manche Menschen besondere Fähigkeiten haben«, meinte er und sah kurz zu Malina. »Ryan hat eine sehr seltene Gabe.«

Anastasia sah überrascht zu Ryan. »Welche?«, fragte sie neugierig.

»Er kann Gedanken lesen«, erklärte Jan.

Anastasia wurde plötzlich ganz blass und Malina blieb der Mund offen stehen. Damit hatte sie doch nicht gerechnet.

Ryan konnte ihre Gedanken lesen? Das bedeutete auch, dass er ihre Gedanken seit ihrem ersten Treffen kannte.

Sie schlug sich eine Hand vor den Mund und wurde ganz rot. Oh je, war das peinlich! Wusste er etwa bereits von ihren Gefühlen für ihn? Malina sah erschrocken zu Ryan.

Ob er in genau diesem Moment auch ihre Gedanken hören konnte? Ryan sah traurig zu Boden und schluckte. Anscheinend belastete es ihn, dass Anastasia und Malina mit Schrecken auf seine Gabe reagierten.

»Keine Sorge«, meinte Jan, »er hört nicht durchgehend die Gedanken der anderen. Er kann zwar von jedem die Gedanken lesen, doch dafür muss er sich sehr stark auf diese eine Person konzentrieren. Wenn ihr das nicht wollt, wird er das in Zukunft natürlich respektieren.«

Malina sah zu Anastasia, die diese Neuigkeit anscheinend genauso schwer begreifen konnte wie sie.

Ryan konnte nun unglaublich viel über sie beide wissen, ohne dass sie es ihm erzählt hatten. Malina erinnerte sich, dass Ryan sie öfter angestrengt beobachtet hatte. Doch sie hatte keine Ahnung, welche ihrer Gedanken er nun kannte und welche nicht. Sie schluckte.

»Seit wann hat Ryan diese Fähigkeit?«, wollte Anastasia wissen.

»Schon immer«, antwortete Jan. »Das kommt zwar sehr selten vor, doch er wurde mit dieser Gabe geboren. Als Kind hat er es vor allem bei mir und unserem Vater gemerkt, doch er konnte es uns nicht mitteilen, da er ja seit seiner

Geburt stumm ist. Später konnte er seine Gabe besser verstehen und sie mir dann auch erklären. Seitdem nutzt er sie vor allem in wichtigen Situationen. Auf diese Weise konnten wir zum Beispiel für die Rebellen viele Informationen sammeln. Doch leider kann er eben immer nur von einer Person die Gedanken lesen und muss sich dafür sehr anstrengen.«

»Hast du diese Fähigkeit auch?«, fragte Anastasia und Malina sah neugierig zu Jan.

»Nein«, grinste er nun. »Ich hab mit Magie nichts zu tun.«

»Oh«, murmelte Anastasia. »Ich dachte nur, dass ihr euch vielleicht dadurch verständigen könntet. Ihr benutzt weder die Zeichensprache, noch macht Ryan sonstige Gesten. Wie sprecht ihr euch dann ab? Schreibt ihr alles auf?«

Nun sah Jan zu Ryan und holte tief Luft. »Gute Frage, Anna«, meinte er wieder in angespanntem Ton. »Es gibt nämlich noch etwas, dass Ryan durch seine Begabung kann.«

Malina lauschte ihm gespannt.

»Ryan hat in den letzten drei Jahren an seiner Gabe gearbeitet und herausgefunden, dass er durch sie sogar noch mehr kann. Es ist fast wie ein Ausgleich dafür, dass er nicht sprechen kann«, fuhr Jan fort.

Malina ahnte, dass Jan nun erklären würde, was vorhin

zwischen Ryan und ihr geschehen war.

»Wir dachten erst, dass es nur zwischen uns möglich sei, weil wir Brüder und dadurch eng verbunden sind«, erzählte Jan. »Doch heute hat Ryan diese Fähigkeit auch bei Malina angewandt, um sie vor dem Wolf zu warnen.«

Anastasia sah mit großen Augen zu Malina. »Was ist denn passiert?«, wollte sie aufgeregt wissen.

»Ich habe seine Stimme plötzlich in meinem Kopf gehört«, sagte Malina und sah zu Ryan. »Er hat mir gesagt, dass ich weglaufen soll.« Dann fügte sie hinzu: »Danke übrigens!«

Da lächelte Ryan und schien ein wenig erleichtert zu sein.

»Wie geht das denn?«, fragte Anastasia Jan verwirrt.

»Er kann durch die Gedanken mit einem kommunizieren«, antwortete Jan. »So verständigen wir uns schon länger miteinander. Es ist fast wie ein richtiges Gespräch, nur dass es niemand anderes mitbekommt. Bis jetzt hatte er es bei noch keinem anderen Menschen außer mir ausprobiert, doch anscheinend kann er so auch mit anderen sprechen.« Jan grinste über seine Wortwahl.

Anastasia wandte sich an Ryan. »Bitte zeig es mir«, bat sie ihn.

Malina beobachtete, wie Ryan die Augen vor Konzentration zusammenkniff und Anastasia anstarrte.

Dann zuckte Anastasia auf einmal zusammen und murmelte: »Das ist ja der Wahnsinn!«

Anscheinend hatte Ryan mit ihr gesprochen, ohne dass es Malina oder Jan mitbekommen hatten. Nun musste Malina wegen Anastasias erschrockenem Gesichtsausdruck lächeln.

* * *

Anastasia war immer noch etwas geschockt, dass Ryan ihre Gedanken lesen konnte. Hatte er sie deshalb oft so angestrengt beobachtet? Ob er dann auch etwas über Diego wusste? Bei dem Gedanken sah sie schnell zu Ryan, doch er beobachtete sie gerade nicht. Er lächelte Malina an, während Jan ausführlich erzählte, wie praktisch Ryans Gabe für sie beide war. Die beiden mussten sich nie mit den Händen verständigen, da Ryan einfach in Gedanken Jan seine Meinung mitteilen konnte. Anastasia verstand das Verhalten der beiden Jungen nun viel besser. Sie hatte Ryans Worte vorhin laut und deutlich in ihren Gedanken gehört. Und es hatte nicht wie ihre eigenen Gedanken geklungen, sondern nach einer tiefen, melodischen Stimme. Fast so, als hätte er tatsächlich mit ihr gesprochen. Sie freute sich irgendwie für ihn, dass er sich nun auf diese Weise mit ihnen verständigen konnte. Es musste immerhin sehr schwer und deprimierend sein, sich nie laut äußern zu können.

Jan teilte das Abendessen aus und ließ zwei Flaschen mit Wasser herumgehen, die sie danach zum Glück wieder im Bach auffüllen konnten. Anastasia aß ein Brötchen und dachte über Magie nach. Malinas und Ryans Fähigkeiten waren absolut faszinierend. Sie war sogar ein wenig neidisch, dass sie keine dieser Gaben besaß. Doch sie war fest entschlossen, ebenfalls den Umgang mit der Magie zu erlernen. Die Seherin in Aurora hatte Anastasia gesagt, dass sie große Macht besaß und ihr Leben mit Magie verbunden war. Nun wollte Anastasia endlich herauszufinden, welche Fähigkeiten ihr die Magie ermöglichen konnte.

Nach dem Essen wurde es bereits dunkel und sie holten mehr Holz für das Lagerfeuer.

»Da wir davon ausgegangen sind, dass ihr zu zweit unterwegs seid«, meinte Jan zu Anastasia, »haben wir nur ein kleines Zelt gekauft. Ryan und ich werden deshalb besser draußen schlafen.«

»Das ist zu gefährlich«, mischte sich auf einmal Malina ein. Anastasia sah überrascht zu ihr.

»Als wir vor zwei Tagen im Wald waren, da...« Malina brach ab. »Da war so ein unheimlicher Nebel und...«

Jan runzelte skeptisch die Stirn. Da wusste Anastasia wieder, wovon Malina sprach. Sie hatte zwar nicht mitbekommen, ob der Nebel dafür gesorgt hatte, dass Malina schlafgewandelt war, aber es war auf jeden Fall nicht mit rechten Dingen zugegangen.

»Sie hat recht«, kam sie ihr zu Hilfe. »Der Nebel hätte fast dafür gesorgt, dass Malina eine Klippe runterfällt.« Nun sahen Jan und Ryan überrascht auf.

»Oh«, murmelte Jan, »ich darf diesen Wald wohl wirklich nicht unterschätzen.«

»Das Zelt ist aber trotzdem zu klein für uns vier«, wandte er ein.

»Es sollte sowieso immer einer von uns Wache halten«, beschloss Anastasia, »falls der Wolf zurückkommt. Die anderen drei werden schon genug Platz zum Schlafen haben.«

»In Ordnung«, stimmte Jan ihr zu. »Ich beginne mit der ersten Wache«, schlug Anastasia schnell vor. Sie wollte jetzt lieber etwas für sich sein, anstatt schon schlafen zu gehen.

Jan nickte, dann holte er ihre Jacke und eine Decke aus einem Rucksack und reichte ihr die Sachen.

»Danke«, murmelte sie und zog die kuschelige Jacke gleich an. Sie legte die Decke über ihre Beine und rutschte näher an das warme Feuer.

Ryan und Malina legten währenddessen die übrigen Decken ins Zelt und zogen ihre Schuhe aus. Malina zog ihre Jacke auch an und verschwand dann mit Ryan im Zelt.

»Weck mich einfach«, bot Jan Anastasia an, »wenn du

eine Gefahr vermutest oder müde wirst.«

Sie nickte. Dann kroch auch Jan in das kleine Zelt.

Anastasia vertraute den Jungen inzwischen so weit, dass sie sich nicht um Malina sorgte. Malina war Ryan sehr wichtig und obwohl Jan oft wie ein Draufgänger wirkte, verhielt er sich ihnen gegenüber freundlich und respektvoll. Er war auf keinen Fall wie Diego.

Anastasia nahm sich vor Jan morgen in einer ruhigen Minute zu zweit von Diegos Erpressung zu erzählen.

Aus irgendeinem Grund wollte sie ihm nicht vor Ryan und Malina davon berichten. Doch jetzt schob sie diese Gedanken erst einmal beiseite und sah in das knisternde Feuer. Sie setzte sich im Schneidersitz hin und legte die Hände auf die Knie. In dieser Position hatte sie ihre Mutter öfter meditieren sehen, wenn sie wegen einer Schwangerschaft starke Schmerzen gehabt hatte und sich selbst beruhigen wollte. Anastasia sah in die orangefarbenen Flammen und versuchte ihren Kopf zu leeren und sich voll und ganz auf ihre Wahrnehmung zu konzentrieren. Sie spürte die Wärme des Feuers auf ihrem Gesicht und die kühle Nachtluft um sich herum. Die hellen Flammen hoben sich stark von der Dunkelheit der Nacht ab. Anastasia hörte das Rascheln der Blätter im Wind und das Plätschern des Wassers ganz in der Nähe.

Der Wind hatte sie schon immer fasziniert. Er konnte

hin wehen, wohin er wollte. Er war ganz leicht und frei. Gleichzeitig war er aber unglaublich stark. Er konnte an Bäumen rütteln, das Wasser aufwühlen und sogar ein Unwetter herbeiführen. Sie starrte gebannt ins Feuer und versuchte sich genauso leicht zu fühlen wie der Wind. Das Rascheln der Blätter wurde lauter und die Luft etwas kühler. Die Flammen bogen sich im Wind, versuchten, dem Luftzug zu entkommen, um dann noch stärker empor zu züngeln. Anastasia konzentrierte sich auf die Bewegungen des Feuers und versuchte, den Wind zu lenken. Sie wollte den Wind dazu bringen, das Feuer in der Mitte zu teilen.

Vor Anspannung verkrampfte sie ihre Hände zu Fäusten und versuchte mit ihrer bloßen Konzentration den Wind zu beherrschen. Doch das Feuer züngelte weiter vor sich hin und kein Luftzug schien Anastasias Willen zu gehorchen. Da stöhnte sie auf und öffnete ihre Hände wieder.

Niedergeschlagen entspannte sie ihren Körper und sah zu Boden.

Das war einfach nicht fair. Malina hatte ihre Gabe nie gewollt und konnte einfach so in die Zukunft sehen. Was brachte das, wenn sie es doch nicht nutzte? Hätte Anastasia diese Fähigkeit, hätte sie Aurora vielleicht retten können. Da dachte sie an ihren Vater und Wut flammte in ihr auf. Sie hätte ihren Vater retten können! Sie sollte so eine besondere Gabe haben und nicht Malina. Wütend starrte sie wieder ins Feuer und hätte am liebsten laut geschrien, dass diese Welt nicht gerecht war. Sogar Ryan hatte als Ausgleich für seine Behinderung die praktische Gabe Gedanken lesen zu können. Und was konnte Anastasia? Gar nichts! Die Magie ließ sie einfach im Stich. Dabei lag es doch an ihr ihre Stadt zu retten! Sie schüttelte mit Tränen in den Augen den Kopf.

»Ich wollte schon immer magisch sein«, brachte sie zwischen zusammengepressten Zähnen hervor. »Dabei bin ich nur ein gewöhnliches Mädchen, das seinen Vater nicht retten konnte!«

Hätte sie wirklich magische Fähigkeiten gehabt, hätte sie diese ganzen Soldaten in dem Saal einfach vom Wind hinausfegen lassen. Hinaus aus ihrem schönen Leben!

Plötzlich gab es eine helle Stichflamme und das Feuer loderte neu auf. Anastasia sah überrascht in die nun roten Flammen. Ihr kam es so vor, als wäre das Feuer genauso wütend wie sie. Sie streckte eine Hand aus, bis sie die Wärme der Flammen spürte.

»Hätte ich es gekonnt«, flüsterte sie, »hätte ich die Soldaten des Königs brennen lassen!«

Da schoss erneut eine Stichflamme hervor und erfasste Anastasias Hand. Plötzlich war ihre Hand mitten im Feuer. Anastasia zog erschrocken die Hand zurück und biss die Zähne fest aufeinander, um nicht vor Schmerzen zu schreien.

Sie sprang auf, rannte zum Bach und hielt ihre verbrannten Finger ins kalte Wasser.

Erleichtert atmete sie auf, als der Schmerz allmählich nachließ.

Ihr Vater hatte sie als Kind oft davor gewarnt, mit dem Feuer zu spielen. Sie musste an seine Worte denken und Tränen liefen ihr über die Wangen. Wie so oft hatte er recht gehabt. Sie blieb neben dem Bach sitzen und ließ ihre Hand eine Zeit lang durch das Wasser gleiten. Was war da gerade passiert? Hatte der Wind das Feuer zu ihr geweht oder hatte sie wirklich etwas ausgelöst? Vielleicht war dies auch nur die Magie des Waldes gewesen und hatte ihr gezeigt, wie unberechenbar und gefährlich das Feuer war? Doch das Wasser war zum Glück ganz anders. Das Geräusch und das Gefühl von Wasser beruhigte Anastasia langsam und ihre Wut ließ nach. Was hatte sie sich nur dabei gedacht, auf ihre liebe Freundin und den stummen Ryan eifersüchtig zu sein?

Dann war sie eben nichts Besonderes. Dennoch würde Anastasia Aurora und ihre Familie niemals aufgeben.

Nach einiger Zeit formte sie ihre Hände zu einer Schüssel und schöpfte etwas Wasser aus dem Bach. Sie beobachtete das Wasser im Schein des Feuers und ließ es langsam durch ihre Finger rinnen, bis nichts mehr übrig war. Dies wiederholte sie einige Male. Ihr Atem ging nun langsamer und sie entspannte sich. Als Anastasia wieder ihre Hände in den Bach hielt und Wasser herausschöpfen wollte, hielt sie verblüfft inne. Obwohl ihre Hände noch im Wasser waren, hob sich etwas Wasser von der Oberfläche ab und formte sich vor Anastasias Augen zu einem Ball aus fließendem Wasser. Er drehte sich um seine eigene Achse und immer wieder durchbrachen einzelne Wassertropfen die runde Form. »Was«, stammelte Anastasia verwirrt und streckte ganz langsam ihre Hand nach der Wasserkugel aus. Sie fragte sich, ob dieser Ort besondere Magie barg oder ob das tatsächlich durch ihre eigenen Kräfte geschehen sein konnte.

Als sie die Wasserkugel fast berührte, ertönte plötzlich ein Geräusch. Anastasia zuckte erschrocken zusammen und das Wasser fiel zurück in den Bach. Schnell stand sie auf und sah sich um. Das Geräusch kam nicht aus dem Zelt und auch nicht vom knisternden Feuer. Sie ließ die Decke neben dem Zelt liegen und ging ein paar Schritte vom Bach weg. Es klang fast wie ein Kichern. Sie sah sich nervös um, ob irgendwo der Nebel zu sehen war, von dem Malina gesprochen hatte. Doch sie konnte nichts Merkwürdiges entdecken.

Sie überlegte gerade, ob sie Jan wecken sollte, als das Kichern ganz leise wieder erklang. Anastasia runzelte die Stirn und starrte angestrengt in die Dunkelheit. Dieses

Lachen klang wie von einem kleinen Jungen. Es erinnerte sie an ihre jüngeren Brüder. Wenn sie einen Streich ausheckten, steckten sie immer ihre Köpfe zusammen und kicherten vergnügt. Aber hier konnte kein kleines Kind im Wald unterwegs sein, oder etwa doch?

Anastasia ging langsam und vorsichtig an ein paar Bäumen vorbei und sah sich um, wobei sie in der Dunkelheit nur Umrisse erkennen konnte.

»Da ist sie«, flüsterte plötzlich eine Jungenstimme.

Anastasia zuckte erschrocken zusammen. Wer sprach da? Woher kam diese Stimme?

»Sie sieht uns nicht«, sagte nun eine andere Jungenstimme. Dann kicherten die beiden los.

Anastasia bekam eine Gänsehaut. Wer war das?

Die Stimmen schienen von oben zu kommen. Saßen die zwei Jungen etwa auf einem Baum?

Sie wusste, dass sie Jan unbedingt wecken musste, doch zuerst wollte sie wissen, wer dort war. Ihre Neugier ließ sie nach oben sehen und mit dem Blick die Äste absuchen. Auf einem Baum gleich vor ihr saßen auf einem Ast nicht weit über ihrem Kopf zwei Eichhörnchen und sahen sie direkt an.

Anastasia hielt verwundert inne und musterte die kleinen Tiere.

»Sie hat uns gefunden«, flüsterte das eine Eichhörnchen

und das andere lachte.

Anastasia zuckte wieder erschrocken zusammen. Diese Tiere konnten sprechen? Das war doch gar nicht möglich! Ihr blieb der Mund offen stehen.

Sie hatte schon von vielen magischen Wesen gehört, aber von sprechenden Eichhörnchen noch nie. Vielleicht konnte sie sich ja durch die Magie des Waldes mit ihnen verständigen?

»Wer seid ihr?«, fragte sie und konnte ein Zittern in ihrer Stimme nicht unterdrücken.

»Wer bist du?«, gab das eine Eichhörnchen zurück.

»Das Mädchen mit der brennenden Hand«, antwortete das andere und beide kicherten wieder.

Anastasia war sich nicht sicher, ob sie sich vor den kleinen Tieren fürchten musste. Doch aus irgendeinem Grund stellten sich ihre Nackenhaare auf und ihr Herz schlug vor Angst schneller.

»Komm mit uns«, flüsterte ein Eichhörnchen. »Wir wollen dir etwas zeigen.«

Anastasia schüttelte den Kopf und ging einen Schritt rückwärts. Auf einmal wollte sie so schnell wie möglich zurück zu dem warmen Feuer und ihren Freunden. Sie musste Jan erzählen, dass die Tiere im Wald sprechen konnten. Sie drehte sich um und blieb erschrocken stehen. Vor ihr erhob sich ein großer, dunkler Schatten. Rote Augen blitzten in der Dunkelheit auf. War das etwa ein Bär direkt vor ihr? Das große Tier hob eine Pranke mit scharfen Krallen und machte einen schweren Schritt auf Anastasia zu. Anastasia riss den Mund auf, um zu schreien, doch da war es bereits zu spät.

Das Dorf

Am nächsten Morgen drehte Malina sich verschlafen um, da ihr der Rücken wehtat. Trotz des Zeltes merkte sie den harten Boden mit jeder Wurzel und jedem Stein deutlich. Sie spürte einen warmen Körper neben sich und dachte an Ryan. Bestimmt hatte Jan Anastasia irgendwann abgelöst und hielt nun Wache. Sie wunderte sich, dass sie niemand geweckt hatte, damit sie eine Schicht übernahm, war aber gleichzeitig sehr froh darüber. Ohne die Augen zu öffnen, schmiegte sie sich an Ryan und legte ihren Kopf auf seinen Oberkörper. Er war ganz warm und roch sehr gut. Malina lächelte und wollte am liebsten noch ein paar Stunden mit Ryan im Zelt verbringen. Doch sie merkte auch durch ihre geschlossenen Augenlider, dass es bereits hell war. Langsam öffnete sie die Augen und unterdrückte ein Gähnen. Sie sah auf und erstarrte. Neben ihr lag nicht Ryan, sondern Jan! Und er war sogar wach und musterte sie mit einem großen Grinsen im Gesicht.

»Jan«, rief Malina erschrocken und richtete sich sofort auf. »Oh... ähm... ich...« Sie schluckte und sah sich um. Sie waren nur zu zweit im Zelt. Wo war denn Ryan? Hatte er etwa die letzte Schicht als Wache übernommen und Anastasia war schon früher aufgewacht?

»Entschuldige«, murmelte Malina und bekam vor Scham einen hochroten Kopf.

»Wofür denn?«, fragte Jan und setzte sich auch auf. »Wir können gern noch ein bisschen kuscheln.« Er zwinkerte ihr zu und lachte.

Malina wich seinem Blick aus und wollte am liebsten im Erdboden versinken. Da ging Jan auf die Knie, öffnete den Eingang zum Zelt und trat ins Freie. Malina atmete tief durch und versuchte schnell dieses peinliche Erlebnis zu verdrängen. Sie stieg auch aus dem Zelt und zog ihre Schuhe an. Dann blinzelte sie ins helle Sonnenlicht. Das Feuer vor ihrem Zelt war vermutlich schon vor vielen Stunden ausgegangen, da nur noch ein Haufen Asche und wenige verkohlte Holzreste übrig waren. Jan ging zu Ryan, der aus einem Rucksack Lebensmittel für das Frühstück herausholte. Da es bereits sehr warm war, zog Malina ihre Strickjacke aus und stopfte sie in einen Rucksack. Dann suchte sie in dem Rucksack nach einem Kamm, mit dem sie sich kurz durch die Haare fuhr. Sie lief zum Bach, wusch ihr Gesicht und trank etwas Wasser.

Sie durfte auf keinen Fall mehr an Jans starken, warmen Oberkörper und seinen Geruch denken. Sie hatte doch angenommen, dass sie sich an Ryan schmiegen würde! Malina war froh, dass Ryan anscheinend nichts davon mitbekommen hatte. Und sie vertraute ihm, dass er ihre Gedanken nicht mehr las. Doch vielleicht las er ja Jans Gedanken? Oh je, das wäre schrecklich! Jan trat neben Malina und füllte die leeren Flaschen mit Wasser auf. Sofort ging Malina zurück zum Zelt, um nicht in Jans Nähe zu sein. Ryan drückte ihr einen Apfel in die Hand und lächelte.

»Guten Morgen«, meinte Malina schüchtern. Sie biss in den Apfel und setzte sich mit Ryan neben die Rucksäcke.

Jan kam schließlich auch zu ihnen und setzte sich.

»Wo ist eigentlich Anastasia?«, wollte Malina wissen und sah sich fragend um.

»Keine Ahnung«, meinte Jan und zuckte mit den Schultern. »Vielleicht musste sie mal kurz hinter einen Busch?«

»Hast du sie heute Nacht irgendwann abgelöst?«, fragte Malina ihn.

»Nein«, antwortete Jan und runzelte nun nachdenklich die Stirn.

»Und du?«, wandte sich Malina an Ryan.

Doch Ryan schüttelte den Kopf. »Ich bin auch gerade erst aufgewacht«, erklang seine Stimme in Malinas Gedanken und sie zuckte instinktiv zusammen. »Ich habe Anna nicht gesehen.«

»Jetzt nennst du sie ja auch schon Anna«, stellte Malina belustigt fest und Ryan lächelte.

Jan sah etwas verdutzt von Malina zu Ryan. Da fiel ihr erst ein, dass Ryan nur in Gedanken mit ihr gesprochen hatte.

»Also hat sie heute Nacht niemanden von uns geweckt«, stellte Jan mit ernstem Blick fest. »Sie kann nicht die ganze Zeit wach geblieben sein.« Er stand auf und sah sich suchend um. Nun begriff Malina, worauf er hinaus wollte.

»Oh nein«, murmelte sie und stand ebenfalls auf.

Ob der Nebel auch bei Anastasia Halluzinationen ausgelöst hatte? Hoffentlich war sie nicht verletzt!

»Anna!«, schrie Jan nun laut.

»Anastasia!«, rief Malina und ging ein paar Schritte vom Zelt weg. »Anastasia!«

Sie konnte ihre Freundin nirgends entdecken. Der Wald wirkte hell und friedlich. Doch was war wohl heute Nacht geschehen?

Die drei suchten die nähere Umgebung ab und Malina und Jan riefen immer wieder nach ihr, doch von Anastasia war nirgends etwas zu sehen. Langsam bekam Malina Panik. Niemand von ihnen wusste, was letzte Nacht geschehen war. War Anastasia etwas Schlimmes zugestoßen? Malina suchte verzweifelt nach einer anderen plausiblen Erklärung für ihr Verschwinden, doch ihr fiel nichts ein.

»Kommt mal her«, rief Jan plötzlich.

Malina rannte mit klopfendem Herzen zu ihm und betete

im Stillen, dass er keine verletzte Anastasia gefunden hatte. Sie könnte es sich niemals verzeihen, ihre Freundin im Stich gelassen zu haben! Ryan und Malina kamen beide bei Jan an, der in der Hocke saß und auf den Boden deutete.

»Hier sind Schleifspuren«, meinte er.

Jetzt bemerkte Malina es auch. In der Erde waren mehrere, große Fußabdrücke zu sehen und eine breite Linie, als wäre jemand weggezogen worden, der nicht bei Bewusstsein war.

Malina bemerkte, wie Jan Ryan einen Blick zu warf und fast unmerklich nickte. Sie vermutete, dass Ryan in Gedanken etwas zu ihm gesagt hatte und Jan nicht laut darauf antworten wollte. Sie hielt die Luft an. Die beiden dachten doch wohl nicht, dass Anastasia tot sei, oder etwa doch?

»Was ist los?«, rief sie ängstlich und sah Jan an. Er richtete sich wieder auf und presste die Lippen aufeinander.

»Sag schon«, forderte sie ihn auf.

»Ich denke, hier war ein sehr großes Tier«, meinte er. »Vielleicht ein Bär.«

Malina schnappte nach Luft und sah wieder auf die großen Abdrücke auf dem Boden.

»Was sollen wir denn jetzt machen?«, murmelte sie und ihr traten Tränen in die Augen.

»Warum hat sie mich nicht geweckt?«, beschwerte sich

Jan nun wütend und ballte die Hände zu Fäusten. »Wieso ist sie so weit vom Zelt weggegangen? Ich hätte ihr doch geholfen!«

»Was sollen wir nur tun?«, wiederholte Malina.

Jan schüttelte nur den Kopf, als wäre ihre Frage völlig unsinnig. Sie begriff, dass er Anastasia für tot hielt und das raubte ihr fast den Atem. Sie durfte einfach nicht tot sein. Malina wurde erst jetzt klar, wie gefährlich es in diesem Wald wirklich war. Wegen eines Fehltrittes konnten sie sterben!

Da sah Ryan Jan konzentriert an und dieser sah wieder auf den Boden.

»Du hast recht«, murmelte er. »Hier ist kein Blut.«

Malina atmete erleichtert auf. Anscheinend hatte Ryan die Hoffnung, Anastasia lebend wieder zu finden, zum Glück noch nicht aufgegeben.

Jan holte tief Luft und fuhr sich durch die Haare. »In Ordnung, wir werden den Spuren folgen und Anna suchen«, beschloss er. »Packen wir schnell unsere Sachen zusammen und gehen gleich los.«

Malina und Ryan nickten zustimmend. Sie liefen zum Schlafplatz zurück, bauten das Zelt in Windeseile ab und packten alles wieder in die Rucksäcke. Ryan und Malina nahmen ihre Rucksäcke auf den Rücken, während Jan seinen und Anastasias Rucksack auf seine Schultern hob. Das

Gewicht schien ihn aber nicht zu stören, da er eilig voran lief.

Die Schleifspuren endeten bald, doch die großen, runden Fußabdrücke gingen weiter.

»Hat der Bär sie etwa hochgehoben?«, fragte Jan verwirrt. Er schien jedoch keine Antwort auf seine Frage zu erwarten.

Sie folgten den Spuren in der Erde und riefen immer wieder nach Anastasia. Ryan ergriff Malinas Hand und drückte sie, um ihr etwas Mut zu machen, doch sie brachte als Dank nicht einmal ein Lächeln zustande. Sie machte sich große Sorgen um ihre Freundin. Einen Moment lang überlegte sie sogar, ob sie nicht eine Vision davon haben könnte, wo Anastasia nun war und was mit ihr passierte. Vielleicht hatte Anastasia doch recht und Malina musste lernen, ihre Fähigkeit zu kontrollieren. Ob sie ihre Freundin damit retten könnte? Doch sie hatte keine Ahnung, wie sie eine Vision herbeiführen könnte. Bis jetzt hatte sie nur Visionen vor unmittelbaren, großen Gefahren gehabt. Das bedeutete entweder, dass Anastasia nichts Schlimmes zugestoßen war oder dass Malina nur Visionen über ihre eigene Zukunft haben konnte. Sie rief weiterhin laut nach Anastasia und lief Jan hinterher, der durchgehend auf den Boden starrte, um die Spur nicht zu verlieren.

Auf einmal blieb er stehen.

»Was ist los?«, wollte Malina wissen.

»Hier sind die Fußabdrücke kleiner«, meinte Jan irritiert.

Malina sah auf die Erde. War das nicht ein Abdruck, wie ihn ein Mensch mit nackten Füßen hinterließ? Doch das machte überhaupt keinen Sinn. Bestimmt gab es dafür irgendeine Erklärung.

»Vielleicht ist hier noch jemand anderes vorbei gelaufen oder hat den Bär auch verfolgt?«, überlegte Malina.

Jan schüttelte den Kopf. »Die großen Tierabdrücke enden hier«, murmelte er und ging langsam weiter.

Kurz darauf standen sie vor einer kleinen Lichtung, auf der in einer Wiese viele schöne Blumen wuchsen.

»So ein Mist!«, fluchte Jan.

Malina sah ihn fragend an. Er wirkte auf sie sehr angespannt. Bestimmt machte er sich auch große Sorgen um Anastasia.

»Durch das Gras können wir die Fußabdrücke nicht mehr sehen«, ertönte Ryans Stimme in Malinas Kopf.

Jan machte ein paar Schritte in das Gras hinein und schien nach der Spur zu suchen, doch Malina konnte in dem grünen, hohen Gras auch nichts erkennen.

»Wir müssen am Rand der Lichtung weitersuchen«, beschloss Jan. »Irgendwo wird die Spur wieder anfangen.«
Er ging langsam am Rand der kleinen Lichtung entlang und betrachtete eingehend den Boden. Malina und Ryan

gingen in die andere Richtung.

Sie sah sich aufmerksam um, konnte jedoch keine Fußabdrücke entdecken. »Denkst du, Anastasia geht es gut?«, fragte sie Ryan leise.

»Ja«, antwortete er, ohne die Lippen zu bewegen. »Ich bin mir sicher, dass wir sie bald unverletzt finden!«

Malina atmete erleichtert auf und versuchte selbst auch so zuversichtlich zu sein wie Ryan.

Plötzlich hörten sie Jan laut aufschreien. Malina und Ryan wirbelten herum und sahen sich nach Jan um. Wo war er? Hatte er etwas gefunden?

»Jan?«, rief Malina.

Ryan rannte zurück und Malina folgte ihm. Weder auf der Lichtung noch am Waldrand konnte sie Jan sehen.

»Wo bist du?«, rief Malina. Sie war sich sicher, dass Ryan auch nach seinem Bruder rufen wollte.

Er sah sich um und nun stand ihm die Panik ins Gesicht geschrieben. Jan war verschwunden! Wie war das nur möglich? Malina rannte auf die Lichtung und suchte mit den Augen den Waldrand ab.

»Jan!«, schrie sie wieder. Wieso hatte er nur geschrien? Und wo war er jetzt? Das war bestimmt kein Scherz von ihm. So etwas würde er ihnen doch niemals antun. Ihr Herz klopfte Malina bis zum Hals. Was ging hier vor sich? Ryan kam zu ihr und hielt ihre Hand fest. Vielleicht hatte er Angst

Malina auch noch aus den Augen zu verlieren.

»Was ist hier nur los?«, fragte Malina und sah sich ängstlich um.

»Ich weiß es nicht«, antwortete Ryan in ihren Gedanken und sah sie voller Sorge an.

Irgendetwas stimmte überhaupt nicht. Malina rief noch mal nach Jan, doch wieder ohne Erfolg. Sie konnte ihn weder sehen noch etwas rufen hören.

Da hob Ryan die Hand und deutete zu einer dichteren Gruppe von Bäumen. Malina folgte seinem Blick und erschrak. Dort waren zwei große, muskulöse Männer, die nur einen Fetzen um die Hüfte trugen und ansonsten nackt waren. Sie kamen direkt auf Malina und Ryan zu! Malina wollte instinktiv zurückweichen und sah über ihre Schulter.

»Oh nein!«, stieß sie hervor. Auch hinter ihnen stand so ein großer, breiter Mann und näherte sich ihnen. Malina und Ryan sahen sich um und merkten, dass sie umzingelt waren. Sie standen mitten auf der kleinen Lichtung und vom Waldrand her näherten sich mindestens fünf Männer aus allen Richtungen.

»Wer seid ihr?«, rief Malina und versuchte, mutig zu klingen, weil Ryan ja nicht für sie sprechen konnte. »Was wollt ihr von uns?«

Doch niemand antwortete ihr. Ob diese Männer Anastasia entführt und Jan angegriffen hatten? Sie merkte, wie

Ryan einen der Männer ein paar Sekunden lang anstarrte. Dann zuckte er zusammen und sah Malina erschrocken an.

»Das sind keine Menschen!«, rief seine Stimme in ihrem Kopf. »Ich kann ihre Gedanken nicht lesen!«

Malina blieb vor Entsetzen der Mund offen stehen. Wenn das keine Menschen waren, was waren sie denn dann? Die Männer kamen immer näher und Malina sah, dass ein paar von ihnen eine Art Knüppel in den Händen hielten. Sie fing an vor Angst zu zittern.

»Wir müssen wegrennen«, hörte sie Ryans Stimme. »Ich renne auf sie zu und lenke sie ab und du rennst weg.«

Malina sah ihn überrascht an. Er war bereit, sich diesen Männern zu stellen, damit sie entkommen konnte? Doch das konnte sie nicht zulassen.

»Nein«, meinte Malina und hielt Ryans Hand fest. »Ich bleibe bei dir!«

Ryan sah sie mit großen Augen an. Wahrscheinlich hatte er gedacht, dass ihre Angst größer wäre als ihre Zuneigung zu ihm. Malina wusste selbst nicht genau, woher sie ihren Mut nahm. Doch sie wusste, dass sie lieber zusammen mit Ryan herausfinden wollte, was diese Männer vorhatten, als ihn im Stich zu lassen und allein durch diesen Wald zu irren.

Der Mann, der ihnen am nächsten war, schien eine verletzte Nase zu haben, da sie rot und geschwollen war.

Er starrte die beiden voller Hass an und hob seinen

Schlagstock.

»Nein, bitte nicht!«, rief Malina erschrocken. Sie wich zurück und plötzlich war Ryans Hand verschwunden.

Zwei Männer rissen ihn von Malina weg und hielten ihn an den Armen fest. Ryan versuchte verzweifelt, sich loszureißen, während der Mann mit der blutenden Nase vor ihn trat.

»Aufhören«, rief Malina ängstlich und wollte zu Ryan gehen. Doch in dem Moment packte ein Mann sie von hinten an den Haaren und zog sie von Ryan weg. Malina schrie vor Schmerzen auf und ihr wurde schwarz vor Augen.

»Wie gefällt es dir wohl, wenn man dir ins Gesicht schlägt?«, hörte sie einen der Männer mit tiefer, bedrohlicher Stimme sagen. Dann ertönte ein dumpfer Schlag.

»Nein!«, schrie Malina entsetzt.

Sie wusste, dass Ryan nicht schreien konnte, doch der Mann hatte ihn wahrscheinlich mit dem dicken Ast geschlagen. Da drückte jemand Malina eine Hand auf den Mund und sie hatte Angst, keine Luft mehr zu bekommen.

* * *

Anastasia schlug die Augen auf. Helles Sonnenlicht drang zwischen den Brettern über ihrem Kopf hindurch. Wo war sie? Sie sah sich verwirrt um. Sie befand sich auf einem harten Bett in einer kleinen Hütte aus Holz.

Als sie sich aufsetze, bemerkte sie, dass ihre Hände mit einem Seil aneinandergefesselt waren. Was war hier los?

Da fiel ihr wieder etwas ein. Letzte Nacht hatte sie Wache halten sollen und dann waren auf einmal sprechende Eichhörnchen aufgetaucht. War da nicht sogar ein Bär gewesen? Sie sah an sich hinunter und stellte erleichtert fest, dass sie unverletzt war. Zwar tat ihr der Kopf etwas weh, doch ansonsten war ihr nichts Ernsthaftes zugestoßen. Hatte der Bär sie etwa bewusstlos geschlagen? Doch wem gehörte dann diese kleine Hütte? Außer dem Bett waren keine anderen Gegenstände vorhanden. Sie stellte ihre Füße auf den Holzboden und wollte gerade aufstehen, als plötzlich die Tür aufging. Anastasia sah erschrocken auf und machte sich auf das Schlimmste gefasst. Vor ihr stand ein großer Mann von ungefähr 20 Jahren. Er hatte braunes, schulterlanges Haar, sehr dunkle Haut und musterte sie neugierig mit seinen braunen Augen. Er trug nichts als einen kurzen Fetzen um die Hüfte, der sehr wahrscheinlich aus Leder war und wirkte durch eine lange Narbe auf der Wange irgendwie wild. Anastasia hatte noch nie so einen muskulösen Mann gesehen, doch er wirkte auf sie trotzdem nicht sehr bedrohlich.

»Guten Morgen«, begrüßte er sie freundlich und lächelte.

»Hallo«, brachte Anastasia heraus. Sie hatte so viele Fragen im Kopf, dass sie gar nicht wusste, welche sie zuerst stellen sollte.

»Ich bin Giacomo«, stellte sich der Mann vor und machte einen Schritt auf sie zu. »Wie darf ich dich nennen?«

Anastasia wusste nicht, ob sie ihm ihren richtigen Namen sagen sollte. »Anna«, antwortete sie schließlich.

»Was für ein wunderschöner Name, meine Liebe«, sagte er schmeichelnd.

Anastasia runzelte skeptisch die Stirn. Was sollte das denn werden? Hatte er sie etwa entführt, um sich jetzt an sie ranzumachen?

»Warum bin ich gefesselt?«, wollte sie nun in wütendem Ton wissen.

»Das ist nur eine Vorsichtsmaßnahme«, behauptete Giacomo. »Wir wollten nicht, dass du aus Versehen diese Hütte in Brand steckst.«

Anastasia sah ihn verwirrt an. Wovon sprach er denn da? »Wer seid ihr denn?«, fragte sie. »Und warum bin ich hier?«

»Eins nach dem anderen«, meinte Giacomo beruhigend. »Erst einmal befreie ich dich von der Fessel und zeige dir unser schönes Dorf. Dann wirst du bald alles verstehen.«

Er kam zu ihr und zog ein Messer aus einer Tasche seines Kleidungsstücks.

Anastasia versuchte, ihre Angst nicht zu zeigen, doch

ihr schlug das Herz bis zum Hals. Giacomo schnitt das Seil, das um ihre Hände geknotet war, durch und steckte das Messer wieder weg.

Anastasia atmete erleichtert auf. »Also bin ich keine Gefangene?«, wollte sie wissen und stand auf.

»Betrachte dich als unseren Ehrengast«, meinte er lächelnd. »Wir bringen Fremde sonst nie freiwillig in unser Dorf.«

Anastasia musterte ihn irritiert. Er schien seine Antwort ehrlich zu meinen. Doch freiwillig war sie wirklich nicht hier. Da ihr viel zu warm war, zog sie schnell ihre Jacke aus und band sie sich mit den Ärmeln um die Hüfte.

»Du hast wunderschöne Locken, meine liebe Anna«, sagte Giacomo und berührte eine Locke von ihrem Haar.

»Danke«, murmelte Anastasia und wich ein Stück vor ihm zurück. Ob es ein Spiel für ihn war sie zu umgarnen? Oder meinte er seine Komplimente etwa ernst?

»Komm mit mir«, forderte Giacomo sie auf. »Ich zeige dir nun unser wunderschönes Dorf!« Er legte einen Arm um ihre Schulter und führte sie zur Tür. Sie traten nach draußen und Anastasia traute ihren Augen nicht. Sie fragte sich sogar kurz, ob das hier vielleicht ein Traum war.

Ihr bot sich ein fantastischer Anblick. Sie stand mitten im Wald und blickte auf ein Dorf, das so perfekt in den Wald passte, als wäre es einfach aus der Erde gewachsen.

Viele der Holzhütten waren zwischen die Bäume gebaut worden und schienen sogar mit ihnen zu verschmelzen.

Viele Menschen liefen zwischen den Hütten herum oder saßen in dem grünen Gras. Einige Kinder rannten herum und lachten laut. Durch die Blätter der Bäume schien helles Licht und es wirkte, als würde das Licht mit dem Schatten spielen, den die Blätter auf das Gras warfen. Anastasia hörte Vögel singen und sah nach oben. Zwischen den breiten Ästen befanden sich sogar Baumhäuser, die vollkommen natürlich wirkten, als wären sie von selbst entstanden. Diese Menschen lebten anscheinend inmitten des schönen Waldes im Einklang mit der Natur. Das Bild, das sich Anastasia bot, wirkte unglaublich friedlich und harmonisch.

Sie hörte das Geräusch von Wasser und bemerkte einen breiten Bach am Rand des Dorfes. Anastasia lächelte erfreut. Hier würde sie auch gerne leben.

Einige der Frauen und Männer sahen nun neugierig zu Anastasia. Alle Männer und Kinder trugen wie Giacomo nur ein knappes Kleidungsstück aus Leder um die Hüfte. Die Frauen hatten ein kurzes Kleid aus weißem oder grauem Fell an. Anastasia fiel auf, dass alle Menschen in diesem kleinen Dorf eine sehr dunkle Haut, dunkle Haare und viele Muskeln hatten.

»Gefällt es dir, liebe Anna?«, fragte Giacomo.

Sie nickte und bemerkte erst jetzt, dass er immer noch

seinen Arm um sie gelegt hatte. Sie hatte vor ihm und diesem Ort im Moment gar keine Angst.

»Lebt ihr hier schon lange?«, fragte sie.

»Ich bin hier aufgewachsen«, antwortete Giacomo. »Mein Stamm lebt schon fast seit 100 Jahren hier im Wald. Unsere Vorfahren wurden damals aus dem großen Königreich vertrieben und haben sich hier ein neues Zuhause aufgebaut.«

»Wieso wurden sie denn vertrieben?«, wollte Anastasia wissen.

»Ach, Könige haben doch immer Angst vor andersartigen Menschen«, antwortete Giacomo, doch sie verstand seine Worte nicht ganz.

Da blieben plötzlich zwei kleine Jungen vor ihnen stehen und kicherten. Anastasia schätzte, dass sie höchstens sechs Jahre alt waren.

»Darf ich es dem Mädchen zeigen, Giacomo?«, rief einer der Jungen.

»Nein, bitte lass mich das machen, Giacomo!«, rief der andere Junge schnell. Beide sahen ihn mit einem bettelnden Hundeblick an und hüpften ungeduldig auf und ab. Giacomo lachte. Anastasia kamen ihre hohen Stimmen irgendwie bekannt vor.

»Nur die Ruhe, Jungs«, meinte er. »Anna, ich möchte dir gerne Sam und Dave vorstellen.«

»Hallo Anna«, begrüßten die beiden sie im Chor und kicherten.

Anastasia lächelte.

»Na dann kommt mal mit«, forderte Giacomo die beiden auf. Er führte Anastasia in die Richtung des Baches und von den anderen Dorfbewohnern weg. Die zwei Jungen folgten ihnen und rannten kichernd um die beiden herum. Auf einmal vermisste Anastasia ihre kleinen Brüder so sehr, dass ihr das Herz wehtat. Sie war noch nie mehrere Tage von ihrer Familie getrennt gewesen und musste nun auch noch in der Angst leben, dass ihnen etwas zugestoßen sein könnte und sie sie vielleicht nie mehr wiedersehen würde. Das könnte sie niemals ertragen! Sie versuchte, sich mit dem Gedanken zu beruhigen, dass sie bald wieder in Aurora bei ihren Geschwistern und ihrer Mutter sein würde. Da fielen ihr Malina, Jan und Ryan ein. Die drei wussten wahrscheinlich gar nicht, wo Anastasia war und dass es ihr gut ging. Sie musste unbedingt so bald wie möglich zu ihrem Zeltplatz zurückgehen und den dreien alles erklären.

Doch im Moment verstand sie selbst noch gar nicht, warum sie eigentlich hier war und was die kleinen Jungen ihr gerne zeigen wollten.

Giacomo blieb nun stehen und sah Anastasia an. »Meine besten Männer werden dir nun das Geheimnis unseres Stammes verraten«, erzählte er ihr. »Wir vertrauen nur sehr selten Fremden unser Geheimnis an, deshalb musst du versprechen es für immer für dich zu behalten.«

Anastasia runzelte verwirrt die Stirn. »Und warum vertraut ihr dann gerade mir?«, wollte sie wissen.

»Du bist die Herrscherin über das Feuer«, rief Sam.

»Und über Wasser, Luft und Erde«, fügte Dave begeistert hinzu. Beide strahlten Anastasia voller Bewunderung an.

»Wie kommt ihr denn darauf?«, fragte Anastasia. Sie war sich nicht ganz sicher, was die Jungen damit meinten.

»Wir haben dich letzte Nacht mit dem Feuer spielen sehen«, erklärte ihr Giacomo. »Du kannst mit den Elementen zaubern!«

Anastasia sah ihn überrascht an, als sie seine Worte begriff. Anscheinend hatten sie beobachtet, wie Anastasia am Lagerfeuer mit der Magie des Waldes experimentiert hatte und dachten nun fälschlicherweise, sie wäre eine große Magierin. Doch sie verstand immer noch nicht, wie sie sie hatten beobachten können.

»Ihr wart letzte Nacht bei unserem Lagerfeuer?«, fragte sie irritiert. »Wieso das denn?«

»Eigentlich hatte ich, wie schon mein großer Bruder zuvor, den Auftrag euch zu vertreiben und die beiden wollten unbedingt mitkommen«, meinte Giacomo und deutete auf die Jungen. »Doch dann haben wir deine Gabe gesehen und beschlossen dich in unser Geheimnis einzuweihen. Wenn du unser Problem verstehst, kannst du uns vielleicht allen helfen.«

Anastasia schüttelte irritiert den Kopf. Sie verstand das alles nicht. »Wovon sprichst du?«, fragte sie.

»Wir sind magische Wesen des Waldes«, antwortete Giacomo, zog Anastasia mit dem Arm etwas näher zu sich und sah dann zu den zwei Jungen. »Zeigt es ihr!«

Sam und Dave grinsten sie voller Vorfreude an. Dann schlossen beide die Augen und schienen sich auf irgendetwas zu konzentrieren.

Ihre Haut begann auf magische Weise zu glitzern und wie Wassertropfen in der Sonne zu funkeln.

Anastasia öffnete erstaunt den Mund. Was taten die beiden denn da? Das Funkeln wurde so hell, dass sie kurz die Augen schließen musste. Als sie sie wieder öffnete, waren die Jungen plötzlich verschwunden.

»Was«, begann sie, doch die restlichen Worte blieben ihr im Hals stecken. Dort, wo Sam und Dave gestanden hatten, lag nun ihre Kleidung neben zwei hellbraunen, niedlichen Eichhörnchen. Es waren genau solche kleinen Eichhörnchen wie die, die sie letzte Nacht sprechen gehört hatte, kurz bevor der riesengroße Bär aufgetaucht war.

»Hallo Anna«, begrüßte sie das eine Tier mit Daves hoher Stimme.

Anastasia versuchte erstaunt das Bild zu begreifen, das

sie gerade vor Augen hatte, doch sie wusste, dass Tiere eigentlich nicht sprechen konnten. Ihre Gedanken schwirrten wirr in ihrem Kopf herum und ihr wurde ganz schwindelig. Ihre Knie gaben nach, doch Giacomo hielt sie sofort fest. Ganz langsam ließ er sie auf den Boden sinken und setzte sich neben sie.

»Ganz ruhig«, flüsterte er ihr ins Ohr. »Es ist nicht leicht, zum ersten Mal eine Verwandlung zu sehen, doch es wird dir gleich wieder besser gehen.«

Anastasia saß nun auf der Erde und holte tief Luft. Sie starrte die Eichhörnchen gebannt an, die gerade laut kicherten. Giacomo strich ihr beruhigend übers Haar und sie war zu mitgenommen, um sich gegen seine Annäherung zu wehren. Ein Eichhörnchen lief zu ihr und setzte sich auf Anastasias Bein. Sie streckte zögernd die Hand aus und streichelte es. Sein Fell war ganz flauschig und weich.

Unvermittelt musste Anastasia lächeln.

»Du bist Dave, oder?«, fragte sie das kleine Tier.

»Ja genau«, antwortete es und kicherte in seine winzigen Pfötchen hinein. Nun sprang Sam auf ihr anderes Bein. Anscheinend hatte er Angst, nicht genug beachtet zu werden. Er kletterte an ihrem Arm hoch und setzte sich auf ihre Schulter.

»Hallo Sam«, grüßte sie ihn.

Er schmiegte sich an ihre Wange und sie lachte, da sie

seine kurzen Härchen kitzelten.

Allmählich fing Anastasias Verstand wieder zu arbeiten an. Sam und Dave konnten sich also in Eichhörnchen verwandeln. Da Giacomo von dem Geheimnis ihres Stammes und von ihnen als andersartig gesprochen hatte, nahm sie an, dass sich alle Menschen in diesem Dorf in sprechende Tiere verwandeln konnten. Und da Giacomo sie gestern zusammen mit den zwei Jungen am Feuer gesehen hatte, konnte er sich anscheinend in einen Bären verwandeln. Nun machte endlich alles, was er ihr erzählt hatte, einen Sinn.

»Könnt ihr euch auch in andere Tiere verwandeln?«, fragte Anastasia die beiden Eichhörnchen interessiert.

»Ja«, antwortete Giacomo. »Zwar hat jeder Gestaltwandler seinen Favoriten, doch wir können uns in fast jedes Tier verwandeln. Als Kind wählt man eher kleine Lebewesen, später bevorzugt man dann größere, schnellere und stärkere Tiere.«

Sam begann plötzlich zu glitzern und Anastasia schloss kurz ihre Augen. Sie spürte etwas Kühles um ihren Hals gleiten und zuckte überrascht zusammen. Sie öffnete die Augen wieder und sah direkt in die Augen einer Schlange, deren Haut grün und silbern schimmerte. Sam hatte seinen Schlangenkörper um ihren Hals gelegt und seinen Kopf direkt vor ihr Gesicht gehoben. Nun zischte er ihr zu und Anastasias Lächeln verschwand. Ihr Herz schlug vor Angst schneller. Eine giftige Schlange wirkte sehr viel bedrohlicher als ein süßes Eichhörnchen.

»Das reicht jetzt, Jungs«, mischte sich da zum Glück Giacomo ein.

Sam glitt an Anastasias Arm hinab und gab ihren Hals frei. Dave hüpfte wieder auf den Boden. Giacomo hielt ihr die Augen zu, als das Glitzern und Funkeln erneut anfing und nahm seine Hand erst weg, als Sam und Dave als menschliche Jungen wieder angezogen vor ihr standen. Beide grinsten sie an und kicherten. Giacomo stand auf und hielt Anastasia eine Hand hin. Sie nahm sie dankbar an und er zog sie auf die Beine. Sie atmete erleichtert auf. Dann ging sie ein paar Schritte zum Bach und Giacomo folgte ihr. Anastasia beugte sich über das Wasser, um etwas zu trinken. Sie schöpfte mit der Hand etwas Wasser und trank ein paar Schlucke. Von dem, was gerade vor ihren Augen passiert war, musste sie sich erst einmal erholen.

Nach einiger Zeit stand sie wieder auf und sah zu Giacomo hoch.

»Du verwandelst dich wohl gerne in einen Bären«, vermutete sie.

Er nickte. »Mein Bruder behauptet zwar, ein Wolf sei am schnellsten und dadurch besonders gefährlich, doch ein Bär ist unglaublich stark.« Er grinste sie stolz an.

»Das ist wirklich eine tolle Fähigkeit«, staunte Anastasia.

»Das ist mehr als eine Fähigkeit, Anna«, berichtete Giacomo sie. »So was kann man nicht erlernen. Man muss als Gestaltwandler geboren werden.«

»Und in eurem Dorf leben nur Gestaltwandler?«, wollte sie wissen.

Er nickte. »Es ist unser Zuhause und unser Zufluchtsort zugleich«, erzählte er ihr. »Wenn die Soldaten des Königs unser Dorf entdecken würden, würden sie versuchen uns alle zu töten.«

»Wieso?«, fragte Anastasia.

Den beiden Jungen schien nun langweilig zu werden. Sie fingen an, um Anastasia und Giacomo herumzurennen und Fangen zu spielen.

»Für den König sind wir eine große Gefahr«, meinte Giacomo. »Er fürchtet sich vor uns und würde unsere Art am liebsten auslöschen. Deshalb ist es auch so wichtig, dass unser Dorf unentdeckt bleibt. Aus diesem Grund sollten mein großer Bruder Xander und ich euch rechtzeitig aus der Gegend des Waldes vertreiben, bevor ihr unser Dorf entdeckt. Ihr hättet einfach auf dem Weg bleiben sollen.«

»Das ging nicht«, antwortete Anastasia. »Wir sind auch auf der Flucht vor den Soldaten.«

Giacomo sah sie überrascht an. Doch bevor er etwas sagen konnte, fragte sie: »Wann wollte dein Bruder uns denn vertreiben?«

Giacomo schien kurz mit den Gedanken woanders zu sein, dann sagte er: »Erst ist er als Wolf gekommen, um euch zu erschrecken, doch einer von euch hat ihm eins auf die Nase gegeben. Deshalb haben sie dann mich geschickt.«

Da schlug Anastasia sich eine Hand vor den Mund. »Der Wolf war dein Bruder?«, rief sie erschrocken. Oh je! Und Ryan hatte ihn mit einem Ast geschlagen. Er war bestimmt ganz schön wütend. »Ist er schlimm verletzt?«

»Nur eine gebrochene Nase«, meinte Giacomo und zuckte mit den Schultern.

Anastasia sah auf die längliche Narbe in Giacomos Gesicht. Anscheinend nahm er Verletzungen nicht so ernst. Vielleicht waren sie in einem halben Leben als Tier auch ganz alltäglich.

Giacomo wollte gerade etwas sagen, als laute Stimmen im Dorf ertönten. Sam und Dave rannten sofort zurück und Anastasia drehte sich um.

»Was ist da denn los?«, murmelte Giacomo. Er lief den kurzen Weg zurück zu den Hütten und Anastasia folgte ihm. Vor allem jetzt, da Giacomo sie nicht mehr festhielt, glaubte sie ihm, dass sie wirklich keine Gefangene war. Doch warum er sie in sein Dorf gebracht hatte, verstand sie immer noch nicht ganz. Sie kamen wieder vor der Hütte an, in der Anastasia aufgewacht war. Auf dem Platz zwischen den Hütten hatten sich nun viele Menschen versammelt.

»Sie sind Giacomos Spur gefolgt und waren schon zu nahe am Dorf«, rief ein Mann.

Anastasia sah, dass seine Nase ganz rot war. War das etwa Giacomos älterer Bruder mit der gebrochenen Nase? Sie überlegte, ob sie sich vielleicht bei ihm entschuldigen sollte. Immerhin hatten sie gedacht, er wäre als gefährlicher Wolf eine echte Bedrohung und hatten sich nur deshalb verteidigt.

»Du hättest sie dennoch nicht herbringen sollen, Xander«, meinte nun ein älterer Mann.

Anastasia horchte auf. Ging es bei dem Streit etwa darum, dass Giacomo sie entführt und hergebracht hatte?

Giacomo stand ein paar Meter vor ihr. Plötzlich drehte er sich um und stellte sich vor Anastasia, sodass sie nichts mehr sehen konnte. »Lass uns reingehen«, meinte er und deutete auf die Hütte.

»Wieso denn?«, fragte sie. Sie wollte doch wissen, was gerade in dem Dorf vor sich ging.

»Komm schon«, forderte Giacomo sie auf, packte sie am Arm und zog sie zur Hütte.

Anastasia war überrascht von seinem energischen Tonfall und seinem dominanten Auftreten. Dann war sie wohl doch kein freiwilliger Gast? Der kleine Sam tauchte nun neben Anastasia auf.

»Giacomo«, rief er aufgeregt. »Stell dir vor, das Mädchen hat goldenes Haar!«

Giacomo blieb stehen und Anastasia erstarrte. Sie erschrak, als sie begriff, warum Giacomo sie von den anderen Gestaltwandlern wegbringen wollte.

»Nein«, murmelte sie entsetzt. Sie riss sich von ihm los und rannte zu der Menschenansammlung. Sie drängte sich an zwei großen Männern vorbei und stand dann vor ihren Freunden.

Jan, Ryan und Malina saßen mit verbunden Augen und gefesselten Händen auf dem Boden. Neben ihnen lagen ihre vier Rucksäcke.

»Jan«, rief Anastasia und kniete sich vor ihn hin. Sie nahm ihm die Augenbinde ab und sah, dass er ein blaues Auge hatte.

»Anna«, flüsterte Jan erstaunt.

Sie war so erschrocken darüber, dass er verletzt war, dass sie sich nach ein paar Sekunden regelrecht von seinem Anblick losreißen musste. Sie nahm auch Malina und Ryan die Augenbinden ab. Ryan hatte sogar eine blutende Wunde an der Stirn über dem rechten Auge.

»Oh nein«, murmelte Anastasia. »Was ist denn passiert?«

»Wir haben dich gesucht«, antwortete Jan. »Dann haben sie uns einfach niedergeschlagen.«

Anastasia wusste nicht, was sie sagen sollte. Sie dachte, diese Menschen hätten keine gewalttätigen Absichten. Sie wusste, dass sie alle beobachteten, und war sich nicht sicher, ob sie ihren Freunden auch die Fesseln von den Händen abnehmen konnte, ohne dass sie jemand aufhalten würde.

Deshalb stand sie auf und sah sich um. »Warum habt ihr das getan?«, rief sie wütend.

Einige Dorfbewohner sahen sie ängstlich an. Ob Giacomo ihnen von seiner Vermutung erzählt hatte, dass sie mit den Elementen zaubern konnte? Sie war froh, dass die Menschen nicht wussten, dass sie überhaupt keine Macht hatte. Doch die Gestaltwandler könnten sich auch einfach in einen Tiger verwandeln und sie sofort in Stücke reißen.

»Sie hätten unser Dorf entdeckt«, antwortete Giacomos Bruder mit grimmiger Miene. Anastasia wandte sich zu ihm. Sie nahm an, dass er eine Art Anführer war.

»Dafür können sie doch nichts«, entgegnete sie. »Wir wussten nichts von eurem Dorf und würden auch niemandem davon erzählen! Warum also habt ihr meine Freunde einfach angegriffen und geschlagen?«

Sie ballte vor Wut ihre Hände zu Fäusten. Eine Frau in ihrer Nähe zog schnell ein kleines Mädchen von Anastasia weg. Leider ließ sich Xander nicht so leicht einschüchtern.

»Der da hat mich doch auch geschlagen!«, fuhr er Anastasia an und deutete auf Ryan.

»Du hast uns ja auch in der Gestalt eines Wolfes bedroht«, schrie sie ihn an. »Was hast du denn erwartet?

Dass wir uns einfach so auffressen lassen?«

Der Mann kniff nun wütend die Augen zusammen und machte einen Schritt auf Anastasia zu. »Nur, weil du das Feuer beherrscht«, fing er drohend an.

Da tauchte Giacomo auf und stellte sich zwischen seinen Bruder und Anastasia.

»Beruhigt euch bitte«, meinte er und sah dabei vor allem seinen großen Bruder an. »Was geschehen ist, können wir jetzt nicht mehr ändern, doch wir sollten deshalb nicht zu Feinden werden. Anna und ihre Freunde haben den Weg zu unserem Dorf nicht gesehen und wir können sie auch mit verbundenen Augen zurück zum Weg bringen. Also müssen wir uns wegen ihnen keine Sorgen machen!«

Giacomo ging nun zu Anastasia und nahm ihre Hand. »Bitte geht aber noch nicht gleich«, bat er sie mit freundlichem Blick. »Wir werden die Wunden deiner Freunde verpflegen und ihr könnt mit uns etwas essen. Wir möchten dich unbedingt um Hilfe bitten!«

Anastasia sah zu ihren Freunden. Malina betrachtete die halbnackten Menschen mit Furcht im Blick. Ryan konzentrierte sich gerade auf Giacomo und las wahrscheinlich seine Gedanken. Nur Jan sah Anastasia direkt an. Er schien zu wissen, dass ihr seine Meinung wichtig war.

Da er einmal nickte, schien er mit Giacomos Vorschlag einverstanden zu sein. Anastasia wusste zwar nicht, was geschah, wenn die Gestaltwandler herausfanden, dass sie gar keine mächtigen Fähigkeiten über die Elemente besaß, doch vielleicht konnte sie Giacomos Dorf trotzdem irgendwie helfen. Sie sah wieder zu Giacomo, der immer noch ihre Hand in seiner hielt.

»In Ordnung«, stimmte Anastasia zu und Giacomo nickte erleichtert.

Der Schutzzauber

Malina sah sich ängstlich in der kleinen Hütte um, in der sie zwischen Jan und Ryan auf einem Bettgestell aus Holz saß. Wegen dem Angriff der Männer und den engen Fesseln, von denen sie nun endlich befreit war, tat ihr alles weh. Anastasia stand mit einem jungen Mann, den sie ihnen als Giacomo vorgestellt hatte, vor ihnen und versuchte gerade ihnen alles zu erklären. Doch Malina verstand ihre Worte nicht ganz. Was sollten denn bitte Gestaltwandler sein? Und wieso hatten sie sie in dieses Dorf gebracht? Die aggressiven Männer hatten ihr eine riesengroße Angst gemacht und sie war froh, dass der Mann mit der verletzten Nase, der Ryan geschlagen hatte, nicht mit in diese Hütte gekommen war.

»Gestaltwandler?«, wiederholte Jan ungläubig, als Anastasia mit ihrer Erzählung fertig war. Er sah mit finsterem Blick zu Giacomo. »Du sollst dich also in ein Tier verwandeln können?«

Malina musterte Giacomo misstrauisch. Er war einen ganzen Kopf größer als Anastasia und bestimmt auch einige Jahre älter als sie. Er hatte eine dunkle Hautfarbe, lange

Haare und eine Narbe im Gesicht. Sein ganzer Körper schien aus Muskeln zu bestehen und er trug wie die anderen Männer nur einen Fetzen aus Leder um die Hüfte. Malina bemerkte, dass Ryan zu ihr sah.

»Deshalb kann ich seine Gedanken nicht lesen«, hörte sie seine Stimme in ihrem Kopf. »Er ist zur Hälfte ein Tier und von Tieren kann ich die Gedanken nicht hören.«

Malina runzelte verwirrt die Stirn. War Giacomo nun ein Mensch oder ein Tier? Sie verstand das einfach nicht.

»Ich zeige es euch«, meinte Giacomo und sah zu Anastasia.

Malina schluckte. Am liebsten würde sie auf der Stelle wegrennen und dieses merkwürdige Dorf mit den angsteinflößenden Menschen vergessen. Warum sollte sie überhaupt verstehen, wer diese Menschen waren und warum sie ihr Dorf vor Fremden beschützen wollten? Das hatte doch alles überhaupt nichts mit ihnen zu tun. Malina wünschte sich, dass Giacomo Anastasia nicht entführt hätte und sie nie von ihrem Heimweg abgekommen wären, um an diesem seltsamen Ort zu landen. Plötzlich begann Giacomo am ganzen Körper zu glitzern und Malina schrie erschrocken auf. Sie klammerte sich an Ryans Arm und schloss schnell die Augen. Was tat Giacomo da nur? Was passierte nun mit ihnen? Ob er sie auch in Tiere verwandeln konnte?

Das helle Licht verschwand und Ryan zuckte zusammen.

Malina hörte Jan aufstöhnen und öffnete langsam die Augen. Sie öffnete den Mund, um zu schreien, doch kein Ton kam heraus. Dort wo Giacomo gerade noch gestanden hatte, saß nun eine kleine Katze mit dunkelbraunem, glänzendem Fell und miaute. Malina war sich sicher, dass sie vor Schreck umgekippt wäre, wenn sie nicht schon gesessen wäre. Sie schnappte nach Luft und drängte sich noch näher an Ryan.

Ryan legte einen Arm um sie und behielt dabei die Katze im Auge, als erwartete er, dass sie ihm jeden Moment ins Gesicht springen würde.

»Seht ihr«, meinte Anastasia. »Es ist nicht leicht, damit klarzukommen, aber in diesem Dorf sind alle Gestaltwandler. Sie können sich in Tiere verwandeln und als Tier sogar sprechen.«

Malina machte ihren Mund wieder zu und versuchte zu verstehen, was gerade passiert war.

»Das...«, fing Jan zögernd an. Er schien als Erster wieder etwas zu sich zu kommen. »Das da ist Giacomo?« Er deutete auf die Katze.

»Hallo Jan«, sagte die Katze plötzlich mit Giacomos tiefer Stimme.

Malina schrie wieder auf. Das konnte doch nicht wahr sein!

»Ist schon in Ordnung, Lina«, versuchte Anastasia, sie

zu beruhigen. »Er wird uns nichts tun. Wir sind hier in Sicherheit.«

Malina überlegte ernsthaft, ob Anastasia verrückt geworden war. Wie konnte sie nur so ruhig bleiben? Diese Menschen waren noch gefährlicher als normale Tiere! Die Katze stand auf und sah zu Anastasia. Dann sprang sie auf einmal hoch auf Anastasias Schulter. Jan sprang sofort auf und griff zu seiner hinteren Hosentasche, in der er vermutlich das aufklappbare Jagdmesser hatte. Doch er hielt mitten in der Bewegung inne. Malina sah mit großen Augen zu ihrer Freundin. Die braune Katze saß nun auf ihrer Schulter, schmiegte sich an ihre Wange und schnurrte dabei genüsslich. Anastasia lachte vergnügt und kraulte die Katze mit ihrer Hand am Kopf. Wie konnte sie diesem Giacomo nur so sehr vertrauen?

»Ich brauch mal frische Luft«, meinte Jan wütend, drehte sich um und stürmte aus der Hütte.

Malina überlegte sich, ob sie ihn begleiten könnte. Sie wollte auch nicht länger in Giacomos Nähe sein. Doch sie war sich nicht sicher, ob ihre Beine sie tragen würden, wenn sie jetzt aufstand. Sie sah zu Ryan, der sie angestrengt beobachtete. Las er etwa gerade ihre Gedanken?

»Entschuldige«, hörte sie seine Stimme in ihrem Kopf. »Wenn ich dir etwas sagen möchte, höre ich auch gleichzeitig deine Gedanken. Diese Fähigkeiten kann ich leider nicht trennen.«

»Und was wolltest du mir sagen?«, flüsterte Malina leise.

Ryan streichelte mit der Hand über ihren Rücken. »Geht es dir gut?«, fragte er sie in Gedanken.

Malina wusste nicht, was sie darauf antworten sollte. Sie fühlte sich hier gar nicht sicher und hatte große Angst vor den Gestaltwandlern. Ryan nickte. Anscheinend musste sie ihm gar nicht antworten, da er ihre Gedanken gehört hatte. Ein wenig machte ihr diese Nähe schon Sorgen. Sie konnte ihre Gedanken nicht kontrollieren und Ryan konnte jeden einzelnen ohne ihre Zustimmung erfahren. Er sah wieder zu Anastasia und Giacomo. Wenigstens wusste Malina, dass er ihre Gedanken nur lesen konnte, während er sie ansah und sich konzentrierte. Sie holte tief Luft und sah auch zu Anastasia.

Die Katze sprang wieder auf den Boden, auf dem Giacomos Kleidung lag, und begann zu funkeln. Malina schloss die Augen und überlegte, welches Tier nun vor ihnen erscheinen würde.

Hoffentlich kein Bär oder gar ein gefährlicher Wolf wie der, der sie schon mal angegriffen hatte. Als sie ganz langsam und vorsichtig ihre Augen öffnete, stand Giacomo als Mensch und wieder bekleidet vor ihnen. Malina atmete erleichtert auf.

»Ihr müsst euch nicht fürchten«, meinte Giacomo und sah zu Malina und Ryan.»Wir werden euch nichts tun. Wir wollen nur Annas Hilfe und dann könnt ihr gern wieder weitergehen.«

Malina runzelte nachdenklich die Stirn. Hatte Anastasia ihm erzählt, woher sie kamen und wohin sie gingen? Sie hatte Giacomo jedoch anscheinend nur ihren Spitznamen gesagt, weil sie ihm doch nicht ganz vertraute. Malina erinnerte sich, dass Anastasia sie auch mit Lina angesprochen hatte, deshalb tat sie es ihr gleich und benutzte ihren Spitznamen.»Wobei soll euch Anna denn helfen?«, fragte sie Giacomo.

»Die Soldaten des Königs dürfen unser Dorf niemals entdecken«, meinte er, »da der König uns alle am liebsten töten lassen würde. Deshalb schicken wir immer Männer aus, die um das Dorf herum auf Streife gehen und Fremde, die vom Weg abkommen und es entdecken könnten, als Tier erschrecken und vertreiben, damit niemand von unserem Dorf erfährt.« Er holte kurz Luft und sah zu Anastasia. »Diese Vorsichtmaßnahme wäre nicht mehr nötig, wenn jemand einen Schutzzauber über das Dorf legen würde. Dann könnten nur Gestaltwandler unser Dorf finden und wir wären für immer in Sicherheit.«

Malina sah verwirrt zu Anastasia. Ein Zauber? Und was wollte er dann von Anastasia? Kannte sie etwa einen Magier oder hatte sie Giacomo etwas über Magie erzählt?

»So etwas kann ich nicht«, sagte Anastasia und schüttelte den Kopf. »Ich kann nicht zaubern.«

»Doch natürlich«, widersprach Giacomo und nahm ihre Hand in seine. »Ein Schutzzauber wird aus einer unsichtbaren Schicht von Luft gebildet. Eine Alte aus unserem Dorf hat ein Buch, in dem dieser Zauber beschrieben wird. Wenn man die Elemente beeinflussen kann, kann man auch diesen Schutzzauber ausführen.«

Anastasia schüttelte immer noch den Kopf.

»Wovon redet er denn da?«, fragte Malina ihre Freundin. Anastasia wich ihrem Blick aus.

»Wissen deine Freunde es nicht?«, fragte Giacomo und sah zu Malina. »Anna kann die Elemente beherrschen!«

Malina schnappte nach Luft. Was sagte Giacomo da? War es überhaupt möglich, die Elemente zu beeinflussen? Und selbst wenn Anastasia diese Magie besaß, hätte sie ihr dann nicht davon erzählt?

»Das ist nicht wahr«, rief Anastasia schnell und entzog Giacomo ihre Hand. »Ich habe gestern am Lagerfeuer nur eine Meditationsübung gemacht und als Wind aufkam, habe ich mir die Hand verbrannt. Das ist alles!«

Sie wandte sich an Giacomo. »Es tut mir wirklich sehr leid, Giacomo«, meinte sie und sah zu Boden. »Aber ich kann deinem Dorf nicht helfen!«

Giacomo sah sie erstaunt an. Damit hatte er anscheinend nicht gerechnet.

»Ich sehe mal nach Jan«, murmelte Anastasia und ging zur Tür. Malina sah ihr hinterher, als sie nach draußen ging. Erst dann fiel ihr auf, dass sie nun mit Giacomo allein in der Hütte waren. Sie sah zu Ryan. Ob sie den anderen folgen sollten? Da kam Giacomo plötzlich auf sie zu und ließ sich neben Malina auf das Bett sinken. Malina rutschte schnell näher zu Ryan, der den Arm wieder enger um ihre Schulter legte.

»Oh je«, murmelte Giacomo traurig. »Ich hatte mir so große Hoffnungen gemacht, dass wir alle nicht mehr in ständiger Angst leben müssen.«

Malina schluckte. Irgendwie tat er ihr nun leid. Giacomo sah sie bedrückt an. »Könnt ihr vielleicht mal mit Anna reden?«, fragte er. »Es wäre wirklich toll, wenn sie den Zauber wenigstens ausprobieren würde.«

Malina konnte nicht glauben, dass Anastasia wirklich zaubern konnte, und fragte sich, was sie gestern am Lagerfeuer genau getan hatte. Wenn sie ihre Freundin danach fragte, konnte sie ja auch in Erfahrung bringen, ob sie irgendetwas über Schutzzauber wusste.

»Ich bitte euch«, meinte Giacomo und schaute Ryan direkt an.

Malina sah kurz zu Ryan und sagte dann etwas unsicher

zu Giacomo: »Er kann dir nicht antworten. Ryan ist stumm.«

»Wirklich?«, fragte Giacomo überrascht.

»Vielleicht kann ich...«, fing Malina an. Hoffentlich machte sie ihm jetzt keine falschen Hoffnungen.

»Bitte rede mit Anna«, bat Giacomo sie und ergriff plötzlich ihre Hand. »Sie kann sich das Buch ja mal ansehen und den Zauber dann ausprobieren. Wenn es nicht klappt, haben wir es wenigstens versucht.«

Malina war von seiner Offenheit so beeindruckt, dass sie seine Nähe gar nicht mehr so unangenehm fand.

Dieser Giacomo wirkte im Gegensatz zu den brutalen Männern richtig freundlich. Und er wollte seinem Dorf unbedingt helfen, was eine wirklich gute Absicht war.

»In Ordnung«, murmelte Malina und sah in seine Augen, die genauso braun waren wie ihre.

»Dein Haar ist wirklich wunderschön«, meinte Giacomo nun. »Ich habe noch nie so goldenes Haar gesehen.«

Malina lächelte geschmeichelt und wurde bestimmt ganz rot. Er streckte die freie Hand aus, um ihr Haar zu berühren, doch Ryan zog Malina näher zu sich und Giacomo hielt inne. Malina entzog Giacomo ihre Hand und sah zu Ryan, der Giacomo böse anstarrte.

Sie schluckte. War Ryan etwa eifersüchtig?

»Ich gehe dann mal zu Anna«, meinte sie schnell und stand auf. Ryan stand ebenfalls auf.

Bestimmt wollte er lieber mitkommen, als mit dem Gestaltwandler allein in der Hütte zu bleiben.

»Vielen Dank!«, sagte Giacomo lächelnd.

✳ ✳ ✳

Anastasia fand Jan etwas abseits der Hütten unter einem Baum sitzend. Sie setzte sich neben ihn. Ob er die Neuigkeit, dass sich diese Menschen in Tiere verwandeln konnten, bereits verdaut hatte? Ihr fiel das auch nicht leicht.

»Alles in Ordnung?«, fragte sie ihn.

Jan sah sie nicht an, sondern starrte auf den Boden. »Klar«, murmelte er. Anastasia musterte ihn.

Was hatte er nur? Mochte er Giacomo vielleicht nicht?

»Vertraust du ihm?«, fragte Jan sie plötzlich. »Vertraust du diesen Gestaltwandlern?«

Anastasia verstand seine Bedenken. »Ich...«, begann sie zögernd. »Ich vertraue darauf, dass Giacomo ehrlich ist. Er möchte nur sein Dorf schützen und uns nichts antun. Seinem Bruder und den anderen vertraue ich aber noch nicht. Vertraust du ihnen denn?« Anastasia wartete gespannt auf Jans Antwort, doch er sagte nichts. Anscheinend traute er Giacomo gar nicht.

»Falls du Giacomo nicht vertraust, lass doch einfach

Ryan seine Gedanken lesen«, schlug Anastasia vor. »Dann wissen wir, ob er es ehrlich meint.«

»Das geht nicht«, meinte Jan. »Ryan hat mir vorhin erzählt, dass er die Gedanken dieser Gestaltwandler nicht hören kann.«

»Oh«, murmelte Anastasia überrascht.

Damit hatte sie nicht gerechnet. Unterschieden sich Gestaltwandler etwa so sehr von normalen Menschen, dass Ryans Gabe bei ihnen nicht funktionierte?

Sie saßen eine Weile schweigend nebeneinander. Jan wich immer wieder ihrem Blick aus.

»Was ist denn los?«, fragte sie ihn schließlich.

Jan sah zu dem Dorf. »Was wollen die eigentlich von uns?«, wollte er nun wissen.

Anastasia holte tief Luft. »Giacomo hat mich gestern Nacht am Lagerfeuer gesehen«, erzählte sie ihm. »Ich habe versucht die Elemente zu beeinflussen und mich dabei verbrannt. Doch Giacomo denkt, dass ich zaubern und seinem Dorf helfen kann.«

Da sah Jan überrascht auf. »Wieso wolltest du zaubern?«, wollte er irritiert wissen.

Anastasia sah ihn verwirrt an. Brauchte sie dazu etwa einen Grund? »Malina und Ryan haben so tolle Fähigkeiten«, antwortete sie. »Ich wollte mich einfach mal in der Magie versuchen.«

Jan schüttelte den Kopf. »Magie ist wirklich gefährlich, Anna«, meinte er ernst. »Lina und Ryan haben sich ihre Gaben nicht ausgesucht, doch du experimentierst einfach mit dem Feuer. Und nun siehst du, in welche Gefahr uns das gebracht hat!«

Anastasia schnappte wütend nach Luft. »Gibst du mir etwa die Schuld daran, dass Giacomo mich entführt hat?«, rief sie aufgebracht. Das konnte er doch nicht ernst meinen!

Jan zuckte mit den Schultern und sah sie dann an. »Wieso hast du mich in der Nacht nicht geweckt?«, fragte er mit finsterem Blick. »Wieso bist du vom Zelt weggegangen, ohne mich um Hilfe zu bitten?«

Anastasia öffnete den Mund, doch sie wusste nicht genau, was sie sagen sollte. »Ich war neugierig«, meinte sie schließlich.

Jan schnaubte verächtlich und verdrehte die Augen. Nun reichte es ihr aber langsam. Wieso hackte er eigentlich die ganze Zeit auf ihr herum? Sie hatte doch nichts Schlimmes verbrochen!

»Ich lasse mir von dir keine Vorwürfe machen«, sagte sie wütend und stand auf.

»Gut«, meinte Jan und erhob sich ebenfalls. »Dann suche ich nächstes Mal eben nicht nach dir, Prinzessin!«

»Als hättest du dir wirklich Sorgen um mich gemacht«, gab Anastasia zurück. »Dir geht es doch nur um deine Belohnung!«

Jan zuckte zusammen und starrte Anastasia entsetzt an. Anastasia schluckte. Hatte sie etwas Falsches gesagt?

»Anna«, rief da jemand. Malina und Ryan kamen bei den beiden an.

»Kann ich kurz mit dir reden?«, fragte Malina sie. Doch Anastasia sah immer noch zu Jan, der ihrem Blick auswich und nun einfach wegging. Hatte er gerade Tränen in den Augen gehabt?

Ryan folgte seinem Bruder schnell und Malina wandte sich an Anastasia. »Giacomo hat mich gebeten, dich zu überreden«, erzählte sie ihr. »Könntest du dir den Zauber wenigstens mal ansehen? Wenn es nicht klappt, ist es auch nicht schlimm.«

Anastasia seufzte. Was hatte sie eigentlich zu verlieren? Es war ihr nur wichtig, dass Giacomo sich nicht zu viele Hoffnungen machte.

»Na gut«, stimmte sie deshalb zu und Malina lächelte erfreut. Sie liefen langsam zurück ins Dorf. Giacomo wartete bereits vor der Hütte auf die beiden.

»Ich werde es versuchen«, teilte Anastasia ihm mit. »Doch mach dir bitte keine großen Hoffnungen.«

Giacomo nickte und strahlte Anastasia begeistert an. Anastasia senkte schnell den Blick, um nicht rot zu werden. So wie er sie ansah, fühlte sie sich wirklich wie eine wunderschöne, mächtige Magierin.

Wenigstens glaubte er an sie im Gegensatz zu Jan.

»Dann komm mit mir«, sagte Giacomo. »Ich bringe dich zu der ältesten Gestaltwandlerin des Dorfes.«

Giacomo sah zu Malina. »Möchtest du in der Hütte warten, Lina?«, fragte er sie freundlich.

Malina sah zögernd zu der Hütte.

»Jan und Ryan kommen bestimmt gleich wieder«, machte Anastasia ihr Mut. »Ich glaube, sie sind gerade zum Bach gegangen.«

Malina sah sich wie Anastasia nach den Jungen um, die trotz der Entfernung vom Dorf aus gut zu sehen waren.

Sie standen mit den Rücken zu ihnen und sahen ins Wasser.

Da nickte Malina. »Ich warte hier auf sie«, beschloss sie.

Anastasia folgte Giacomo durch das Dorf. Der Streit mit Jan lag ihr schwer im Magen. Sie verstand sein Verhalten einfach nicht. Wieso war er so wütend auf sie? Hatte sie sich in der Nacht wirklich so falsch verhalten oder ging es um etwas ganz anderes? Vielleicht konnte Jan den Gestaltwandlern einfach nicht verzeihen, dass sie sie angegriffen hatten? Giacomo blieb vor einem Baum stehen und bat Anastasia kurz zu warten. Dann zog er sich auf einen breiten Ast hoch und verschwand in einem kleinen Baumhaus. Anastasia musterte die kleine Hütte zwischen dem Baumstamm und den breiten Ästen erstaunt. Die Hütte hatte weder eine Tür noch Fenster, stattdessen fehlte an der einen Seite die komplette Wand, sodass die Behausung offen und einladend wirkte. Von hier unten konnte Anastasia jedoch nicht ins Innere der Hütte blicken. Wohnte hier etwa die älteste Frau des Dorfes?

Giacomo kam wieder heraus und sprang hinunter. Er kam vor Anastasia auf dem Boden auf und sie zuckte überrascht zusammen.

»Das ist das Buch«, meinte er und überreichte ihr ein dickes Buch, dessen Einband sehr mitgenommen aussah und auf dem der Titel längst verblichen war.

»Das ist für dich«, hörte Anastasia eine leise, hohe Stimme über ihrem Kopf sagen. Sie sah wieder nach oben. In der Öffnung der Hütte saß nun eine ältere Frau und ließ die Beine in der Luft baumeln. Sie trug ein Kleid aus grauem Fell, hatte eine Glatze und als sie lächelte, traten viele, kleine Fältchen in ihr Gesicht.

»Danke«, sagte Anastasia unsicher. Wollte sie ihr das Buch etwa schenken? »Ich werde mir den Schutzzauber ansehen«, meinte sie. »Doch ich kann nichts versprechen.«

»Das ist schon in Ordnung«, sagte die Frau lächelnd. »Ich kenne sonst niemanden, der mit den Elementen zaubern kann und möchte das Buch in guten Händen wissen. Unser lieber Giacomo hat eine sehr gute Menschenkenntnis und er vertraut dir. Deshalb möchte ich dir dieses Buch, meinen wertvollsten Besitz, gerne schenken.«

Anastasia sah erstaunt zu Giacomo. »Oh...«, murmelte sie und sah dann wieder zu der Gestaltwandlerin hoch. »Ich fühle mich geehrt. Vielen Dank!«

Die Frau nickte, dann stand sie auf und verschwand wieder im Inneren des Baumhauses. Für ihr Alter wirkte sie noch erstaunlich fit. Anastasia sah wieder auf das Buch. Nun war sie wirklich gespannt.

»Ich lasse dich jetzt allein«, meinte Giacomo. »Lass dir beim Lesen ruhig Zeit und komm zu mir, wenn du Hilfe brauchst.«

Anastasia lächelte ihn dankbar an. Als er sich wieder auf den Weg zurückmachte, suchte sie sich ein ruhiges Plätzchen und setzte sich an einen breiten Baum. Sie lehnte sich an den Baumstamm und versuchte die Gestaltwandler im Dorf, die sie ansahen, herumliefen oder miteinander sprachen, auszublenden. Dann schlug sie die erste Seite auf.

»Die Magie der Elemente von Meister Fabio Arnd«, stand dort in großen Buchstaben.

Anastasia war erleichtert, dass der Text in ihrer Sprache und in keiner altertümlichen Schreibweise verfasst war. Wie alt dieses Buch wohl war? Und ob dieser Meister noch lebte? Sie sah sich das Inhaltsverzeichnis an. Am Anfang gab es eine Einleitung und dann Kapitel zu den einzelnen

Elementen: Wasser, Feuer, Erde, Luft und ein Unterkapitel über den Einfluss der Luft auf das Wetter. Anastasia staunte. Ob richtig starke Magier auch in der Lage waren, das Wetter zu beeinflussen? Sie sah in den strahlend blauen Himmel und dachte angestrengt an Regen.

Als nichts passierte, lächelte sie amüsiert. Sie hatte auch nicht erwartet, dass man sich einen Wetterumschwung so einfach herbeiwünschen konnte.

Anastasia las weiter und stellte fest, dass die folgenden Kapitel nach den einzelnen Zaubersprüchen alphabetisch sortiert und auf den nächsten zehn Seiten aufgelistet waren. Auf der vorletzten Seite ganz unten stand »213. Kapitel: Schutzzauber«. Sie beschloss erst die Einleitung und dann gleich das Kapitel über den Schutzzauber zu lesen. Wenn sie mehr Zeit hatte, wollte sie sich auch unbedingt die Kapitel über die einzelnen Elemente ansehen. Sie vertiefte sich in die einleitende Erzählung von Fabio Arnd, der anscheinend ein großer Magier gewesen war. Gleich zu Beginn warnte er vor dem Missbrauch der Zauberei. Wenn man mächtige Zauber mit böser Absicht ausführte, fiel das irgendwann auf einen selbst zurück.

Man sollte die Elemente achten und diese nur in Notlagen mit größter Sorgfalt beeinflussen. Danach erzählte er von der Verschiedenheit und den vielen unterschiedlichen Facetten der Elemente. Doch eines hatten alle Zauber der verschiedenen Elemente gemeinsam. Er schrieb, dass man nicht durch seine Gedanken, sondern durch seine Gefühle mit den Elementen zaubern konnte. Man musste seine Gefühle kontrollieren und lenken können und mit dem Herzen dabei sein, sonst konnte der Zauber gar nicht gelingen. Diesen Hinweis fand Anastasia sehr hilfreich. Sie musste also mit dem Herzen beim Zaubern dabei sein und ihre Gefühle auf die Elemente übergehen lassen. Sie erinnerte sich, dass sie letzte Nacht allein durch ihre Konzentration auf den Wind nichts erreicht hatte. Doch als sie richtig wütend geworden war, hatte es eine Stichflamme gegeben und sie hatte sich ihre Hand verbrannt. Sie musste wirklich vorsichtig sein. Für Giacomo hatte es vielleicht so ausgesehen, als hätte sie die Stichflamme absichtlich erzeugt und danach mit dem Wasser gezaubert.

Schließlich blätterte sie neugierig zu der Anleitung des Schutzzaubers und las sich das Kapitel durch. Der Zauber klang nicht sehr kompliziert, trotzdem war sich Anastasia nicht sicher, ob sie so etwas konnte. Sie dachte über die Worte der Gestaltwandlerin nach. Die alte Frau kannte niemand anderen, der die Elemente beeinflussen konnte. Das verstand Anastasia nicht.

Sie hatte keine Erfahrungen mit Magie, keine besondere Gabe und hatte gestern allein durch ihre Gefühle das Feuer und Wasser beeinflussen können. Konnten andere das wohl nicht? War dies vielleicht doch eine Fähigkeit, die sie bis jetzt einfach noch nicht entdeckt hatte? Anastasia dachte nun darüber nach, ob die Elemente in manchen Situationen ihre Gefühle widergespiegelt hatten. Wenn dieser Meister Fabio recht hatte, dann konnte man durch seine Gefühle die Elemente beeinflussen und auch durch das Verhalten der Elemente seine eigenen Gefühle erkennen.

Anastasia fielen gleich zwei Situationen in den letzten Tagen ein. Auf dem Marktplatz im Königreich war sie über das Schauspiel sehr wütend gewesen. Der Mann hatte den Tod ihres Vaters nachgespielt und das hatte Anastasia furchtbar wehgetan. Und plötzlich war die Bühne des Mannes in Flammen gestanden. War sie es etwa gewesen, die das Feuer der Fackel beeinflusst hatte, damit die Bühne des Mannes brannte?

Und als Anastasia einen Tag später von der Prophezeiung erfahren hatte, waren ihre Gefühle schrecklich durcheinander gewesen und sie hatte für einen Moment all ihren Mut verloren. Die Erkenntnis, dass ihr Vater und so viele andere Bürger von Aurora wegen einer Prophezeiung gestorben waren, hatte sie unglaublich traurig gemacht. Kurz darauf waren wie aus dem Nichts dunkle Wolken am blauen Himmel aufgetaucht und es hatte ein lautes Gewitter gegeben, das nicht lange angehalten hatte.

Anastasia schüttelte den Kopf. Das waren ganz sicher

nur Zufälle gewesen! Das Wetter war nun einmal launisch und das Feuer gefährlich. Die Elemente richteten sich bestimmt nicht danach, wie Anastasia sich gerade fühlte. Immerhin war sie schon oft an einem sonnigen Tag traurig gewesen, ohne dass es deshalb gleich geregnet hatte. Doch da fiel ihr ihre Flucht aus der Kutsche der Soldaten wieder ein und sie schnappte nach Luft. Sie war auf der Fahrt wieder zu sich gekommen und wollte unbedingt die Mädchen vor den Soldaten retten. Während sie ihre Fesseln durchtrennt hatte, hatte sie durchgehend überlegt, wie sie aus der Kutsche entkommen konnten. Ihre Gedanken und ihre Gefühle waren ein Sturm aus Mut, Todesangst und sturer Entschlossenheit gewesen.

Schließlich hatte sie es nur geschafft, den Soldaten zu entkommen, da ein kräftiger Windstoß die Kutsche umgestoßen hatte. War sie das etwa gewesen? Hatte sie unbewusst die Elemente um Hilfe gebeten? War das so, wie wenn sie im Wald fühlen konnte, ob Wasser in ihrer Nähe war?

Anastasia klappte das Buch zu und stand auf. Das musste sie unbedingt Jan erzählen. Dann würde er sicher auch an sie glauben. Sie hatte doch eine magische Fähigkeit, wie es ihr die Seherin in Aurora vorausgesagt hatte. Doch sie hatte die Elemente nur in Situationen beeinflussen können, in denen ihre Gefühle unglaublich stark waren. Nun musste

Anastasia wie Ryan lernen, ihre Fähigkeit auch kontrollieren zu können. Dann könnte sie Giacomo bestimmt helfen.

Sie lächelte erleichtert. Sollte sie erst Jan oder erst Giacomo davon erzählen? In dem Moment trat ein großer, breiter Mann vor Anastasia. Sie sah überrascht auf und erblickte Giacomos älteren Bruder.

»Und kannst du das wirklich?«, fragte er sie mit tiefer Stimme und sah skeptisch zu ihr hinunter. »Oder hat Giacomo sich geirrt?«

Anastasia wusste, dass er den Schutzzauber für sein Dorf meinte. Sie sah ihm ins Gesicht und eine neue Kraft schien sie zu durchströmen, die sie zuvor noch nie gespürt hatte.

»Ich kann das!«, meinte sie entschlossen.

Xander sah kurz erstaunt aus, dann nickte er. »Gut«, meinte er.

Dann drehte er sich um und ging wieder zu einer Gruppe von Männern, von denen gerade einer einen Stapel Holz aufhäufte, um Feuer zu machen.

Anastasia ging ebenfalls zu der Gruppe und beobachtete, wie der Mann zwei Feuersteine aneinander rieb und Funken auf die Äste fielen. Sie wollte unbedingt herausfinden, ob sie wirklich bewusst mit den Elementen zaubern konnte. Sie beobachtete die Funken und sah den wenigen Rauch, der von dem Holz aufstieg.

»Darf ich?«, fragte sie.

Alle Männer starrten sie überrascht an und der eine Mann zog seine Hände vom Holzstapel weg. Er beobachtete Anastasia und hielt ihr die Steine hin. Doch Anastasia wollte es ohne sie schaffen. Sie konzentrierte alle ihre Gefühle auf den Holzstapel.

Sie sah den Rauch und entdeckte die einzelnen, glühenden Funken.

»Ich kann das«, dachte sie. Sie schloss die Augen und fühlte, wie sie mit den Funken verschmolz, die nur ein Ziel kannten: brennen. Sie stellte sich die Wärme des lodernden Feuers vor und konzentrierte sich auf diesen Wunsch. »Es soll brennen«, wiederholte sie in Gedanken. Sie spürte wie die Funken sich über das Holz ausbreiteten.

»Es soll das Holz verzehren«, dachte sie. »Das Feuer wird sich davon ernähren und stärker und größer werden.«

Am liebsten wäre sie auch so gefährlich wie das Feuer und würde ihre Feinde verbrennen. Plötzlich fühlte sie die Hitze und öffnete die Augen. Eine Flamme zischte auf und breitete sich von Ast zu Ast aus, bis schließlich der ganze Holzstapel brannte. Einige Männer staunten und rückten ängstlich vom Feuer weg. Anastasia beobachtete weiterhin die Flammen. Sie spürte die Macht des Feuers und wusste, dass sie es noch vergrößern konnte. Sie konnte das Feuer dazu veranlassen höher und stärker zu brennen und die nahestehenden Bäume und Hütten zu erfassen. Anastasia streckte ihre freie Hand aus. Ob sie eine Flamme auf ihrer Handfläche tragen konnte, ohne sich zu verbrennen? Die Flammen wurden größer und ihr wurde ganz warm. Sie spürte die Hitze des Feuers in ihrem Inneren lodern.

»Wir brauchen mehr Holz«, hörte sie einen Mann sagen. Da legte ihr jemand die Hand auf die Schulter. Die plötzliche Berührung brachte Anastasia durcheinander. Sie verlor die Verbindung zum Feuer und ließ ihre Hand enttäuscht sinken.

Sie sah sich um. Giacomo stand neben ihr und hatte seine Hand auf ihre Schulter gelegt.

»Wirklich beeindruckend«, staunte er und lächelte sie an. Anastasia musterte sein Gesicht im Schein des Feuers. War ihm bewusst, dass er sie abgelenkt und dadurch unterbrochen hatte?

Sie holte tief Luft und entspannte sich wieder. Das Zaubern mit Feuer war auf jeden Fall sehr anstrengend und intensiv. Sie sah, dass das Lagerfeuer nun ganz normal weiter brannte, ohne schnell größer zu werden, und war etwas beruhigt. Vielleicht hatte Jan doch recht und sie musste sich vor der Magie in Acht nehmen. Doch andererseits wusste er auch nicht, dass ihr der Umgang mit den Elementen bereits geholfen hatte. Sie dachte an die Worte der Seherin von Aurora. Hatte sie nicht gesagt, dass große Macht auch gefährlich sein konnte? Anastasia konnte sich leider nicht mehr genau an ihre Worte erinnern.

»Hat es dir weitergeholfen?«, fragte Giacomo und deutete auf das Buch, das Anastasia im Arm hielt.

»Ja«, meinte sie. »Ich bin jetzt bereit den Schutzzauber auszuprobieren.«

»Sehr gut«, freute sich Giacomo. »Dann zeige ich dir am besten, wie groß unser Dorf ist und somit auch der Schutzzauber sein muss.«

Anastasia nickte und folgte ihm. Sie liefen langsam um das Dorf herum und Anastasia versuchte, sich zu merken, wie weit der Zauber reichen musste. Ihr wurde ein wenig mulmig. Was war, wenn sie etwas falsch machte und nur die Hütten auf dem Boden geschützt waren, aber nicht die auf den Bäumen?

»Wir müssen den Zauber dann unbedingt testen«, beschloss sie.

»Wir können deine Freunde fragen«, meinte Giacomo. »Wenn einer von ihnen außerhalb unseres Dorfes steht und es nicht mehr finden kann, hat es funktioniert. Danach können wir ihm den Weg zu unserem Dorf wieder zeigen.«

Anastasia nickte. Ryan kam für diese Aufgabe nicht in Frage, da er mit den Gestaltwandlern nicht sprechen konnte, und Malina hatte bestimmt Angst allein im Wald. Ob Jan dies für sie tun würde?

»Ich werde Jan fragen«, teilte sie Giacomo mit.

Nachdem sie das Dorf umrundet hatten, gingen sie zu

Giacomos Hütte. Malina und Ryan saßen davor und schienen sich zu sonnen.

»Ich werde den Schutzzauber nun aussprechen«, erzählte Anastasia den beiden. »Wo ist Jan?«

Malina zuckte mit den Schultern.

»Am Bach«, hörte Anastasia Ryans Stimme in ihrem Kopf. »Du hast ihn verletzt.«

Sie sah Ryan überrascht an. Warum war Jan denn verletzt?

»Er dachte wirklich, du wärst tot«, sagte Ryan und sah Anastasia in die Augen.

Sie schluckte. Also war Jan doch um sie besorgt gewesen und sie hatte ihn vor den Kopf gestoßen. Nun begriff sie endlich, warum Jan so wütend war. Er hatte sich schreckliche Sorgen gemacht und mit dem Schlimmsten gerechnet. Doch dann hatte er erfahren müssen, dass sie gedankenlos mit der Magie gespielt und sich sogar mit dem Gestaltwandler angefreundet hatte, den Jan nur als Feind betrachten konnte. Sie sah zum Bach. Jan saß davor im Schneidersitz und schien betrübt ins Wasser zu starren.

»Ich komme gleich wieder«, sagte sie zu Giacomo und lief zu Jan. Anastasia blieb neben Jan stehen und setzte sich. »Es tut mir leid«, begann sie schweren Herzens.

»Was denn?«, wollte er mit verärgertem Blick wissen.

»Dass wir uns gestritten haben«, meinte sie. »Und dass

ich dachte, es geht dir nur um die Belohnung.«

Jan sah zu Boden. Die Wut war nun aus seinem Blick verschwunden. »Anna«, murmelte er. »Wir hätten euch nie begleitet nur wegen...« Er schluckte.

»Ich weiß«, flüsterte sie. »Jetzt weiß ich es.«

Jan sah sie an und Anastasia konnte zum ersten Mal in seinen Augen seine Gefühle ablesen. Sie merkte erst jetzt, wie wichtig sie ihm wirklich war. Ihr wurde klar, dass Jan ihr sehr ähnlich war. Er war mutig, unglaublich stur und versuchte seine Gefühle nicht zu zeigen, um Herr der Lage zu sein. Anastasia hatte auch befürchtet, dass ihre Gefühle ihrem Ziel, wieder nach Hause zu kommen, nur im Weg stehen würden. Doch so war es nicht.

Ihre Gefühle für ihre Familie und Freunde waren sehr wichtig, denn sie gaben ihr Kraft. Auch wenn Jan seine Gefühle lieber nicht aussprechen wollte, hatte er anscheinend dennoch gehofft, dass Anastasia sie erahnen und ihn verstehen konnte.

Sie legte ihm eine Hand auf den Arm. »Jan, ich brauche deine Hilfe!«, meinte sie.

Jan blinzelte überrascht.

Ihr wurde ganz warm ums Herz. Er würde ihr immer helfen. Das war ihr nun klar. »Ich möchte dem Dorf mit einem Schutzzauber helfen, doch das kann ich nicht ohne dich«, erklärte sie ihm.

»Woher weißt du, dass sie deine Hilfe verdient haben?«, fragte Jan sie direkt. »Vielleicht nutzen sie den Zauber, um Wanderer aus dem Nichts anzugreifen und zu zerfleischen?«

Anastasia runzelte die Stirn. »Glaubst du das denn?«, fragte sie.

Jan verdrehte die Augen.

»Jan«, sagte sie. »Deine Meinung ist mir wichtig! Denkst du, ich würde einen Fehler begehen?«

Jan sah sie überrascht an. »Nein«, gab er dann zu. »Nein, ich vertraue deinem Urteilsvermögen. Ich kann nur diesen Giacomo nicht leiden! Als Mensch noch weniger wie als Katze.«

Nun musste Anastasia einfach lachen.

Jan grinste sie an und sie war unglaublich erleichtert, ihn wieder fröhlich zu sehen.

»Wie kann ich dir bei dem Zauber denn helfen?«, fragte Jan.

»Indem du dich außerhalb des Dorfes stellst«, erklärte sie ihm. »Wenn der Zauber gelingt, dürftest du das Dorf nicht mehr sehen.«

Jan nickte.

»Danke«, meinte Anastasia lächelnd. Dann standen sie auf und Jan folgte ihr zu Giacomos Hütte.

»Wir sind soweit«, teilte sie Giacomo mit, der aufgeregt nickte.

»Komm mit«, meinte er zu Jan. Jan zwinkerte Anastasia zu und folgte Giacomo. Malina und Ryan standen auf.

»Wirst du wirklich zaubern?«, fragte Malina nervös.

»Ja«, antwortete Anastasia. »Hoffentlich klappt es auch.«

Malina sah zu Ryan, der sie konzentriert musterte. Ob die beiden gerade in Gedanken miteinander sprachen? Irgendwie fand Anastasia das unhöflich, auch wenn sie wusste, dass Ryan keine andere Möglichkeit zum Kommunizieren hatte.

Anastasia stellte sich ungefähr in die Mitte des Dorfes. Sie konnte Jan viele Meter von sich entfernt stehen sehen.

Er winkte ihr zu und grinste. Ob er diesen Schutzzauber überhaupt ernst nahm?

Anastasia setzte sich auf den Boden und schlug das Buch bei dem betreffenden Kapitel auf. Giacomo versuchte, dafür zu sorgen, dass die anderen Gestaltwandler Anastasia nicht zu nahekamen und bat sie um Ruhe. Anastasia versuchte die Aufregung um sich herum nicht zu beachten und sich auf die Anweisungen von Meister Fabio Arnd zu konzentrieren. Sie las sich die einzelnen Schritte noch einmal durch. Dann legte sie das Buch zur Seite und schloss die Augen. Sie spürte die Luft um sich herum und den leichten Wind. Sie versuchte, eins zu werden mit den Bewegungen und sich leicht und frei zu fühlen. Der Meister hatte beschrieben, dass man sich den Schutz um ein Objekt herum wie eine unsichtbare Halbkugel vorstellen konnte. In dem Kapitel stand jedoch nicht, ob man etwas beachten musste, wenn man ein gesamtes Dorf als Objekt nahm. Den Zauberspruch an sich musste sie auf jeden Fall ein wenig abändern, da sie die Gestaltwandler beschützen wollte und nicht nur irgendeinen Gegenstand. Anastasia versuchte, sich den Schutzwall vorzustellen. Sie spürte, wie der Wind stärker wurde. Der Schutzzauber sollte das ganze Dorf umfassen und über ihren Köpfen wie ein Halbkreis zusammentreffen. Anastasia holte tief Luft, dann sprach sie laut und deutlich:

»Ich schwöre hiermit das Dorf zu beschützen.
Fremde Augen sollen es nie mehr sehen.
Den Gestaltwandlern soll es nützen.
Ein unsichtbarer Schutz wird es umwehen.«

Anastasia öffnete die Augen. Plötzlich verschwand der Wind. Alle sahen gespannt zu Jan, der mit den Schultern zuckte und dann den Kopf schüttelte. Anastasia runzelte die Stirn. Hatte sie etwas falsch gemacht? Sie warf wieder einen Blick in das Buch. Am Zauberspruch konnte es nicht liegen, den hatte sie kaum verändert. Die Gestaltwandler redeten jetzt laut durcheinander und Anastasia spürte Giacomos Blick auf ihrem Kopf. Ob er wegen eines gescheiterten Versuches gleich die Hoffnung verlor? Sie versuchte, in Ruhe nachzudenken.

Sie hatte mit dem Wind mitgefühlt und die Formel richtig aufgesagt. Woran lag es dann? Anastasia überlegte, dass ein so großer Schutzzauber einfach etwas anderes war, als ein kleines Feuer zu entfachen. Doch wenn sie mit ihrer Vermutung richtig lag, hatte sie im Königreich einfach so ein Unwetter heraufbeschworen. Warum konnte sie dann diesen Zauber nicht ausführen? Da begriff sie den Unterschied. Nicht sie hatte das Gewitter verursacht, sondern ihre starken, unkontrollierten Gefühle. Sie musste ihre Gefühle für den Zauber nutzen, und zwar brauchte sie dafür sehr starke Emotionen.

Anastasia schloss ihre Augen wieder. Obwohl sich in ihr alles sträubte, dachte sie an Aurora und ihren Vater.

Sie sah wieder die Bilder vor sich von dem Rauch, der von den brennenden Häusern aufstieg und hörte die Schreie der Bürger. Sie sah, wie die Soldaten in ihr Haus stürmten und ihren Vater einfach niederschossen. Dasselbe würde den Menschen in diesem Dorf auch widerfahren. Wenn die Soldaten ihr Dorf fanden, würden sie nicht nur Giacomo töten.

Nein, sogar die kleinen Jungen Sam und Dave würden sie gefangen nehmen oder sofort töten. In Anastasia stieg ein gewaltiger Schmerz empor. Ihre Stadt hatte sie nicht beschützen können, doch diesem Dorf durfte es nicht genauso ergehen. Das konnte sie niemals zulassen. Um keinen Preis der Welt. Sie sah die spielenden und lachenden Jungen vor sich und erblickte in ihnen ihre eigenen Brüder.

»Ich werde euch beschützen!«, dachte sie sich.

Plötzlich wurde es um sie herum ganz still. Niemand sagte mehr etwas. Der Wind wehte nun so stark, dass er an Anastasias Haaren zerrte. Sie schlug die Augen auf und erhob sich.

»Ich schwöre hiermit das Dorf zu beschützen! Fremde Augen sollen es nie mehr sehen!«, rief sie laut und streckte ihre Arme vor sich aus. »Den Gestaltwandlern soll es nützen! Ein unsichtbarer Schutz wird es umwehen!«

Mit einem Mal war der Wind wieder verschwunden. Anastasia blinzelte und sah sich um. Hatte es geklappt?

»Anna«, hörte sie Jan laut rufen. Alle blickten zu ihm. Jan sah sich im Wald um.

»Ich glaube, es funktioniert«, rief er. »Wo seid ihr denn?«

»Was siehst du?«, fragte Giacomo ihn.

Anastasia hielt gespannt die Luft an. Doch Jan antwortete nicht.

»Anna?«, rief er wieder. »Soll ich wieder ins Dorf laufen oder ist das gefährlich?«

»Hörst du uns?«, fragte Anastasia laut und lief auf Jan zu. Er reagierte nicht.

»Er kann uns weder sehen noch hören«, verkündete Giacomo und alle brachen in Jubelrufe aus.

Jan hob einen kleinen Ast auf und warf ihn vor sich. Er landete vor Anastasias Füßen. Dann lief Jan auf Anastasia zu. Er blieb zwischen zwei Hütten stehen und sah sich wieder um. Anscheinend konnte er das Dorf auch nicht sehen, wenn er mitten drin stand.

»Du musst ihn einladen«, meinte Anastasia zu Giacomo.

»Herzlich Willkommen, Jan«, sagte Giacomo. Er ging zu Jan und legte ihm eine Hand auf die Schulter. Jan zuckte zusammen und sah sich dann erstaunt um. Er sah zu Giacomo, dann zu den anderen und schließlich zu Anastasia.

»Du hast es geschafft!«, staunte er.

Anastasia lächelte glücklich.

»Sie hat es geschafft!«, rief Giacomo nun laut. Bevor Anastasia es verhindern konnte, hoben zwei Männer sie hoch auf ihre Schultern und alle Gestaltwandler jubelten ihr begeistert zu.

Das Fest

Malina beobachtete fasziniert, wie Anastasia von allen bejubelt wurde. Sie bemerkte, dass Jan und Giacomo Anastasia voller Bewunderung anlächelten. Alle Gestaltwandler riefen vor Freude durcheinander und die Kinder kreischten und lachten vor Vergnügen. Malina konnte immer noch nicht glauben, was Anastasia gerade vollbracht hatte. Sie war wirklich unglaublich stark! Malina beneidete ihre Freundin irgendwie. Alle Augen waren auf Anastasia gerichtet, sie wurde hochgehoben und viele Gestaltwandler riefen ihr ihren Dank laut zu. Malina könnte niemals so etwas Fantastisches vollbringen wie Anastasia und das Leben von so vielen Menschen verbessern.

»Mein Leben hast du verbessert, Lina«, hörte sie Ryans Stimme.

Sie sah erstaunt zu ihm. Er war der Einzige, der nicht zu Anastasia schaute. Er sah Malina direkt in die Augen. Sie wurde rot, da sie sich für ihre Gedanken schämte.

»Liest du eigentlich immer meine Gedanken?«, fragte sie ihn verärgert.

Ryan biss sich auf die Lippe.

»Tut mir leid«, sagte er in ihrem Kopf.

Malina drehte sich schnell um und ging zurück zu Giacomos Hütte. Am liebsten wäre sie jetzt mit ihren Gedanken alleine. Sie wollte nicht, dass Ryan alles über sie wusste, ohne dass sie es ihm selbst erzählen wollte.

Doch immer wenn er mit ihr sprach, konnte er ihre Gedanken hören.

Das machte ihr große Sorgen. Was war, wenn ihm eines Tages nicht gefiel, was sie dachte? Malina ging in die Hütte und entkam so dem lauten Trubel im Dorf. Sie freute sich wirklich sehr für Anastasia, doch sie wäre eben auch gern so wunderschön und mutig wie sie. Aber das musste Ryan doch nicht wissen. Was sollte sie nur tun? Wenn sie ihm verbat, ihre Gedanken zu lesen, würde er auch nicht mehr mit ihr sprechen können und das wäre schrecklich. Sie wünschte sich, dass er diese Fähigkeiten trennen oder ganz normal mit ihr sprechen könnte. Malina schluckte. Ryan konnte Gedanken lesen, Anastasia die Elemente beeinflussen und Jan war so stark und schlau, dass er sich auch ohne Magie gut verteidigen konnte. Malina schien sehr begabte Freunde gefunden zu haben. Und was konnte sie vorweisen? Sie hatte manchmal Vorahnungen und konnte dennoch nicht die retten, die sie liebte. Sie dachte plötzlich an ihre Eltern und ihr traten Tränen in die Augen.

In diesem Moment betrat Ryan die Hütte und sie

versuchte, schnell an etwas anderes zu denken. Er setzte sich neben sie und sah traurig zu Boden. Anscheinend wollte er ihr deutlich machen, dass er ihre Gedanken gerade nicht las.

»Es tut mir leid«, murmelte Malina bedrückt. Sie hatte sich gar nicht darüber gefreut, was Ryan zu ihr gesagt hatte. »Du hast mein Leben auch verbessert«, meinte sie und ergriff seine Hand. »Seit ich dich kenne, habe ich wieder Hoffnung und fühle mich endlich nicht mehr allein.«

Ryan lächelte, doch er sah sie nicht an.

Sie nahm all ihren Mut zusammen und legte ihre Hand an seine Wange. Dann drehte sie sein Gesicht langsam zu sich und sah ihm in die Augen. »Ich werde mich daran gewöhnen, Ryan«, versprach sie ihm. »Ich habe nur Angst, dass... manchmal denke ich auch dumme Sachen, die ich gar nicht so meine und...«

Ryan legte ihr einen Finger auf die Lippen, um sie zum Schweigen zu bringen, und lächelte sie verständnisvoll an. Sie streichelte seine Wange und sah in seine wunderschönen, schwarzen Augen. Da beugte Ryan sich plötzlich vor und küsste Malina. Er legte seine Lippen ganz zärtlich auf ihre und sie schloss die Augen und erwiderte den Kuss. Seine Lippen waren ganz schmal und weich und schmeckten einfach wunderbar.

Bei dieser Berührung wurde ihr unglaublich warm und ihr ganzer Körper begann zu prickeln. Leider löste Ryan sich wieder von ihrem Mund.

Malina öffnete die Augen wieder und sah ihn an. Sie wusste nicht, was sie nun sagen sollte. Das war ihr allererster Kuss gewesen und es hatte sich einfach nur fantastisch angefühlt. »Danke«, flüsterte sie hingerissen.

Ryan grinste. »Ich habe zu danken«, sagte er in ihren Gedanken.

Malina sah auf seinen Mund und konnte es kaum erwarten, dass er sie wieder küsste. An Ryans Lächeln merkte sie, dass er ihren Gedanken gerade gehört hatte und anscheinend gern erfüllen wollte. Er beugte sich wieder vor und sie küssten sich ein wenig leidenschaftlicher. Ryan fuhr mit einer Hand in Malinas Haare und drückte seine Lippen noch stärker auf ihre.

Malina genoss jede einzelne seiner Berührungen. Nach einer Weile löste sie sich jedoch von Ryans Mund, um Luft holen zu können. Sie lächelten sich glücklich an. Dann schmiegte Malina sich an Ryan und legte ihren Kopf auf seine Schulter. Ryan legte den Arm um sie und streichelte mit seiner Hand sanft über Malinas Arm. Malina fühlte sich, als schwebten sie auf einer Wolke der Liebe. Sie war noch nie so glücklich gewesen und hatte sich in ihrem eigenen Körper noch nie so wohl gefühlt. Nun war sie sich ganz sicher, dass sie sich Hals über Kopf in Ryan verliebt hatte und freute sich unglaublich darüber, dass er ihre

Gefühle erwiderte. Ryan war ein wundervoller Freund!

Er sah sie wieder an. »Vertraust du mir?«, wollte er wissen.

Malina nickte. Sie war sich dessen nie sicherer gewesen als in diesem Augenblick.

»Ich vertraue dir auch«, meinte Ryan, »und ich würde dir gerne ein Geheimnis von mir erzählen.«

»Ein Geheimnis?«, wiederholte Malina fragend.

»Ja«, sagte Ryan, ohne die Lippen zu bewegen. »Ich habe es noch niemandem anvertraut, nicht einmal meinem Bruder.«

Malina richtete sich überrascht auf. Ryan hatte sogar vor Jan ein Geheimnis und wollte es ihr anvertrauen. Sie fühlte sich irgendwie geschmeichelt, so als wäre sie etwas ganz Besonderes.

»Lina, das bist du auch. Du bist jemand ganz Besonderes für mich!«, hörte sie Ryans Stimme und wurde rot.

Sie sah schnell zu Boden und war froh, als Ryan bald darauf weitersprach.

»Du hast bei Anastasia bereits gesehen, dass man seine magische Gabe vielfältig einsetzen und auch verbessern kann«, erzählte ihr Ryan. »Wie du ja weißt, kann ich schon immer die Gedanken von Menschen lesen und seit ein paar Jahren in Gedanken mit ihnen sprechen. Und dir ist bestimmt auch bewusst, dass deine Gedanken dein Handeln beeinflussen, oder?«

Malina nickte. Sie fragte sich, worauf er hinaus wollte.

»Jan denkt, dass ich bis vor kurzem nur mit ihm in Gedanken gesprochen habe, doch das stimmt nicht. In den letzten Wochen habe ich ohne Jans Wissen etwas Neues ausprobiert und zwar bei unbekannten Menschen auf dem Marktplatz oder den Straßen im Königreich«, fuhr Ryan fort. »Sie wussten gar nicht, wie ihnen geschah und wenn es funktionierte, bin ich sofort gegangen, um niemandem aufzufallen.«

»Was hast du denn ausprobiert?«, wollte Malina neugierig wissen. Ihr Herz schlug plötzlich schneller.

»Ich zeige es dir«, meinte Ryan. »Bitte hab keine Angst. Du kannst mir wirklich vertrauen.«

Malina bekam bei seinen Worten ein mulmiges Gefühl. Doch sie nickte und sah Ryan gespannt an.

Ryan kniff die Augen vor Konzentration zusammen. Sie überlegte, dass er seine eigenen Gedanken bestimmt sehr gut kontrollieren können musste, um sich auf die Gedanken einer anderen Person zu konzentrieren.

Malina wartete ungeduldig, was sie nun hören würde. Da ertönte Ryans Stimme laut und deutlich in ihrem Kopf:

»Steh auf!«

Bevor Malina seine Worte ganz begriffen hatte, sprang sie auf und stand vor dem Bett. Malina sah erschrocken auf ihre Füße hinunter. Sie war wie von selbst aufgestanden, ohne sich bewusst dafür zu entscheiden.

»Setz dich!«, befahl ihr Ryans Stimme und sie setzte sich wieder, bevor sie überhaupt darüber nachdenken konnte.

Malina blieb der Mund offen stehen. »Was?«, wisperte sie geschockt und sah zu Ryan. »Was ist das?«

»Das mache ich«, hörte sie seine Stimme nun wieder ganz normal in ihren Gedanken. »Ich kann meine Gedanken auf dich übertragen und dir dadurch meinen Willen aufzwingen. Du merkst, dass es nicht deine eigenen Gedanken sind und trotzdem musst du sie befolgen.«

Nun bekam Malina es doch mit der Angst zu tun. Sie wollte Ryan vertrauen, doch diese Fähigkeit war wirklich unheimlich. Es erinnerte sie ein wenig an Marks Befehle. Diese musste sie auch immer befolgen, sonst schlug er sie wieder. Ryan wandte den Blick kurz ab und rieb sich die Augen.

»Das ist sehr anstrengend«, erzählte er ihr, als er sie wieder ansah, »und ich bekomme immer Kopfweh davon.«

»Du kannst also Menschen durch deine Gedanken manipulieren?«, fragte Malina, obwohl sie die Antwort bereits am eigenen Körper erfahren hatte. »Und hast du das im Königreich auch ausprobiert?«

»Ja«, antwortete er. »Ich habe zum Beispiel einem Mann befohlen seinen Arm zu heben und war selbst ganz geschockt, als es wirklich geklappt hat.«

»Verstehe«, murmelte Malina leise. Sie wusste nicht genau, was sie davon halten sollte.

»Ich werde diese Gabe nie wieder bei dir anwenden«, versprach ihr Ryan und ergriff ihre Hand. »Ich wollte es dir nur zeigen. Vor den Gestaltwandlern hätte ich dich heute Morgen beschützen können, wenn ich ihre Gedanken hätte lesen können. Verstehst du?«

Malina verstand, was er meinte. Deshalb hatte er so schnell herausgefunden, dass er ihre Gedanken nicht lesen oder manipulieren konnte. Malina versuchte, sich wieder zu beruhigen und ihre eigenen Gedanken zu ordnen.

»Und du hast es Jan noch nicht gezeigt?«, fragte sie verwirrt. »Wieso denn nicht?«

Ryan schluckte. »Ich kenne meinen Bruder«, meinte er. »Er ist wirklich toll und hat sich immer um mich gekümmert, aber manchmal kann Jan auch impulsiv und egoistisch sein. Wenn er wüsste, dass ich das kann, würde er wollen, dass ich diese Fähigkeit zu unserem Vorteil einsetze und das möchte ich auf keinen Fall.«

Malina konnte Ryan gut verstehen und glaubte, dass er Jan ganz richtig einschätzte. »Deine magischen Kräfte sind wirklich erstaunlich«, meinte Malina. »Aber mir ist es ehrlich gesagt lieber, wenn ich meinen Körper selbst steuern kann.« Sie lächelte ihn unsicher an und er nickte zustimmend.

»Mir macht das alles auch ein wenig Angst«, gestand Ryan. Da ging plötzlich die Tür auf und Giacomo schaute zu ihnen herein.

»Hier seid ihr ja«, rief er erfreut. »Kommt raus zu uns ans Lagerfeuer! Wir geben zu Annas Ehren ein Fest!«

»Oh, schön«, meinte Malina etwas überrumpelt. Sie wäre gern noch länger mit Ryan allein geblieben. Doch Ryan und sie standen auf und folgten Giacomo aus der Hütte.

Alle Gestaltwandler des Dorfes hatten sich um ein Feuer versammelt, obwohl die Dämmerung erst begonnen hatte und es noch warm war. Anastasia und Jan saßen mitten unter ihnen und schienen sich gut zu amüsieren. Malina und Ryan setzten sich gegenüber von ihren Freunden in die Nähe des Lagerfeuers und sahen sich um. Die Dorfbewohner gaben Holzplatten herum, die mit Essen beladen waren, und Malina merkte erst jetzt, wie hungrig sie war. Sie probierte sehr gern von den verschiedenen Obst- und Gemüsesorten. Über dem Feuer wurde sogar ein Tier geröstet, das wie ein großes Schwein aussah. Sie war schon gespannt, wie gut das Fleisch schmecken würde. Am meisten freute sie sich jedoch über die verschiedenen, süßen Fruchtsäfte, die es zu trinken gab, da sie in Aurora immer nur Wasser zur Verfügung gehabt hatte, um ihren Durst zu löschen.

Giacomo bat kurz darauf um Ruhe, um eine Lobrede auf Anastasia zu halten. Er stand auf und erhob seinen Becher voller Traubensaft.

»Liebe Anna«, begann er und Anastasia lächelte ihn an. »Du hast uns alle gerettet und befreit! Dank dir müssen wir uns nie mehr vor den Soldaten des Königs fürchten und dürfen uns in unserem wunderschönen Dorf sicher fühlen! Dank dir müssen wir nicht mehr als Tiere die Menschen im Wald verjagen, um unser Dorf zu schützen und können in Frieden leben! Dank dir kann kein ungebetener Gast unser Zuhause entdecken und diesen Frieden je wieder stören! Wir sind dir auf ewig zu Dank verpflichtet, Anna!«

Alle begannen zu klatschen und Malina lächelte erfreut. Es war schön so viel Freude und Erleichterung in den Gesichtern der Gestaltwandler zu sehen.

Plötzlich wandte sich einer der Männer, der vor ihnen saß, um und sah zu Ryan. »Tut mir übrigens leid wegen der Beule«, meinte er und deutete auf seine Stirn.

Malina erkannte den Mann an seiner verletzten Nase. Es war Giacomos Bruder, der Ryan im Wald geschlagen hatte und der anscheinend Xander hieß.

Ryan nickte und zeigte ihm dadurch, dass er seine Entschuldigung annahm. Xander nickte ebenfalls und drehte sich wieder zum Feuer um.

Langsam fühlte Malina sich in diesem Dorf richtig wohl und hatte gar keine Angst mehr vor den Menschen, die sich in Tiere verwandeln konnten. Sie sah zu Ryan, der gerade zu Anastasia und Jan blickte. Was er wohl über die Gestaltwandler dachte? Malina würde so gerne einmal seine Gedanken hören. Dann würde sie wissen, was er über sie und ihre Küsse dachte. Sie war wirklich neugierig, doch sie vertraute auch darauf, dass Ryan ehrlich zu ihr sein würde.

Wenn sie sich traute, ihn danach zu fragen, würde sie es auch erfahren, doch dafür war sie viel zu schüchtern. Ryan sah wieder zu ihr und Malina lächelte. Ihre Küsse wirkten für sie wie ein stilles Geheimnis, das sie noch enger miteinander verband. Sie legte den Kopf auf seine Schulter und sah in die roten Flammen. Unter den Unterhaltungen der Gestaltwandler hörte sie plötzlich Giacomos Stimme.

»Wohin wollt ihr eigentlich, Anna?«, fragte er laut.

Malina und Ryan sahen zu Anastasia und Jan. Giacomo hatte sich neben Anastasia gesetzt und musterte sie neugierig.

Einige der Gestaltwandler hörten nun auf zu reden und sahen auch zu Anastasia.

»Ihr müsst einen guten Grund dafür haben den Wald zu durchqueren«, vermutete Giacomo. »Hier lauern viele Gefahren.«

»Nicht alle Waldbewohner sind so nett wie wir!«, rief da Xander und einige lachten.

Anastasia sah kurz zu Jan, dann wandte sie sich an Giacomo. »Ich komme aus einer Stadt namens Aurora«, erzählte sie und sah in die Runde. Nun waren alle still und hingen gespannt an Anastasias Lippen. »Die Soldaten des Königs griffen unsere friedliche Stadt vor ein paar Tagen an.«

»Oh nein!«, meinte Giacomo mit Schrecken im Blick.

»Sie töteten viele Bürger Auroras und entführten fast alle Mädchen«, fuhr Anastasia fort. »Doch Lina und ich konnten vor den Soldaten fliehen!«

Auf einmal sahen alle zu Malina und sie schaute beschämt zu Boden. So viel Aufmerksamkeit war ihr schrecklich unangenehm und sie wollte sicher nicht über den Angriff der Soldaten sprechen.

Ryan ergriff ihre Hand, um ihr beizustehen, und sie sah ihn dankbar an.

»Im Königreich lernten wir Jan und Ryan kennen«, erzählte Anastasia weiter, »und die beiden wollen uns helfen zurück nach Aurora zu gelangen.«

»Wenn du zurück bist«, meinte Giacomo, »kannst du eure Stadt ebenfalls durch einen Schutzzauber schützen.«

Anastasia nickte zögerlich.

Malina schluckte. Konnte Anastasia das wirklich? Ihre

Stadt war doch riesengroß im Vergleich zu diesem kleinen Dorf mit ungefähr 100 Gestaltwandlern. Außerdem wussten die Soldaten bereits, wo Aurora lag.

Doch der Gedanke machte Malina trotzdem neue Hoffnungen. Vielleicht wären sie dann endlich wieder in Sicherheit.

»Dann trinken wir auf Jan und Ryan«, rief Giacomo, »und darauf, dass sie die Gebieterin der Elemente und ihre Freundin sicher nach Aurora bringen!«

Alle stimmten zu und hoben ihre Becher.

Malina trank einen Schluck Himbeersaft und überlegte, ob Anastasia die Prophezeiung absichtlich nicht erwähnt hatte. Doch es fragte auch niemand danach, warum die Soldaten Aurora angegriffen hatten.

Da sich alle in diesem Dorf vor einem Angriff gefürchtet hatten, gingen sie wahrscheinlich davon aus, dass der König für so eine grausame Tat gar keinen Grund brauchte. Eine alte Frau stimmte schließlich ein Lied an und Malina lauschte ihrer melodischen Stimme. Sie klang sehr traurig, als sie zu singen begann:

> *»Die Soldaten kamen*
> *und jagten sie alle hinfort,*
> *mussten sich verstecken*
> *an einem geheimen Ort.*

Da sie anders waren,
hieß man sie Gefahr
für den alten König
vor gut hundert Jahr.«

Malina war sich nicht sicher, ob die Rede von dem König war, der im Moment das Königreich regierte, oder von einem König vor hundert Jahren.

Doch wenn die Regentschaft immer an das Kind des Königs übergeben wurde, so wie es in Aurora bei der Familie des Bürgermeisters der Fall war, ging es zumindest sicher um ein und dieselbe Königsfamilie. Zwei Mädchen in Malinas Alter, die neben der Frau saßen, fingen plötzlich zu glitzern an und verwandelten sich in bunte, kleine Singvögel. Sie flogen hoch auf die Schultern der Frau und zwitscherten ihr im Takt des Liedes zu.

»Die Kinder lebten
in Angst und Schrecken,
mussten ihr wahres Gesicht
vor allen verstecken.
Die Eltern fürchteten
ihren grausamen Tod,
wussten nicht weiter
in dieser großen Not.«

Die alte Frau sang von dunklen Zeiten voller Schmerz und Verlust und es klang, als hätte sie all das miterleben müssen. Malina fühlte sich, als läge ihr ein schwerer Stein auf der Brust und ihr Magen zog sich schmerzerfüllt zusammen.

Die Menschen in diesem Dorf schienen eine grauenvolle Zeit hinter sich zu haben und gaben wahrscheinlich zu Recht dem König die Schuld daran. Die Frau summte zum Zwitschern der Vögel, dann sang sie die dritte Strophe dieses traurigen Liedes.

> *»So half der Wald ihnen zu überleben,*
> *zwischen all den Feinden*
> *nach etwas Frieden zu streben.*
> *Es war der Ort des Todes,*
> *an den er sie verbannte,*
> *doch sie lebten weiter,*
> *ohne dass er es ahnte.*
> *Eines Tages ist die Rache nah,*
> *sein Reich wird untergehen,*
> *sein Todesurteil ist da*
> *und wir werden siegreich*
> *über ihm stehen!«*

Die Frau verstummte und die Vögel zwitscherten leise das Ende der Melodie. Malina hatte eine Gänsehaut bekommen und fragte sich, wie alt dieses Lied wohl war.

Ryan legte einen Arm um sie und sie sah ihn an.

Die beklemmende Stille wurde unterbrochen, als zwei Männer begannen, Fleisch von dem Tier über dem Feuer abzuschneiden und herumzureichen. Obwohl Malina nicht mehr sehr hungrig war, genoss sie den fantastischen Geschmack.

Wenn sie wieder daheim sein würde, musste sie auf so etwas Leckeres leider verzichten. Sie bemerkte, dass es bereits dunkel und kühler geworden war, und sah zu Anastasia und Jan.

Jan winkte Ryan gerade zu und zog so seine Aufmerksamkeit auf sich. Malina musterte Jan fragend. Sollten sie zu ihnen kommen? Warum sagte er denn nichts? Da sah Ryan zu ihr. »Jan möchte wissen, ob wir über Nacht bleiben sollen«, hörte sie seine Stimme in ihrem Kopf. »Anna hat vorgeschlagen in Giacomos Hütte zu übernachten und in den frühen Morgenstunden aufzubrechen.«

»In Ordnung«, murmelte Malina. Sie hatte sich darüber noch gar keine Gedanken gemacht, doch sie hatte auch nichts gegen Anastasias Vorschlag. In der Dunkelheit wollte sie bestimmt nicht durch diesen Wald laufen. Ryan sah wieder zu Jan, der schließlich nickte und Anastasia etwas ins Ohr flüsterte.

Malina fiel auf, dass Giacomo die beiden neugierig beobachtete.

Dann sah sie wieder zu Ryan. »Bist du auch schon müde?«, fragte sie ihn.

Er nickte. »Lass uns in die Hütte gehen«, schlug er vor.

»Ist das nicht unhöflich?«, wollte Malina leise wissen. »Wir wissen doch gar nicht, ob Giacomo einverstanden ist.«

»Das ist er bestimmt«, meinte Ryan. »Wenn wir uns schon mal schlafen legen, stören wir doch niemanden. Wahrscheinlich wollen die anderen noch länger feiern.«

»Na gut«, stimmte Malina schließlich zu.

Sie standen auf und Malina winkte Anastasia kurz zu und gähnte dann, um ihr zu zeigen, dass sie schlafen gehen würden.

Anastasia nickte ihr lächelnd zu, dann sprach sie mit Giacomo.

Malina folgte Ryan in die Hütte. Sie zog ihre Jacke an und ihre Schuhe aus, während Ryan eine Decke auf dem Boden der Hütte ausbreitete. Dann legten sie sich nebeneinander darauf. Es war zwar nicht sehr bequem, doch Malina fühlte sich in Ryans Nähe unglaublich wohl. Er drehte sich zu ihr um und gab ihr einen Kuss auf die Stirn.

»Schlaf gut, Lina«, sagte er in ihren Gedanken.

»Gute Nacht, Ryan«, wünschte sie ihm und drehte sich lächelnd um. Er legte seinen rechten Arm unter ihren Kopf und umarmte sie mit seinem linken Arm. Malina kuschelte sich mit dem Rücken an seinen warmen Oberkörper und schloss erschöpft die Augen.

* * *

»Der Nebel kommt!« Anastasia schlug die Augen auf. Es war bereits hell in der Hütte. Wer sprach denn da? Sie drehte sich auf dem harten Bett um. Jan lag neben ihr und schlief tief und fest.

»Der Nebel«, hörte sie jemanden flüstern. Sie richtete sich auf und sah auf den Boden. Ryan lag auf dem Rücken und Malina hatte ihren Kopf auf seine Brust gelegt. Anastasia wurde bei diesem Anblick ganz warm ums Herz. Sie merkte sofort, wie gut die beiden zusammenpassten. Mit Jan hätte sie niemals gewagt so vertraut zu kuscheln. Sie hatten sich das Bett zwar teilen müssen, doch er hatte sie nicht einmal berührt.

»Überall Nebel«, murmelte Malina nun. Anscheinend sprach sie im Schlaf.

»Lina«, sagte Anastasia leise. »Lina, wach auf.« Sie streckte ihren Arm aus und berührte Malina an der Schulter.

Malina öffnete die Augen und sah Anastasia verschlafen

an.

»Ist alles in Ordnung?«, wollte Anastasia wissen. »Du hast im Schlaf geredet.«

»Oh«, murmelte Malina. Dann setzte sie sich auf und rieb sich die Augen. »Ja, alles gut«, meinte sie. »Wahrscheinlich habe ich nur schlecht geträumt.«

Anastasia stand vorsichtig auf, damit sie Jan und Ryan nicht weckte.

»Ich geh zum Bach«, meinte sie zu Malina, die ihr kurz zunickte und dann gähnte.

Anastasia verließ die Hütte und merkte, dass es schon später Vormittag sein musste. Sie blinzelte in das helle Sonnenlicht und genoss den angenehmen, warmen Wind auf ihrer Haut. Im Dorf waren anscheinend erst wenige Gestaltwandler wach, da sie kaum jemanden entdecken konnte. Sie hatten gestern auch lange gefeiert und es war für sie ein unvergesslicher Abend gewesen. Einige Kinder hatten später eine Art Kriegertanz aufgeführt, was Anastasia sehr fasziniert hatte. Sie dachte auch daran, dass Giacomo sich durchgehend mit ihr über seinen Stamm und Aurora unterhalten hatte und gespannt an ihren Lippen gehangen war. Sie fand ihre gemeinsamen Gespräche unglaublich spannend, doch Jan schien das irgendwann ziemlich genervt zu haben. Er unterbrach sie irgendwann und überredete Anastasia, dass sie schlafen gehen sollten, um am nächsten Tag fit zu sein.

Giacomo war so freundlich gewesen, ihnen seine Hütte zu überlassen, und hatte gemeint, er würde bei Freunden schlafen.

Anastasia streckte sich und lief dann zum Bach. Sie wusch sich, trank durstig das frische Wasser und genoss die blühende Natur des Waldes um den Bach herum.

Die Blätter und das Gras erstrahlten im Sonnenlicht in einem hellen Grün und sie konnte ein paar wunderschöne Blumen entdecken. Ob sich ihre Freunde an diesem Ort genauso wohl fühlten wie sie? Müsste sie nicht nach Aurora zurück, würde sie Giacomo vielleicht sogar fragen, ob auch jemand, der kein Gestaltwandler war, mit ihnen hier leben durfte. Sie stellte sich ein Leben in der Natur sehr erfüllend vor. Doch Anastasia konnte die Bürger von Aurora nicht im Stich lassen. Nun, da ihr Vater tot war, musste sie die Stadt regieren. Außerdem dachte sie auch an die anderen Mädchen, die immer noch im Königreich gefangen waren und ihre Hilfe dringend brauchten.

»Guten Morgen, liebe Anna!«

Anastasia wurde aus ihren Gedanken gerissen und sah sich um.

Giacomo stand vor ihr und lächelte sie freundlich an. »Hast du gut geschlafen?«, wollte er wissen.

»Ja«, antwortete sie lächelnd. »Das war gestern wirklich

ein wundervolles Fest.«

»Es war nur für dich«, meinte Giacomo und machte einen Schritt auf sie zu. »Du bist es auch wert!«

Anastasia wurde rot und wich seinem schmeichelnden Blick aus. »Danke, Giacomo«, murmelte sie verlegen.

»Was du für uns getan hast«, begann Giacomo, »ist einfach unbeschreiblich. Das ganze Dorf ist dir zu Dank verpflichtet und ich möchte mich auch persönlich bei dir dafür bedanken!«

Anastasia hob den Kopf und sah hoch in seine braunen Augen. Inzwischen wirkte sein Anblick auf sie gar nicht mehr wild, er war ihr nun ganz vertraut.

»Ich möchte dir etwas von mir schenken«, meinte Giacomo und streichelte mit seiner Hand kurz über ihre Wange.

Anastasias Herz schlug schneller. Was er ihr wohl schenken wollte? Ein Teil von ihr wünschte sich, es wäre ein Kuss. Wenn er sie so ansah, konnte sie einfach nicht mehr klar denken. Da drückte Giacomo ihr einen kleinen Gegenstand in die Hand.

Anastasia musterte ihn überrascht. Es war eine kleine, längliche Pfeife, die er wahrscheinlich selbst aus Holz geschnitzt hatte. Sie hing an einer dünnen Schnur. Er schenkte ihr eine Pfeife? Was sollte sie denn damit tun? Anastasia fragte sich, ob ein selbstgemachtes Geschenk bei den Gestaltwandlern einen besonderen Wert hatte.

»Danke«, sagte sie zögernd.

»Wann immer du mich brauchst«, meinte Giacomo, »wann immer du in Not bist, pfeife darauf und ich werde zu dir eilen.«

Anastasia sah ihn überrascht an.

»Egal, wo du bist«, sagte er. »Wenn du in diese Pfeife bläst, werde ich es hören und dich finden. Wenn du Hilfe brauchst, ruf mich bitte und ich werde dich retten!«

Anastasia wusste nicht, was sie sagen sollte. Dieses Geschenk war einfach unglaublich!

»Auf diese Weise möchte ich dir für deinen Schutzzauber danken«, fuhr er fort, »indem ich dir meinen Schutz ein Leben lang anbiete.«

»Oh«, wisperte sie. »Das ist...« Sie fand keine passenden Worte, die ihre Gefühle beschreiben könnten. »Giacomo, ich danke dir!«

Er nahm die Pfeife wieder in die Hand und legte Anastasia die Schnur um den Hals.

Sie hielt ihre langen Haare nach oben, damit er die Schnur in ihrem Nacken zubinden konnte.

»Bitte benutze sie, wenn du mich brauchst«, bat er sie.

Anastasia sah auf die Pfeife, die nun über ihrem Herzen hing. »Das werde ich«, versprach sie ihm. Ihr wurde ganz warm, als sie ihn wieder ansah. Sie wusste, dass sie in seinen Augen jemand ganz besonderes war und glaubte ihm auch, dass er sie immer beschützen würde.

Da tauchte Jan ein paar Meter von ihnen entfernt auf.

»Wir sollten aufbrechen, Anna«, meinte er zu ihr, ohne Giacomo eines Blickes zu würdigen. Anscheinend konnte Jan Giacomo immer noch nicht leiden, obwohl er ihn nun besser kannte. Das fand Anastasia sehr schade, da Giacomo so freundlich zu ihnen war.

Jan lief zu ihnen, ging vor dem Bach in die Hocke und spritzte sich Wasser ins Gesicht.

»Ihr wollt schon gehen?«, fragte Giacomo enttäuscht und sah Anastasia an. »Bleibt doch noch einen Tag. Hier seid ihr in Sicherheit.«

Anastasia biss sich auf die Lippe. Sie würde sehr gerne noch länger bei ihm und den netten Gestaltwandlern bleiben, aber sie durfte jetzt nicht egoistisch sein. Sie hatte immer den Wald entdecken und vielleicht sogar im Wald leben wollen, anstatt die Regentschaft über eine Stadt zu übernehmen und dort für immer festzusitzen. Doch Aurora brauchte sie! Sie musste so schnell wie möglich wieder nach Hause und ihre Pflicht erfüllen.

»Das geht leider nicht«, meinte Anastasia und sah seinen traurigen Blick. »Wir müssen wieder nach Aurora zurück. Das ist sehr wichtig.«

»Warum?«, wollte Giacomo wissen. »Warum habt ihr es denn so eilig?«

Da fiel ihr erst auf, dass sie ihm gar nicht erzählt hatte, dass sie die Tochter des Bürgermeisters war und ihre Stadt nun leiten musste. Giacomo wusste auch nicht, dass sie vorhatte die anderen entführten Mädchen zu retten und dass Malina und sie wegen einer Prophezeiung immer noch in Gefahr waren.

»Das geht dich nichts an«, meinte Jan plötzlich und stand auf. Er funkelte Giacomo misstrauisch an und Giacomo runzelte verwirrt die Stirn.

»Jan«, fing Anastasia an, doch er sah nicht zu ihr.

»Ihr habt euren Schutzzauber«, sagte er zu Giacomo. »Also habt ihr alles, was ihr von Anfang an wolltet. Deshalb hast du Anna doch entführt, oder?«

Giacomo sah zu Boden. »Es war nie meine Absicht ihr wehzutun«, verteidigte er sich. »Ich wollte ihr nur zeigen...«

»Das hast du ja jetzt«, unterbrach Jan ihn unfreundlich. »Anna hat für euch gezaubert und nun könnt ihr selbst auf euer Dorf aufpassen. Deshalb werden wir jetzt gehen!«

Anastasia verstand nicht, warum Jan gerade so wütend war. Gestern bei dem Fest hatte es so gewirkt, als würde er sich in dem Dorf auch willkommen fühlen. Oder hatte er nur etwas gegen Giacomo persönlich, weil er sie entführt und ihren Freunden dadurch einen großen Schrecken eingejagt hatte?

»Oder habt ihr etwa vor uns aufzuhalten?«, fragte Jan

nun Giacomo und kniff die Augen zusammen.

»Natürlich nicht«, rief Giacomo erschrocken und sah zu Anastasia. »Ihr seid unsere Gäste und nicht unsere Gefangenen!«

»Erzähl das nächstes Mal deinem Bruder lieber, bevor er uns zusammenschlägt«, gab Jan wütend zurück. Dann drehte er sich um und machte sich auf den Weg zurück zur Hütte.

Anastasia blieb der Mund offen stehen. Malina und Ryan hatten gestern so gewirkt, als hätten sie den Gestaltwandlern den Überfall verziehen. Warum konnte Jan das nicht auch?

»Es tut mir leid«, meinte sie zu Giacomo.

Er nickte traurig und wollte noch etwas sagen.

»Anna, kommst du?«, rief Jan da. Er war stehen geblieben und sah sich zu ihr um. Anastasia wusste nicht genau, was sie tun sollte. Einerseits wollte sie von Jan nicht herumkommandiert werden und Giacomo nicht verletzen, da sie ihn sehr gern hatte. Doch andererseits hatte Jan nur die Wahrheit ausgesprochen und gestern zu ihr gehalten und sie unterstützt, als sie seine Hilfe bei dem Schutzzauber gebraucht hatte. Ihn konnte sie auch nicht einfach vor den Kopf stoßen.

»Ja, sofort«, rief sie Jan zu. Dann umarmte sie Giacomo schnell und flüsterte: »Danke für alles!«

Er lächelte, als sie sich wieder von ihm löste. Sie erwiderte sein Lächeln und ging dann zu Jan. Er musterte sie mit finsterem Blick, sagte jedoch nichts. Sie liefen zu Giacomos Hütte, vor der bereits ihre Rucksäcke standen.

Inzwischen waren in dem Dorf schon mehrere Gestaltwandler unterwegs oder saßen vor ihren Hütten und sonnten sich. Anastasia holte das Buch über die Magie der Elemente, das ihr die alte Gestaltwandlerin geschenkt hatte, und packte es in ihren Rucksack.

Sie freute sich schon sehr darauf, bald wieder in dem Buch zu lesen. Ryan und Malina tauchten mit Flaschen in den Händen auf, die Jan in die Rucksäcke einpackte.

Wahrscheinlich hatten sie ihre Wasservorräte am Bach aufgefüllt. Anastasia sah auf die Landkarte, die Jan nun aufklappte.

»Hast du eine Ahnung, wo wir sind?«, fragte sie ihn.

Jan schüttelte den Kopf. »Und dein Giacomo wird es uns wohl kaum verraten«, meinte er. »Immerhin soll der Standort dieses Dorfes doch geheim bleiben.«

»Und wie finden wir dann den Weg nach Aurora?«, fragte Malina.

Anastasia überlegte, was sie nun tun sollten. Sie wusste nicht einmal, ob sie weiter entfernt oder näher an ihrer Stadt gewesen waren, bevor sie in das Dorf gebracht worden waren.

Da bemerkte sie, dass Xander zu ihnen kam.

»Ich habe gehört, dass ihr aufbrechen wollt«, meinte er mit tiefer Stimme und ernstem Blick.

Malina wich instinktiv ein Stück zurück und Ryan stellte sich vor sie. Vielleicht hatte Anastasia sich doch geirrt und die Entführung war für ihre Freunde sehr viel schlimmer gewesen als für sie selbst, weshalb sie es nicht so schnell vergessen konnten.

»Ja«, antwortete Jan und deutete auf die Karte. »Du kannst uns nicht zufällig sagen, wo wir gerade sind, oder?«

Der Mann sah auf die Karte.

»Wo wollt ihr denn hin?«, fragte er.

Jan zeigte ihm den ungefähren Standpunkt von Aurora. Da deutete der Gestaltwandler auf einen Punkt nicht weit davon entfernt.

»Dort verläuft ein Trampelpfad«, meinte er. »Dorthin können wir euch bringen.«

»Bringen?«, fragte Anastasia verwirrt.

»Wir wollen euch helfen«, meinte er. »Als Dank für deinen Zauber bringen wir euch zu einem Weg, damit ihr euch orientieren könnt und eure Stadt bald erreicht. Aber weiter als zu diesem Ort trauen wir uns nicht zu gehen. Dieser Teil des Waldes ist uns nicht ganz geheuer.«

Jan markierte mit einem Stift den Punkt auf der Karte, der auf einem der eingezeichneten Wege lag.

»Und ihr wollt uns dorthin begleiten?«, fragte er verwirrt.

»Nein«, erwiderte Giacomos Bruder. »Wir bringen euch dorthin!«

Plötzlich begann seine Haut sehr hell zu leuchten und Anastasia schloss schnell die Augen. Als sie sie wieder öffnete, stand der silberne Wolf vor ihnen, der ihr und Malina schon zweimal begegnet war. Sie verstand nicht, warum er sich gerade verwandelt hatte. Da tauchte zwischen den Bäumen in ihrer Nähe ein großer, dunkelbrauner Bär auf. Er lief auf allen vieren zu ihnen und stellte sich neben den Wolf.

»Vertraut uns«, sprach der Bär mit Giacomos Stimme. »Wir bringen euch sicher dorthin, damit ihr nach Aurora zurückkehren könnt.«

Anastasia blieb vor Staunen der Mund offen stehen.

Zwei weitere Männer verwandelten sich direkt vor ihren Augen. Der eine erschien in Gestalt eines Pumas und der andere als Pferd.

»Oh«, staunte Malina.

»Ihr wollt...«, fing Anastasia fassungslos an. »Ihr wollt, dass wir auf euch reiten?«

Der Bär grunzte, was Anastasia als ein Lachen verstand.

Zu ihrer Überraschung grinste Jan sie nun an. »Das nenne ich mal praktisch«, meinte er. »Das ist uns eine große

Hilfe. Wir sparen mindestens einen Tag Fußmarsch, kommen schnell voran und sind früher in Aurora, als erhofft.«

Anastasia musste ihm recht geben. Das war wirklich ein sehr hilfreiches Angebot der Gestaltwandler. »Vielen Dank«, meinte sie erfreut.

Jan und sie hoben jeweils einen Rucksack auf ihre Schultern.

»Ich weiß nicht«, murmelte Malina unsicher. »Ist das nicht gefährlich?«

»Steig du doch auf das Pferd«, meinte Jan. »Du bist doch sicher schon mal geritten, oder?«

Malina sah ihn so überrascht an, dass Anastasia sich die Antwort denken konnte. Sie nahm sich vor, Malina nach ihrem Leben und ihrer Familie in Aurora zu fragen, wenn sie mal wieder zu zweit waren, da sie merkte, dass sie über ihre Freundin gar nicht viel wusste.

Ryan legte Malina eine Hand auf die Schulter und sprach ihr wahrscheinlich in Gedanken Mut zu. Die beiden nahmen ebenfalls ihre Rucksäcke auf die Schultern. Dann halfen Ryan und Jan Malina, auf das Pferd zu klettern, das sich extra nach unten beugte. Sie wurde vor Angst ganz blass, als sie oben saß und sich das Pferd wieder aufrichtete.

Anastasia hoffte, dass der Gestaltwandler wirklich vorsichtig sein würde. Sie ging zu dem Bären und lächelte ihn an.

»Darf ich?«, fragte sie ihn.

»Gerne«, antwortete Giacomo und legte sich auf den Boden. Sie griff in sein braunes Fell und zog sich auf seinen Rücken. Sein Fell war ganz warm und weich und sie strich behutsam darüber. Jan setzte sich schließlich auf den Puma und Ryan auf den großen Wolf, vor dem sie vor zwei Tagen noch große Angst gehabt hatten.

Fast alle Gestaltwandler standen nun auf dem Dorfplatz versammelt und verabschiedeten sich von ihnen »Lebt wohl«, riefen einige und winkten ihnen zu. »Viel Glück!«

»Vielen Dank«, rief Anastasia und lächelte vor allem der Gestaltwandlerin zu, die ihr das Buch über Magie geschenkt und bei dem Fest so wundervoll gesungen hatte.

Dann liefen die Tiere, auf denen sie saßen, los und verließen das Dorf. Der Bär rannte wie die anderen auf allen vieren. Das Dorf war schnell aus Anastasias Sichtfeld verschwunden, da die Tiere das Tempo beschleunigten. Sie klammerte sich am Fell des Bären fest und beobachtete, wie die Bäume links und rechts an ihr vorbei zu fliegen schienen. Die Schönheit des Waldes verschlug ihr wieder einmal den Atem. Nach einer Weile lockerte sie ihren Griff etwas und schloss die Augen. Sie spürte den starken Luftzug auf ihrer Haut und hatte das Gefühl zu fliegen. Sie war frei!

Anastasia genoss das wundervolle Gefühl und schlug die Augen wieder auf, um den Anblick des Waldes im Vorbeirennen nicht zu verpassen.

Als die Gestaltwandler schließlich langsamer wurden, waren ein paar Stunden vergangen und Anastasias Muskeln waren vom Sitzen und Festklammern sehr angespannt. Sie blieben in der Nähe eines schmalen Weges im Schutz der Bäume stehen und Anastasia stieg vorsichtig von dem Bären ab. Ihre Beine taten ihr weh und sie wäre fast umgekippt, wenn Giacomo sie nicht mit einer Pfote gestützt hätte. Irgendwie fand sie es schade, dass die Reise auf ihm als Bären schon vorbei war.

Ryan half Malina, die auch kaum noch stehen konnte und Jan bedankte sich bei den Tieren.

»Pass auf dich auf«, meine Anastasia zu Giacomo. Der Abschied von ihm fiel ihr unglaublich schwer.

»Vergiss mich nicht«, sagte Giacomo und stieß mit seiner Schnauze an die Pfeife, die um Anastasias Hals hing.

»Niemals«, versprach sie ihm.

»Ich wünsche dir alles Glück dieser Welt, Gebieterin über die Elemente!«, meinte Giacomo.

Anastasia streichelte über den Kopf des Bären. »Leb wohl, Giacomo!«

Die Gestaltwandler verabschiedeten sich und liefen in Gestalt der Tiere wieder weg. Anastasia wünschte Giacomo und seinem Dorf von Herzen alles Gute.

Der Nebel

Malina sah sich um, nachdem die Gestaltwandler verschwunden waren. Aus irgendeinem Grund wirkte der Wald um sie herum dunkler als in dem Dorf. Obwohl über ihnen ein strahlend blauer Himmel war, ließen die Bäume das Licht nicht durch ihre Blätter auf den Boden scheinen. Malina spürte etwas Bedrückendes in der Luft liegen und bekam eine Gänsehaut.

»Lasst uns erst mal etwas essen«, schlug Jan vor und öffnete seinen Rucksack.

Malina drehte sich um und musterte den Wald um sie herum. Sie konnte kein einziges Tier in ihrer Nähe entdecken. Nicht einmal einen Vogel hörte sie singen. Diese merkwürdige Stille behagte ihr gar nicht. Xander hatte gesagt, dass sie diesen Teil des Waldes nicht durchqueren wollten. Was konnte einem starken Gestaltwandler wie ihm nur solche Angst einjagen? Jan setzte sich auf den Boden und holte etwas von ihrem Proviant aus dem Rucksack. Anastasia und Ryan legten auch ihre Rucksäcke auf den Boden.

»Wir sollten hier nicht bleiben«, meinte Malina.

Die drei sahen sie überrascht an. »Wir sind doch jetzt nicht mehr weit von Aurora entfernt. Lasst uns lieber weitergehen.«

Anastasia runzelte die Stirn. »Hast du keinen Hunger, Lina?«, fragte sie.

Anscheinend nahmen ihre Freunde nichts Unheimliches an diesem Teil des Waldes wahr. Da zuckte Jan mit den Schultern und stand wieder auf.

»Wir können auch während dem Laufen essen«, schlug er vor. »Lina hat schon recht. Wir sollten so weit wie möglich kommen, solange es hell ist.«

Malina nickte angespannt. Jan gab jedem von ihnen etwas von dem Essen in die Hand, dann hob er den Rucksack wieder auf seine Schultern und sah auf die Landkarte.

»Wir sollten dem Weg folgen«, meinte er.

»Aber wir dürfen nicht auf dem Weg laufen«, wandte Anastasia ein. »Wenn Soldaten diese Wege benutzen, würden sie uns zu schnell entdecken.«

Jan nickte. »Wir gehen parallel zum Weg durch den Wald«, beschloss er. »Aber wir sollten den Weg nicht aus den Augen verlieren. Er führt uns direkt zu den Bergen, die in der Nähe von eurer Stadt liegen.«

Malina holte tief Luft. Bald würden sie wieder in Aurora sein! Doch bei diesem Gedanken zog sich plötzlich ihr Magen zusammen. Sie würde dann endlich erfahren, ob ihr

Bruder noch am Leben war. Aber was sollte sie nur tun, wenn dies nicht der Fall war? Es würde ihr das Herz brechen Mark nie wieder zu sehen. Malina lief hinter Anastasia und Jan her und bemerkte, dass Ryan neben ihr etwas langsamer wurde. Ob ihn auch etwas bedrückte?

»Alles in Ordnung?«, fragte sie ihn besorgt.

Ryan sah während des Laufens auf den Boden und wirkte unglaublich müde. Ob er in der Nacht schlecht geschlafen hatte? Er nickte nur kurz.

Malina überlegte, ob sie ihn lieber in Ruhe lassen sollte. Vielleicht war er zu erschöpft, um mit ihr zu reden, und brauchte ein bisschen Zeit für sich.

Obwohl gar kein Wind ging, wurde ihr immer kälter und sie überlegte sogar, ihre Jacke aus ihrem Rucksack zuholen.

»Was ist das?«, fragte Anastasia plötzlich Jan und deutete in den Wald. Malina folgte ihrem Blick und erschrak. Über den Waldboden einige Meter von ihnen entfernt breitete sich ein dichter, weißer Nebel aus, der direkt auf sie zuzukommen schien. Mit einem Mal wurde es noch dunkler und Malina begann vor Kälte zu zittern.

»Ist es denn schon Abend?«, fragte Jan verwirrt. »Ist das da vorne etwa Nebel?«

»Es geht gar kein Wind«, stellte Anastasia mit aufgeregter Stimme fest. Sie sah zu Malina. »Du hast es heute Morgen gesagt«, meinte sie. »Du hast im Schlaf davon gesprochen.«

Malina sah sie mit großen Augen an und Panik stieg in ihr auf.

»Was habe ich gesagt?«, wollte sie wissen.

»Der Nebel kommt!«, antwortete Anastasia.

»Nein«, wisperte Malina. Sie sah zu den weißen Nebelschwaden, die immer näher kamen.

»Es ist derselbe Nebel«, rief sie nun, »wie in dieser einen Nacht. Da wäre ich wegen diesem Nebel fast eine Klippe hinuntergesprungen!«

»Wir müssen hier weg«, meinte Jan mit Angst in der Stimme. »Und zwar schnell!« Er sah sich um. »Wo ist Ryan?«, fragte er.

Malina drehte sich um. Ryan stand nicht mehr bei ihnen.

»Er war direkt hinter mir«, meinte sie. Doch sie konnte Ryan nirgendwo entdecken.

»Ryan!«, schrien Jan und Malina gleichzeitig.

»Ryan, wo bist du?«, rief Jan.

»Er ist verschwunden«, meinte Anastasia. Sie sah zu dem Nebel, der nun schon ihre Füße berührte.

»Lauft!«, schrie sie. Malina machte sich große Sorgen um Ryan, doch sie wusste, dass etwas Schreckliches passieren würde, wenn der Nebel sie einhüllte. Deshalb rannte sie mit Jan und Anastasia los. Sie rannten vor dem Nebel davon, der aus dem tiefen, dunklen Wald drang.

Schnell liefen sie über den kleinen Weg und auf der anderen Seite des Weges in den Wald hinein.

Immer schneller rannten sie weg. Doch Malina war sich sicher, dass der Nebel ihnen folgte.

»Stopp!«, rief plötzlich eine Stimme in ihrem Kopf. Vor Schrecken stolperte Malina und stürzte zu Boden. Sie schürfte sich an den Armen und Knien auf, doch der Schmerz war ihr in dem Moment egal. Schnell rappelte sie sich wieder auf und bemerkte, dass Anastasia und Jan kurz vor ihr stehen geblieben waren.

»Was«, begann sie, dann schnappte sie nach Luft. Direkt vor ihnen stand Ryan und hinter ihm baute sich eine große Mauer aus Nebel auf.

»Ryan«, rief Malina und machte einen Schritt auf ihn zu. Was war hier los? Wie konnte er so plötzlich vor ihnen stehen? Ryan sah mit finsterem Blick zu ihr und Malina erschrak. Seine Augen waren vollkommen schwarz, als hätte sich die Farbe seiner Pupillen über die gesamten Augen ausgebreitet. Sein ganzes Gesicht war zu einer grässlichen Grimasse verzerrt, die Malina voller Hass anstarrte.

»Was ist passiert?«, stotterte Malina. »Ryan, was ist denn los?«

»Es geht mir gut«, ertönte seine Stimme in ihrem Kopf. »Es ging mir noch nie besser!«

Irgendetwas an seiner Stimme klang merkwürdig. Sie

kam ihr tiefer und irgendwie fremd vor.

»Wie meinst du das?«, fragte Anastasia.

Malina sah überrascht zu ihr. »Du hast seine Stimme auch gehört?«, fragte sie vollkommen perplex. Ryan hatte doch sie angesehen und in Gedanken mit ihr gesprochen.

Anastasia nickte.

»Ich auch«, meinte da Jan und seine Augen weiteten sich. »Ryan, was ist hier los?«, fragte er. »Wieso kannst du mit uns allen gleichzeitig sprechen?«

»Ich kann viel mehr, als du ahnst!«, ertönte die Stimme in Malinas Kopf und sie zuckte zusammen. Warum sagte Ryan so etwas? Wie konnte das nur sein? Hatte er sie über seine Fähigkeit und darüber, dass er sich immer auf eine Person konzentrieren musste, etwa belogen?

»Irgendetwas stimmt hier nicht«, meinte Anastasia und deutete auf den Nebel, der sie nun komplett eingeschlossen hatte. Malina sah, dass der Nebel um einen kleinen Kreis, in dem sie standen, herumschwebte, ohne noch näher zu kommen. Es gab nun keine Fluchtmöglichkeit mehr.

»Ihr könnt mir nicht entkommen«, hörte sie Ryans Stimme. »Versucht es erst gar nicht.«

»Das ist nicht Ryan«, rief Jan plötzlich. »So würde sich mein Bruder niemals verhalten!«

Malina blieb der Mund offen stehen. Das sollte nicht Ryan sein? Aber wer denn sonst? Jan machte einen Schritt auf ihn zu.

»Bleibt stehen!«, schrie die Stimme und Jan erstarrte mitten in der Bewegung.

»Was ist das?«, rief Anastasia ängstlich. »Warum kann ich mich nicht mehr bewegen?«

Jan und Anastasia standen ganz starr da und sahen mit Panik im Blick zu Ryan.

Malina konnte nicht glauben, was Ryan da tat. »Hör auf«, schrie sie ihn an. »Ryan, das darfst du nicht tun! Du darfst diese Fähigkeit nicht einsetzen!«

Ryan sah zu ihr und sein Gesicht war von Wut verzerrt. »Ich darf alles!«, schrie die Stimme viel zu laut in Malinas Kopf und sie hielt sich instinktiv die Ohren zu.

»Was willst du denn dagegen machen, Malina?«, fragte Ryan sie.

Malina zuckte überrascht zusammen. Er hatte sie gerade zum allerersten Mal Malina genannt. Das hatte Ryan noch nie getan. Er hatte immer ihren Spitznamen verwendet, seit er in Gedanken mit ihr sprach. Sie sah ihn an. Das war wirklich nicht ihr Freund! Doch wer war es dann? Und was war mit Ryan passiert?

»Du bist doch nur ein kleines, dummes Mädchen«, hörte sie Ryans Stimme, ohne dass er die Lippen bewegte. »Ein Nichts!«

Malina hielt sich weiterhin mit den Händen die Ohren

zu, als könnte sie seine Stimme dadurch ausblenden.

»Niemand liebt dich«, meinte Ryan. »Niemand will dich. Und vor allem nicht ich!«

Malina biss sich auf die Lippe und Tränen traten ihr in die Augen.

»Hör nicht auf ihn«, rief Anastasia. »Das ist nicht Ryan!«

Malina sah kurz zu Anastasia und Jan, die sich anscheinend immer noch nicht wieder bewegen konnten.

»Ryan«, begann Malina zögernd und ließ ihre Arme sinken. Sie wusste doch, dass Ryan sie liebte. Das hatte er sie deutlich spüren lassen. Sie durfte jetzt nicht an ihm zweifeln.

»Nicht einmal deine eigene Familie liebt dich«, fuhr Ryan mit eiskalter Stimme fort. Er sah Malina voller Abscheu an.

»Bitte nicht«, flehte sie ihn an. »Ryan, bitte...«

»Deine Eltern sind deinetwegen tot!«

Malinas Herz zog sich vor Schmerz zusammen und sie griff sich an die Brust. »Nein«, wisperte sie. »Das ist nicht wahr.«

»Du leugnest es immer noch«, meinte Ryan. »Doch dein Bruder weiß es. Er hasst dich dafür! Er wünscht sich, du wärst tot und nicht sie!«

Malina schüttelte den Kopf, doch ihr Herz tat furchtbar weh. Tief in ihrem Inneren wusste sie, dass er recht hatte. Es war alles ihre Schuld. Sie hatte ihre Familie und ihre Freunde gar nicht verdient. Sie war ein schrecklicher Mensch.

»Was denkst du, wieso Mark dich immer schlägt?«, fragte Ryans Stimme in ihrem Kopf mit boshaftem Ton. »Du hast es nicht anders verdient!«

Malina ließ sich auf die Knie sinken. Tränen liefen ihr über das Gesicht. Sie bemerkte, dass Jan und Anastasia erschrocken zu ihr sahen. Nun wussten sie es. Nun wussten sie, dass Malina es nicht wert war ihre Freundin zu sein.

»Ryan, hör auf!«, rief Anastasia. »Sprich nicht so mit Lina!«

Ryan sah zu Anastasia und lächelte das grauenvollste Lächeln, das Malina je gesehen hatte. »Du solltest dich da lieber raushalten«, meinte er zu ihr. »Du bist nämlich auch nicht besser, Anastasia!«

Anastasia sah ihn überrascht an.

Malina merkte, dass Ryan auch bei ihr nicht ihren Spitznamen wie sonst verwendete, doch das war für sie im Moment ohne Bedeutung. Der echte Ryan musste in ihren Gedanken alles über ihre Eltern und ihren Bruder erfahren haben und deshalb konnte er sie einfach nicht lieben. Das könnte niemand.

»Ich weiß, was du getan hast«, erklang Ryans Stimme in Malinas Kopf, während er zu Anastasia sah. »Doch Jan weiß es noch nicht! Willst du es ihm sagen oder soll ich es tun?«

Anastasia zuckte erschrocken zusammen und sah mit ängstlichem Blick zu Jan.

»Wovon spricht er?«, wollte Jan wissen.

Malina sah zu den beiden und runzelte verwirrt die Stirn. Auch sie wusste nicht, was Ryan meinte.

»Es ist alles ihre Schuld«, erklang Ryans Stimme und er deutete mit dem Finger auf Anastasia. »Wegen ihr haben wir unser Zuhause verloren.« Er sah zu Jan. »Jan, sie hat dich belogen und hintergangen! Anastasia hat Diego dazu gebracht uns zu verraten!«

»Nein«, murmelte Jan und wurde ganz blass. Er sah von Ryan wieder zu Anastasia, die nun zu Boden blickte.

»Sag mir, dass er lügt«, forderte Jan sie auf.

Anastasia öffnete den Mund, doch kein Wort kam über ihre Lippen.

»Wegen ihr hat Diego uns verraten!«, rief Ryans Stimme. »Nur damit wir ihr und Malina helfen!«

Jan schüttelte den Kopf. Malina verstand das alles nicht. Wovon sprach Ryan nur?

»Ryan, bitte lass das«, sagte Jan da und sah zu seinem Bruder.

»Was denn?«, erwiderte die Stimme in Malinas Kopf.

»Du willst uns nur gegeneinander aufhetzen«, meinte Jan. »Also hör endlich auf zu lügen!«

»Aber ich sage nur die Wahrheit«, erwiderte die Stimme

und Ryan sah Jan direkt ins Gesicht. »Es ist genauso wahr wie die Tatsache, dass du unseren Vater hast sterben lassen!«

Jan starrte seinen Bruder entsetzt an. »Du hast ihn im Stich gelassen«, warf Ryan ihm vor. »Du bist schuld, dass er sterben musste!«

»Das ist nicht wahr!«, schrie Jan wütend. »Ich konnte ihm nicht helfen. Die Soldaten hätten mich sofort getötet!«

»Du Feigling!«, knurrte Ryans Stimme.

Malina sah überrascht, dass Tränen in Jans Augen traten.

»Ich wollte dich doch nur beschützen«, sagte Jan mit belegter Stimme. »Wer hätte denn auf dich aufpassen sollen, wenn ich bei dem Versuch ihn zu befreien gestorben wäre? Vater hätte gewollt, dass ich bei dir bleibe!«

»Du bist erbärmlich!«, sagte Ryan und sein Gesichtsausdruck war voller Verachtung.

Das reichte Malina. Sie stand auf. »Hör auf damit«, meinte sie mit lauter Stimme. »Wer bist du? Warum tust du uns das an?«

Ryan sah wieder zu ihr. »Ich tue, was ich möchte«, ertönte seine Stimme in ihrem Kopf. »Und es macht wirklich viel Spaß euch zu quälen.« Er sah auf seine Hände. »Durch diesen Jungen«, fuhr er fort, »kann ich nun jeden Menschen kontrollieren. Seine Macht ist enorm und sie wird mir allein gehören!«

Malina schnappte nach Luft. »Nein«, rief sie. »Bitte tu

Ryan das nicht an! Er kann ohne Magie nicht sprechen!«

»Das wird sein geringstes Problem sein«, meinte Ryan und ein boshaftes Lachen ertönte in Malinas Kopf. »Doch es geht nicht nur um ihn. Wer die Zukunft kennt, kann sogar die ganze Welt beherrschen! Und die Elemente zu kontrollieren kann auch nicht schaden.« Er grinste die drei an. »Meine Magie habt ihr in Form des Nebels bereits kennengelernt«, sagte er. »Und jetzt, wo ich Ryans Körper besitze, kann ich mir endlich alle eure Kräfte holen!«

»Du warst das«, meinte Anastasia plötzlich. »Du manipulierst diesen komischen Nebel und wolltest Lina in den Tod treiben.«

»Natürlich«, gab die Stimme zu. »Ich bin ein Sammler magischer Kräfte und es gibt nur zwei Möglichkeiten an diese zu gelangen. Entweder der Träger gibt sie mir freiwillig oder er muss dafür durch meine Macht sterben!«

Malina blieb der Mund offen stehen. In ihrem Kopf drehte sich alles. Also war irgendetwas Böses in Ryans Körper gefahren? Und dieses Böse hatte sie vor ein paar Tagen dazu bringen wollen von einer Klippe zu springen? Sie verstand das alles nicht ganz.

Malina bemerkte, dass Anastasia und Jan sich endlich wieder frei bewegen konnten, da ihre Haltung nun lockerer war. Anastasia sah auf einen kleinen Gegenstand, der an einer Kette um ihren Hals hing und hob ihre Hand. Da drehte Jan sich auf einmal um und packte Anastasia am Arm.

»Jan«, rief Anastasia erschrocken.

»Anna«, stammelte er. »Anna, ich kann mich nicht wehren.«

»Denkst du, ich lasse zu, dass du Giacomo rufst?«, lachte Ryans Stimme in Malinas Kopf.

Sie wusste nicht, wovon er sprach. Wie sollte Anastasia denn nach Giacomo rufen? Er war doch bestimmt schon weit von ihnen entfernt auf dem Rückweg in sein Dorf. Doch sie verstand, warum Giacomo eine Bedrohung für Ryan wäre. Da Ryan Giacomos Gedanken nicht lesen konnte, konnte er ihn dadurch auch nicht kontrollieren. Giacomo hätte ihnen wirklich helfen können.

Malina wusste, dass Ryan Jans Bewegungen kontrollierte, denn sonst würde Jan sich niemals gegen Anastasia wenden. Sie sah mit Schrecken, wie Jan in seine hintere Hosentasche griff.

»Nein«, rief sie und sah kurz zu Ryan. »Bitte hör auf damit!«

»Ich hole mir nun deine Magie, Anastasia«, ertönte seine Stimme in ihrem Kopf.

Jan zog das Jagdmesser aus seiner Tasche und klappte es auf. Mit dem anderen Arm hielt er Anastasia immer noch fest.

»Nein, bitte nicht«, schrie Anastasia panisch und versuchte sich loszureißen.

»Anna«, stöhnte Jan, als würde er entsetzliche Schmerzen erleiden.

Malina überlegte zu den beiden zu laufen, doch Ryan würde ihr sofort befehlen stehen zu bleiben und sie wusste aus Erfahrung, dass man sich einem Befehl in seinen Gedanken nicht widersetzen konnte. Sie dachte fieberhaft nach.

Irgendetwas musste sie doch tun! Da fiel ihr ein, dass es dieses Böse in Ryans Körper bereits einmal auf ihre Magie abgesehen hatte. Damit es ihre Kräfte bekam, musste sie entweder sterben oder diese freiwillig opfern. Jan hob das Messer und zielte damit direkt auf Anastasias Brust.

»Warte!«, schrie Malina und Ryan sah überrascht zu ihr. »Du musst das nicht tun«, meinte sie. »Ich kann in die Zukunft sehen. Diese Fähigkeit wolltest du doch von Anfang an bekommen.«

Ryan nickte und seine schwarzen Augen starrten Malina neugierig an.

»Ich überlasse sie dir«, bot Malina ihm an. »Nur bitte lass meine Freunde am Leben.«

»Du gibst sie mir freiwillig?«, hallte Ryans Stimme in ihrem Kopf.

»Ja«, antwortete Malina. »Das tue ich.«

Sie sah, dass Jan die Hand mit dem Messer wieder sinken ließ und atmete erleichtert auf.

»Komm her«, forderte Ryan sie auf und winkte sie mit einer Hand zu sich.

»Tu das nicht«, rief Anastasia. »Bitte, Lina, tu das nicht für mich!«

»Das ist schon in Ordnung«, meinte Malina und ging langsam auf Ryan zu. »Ich wollte diese Gabe sowieso nie haben.« Sie wusste, dass dies nicht mehr der Wahrheit entsprach und sie ihre Freunde belog. Doch sie hatte keine andere Wahl.

»Aber dieses Ding wird dadurch viel zu mächtig«, wandte nun Jan ein. »Hast du nicht gehört, dass es mit deiner Magie die ganze Welt beherrschen kann?«

Malina schüttelte den Kopf. Es war die einzige Chance, Anastasias und vielleicht auch Ryans Leben zu retten. Es gab keinen anderen Ausweg.

Malina blieb vor Ryan stehen und sah in seine schwarzen Augen, durch die sie eine böse Finsternis anstarrte. Dann legte sie eine Hand an Ryans Wange.

»Bitte mach dir später keine Vorwürfe, Ryan«, bat sie ihn. »Ich bin dir nicht böse! Du kannst nichts dafür!«

Ryan schob ihre Hand weg. »Er kann dich nicht hören«, meinte er. »Nun, bist du bereit?«

Malina sah kurz zu Anastasia und Jan. »Du wirst sie

nicht töten?«, fragte sie.

»Nein«, versprach ihr Ryans Stimme.

»Und Ryan?«, wollte sie wissen. »Wird es ihm wieder gut gehen?«

»Wenn du mir deine Kräfte überlässt, verschone ich ihn«, antwortete er. »Nun gib sie mir endlich. Die Macht in die Zukunft zu blicken!«

Malina nickte. Sie musste einfach darauf hoffen, dass das böse Wesen sein Versprechen halten würde.

»Ryan, ich vertraue dir«, meinte sie und sah ihm in die Augen. Eine einzelne Träne lief ihr über die Wange. »Ich liebe dich!«

Ryan legte seine Hand über ihre Brust und Malina spürte eine unangenehme Hitze von ihr ausgehen. Sie versuchte, ihre aufsteigende Panik zu unterdrücken, und sah Ryan weiterhin in die Augen. Sie glaubte an ihn. Kein mächtiges Wesen dieser Welt würde ihr Vertrauen in ihn zerstören können. Selbst wenn Ryan sie nicht lieben konnte, würde Malina ihn immer lieben, denn er war ein fantastischer Mensch.

»Lina«, ertönte plötzlich eine leise Stimme.

Malina horchte auf. Konnte Ryan ihre Gedanken etwa hören? Die Hitze an ihrer Brust wurde nun stärker und Malina schrie vor Schmerzen auf. Sie musste die Augen von Ryan abwenden und konnte nur noch an den riesengroßen

Schmerz denken.

Es fühlte sich an, als würde jemand mit einem heißen Glüheisen direkt in ihre Brust stoßen.

»Aaaah!«, schrie Malina laut. Sie konnte diese Schmerzen kaum noch ertragen. Sie konnte nicht einmal mehr stehen und wäre zusammengebrochen, wenn Ryan sie nicht durch seine Kräfte festgehalten hätte. Da erschien plötzlich ein helles Licht direkt vor Malinas Brust und sie blinzelte überrascht. Der Schmerz ließ ein wenig nach. Über Ryans ausgestreckter Hand schwebte eine große, strahlende Kugel aus hellem Licht.

Malina konnte nur kurz hinsehen, dann taten ihr die Augen von der Helligkeit weh.

»Endlich«, hörte sie Ryans Stimme laut rufen. »Endlich gehört es mir!«

* * *

»*N*ein!«, schrie Anastasia erschrocken. »Lina, bitte nicht.«

Als die helle Lichtkugel erschien, ließ Jan Anastasia endlich los. Vielleicht hielt das Wesen in Ryans Körper sogar sein Versprechen. Nun da es Malinas Magie besaß, waren sie nicht mehr von Interesse. Anastasia sah, wie Malina bewusstlos zu Boden fiel.

»Lina!«, rief sie entsetzt. Sie wollte zu ihr laufen, doch Jan hielt sie zurück.

»Anna«, sagte er mit weicher Stimme. »Es ist zu spät.«

Sie sah ihn an. »Nein«, widersprach sie ihm. »Nein, das darf nicht sein.« Sie sah wieder zu Ryan.

Was hatte er ihr angetan? Was würde nun mit Malina passieren?

»Ich muss wissen, ob sie noch am Leben ist«, sagte sie, doch Jan hielt sie fest. »Du kannst ihr jetzt nicht helfen.«

Er sah ebenfalls zu Ryan, dessen Gesicht sich in eine fiese, grinsende Grimasse verwandelt hatte. Er hielt die Lichtkugel in seinen Händen und würdige Malina, die bewusstlos vor ihm lag, keines Blickes. Da hörte Anastasia eine leise Stimme in ihrem Kopf.

»Lina«, rief die Stimme und wurde nun lauter. »Lina, bitte stirb nicht!« War das Ryan? Rief er etwa nach Malina?

Ryan wollte die Lichtkugel gerade zu seiner eigenen Brust führen, als er plötzlich zusammenzuckte.

Anastasia und Jan sahen sich ängstlich an. Was geschah nun mit Ryan?

»Du bekommst ihre Magie nicht!«, hörte Anastasia Ryans Stimme rufen. Es klang, als würde er sich gegen das dunkle Wesen in seinem Körper wehren.

»Lass Lina in Ruhe!« Ryan schrie laut auf und sein

ganzer Körper schüttelte sich, als hätte er furchtbare Krämpfe in allen Gliedern.

Die Lichtkugel stürzte hinunter und zerbrach auf dem Boden direkt vor Malina. Anastasia schloss schnell die Augen, da das Licht hell erstrahlte. Dann war es ganz plötzlich verschwunden und die unnatürliche Dunkelheit kehrte schlagartig zurück.

»Nein!«, schrie Ryan und sah zu Boden.

»Was ist passiert?«, fragte Jan atemlos.

»Die Lichtkugel«, stammelte Anastasia geschockt. Sie war verschwunden. Hieß das etwa, dass sie zerstört worden war?

»Linas Magie«, murmelte sie. »Sie ist weg!«

»Nein!«, schrie Ryans Stimme so laut, dass Anastasia der Kopf wehtat. Da fuhr auf einmal ein dunkler Schatten aus Ryans Körper und Ryan brach zusammen.

Anastasia und Jan stürzten zu ihren Freunden.

»Lina«, rief sie und drehte Malina auf den Rücken.

»Ryan, sag doch etwas!«, schrie Jan und schüttelte seinen Bruder, der nicht bei Bewusstsein war.

»Was ist gerade passiert?«, wollte Anastasia mit Tränen in den Augen wissen.

»Ich weiß es nicht«, schrie Jan verzweifelt. »Ryan, bitte sag doch etwas!«

Ryan und Malina sahen aus, als würden sie schlafen,

doch Anastasia war sich nicht sicher, ob es ihnen gut ging. Was konnten sie nur tun? Da fiel ihr auf, dass Malina atmete.

»Sie atmet«, murmelte sie erleichtert. »Jan, sie ist nur ohnmächtig.«

Jan hielt inne, um auf Ryans Atmung zu lauschen.

Anastasia sah, wie sich Ryans Brust ganz leicht hob und senkte. Also atmete er auch. So ein Glück!

In dem Moment ballte sich der Nebel vor ihnen zusammen und ein dunkler Schatten erschien. Er sah aus wie der Schatten eines Menschen, ohne eine konkrete Gestalt anzunehmen.

»Das verzeihe ich euch nie!«, schrie er laut. »Dafür werdet ihr sterben!«

Anastasia sah auf und starrte den dunklen Schatten finster an. Dann stand sie schnell auf, ging ein paar Schritte von Malina weg und stellte sich vor die schwarze Gestalt, die ihre krallenartigen Hände nach ihr ausstreckte.

»Ich werde dir niemals verzeihen!«, rief Anastasia wütend und ballte die Hände zu Fäusten. »Wie kann man nur so grausam sein, gute Freunde gegeneinander aufbringen zu wollen? Wie kann man nur so sehr nach Macht streben, dass man Menschen tötet, nur um ihre magischen Fähigkeiten zu erlangen? Wie kannst du nur so durch und durch böse sein?«

Der Schatten hielt kurz inne, dann flog er blitzschnell auf

Anastasia zu. Anastasia hielt erschrocken die Luft an, als der Schatten direkt vor ihrem Gesicht in der Luft stehen blieb.

Wenn ihr nicht schnell etwas einfiel, würde sich das böse Wesen vielleicht auf sie stürzen und von ihr wie zuvor von Ryan Besitz ergreifen. Anscheinend hatte es keinen eigenen Körper und bestand vielleicht nur aus diesem merkwürdigen Nebel.

»Du kannst mich bestimmt verstehen«, krächzte seine tiefe Stimme. »Du strebst ebenfalls nach Macht, Anastasia! Stell dir nur vor, was wir gemeinsam alles erreichen könnten.«

Anastasia runzelte verwirrt die Stirn. Wovon sprach das Wesen denn jetzt?

Der Schatten flog langsam um Anastasia herum und flüsterte ihr ins Ohr: »Ich kann dir helfen die mächtigste Zauberin der Welt zu werden! Dir läge die ganze Welt zu Füßen und du könntest alles tun, was du tun möchtest.« Der Kopf des Schattenwesens hielt ganz nah vor Anastasias Gesicht inne. »Du wärst so mächtig, dass du vielleicht sogar die Toten zurückholen könntest!«

Anastasia schnappte nach Luft. Ihr Vater! Sie könnte ihren Vater wieder lebendig machen? »Wie geht das?«, fragte sie. »Kann Magie das etwa?«

»Natürlich«, behauptete der Schatten. »Ich werde dir helfen diese dunkle Magie zu erlernen. Du musst mir davor nur einen kleinen Gefallen erweisen.« Er streckte eine durchsichtige, knochige Hand aus und deutete zu Jan, der bei Malina und Ryan saß. »Töte sie!«

Anastasia starrte mit großen Augen den dunklen Schatten an.

»Töte sie alle!«, knurrte das Wesen. »Und ich werde dich unbesiegbar und allmächtig machen!«

Anastasia sah zu ihren Freunden. Durch Magie könnte sie tatsächlich ihren Vater retten?

Jan stand auf und musterte Anastasia prüfend. »Anna«, meinte er. »Anna, lass dich bitte nicht täuschen!«

Anastasia ging einen Schritt auf Jan zu und der Schatten folgte ihr. Sie hielt ihre Arme mit den Handflächen nach oben vor sich, um ihre magischen Kräfte zu sammeln.

»Wind, steh mir bei«, flüsterte sie und schloss die Augen.

»Ja«, krächzte das Wesen. »Töte sie alle!«

»Anna?«, rief Jan nun besorgt. »Was tust du da?«

Anastasia öffnete ihre Augen wieder.

Malina und Ryan waren immer noch ohnmächtig und Jan wusste, dass er gegen ihre Macht über die Elemente keine Chance hatte. Der Schatten war nun links von Anastasia und gab ein rasselndes Gelächter von sich, bei dem sie eine Gänsehaut bekam.

»Weißt du, was ich glaube?«, begann Anastasia und sah Jan an. »Du hast in Wirklichkeit überhaupt keine Macht.«

Jan runzelte verwirrt die Stirn und schluckte.

»Ich allerdings schon!«, rief Anastasia. »Also verschwinde!« Sie drehte sich blitzschnell um, streckte ihre Arme aus und drückte einen starken Luftstrom mitten in den Schatten hinein.

»Was?«, schrie die Kreatur auf. »Nein!«

Doch Anastasia blies immer mehr Luft in den Nebel und wirbelte ihn auf. »Verschwinde und kehre nie wieder zurück!«, schrie sie laut.

Der dunkle Schatten fiel vor ihren Augen auseinander und der Nebel lichtete sich etwas. Sie machte weiter, bis kaum noch Nebelschwaden übrig waren. Diese zogen sich schnell über den Waldboden zurück, um vor Anastasias Wind zu fliehen.

Anastasia holte tief Luft und ließ erschöpft die Arme sinken. Dieser Zauber hatte ihre gesamte Kraft gekostet und sie war unglaublich erleichtert, dass es wirklich funktioniert hatte.

Sie ging langsam zu Jan.

»Das hast du gut gemacht«, meinte er und die Anspannung fiel von ihm ab.

»Wie konntest du nur?«, fragte Anastasia ihn kopfschüttelnd. Er hatte tatsächlich befürchtet, dass sie diesem bösen Wesen glauben und ihm schaden würde.

»Nach dem, was gerade mit Ryan passiert ist...«, meinte

Jan entschuldigend. »Außerdem habe ich nur ganz kurz an dir gezweifelt.«

Anastasia lächelte ihn schwach an und setzte sich neben Malina.

Jan setzte sich auch und berührte sie kurz mit einer Hand an der Schulter. »Du hast uns gerettet«, sagte er dankbar.

Anastasia nickte erschöpft.

»Glaubst du, es ist tot?«, fragte Jan sie.

Anastasia sah sich um. Einzelne Sonnenstrahlen fielen durch das Blätterdach über ihnen und die Dunkelheit lichtete sich. Von dem Nebel war nichts mehr zu sehen und Anastasia wurde wieder etwas wärmer.

»Ich bin mir nicht sicher«, antwortete sie. »Wir sollten uns lieber nicht darauf verlassen.«

»Ja, wir müssen hier weg«, meinte Jan und sah besorgt zu Malina. »Denkst du, Lina hat ihre Gabe wirklich verloren?«

Anastasia schluckte, dann antwortete sie ihm ehrlich: »Ja, das hat sie. Sie hat sie für uns geopfert!«

Anastasia begriff langsam, was gerade geschehen war. Malina hatte dem Schatten ihre Magie angeboten, damit er Anastasia und Ryan nicht ihre Kräfte raubte oder die beiden sogar tötete. Anastasia vermutete, dass Ryan nur dadurch stark genug gewesen war, um sich gegen diese böse Kreatur zu wehren. Er wollte bestimmt Malinas Magie retten, aber das war ihm leider nicht gelungen. Doch immerhin hatte der Schatten deshalb Ryans Körper verlassen und war nun keine Gefahr mehr für sie.

»Ich verdanke Lina mein Leben«, murmelte Anastasia. Da schlug Ryan auf einmal die Augen auf und richtete sich auf. Er sah sich panisch um.

»Ganz ruhig«, meinte Jan und legte ihm beide Hände auf die Schultern, damit Ryan nicht gleich aufsprang.

»Sieh mich an, Ryan«, bat er ihn und Ryan starrte Jan verwirrt an. »Es ist alles in Ordnung«, meinte Jan mit ruhiger Stimme. »Das bösartige Ding ist weg und kann uns nichts mehr tun. Hab keine Angst.« Da fiel Ryans Blick auf Malina. Er schob Jans Hände weg, krabbelte zu Malina und hob ihren Oberkörper auf seinen Schoß.

Anastasia sah, wie Ryan Tränen über die Wangen liefen, während er Malina an sich drückte und immer wieder den Kopf schüttelte.

»Sie ist nicht tot«, sagte Anastasia. »Sie atmet und wird bestimmt bald wieder zu sich kommen.«

Doch Ryan sah Anastasia nicht an. Wahrscheinlich wusste er, dass sie lebte und diese Sorge war gar nicht der Grund, weshalb er weinte.

»Ryan, bitte sprich mit mir«, bat ihn Jan.

Aber Ryan reagierte nicht. Er sah auf Malina hinunter

und streichelte mit einem Finger über ihre Wange.

»Er steht unter Schock«, vermutete Anastasia. Wahrscheinlich konnte er in nächster Zeit seine Fähigkeit gar nicht benutzen, um mit ihnen zu sprechen.

Jan sah sich um. »Aber wir müssen hier weg«, meinte er.

Anastasia nickte. »Malina muss erst zu sich kommen«, sagte sie.

Jan schüttelte den Kopf und stand auf. »So viel Zeit haben wir nicht«, wandte er ein. »Ich werde sie tragen.« Jan nahm seinen Rucksack ab, dann beugte er sich hinunter und sah Ryan ins Gesicht. »Ich werde ganz vorsichtig sein«, versprach er ihm.

Ryan sah Jan an und ließ zu, dass sein Bruder Malina ihren Rucksack von den Schultern streifte, sie in die Arme nahm und dann hochhob. Anastasia staunte, wie stark Jan sein musste, dass er Malina einfach so in seinen Armen tragen konnte.

Sie stand auch auf und hob Jans Rucksack hoch. »Den trage ich«, meinte sie.

Ryan stand langsam mit Malinas Rucksack in der Hand auf und sah durchgehend zu Malina.

Anastasia berührte ihn am Arm und sagte mit einfühlsamem Ton: »Sie wird wieder gesund, Ryan.«

Doch Ryan schüttelte den Kopf. Wahrscheinlich wusste

er, dass Malina zwar wieder aufwachen würde, aber trotzdem nicht wie vorher sein würde.

Anastasia dachte an die Seherin von Aurora, die ihr erzählt hatte, dass die Magie in jedem Menschen vorhanden war. Anastasia hatte keine Ahnung, wie es Menschen erging, die ihre Magie verloren. Von so etwas hatte sie noch nie gehört oder gelesen. Sie schluckte bedrückt. Sie konnte Ryan im Moment wohl kaum aufmuntern. Er machte sich wahrscheinlich große Vorwürfe und konnte nicht einmal mit ihnen darüber reden. Anastasia hoffte, dass er seine Fähigkeit bald wieder benutzen konnte, wenn er sich von dem Geschehenen erholt hatte. Sie dachte daran, wie schrecklich es gewesen war, als ihr seine Stimme befohlen hatte, sich nicht mehr zu bewegen.

Es war, als wäre sie eine Gefangene in ihrem eigenen Körper. Deshalb wollte sie sich nicht einmal vorstellen, was Ryan durchlitten haben musste, als das bösartige Wesen ihn und durch ihn auch sie alle kontrolliert hatte. Jan lief mit der bewusstlosen Malina in den Armen zum schmalen Weg zurück und Anastasia und Ryan folgten ihm. Anastasia studierte die Landkarte, während sie neben dem Weg herliefen.

»Es ist nicht mehr weit«, stellte sie fest.

Jan warf einen Blick auf die Karte.

»Wir müssen dann nur noch den Fluss überqueren

und...«, fing er an.

»Nein«, unterbrach ihn Anastasia. »Das ist zu gefährlich.«

»Wieso?«, wollte Jan irritiert wissen.

»Die Strömung ist viel zu stark«, erklärte ihm Anastasia. »Und der Fluss ist sehr breit. Es gibt keine Stelle in der Nähe von Aurora, an der wir ihn überqueren können.«

»Und wie sind die Soldaten dann nach Aurora gekommen?«, wollte Jan wissen.

»Sie hatten Boote«, antwortete Anastasia.

»Gut«, meinte Jan. »Entweder wir finden so ein Boot oder bauen uns eins. Das wird schon gehen.«

Anastasia schüttelte den Kopf. »Das ist zu gefährlich«, beharrte sie. »Das Boot könnte in der Strömung umkippen und Malina und ich können nicht schwimmen.«

»Oh«, murmelte Jan überrascht.

Anastasia schloss aus seiner Reaktion, dass er und Ryan schwimmen gelernt hatten.

»Und was ist die Alternative?«, fragte er.

»Wir müssen über die Berge gehen«, meinte Anastasia.

Jan zog erstaunt die Augenbrauen hoch. »Viel zu riskant«, wandte er ein.

»Wir haben keine andere Wahl«, versuchte Anastasia, ihm ihre Lage verständlich zu machen. »Aurora ist von zwei reißenden Flüssen umgeben, die kurz nach der Stadt zusammentreffen. Wenn wir, bevor die Strömung so stark wird, den Fluss überqueren können, müssen wir, wenn es gut läuft, nur einen Berg überwinden, dann sind wir in Aurora.«

Jan sagte nichts mehr, schien aber nicht gerade begeistert zu sein.

Anastasia schluckte.

Egal, ob sie es über den Fluss oder die Berge versuchten, lebensgefährlich waren beide Wege. Nun waren sie schon so nah an Aurora und doch erschien ihr die Stadt weiter entfernt denn je. Als es immer dunkler wurde, beschlossen sie ihr Nachtlager in der Nähe des Weges aufzuschlagen. Anastasia breitete eine Decke auf dem Boden aus, auf die Jan Malina legte, die immer noch nicht wieder aufgewacht war. Ryan setzte sich sofort neben sie und nahm ihre Hand in seine. Anastasia half Jan ihr Zelt aufzubauen und holte zwei Wasserflaschen und etwas Proviant aus den Rucksäcken. Während der ganzen Zeit hoffte sie, dass Malina endlich zu sich kommen würde und ihre Sorgen um ihr Wohlbefinden unbegründet waren.

»Ein Feuer so nahe am Weg zu machen ist keine gute Idee«, meinte Jan und Anastasia stimmte ihm zu.

»Wir sollten Malina jetzt ins Zelt bringen, bevor es noch kälter wird«, schlug Anastasia vor.

Sie sahen beide zu Ryan, der wie versteinert neben Malina saß und ihre Hand festhielt. Da stöhnte Malina plötzlich auf und öffnete die Augen.

Der Verlust

Malina kam langsam zu sich und sah benommen in den dunklen Nachthimmel. Wo war sie? Sie spürte einen tiefen Schmerz in ihrer Brust und zuckte zusammen. Was war mit ihr passiert? Es fühlte sich an, als hätte jemand ein großes Loch in ihr Herz gerissen und darin eine schmerzhafte Leere hinterlassen. Sie vermisste etwas, ohne es benennen zu können.

»Lina«, rief jemand. War das Anastasias Stimme?

Irgendjemand drückte ihre Hand. Malina drehte den Kopf zur Seite und blinzelte einige Male, um etwas erkennen zu können. Da erblickte sie Ryans Gesicht über ihr. Panisch schrie Malina auf und entzog ihm ihre Hand. Das böse Wesen war wieder da, um sie zu töten! Es würde ihr das Herz aus der Brust reißen!

Malina drehte sich schnell um und krabbelte von ihm weg.

»Nein!«, schrie sie laut. »Nein, nein, nein!«

»Lina«, rief da wieder Anastasia und auf einmal war ihre Freundin bei ihr und umarmte sie. »Alles wird wieder gut«, meinte Anastasia. »Beruhige dich. Du bist in Sicherheit!«

Malina deutete zu Ryan und schüttelte den Kopf. Mit ängstlichem Blick starrte sie zu dem bösen Wesen, das sich nicht bewegte, sondern sie einfach nur ansah. Gleich würde es wieder hämisch grinsen.

»Es wird mir wehtun«, wisperte sie und spürte wieder den stechenden Schmerz in ihrer Brust. »Es tut so weh!«

»Das ist nur Ryan«, sagte Jan, der neben Malina in die Hocke ging. »Das Ding ist weg. Alles ist in Ordnung.«

Da begann Malina plötzlich zu weinen.

»Alles ist gut«, murmelte Anastasia und drückte Malina an sich. »Alles ist gut.«

Doch Malina wusste, dass das nicht stimmte. Sie konnte es spüren. Ihr Herz tat ihr so furchtbar weh, dass sie nicht mehr aufhören konnte zu weinen.

Anastasia brachte sie schließlich in das Zelt.

»Ruh dich ein bisschen aus«, meinte sie, als Malina sich hinlegte. »Schlaf etwas. Ich bin bei dir. Du musst keine Angst haben!«

Malina versuchte, sich zu beruhigen, und schloss die Augen. Sie war total durcheinander und ihr tat einfach alles weh. Anastasia streichelte sanft über ihr Haar und summte eine Melodie, die Malina an das Lied der alten Gestaltwandlerin erinnerte.

Gestern in dem Dorf war noch alles gut gewesen. Heute

sah für Malina die Welt ganz anders aus. Sie konzentrierte sich auf Anastasias leises Summen und wurde tatsächlich schläfrig.

Als sie schon fast eingeschlafen war, verstummte Anastasias Melodie und sie hörte Jans Stimme.

»Ich habe Ryan gesagt, dass es nicht seine Schuld ist«, flüsterte er leise. »Doch er redet nicht mit mir. Er hat auf einen Zettel geschrieben, dass er seine Fähigkeit nie wieder einsetzen will.«

»Gib ihm etwas Zeit«, flüsterte Anastasia. »Ryan muss sich wie Malina von dem Schock erst einmal erholen.«

»Das müssen wir wohl alle«, murmelte Jan, während seine Stimme leiser wurde.

Malina sah Ryan plötzlich vor sich.

Er saß wie ein Häufchen Elend auf dem Boden. »Lina«, schluchzte er.

Malina wunderte sich, dass sich seine Lippen bewegten, als könnte er ganz normal sprechen.

»Lina!« Er schien, um sie zu weinen.

Sie lief zu ihm. »Es geht mir gut«, sagte sie, damit er sich keine Sorgen mehr machte. »Alles ist in Ordnung.« Sie legte ihm eine Hand auf die Schulter und Ryan sah auf. Da starrte Malina plötzlich in eine hämisch grinsende Fratze mit pechschwarzen Augen.

»Du gehörst mir!«, schrie er und stürzte sich auf Malina.

Malina schrie auf, als Ryan sie zu Boden warf und sich seine Hände um ihren Hals legten.

»Gib sie mir«, schrie er, während er ihre Kehle zudrückte.

Malina bekam keine Luft mehr.

»Gib mir deine Magie!«

Malina schrie laut auf und öffnete die Augen. Um sie herum herrschte eine undurchdringbare Finsternis. Wo war das böse Wesen hin verschwunden?

»Nein«, schrie sie ängstlich und schnappte nach Luft. »Verschwinde!«

»Lina«, rief Anastasia und hielt sie an den Armen fest.

»Loslassen!«, schrie Malina erschrocken. Anscheinend hatte das Wesen nun Anastasias Gestalt angenommen. Sie wollte sie sicher töten. Sie wollte ihre Magie bekommen.

Malina stieß Anastasia zurück und richtete sich auf. Da fiel ihr wieder ein, dass sie in einem Zelt war. Sie musste hier raus! Sie musste schnell wegrennen! Malina sprang aus dem Zelt und bekam endlich wieder genug Luft zum Atmen. Sie wusste nicht, wie spät es war, doch der Mond schien hell und es war hier draußen nicht ganz so finster.

»Lina!«, rief Anastasia aus dem Zelt. »Warte bitte!«

Malina sah sich um. Wo war sie? Wohin sollte sie fliehen? Da bemerkte sie zwei Gestalten, die vor ihr auf dem Boden lagen. Die größere Gestalt stand auf und machte einen Schritt auf sie zu.

»Was ist los?«, hörte sie Jan fragen. Doch sie traute ihm nicht. Vielleicht hatte sich der Nebel nun in ihm versteckt. Ja, der Nebel wollte sie hereinlegen, doch das gelang ihm nicht noch einmal.

»Geh weg«, schrie sie Jan an und sah sich ängstlich um. Sollte sie einfach tiefer in den Wald hinein rennen?

»Lina, du bist in Sicherheit«, meinte Jan und hob beschwichtigend die Hände.

Malina sah, dass die zweite Gestalt auf dem Boden sich aufrichtete. Sie wich einen Schritt zurück. War das Ryan? Sie wusste nicht mehr, ob er es war oder der Nebel.

»Überall Nebel«, murmelte sie. »Der Nebel kommt wieder!«

»Nein«, widersprach ihr Jan und machte noch einen Schritt auf sie zu. »Du hast bestimmt nur schlecht geträumt.«

Da trat Anastasia aus dem Zelt und Malina war auf einmal umzingelt. Überall konnte das böse Wesen lauern. Doch wer von ihren Freunden war es?

»Lasst mich in Ruhe«, schrie sie. »Ihr seid böse!«

Sie drehte sich um und wollte losrennen, doch da packte Jan sie am Arm.

»Lass los«, schrie Malina laut auf.

»Lina, bitte«, flehte Jan. »Beruhige dich doch!«

Doch Malina ließ sich nicht täuschen. Er wollte nur ihr

Vertrauen gewinnen, um ihr dann wehzutun. Alle taten das immer mit ihr. Sie konnte niemandem vertrauen und sie war nirgendwo sicher.

Sie schlug auf Jan ein, damit er ihren Arm losließ, doch sein Griff wurde nur stärker. Er stellte sich hinter Malina und schlang seine Arme um ihren Oberkörper, wodurch sie ihre Arme nicht mehr frei bekam.

»Nein!«, schrie Malina panisch und versuchte, Jan mit den Füßen zu treten. »Lass mich los! Lass mich gehen!«

Jan hielt sie so fest, dass sie fast keine Luft mehr bekam, und flüsterte ihr ins Ohr: »Bitte beruhige dich. Wir beschützen dich. Bei uns bist du in Sicherheit!«

»Lügner«, schluchzte Malina und merkte da erst, dass ihr Tränen über das Gesicht liefen. »Das ist alles gelogen. Ich bin nirgendwo sicher und kann niemandem vertrauen.«

»Lina«, sagte Anastasia und trat vor sie. »Das ist nicht wahr. Wir sind deine Freunde und du kannst uns vertrauen.«

»Nein!« Malina schüttelte den Kopf. »Du lügst! Ihr seid nicht meine echten Freunde!«

Anastasia holte tief Luft. »Das böse Wesen, das uns gegeneinander aufbringen wollte, ist jetzt weg. Ich habe es besiegt!«, behauptete sie. »Lina, bitte glaube mir. Du bist meine beste Freundin und ich würde dich niemals anlügen!« Anastasia strich Malina beruhigend übers Haar.

Allmählich ließen Malinas Kräfte nach und sie hörte

auf, sich zu wehren. Jan lockerte seinen Griff ein klein wenig, wodurch sie wieder besser atmen konnte.

»Anna hat recht«, meinte er. »Wir passen auf dich auf! Wir sind deine Freunde!«

»Aber...«, schluchzte Malina, »ich verstehe das alles nicht.«

»Das glaube ich dir«, sagte Anastasia. »Aber wenn du dich ausgeruht hast, wird es dir bald wieder besser gehen. Dann kannst du wieder klar denken. Es wird alles gut! Das verspreche ich dir!«

Malina nickte erschöpft. Vielleicht hatte Anastasia wirklich recht. Sie war sehr verwirrt und sollte nicht einfach in der Nacht in den Wald hinein rennen. Doch ob sie tatsächlich in Sicherheit war? Konnte das böse Wesen sie nicht mehr finden und ihr wieder wehtun? Da ließ Jan sie los und Malina wäre fast umgekippt, weil sie ihr Gleichgewicht nicht gleich wieder fand. Sofort hielten Jan und Anastasia sie fest.

»Ich bin sehr müde«, murmelte Malina benommen.

Anastasia führte sie wieder zum Zelt zurück und Malina stieg hinein.

»Ich halte vor dem Zelt Wache«, meinte Jan, »damit ihr in Sicherheit seid.«

Malina kroch unter die Decke und schloss sofort die Augen.

Ihre Gedanken schwirrten wirr umher und sie wusste überhaupt nicht, was sie denken und glauben sollte.

»Und auch falls sie wieder einen Alptraum hat«, fügte Jan ganz leise hinzu.

»Danke«, meinte Anastasia und legte sich neben Malina. Sie legte einen Arm um Malina und flüsterte: »Du kannst ruhig schlafen. Ich pass auf dich auf!«

Als Malina am nächsten Morgen die Augen aufschlug, war es bereits hell. Sie richtete sich auf und bemerkte, dass sie allein im Zelt war. Wo waren denn die anderen? Was war gestern passiert? Langsam fing ihr Verstand wieder zu arbeiten an und ein paar Erinnerungen kamen zurück. Der Nebel hatte sie verfolgt und von Ryan Besitz ergriffen. Malina dachte angestrengt nach.

Ryan hatte Jan befohlen Anastasia umzubringen. Doch was war dann geschehen?

Sie hörte, dass Anastasia sich vor dem Zelt mit Jan über etwas unterhielt.

»Das ist der einzige Weg«, meinte Anastasia.

»Und wenn wir euch schwimmen beibringen?«, fragte Jan.

Malina hatte keine Ahnung, wovon sie sprachen, aber sie war erleichtert, dass es den beiden gut ging. Sie stand auf und trat aus dem Zelt. Die beiden verstummten, als sie

Malina erblickten.

»Wie geht es dir?«, fragte Anastasia sie und stand sofort auf. Auch Jan stand auf und machte einen Schritt auf Malina zu. Malina verstand nicht, warum die beiden so aufgeregt waren.

»Was ist denn los?«, fragte sie.

Anastasia und Jan sahen sich kurz an. Da bekam Malina es mit der Angst zu tun. Wo war Ryan? War ihm vielleicht etwas zugestoßen?

»Wo ist Ryan?«, wollte sie besorgt wissen und sah sich um.

»Wieso?«, fragte Jan.

»Lina, er wird dir nichts tun«, meinte Anastasia. »Das böse Wesen ist fort. Ryan ist wieder er selbst.«

Malina runzelte verwirrt die Stirn. »Wovon sprecht ihr?«, fragte sie. »Geht es Ryan gut? Was ist mit ihm passiert?«

Da entdeckte sie Ryan etwas abseits unter einem Baum sitzend. »Ryan«, rief Malina erleichtert und lief zu ihm. Sie ließ sich vor ihm auf die Knie sinken. »Wie geht es dir?«, wollte sie wissen. »Ist alles in Ordnung?«

Ryan sah Malina mit Schmerz in den Augen an, doch er antwortete ihr nicht.

»Was ist denn los?«, fragte sie und legte ihm eine Hand auf die Wange. »Bist du verletzt?«

Ryan schüttelte den Kopf.

Eine einzelne Träne lief ihm über die Wange.

»Ich bin ja da«, meinte Malina und umarmte ihn. »Alles wird wieder gut!«

Sie drückte Ryan an sich und wünschte sich so sehr, dass sie ihn vor dem bösen Wesen hätte beschützen können. Was hatte es ihm nur angetan? Ryan erwiderte die Umarmung erst zögerlich, dann drückte er Malina auch an sich und atmete auf. Leider unterbrach Anastasia diesen schönen Moment.

»Lina, an was genau erinnerst du dich?«, wollte sie wissen.

Malina ließ Ryan los und sah zu Anastasia und Jan, die sie verwirrt musterten. Worüber wunderten sich die beiden denn so sehr?

»Ich bin mir nicht sicher«, gab Malina zu und setzte sich neben Ryan. »Anscheinend sind wir dem Nebel entkommen, oder?«

Anastasia und Jan warfen sich wieder einen Blick zu. Verschwiegen die beiden ihr etwas?

»Was habt ihr denn?«, fragte Malina. »Was ist denn genau passiert?«

Die beiden setzten sich zu Malina und Ryan. Jan gab Malina etwas zu trinken und Anastasia forderte sie auf, alles zu erzählen, woran sie sich noch erinnerte.

»Also«, begann sie und dachte angestrengt nach. »Der Nebel hat uns verfolgt und wir sind weggerannt. Dann ist Ryan aufgetaucht, doch es war nicht Ryan. Der Nebel oder irgendwas Böses hat ihn kontrolliert.«

Malina ergriff Ryans Hand und sah ihn traurig an. Bestimmt war das Erlebnis gestern für ihn sehr schlimm gewesen.

»Und dann?«, hakte Jan nach.

»Das böse Wesen wollte unsere Magie«, überlegte Malina. Sie sah Jan an und ihre Augen weiteten sich. »Deshalb solltest du Anna umbringen!«

Jan nickte. Malina schluckte.

Plötzlich fiel ihr wieder ein, was danach geschehen war und sie drückte Ryans Hand ganz fest. Die andere legte sie schützend über ihr Herz.

»Oh nein«, murmelte sie. Der Schmerz war wieder da. Sie wollte sich daran nicht erinnern und schüttelte den Kopf, als könnte sie die Schmerzen dadurch leugnen.

»Du hast es für uns getan«, meinte Anastasia. »Du hast für uns deine Magie aufgegeben!«

Malina sah sie an. »Das böse Ding hat jetzt meine Fähigkeit?«, fragte sie erschrocken. »Ist es jetzt sehr mächtig? Hat es euch wirklich verschont?«

Anastasia schüttelte den Kopf. »Nein, es hat deine Magie nicht«, antwortete sie schnell. »Ryan konnte das Wesen zum Glück rechtzeitig aus seinem Körper vertreiben und ich habe es durch einen Zauber besiegt oder zumindest in die Flucht geschlagen.«

Malina sah erfreut zu Ryan. »Das ist gut«, meinte sie, doch dann erstarb ihr Lächeln. Sie sah wieder die helle Lichtkugel vor ihren Augen. Sie wagte kaum, die Frage auszusprechen: »Und meine Magie?«

Anastasia senkte den Blick. »Sie ist weg«, murmelte sie.

Malina öffnete den Mund, doch kein Ton kam heraus. Sie war wirklich weg? Für immer? Sie versuchte, sich zu beruhigen. Immerhin hatte sie nun nie mehr schmerzhafte Visionen. Doch dieser Gedanke heiterte sie nicht auf. Sie spürte eine merkwürdige Leere in ihrer Brust.

Ihre Magie war weg. Hatte sie sie umsonst geopfert? Ryan und Anastasia hatten das Wesen besiegt. Hätten sie das nicht auch ohne ihre Hilfe geschafft?

Malina sah zu Ryan, um festzustellen, ob er ihre Gedanken las.

Er sah sie an, doch er reagierte nicht auf die Fragen in ihrem Kopf.

»War es umsonst?«, wollte sie wissen.

Ryan schüttelte den Kopf.

»Ich vermute«, begann Anastasia, »dass Ryan es nur geschafft sich zu wehren, weil er sich so große Sorgen um dich gemacht hat.«

Malina sah irritiert zu ihr. Wieso sprach sie denn für Ryan?

»Stimmt das?«, wollte sie von Ryan wissen.

Er nickte mit traurigem Blick. »Wieso sprichst du nicht mit mir?«, fragte Malina besorgt. »Hast du deine Magie auch verloren?«

Ryan schüttelte den Kopf.

»Er will seine Fähigkeit nie mehr einsetzen«, erklärte da Jan.

Malina sah erstaunt zu Jan. »Wieso denn?«, wollte sie wissen. Da fiel ihr wieder etwas ein und ein stechender Schmerz fuhr durch ihre Brust. Ryan hatte gestern den anderen von Malinas schlimmsten Gedanken erzählt. Er hatte in den letzten Tagen in ihren Gedanken alles über ihre Familie erfahren. Malina ließ Ryans Hand los und sah zu Boden.

»Ryan, es war nicht deine Schuld«, sagte Anastasia zu ihm. »Es war der Nebel, der Lina die Magie genommen hat und nicht du. Du bist dafür nicht verantwortlich!«

»Das ist es nicht«, unterbrach Malina sie.

Jan und Anastasia sahen sie überrascht an.

»Das ist nicht der einzige Grund, warum er nicht mehr unsere Gedanken lesen möchte«, meinte sie und sah Ryan mit Tränen in den Augen an.

Er wich ihrem Blick aus.

»Er kennt unsere schlimmsten Geheimnisse«, erklärte

Malina, »und das Wesen konnte sie deshalb ausplaudern und gegen uns verwenden. Ryan weiß durch seine Gabe alles, was ich niemals jemandem erzählen wollte!«

Nun sahen auch Anastasia und Jan bedrückt zu Boden.

Malina stand auf und ging ein paar Schritte von den anderen weg. Sie brauchte unbedingt Zeit zum Nachdenken und die hatte sie nun, da Ryan seine Gabe nicht einsetzen würde. Sie wusste, dass ihm das alles schrecklich leidtun musste, doch sie konnte im Moment nicht für ihn da sein. Dafür war sie viel zu aufgewühlt und verletzt. Ryan hatte alles über Mark und ihre Eltern durch ihre Gedanken erfahren und es ihr nicht erzählt. Sie lehnte sich an einen Baum und holte tief Luft. Doch das Schlimmste für sie war nicht, dass sie ihm nicht mehr vertrauen konnte und sich verraten fühlte. Das Allerschlimmste war, dass das Wesen recht gehabt hatte und er sie nun nicht mehr lieben konnte. Er kannte ihr schreckliches Geheimnis und wusste nun, dass Malina ihn nicht verdient hatte. Sie verdiente kein Glück und keine Liebe und das wusste sie. Nun wussten ihre Freunde es auch. Wie sollte sie ihnen jetzt noch in die Augen sehen? Sie unterdrückte ihre Tränen und dachte daran, dass sie bald in Aurora waren. Dann war sie wieder bei Mark und musste Ryan nie wiedersehen.

Der Schmerz in ihrer Brust wurde so groß, dass sie nach Luft schnappte. Doch diesmal tat ihr nicht der Verlust ihrer

Magie weh, sondern der Gedanke, ohne Ryan leben zu müssen.

** * ***

*J*an stand auf und Anastasia tat es ihm gleich. Er ging ein paar Schritte in den Wald hinein und sie folgte ihm.

»Ich wollte es dir wirklich erzählen«, meinte Anastasia, während sie neben ihm herlief.

»Was denn?«, fragte Jan, ohne sie anzusehen. Er schien in seine eigenen Gedanken vertieft zu sein.

»Das mit Diego«, antwortete Anastasia. Sie hatte an das, was in Diegos Haus passiert war, gar nicht mehr gedacht, doch nun lastete das Geheimnis schwer auf ihrem Herzen.

»Und wann?«, wollte er nun wissen. »Wann wolltest du es mir denn sagen?«

Anastasia schluckte. »Sobald wir zu zweit sein würden«, meinte sie. »Ich wollte einen ruhigen Moment abwarten, ohne dass Lina und Ryan es mitbekommen. Doch erst mussten wir vor den Soldaten fliehen und dann hat mich Giacomo in der Nacht entführt. Danach habe ich einfach nicht mehr daran gedacht.«

»Es gab genug Möglichkeiten«, erwiderte Jan und sah

sie verärgert an. »Du hast es mir einfach nicht sagen wollen! Hattest du wohl Angst, dass wir euch dann im Stich lassen?«

Anastasia sah zu Boden. Sie hatte wirklich Angst gehabt, dass Jan so wütend auf sie sein würde, dass er ihnen nicht mehr half oder sie sogar verriet, doch inzwischen kannte sie ihn besser und wusste, dass er das nicht getan hätte. Nun fürchtete sie sich nur noch davor, dass er ihr nicht verzeihen würde.

»Es tut mir leid«, murmelte sie. »Ich habe dir einfach noch nicht vertraut.«

Jan hob überrascht die Augenbrauen. »Vertraut?«, wiederholte er verwirrt. »Wieso hast du Diego dann dazu gebracht uns zu verraten? Wieso wolltest du, dass wir euch begleiten?«

»Das wollte ich doch gar nicht!«, rief Anastasia.

Jan runzelte irritiert die Stirn und blieb stehen. »Jetzt versteh ich gar nichts mehr«, gab er zu.

»Ich hab das doch nicht geplant«, erklärte Anastasia und blieb ebenfalls stehen. »Ich hatte gehofft, dass Diego seine Wut nicht an euch auslässt und Lina und ich rechtzeitig entkommen können. Ich bin gar nicht auf die Idee gekommen, dass ihr uns begleiten könntet.«

»Moment mal«, unterbrach Jan sie und machte einen Schritt auf sie zu. »Wenn du gar nicht wolltest, dass wir mit euch kommen, wieso hast du Diego dann wütend gemacht? Was genau ist an dem Tag passiert?«

»Ich...«, fing Anastasia stockend an. »Ihr wart einkaufen und Lina und ich durften doch das Badezimmer benutzen.« Sie holte tief Luft und wich Jans Blick aus. »Ich hab Diego im Gang im oberen Stockwerk getroffen und...«

Ihre Stimme versagte. Anastasia wollte darüber nicht reden. Sie wollte es vergessen und nie wieder daran denken. Sie hatte so große Angst gehabt und sich entsetzlich hilflos gefühlt. Am liebsten wäre ihr, Ryan könnte Jan erzählen, was geschehen war und was sie darüber dachte, dann müsste sie es wenigstens nicht aussprechen. Doch das konnte Ryan im Moment leider nicht für sie tun.

»Anna?«, fragte Jan und sah ihr in die Augen. »Was ist denn los?« Nun war jegliche Wut aus seiner Stimme verschwunden und er klang eher besorgt. »Was ist zwischen Diego und dir passiert?«

Anastasia stiegen Tränen in die Augen, doch sie blinzelte sie schnell fort.

»Nichts«, log sie. »Ich habe ihn provoziert und deshalb war er wütend und hat uns verraten. Es tut mir leid! In Ordnung?« Sie wollte sich wegdrehen, doch Jan hielt sie an den Oberarmen fest.

»Anna«, sagte er nun in sanftem Ton. »Anna, ich kenne dich. Ohne Grund hättest du mir das nicht verschwiegen. Was ist wirklich passiert?«

Anastasia schüttelte den Kopf.

»Ich will nicht«, flüsterte sie. »Ich kann nicht.«

Da weiteten sich Jans Augen, als er es endlich begriff. »Nein«, rief er wütend und ließ Anastasia los. »Nein, das hat er nicht getan!«

Anastasia wich einen Schritt zurück.

»Er war unser Freund!«, rief Jan. »Ein Freund unseres Vaters. Ich dachte, ich kenne ihn. Ich habe ihm vertraut!«

»Es war meine Schuld«, rief Anastasia schnell. »Er hätte mein Nein vielleicht sogar akzeptiert, aber als er es dafür Lina antun wollte, da... da hab ich...« Anastasia suchte nach den richtigen Worten.

»Was wollte er euch antun?«, wollte Jan wissen. »Sag es mir! Sag mir bitte, dass ich mich irre!«

Anastasia öffnete den Mund, wusste aber nicht, was sie sagen sollte. »Es ist meine Schuld«, wiederholte sie. »Ich war so wütend, dass ich ihn geschlagen habe. Das hätte ich nicht tun dürfen! Deshalb hat er uns verraten.«

Jan packte sie wieder an den Armen und kam ihrem Gesicht mit seinem ganz nah. »Was wollte er dir antun?«, fragte er mit grenzenloser Wut im Blick.

Anastasia wusste, dass sie es aussprechen musste, damit Jan sich sicher sein und es glauben konnte. Sie durfte ihn nicht mehr belügen.

»Diego wollte für die Übernachtung eine Gegenleistung«, brachte sie heraus. »Er wollte, dass ich... dass ich mit in sein Schlafzimmer komme.« Nun liefen ihr doch Tränen über die Wangen, ohne dass sie es verhindern konnte. »Als ich mich wehrte, wollte er, dass ich Lina zu ihm schicke.« Ihre Stimme war nicht mehr als ein Flüstern. Sie sah Jan in die Augen. »Es tut mir so leid«, wisperte sie. »Ich wollte sie doch nur beschützen und war wütend und hatte gleichzeitig so große Angst. Ich wusste doch nicht, ob du zu Diego hältst.«

»Oh, Anna«, murmelte Jan traurig. »Sein Verrat war nicht deine Schuld!« Er ließ ihre Arme los und umarmte sie auf einmal. Er drückte sie an sich und streichelte sanft über ihr Haar. Anastasia legte ihren Kopf an Jans Brust und versuchte aufzuhören zu weinen. Ihr fiel auf, dass er sie noch nie umarmt hatte und ihr zum ersten Mal wirklich nahe war. Sie schloss die Augen und genoss seine Wärme und seinen angenehmen Duft. Bald darauf versiegten ihre Tränen, doch Jan ließ sie nicht los und Anastasia war ihm dafür sehr dankbar. Sie hätte nie gedacht, dass es sich so gut anfühlen konnte einen anderen Menschen zu umarmen.

»Ich hätte dich beschützt«, flüsterte Jan. »Ich werde immer zu dir stehen!«

Anastasia hob den Kopf, ohne sich aus seiner Umarmung zu lösen. Sie glaubte ihm. Sie hatte es in Jans Augen gesehen, als Ryan ihm gestern befehlen wollte Anastasia etwas anzutun. Sie war ihm unglaublich wichtig!

»Danke«, flüsterte sie. Sie lächelte ihn an und wusste, dass sie sich in seinem Anblick für immer verlieren könnte. Sein dunkelblondes Haar glänzte im Sonnenlicht, seine grünen Augen musterten sie voller Zuneigung und sein schöner Mund verzog sich zu einem kleinen Schmunzeln.

»Du bist wunderschön«, meinte Jan, bevor sie ihm dasselbe sagen konnte. Er strich ihr eine dunkle Locke aus dem Gesicht und sie genoss seine zärtliche Berührung.

»Jan«, flüsterte sie hingerissen.

Da beugte er sich zu ihr hinunter und ihre Lippen trafen aufeinander. Sie küssten sich und Anastasia schloss die Augen. Von seinen Lippen zu kosten war einfach wundervoll und sie fühlte sich vor lauter Glücksgefühlen ganz benommen. Sie zog Jan noch näher an sich. Seine Hände fuhren in ihre Haare und er drückte seine Lippen stärker auf ihre. Der Kuss wurde immer leidenschaftlicher und stürmischer. Anastasia vergaß alles um sich herum. Sie wollte Jan nur für immer nahe sein und seinen wundervollen Mund küssen. Als sie sich enger umarmten, spürte sie, dass ihre Brüste seinen Oberkörper berührten und Jan stöhnte auf. Sie spürte eine Lust in sich aufsteigen, die sie noch nie zuvor empfunden hatte. Jan löste sich von ihren Lippen, küsste ihre Wange und fuhr dann hinunter zu ihrem Hals. Anastasia genoss jeden seiner Küsse und stöhnte genüsslich.

Nach einer Weile hob Jan den Kopf und ihre Lippen fanden sich wieder. Anastasia fuhr mit der Hand in sein Haar und streichelte dann seinen Nacken.

Jan drückte sie so sehr an sich, dass zwischen ihren Körpern kein Millimeter Platz mehr war.

Da ertönte plötzlich ein lautes Geräusch neben ihnen. Sie hörten auf, sich zu küssen, und Anastasia öffnete überrascht die Augen. Ryan stand vor ihnen und hatte anscheinend gerade in die Hände geklatscht. Jan erschrak und ließ Anastasia schnell los. Sie fuhren auseinander und Anastasia sah peinlich berührt zu Boden.

»Ryan«, brachte Jan hervor. »Was... was ist denn los?«

Da bemerkte Anastasia erst Ryans ängstlichen Blick. Anscheinend hatte er sie nicht grundlos gestört. Ryan drückte Jan einen Zettel in die Hand.

»Lina ist weg«, las Jan laut vor.

»Was?«, rief Anastasia erschrocken. »Wo ist sie denn hin? Ist ihr etwas zugestoßen?«

Ryan zuckte ratlos mit den Schultern.

»Hast du sie weggehen sehen?«, fragte Jan, doch Ryan schüttelte den Kopf.

Anastasia verabschiedete sich in Gedanken enttäuscht von dem glücklichen Moment der Zweisamkeit mit Jan und versuchte sich auf die neue Herausforderung zu konzentrieren.

»Wir müssen sie suchen«, beschloss sie und lief mit den beiden zurück zum Zelt.

»Lina?«, rief sie und sah sich um. Von ihrer Freundin war nichts zu sehen.

»Ryan, bau schon mal das Zelt ab«, wies Jan ihn an und sah sich ebenfalls um.

»Lina!«, rief Anastasia laut. Was war nur geschehen? War das Nebelwesen vielleicht doch zurückgekommen und hatte ihr etwas angetan?

Jan legte Anastasia plötzlich eine Hand auf die Schulter und sie sah ihn überrascht an.

»Es geht ihr sicher gut«, meinte er. »Wir werden sie finden!«

Anastasia nickte dankbar.

»Ich sehe mich auf dem Weg um«, sagte Jan. »Sieh du dich im Wald um, aber geh bitte nicht zu weit weg.«

»Ja, das mache ich«, versprach ihm Anastasia. Sie musste unbedingt einen kühlen Kopf bewahren und durfte nicht gleich panisch werden. Ryan beeilte sich damit, das Zelt abzubauen, um alles wieder in ihre Rucksäcke packen zu können. Anastasia bemerkte, dass Malinas Rucksack fehlte. Das bedeutete schon mal, dass sie nicht plötzlich angegriffen und entführt worden war. In dem Fall hätte sie auch laut geschrien. Doch wozu sollte sie ihren Rucksack mitnehmen und dann einfach verschwinden?

Anastasia lief zu dem Baum, zu dem Malina vorhin gelaufen war. Sie sah sich um und versuchte sich in Malinas Situation hinein zu fühlen. Was hatte sie noch mal als Letztes zu ihnen gesagt? Sie hatte über die Geheimnisse gesprochen, die Ryan ausgeplaudert hatte, als das böse Wesen in seinem Körper war. Anastasia hatte deshalb sofort an die Sache mit Diego gedacht und ein schlechtes Gewissen bekommen, weil sie Jan nichts davon erzählt hatte.

Doch Malina wusste nichts von ihrem Erlebnis mit Diego und hatte auch von einem Geheimnis gesprochen, das sie niemandem erzählen wollte. Da fielen Anastasia die grausamen Worte des bösen Wesens wieder ein.

Es hatte behauptet, dass Malina schuld am Tod ihrer Eltern war und ihr großer Bruder sie deshalb immer schlug. Die Erkenntnis traf Anastasia wie ein Schlag.

Sie hätte ihrer Freundin vorhin beistehen müssen, anstatt Jan alles zu erklären! Malina hätte ihren Trost dringender gebraucht!

Anastasia rannte zum Weg und rief nach Jan. Er tauchte ein paar Meter von ihr entfernt zwischen den Bäumen auf.

»Lina ist weggelaufen«, rief Anastasia. »Ich weiß auch warum.«

Jan rannte zu ihr. »Und ich weiß wohin«, rief er und deutete den Weg entlang. »Ich bin auf einen Baum geklettert und konnte sie in der Ferne sehen. Sie folgt dem Weg.«

»In Ordnung, dann schnell hinterher«, meinte Anastasia und Jan nickte.

Sie erzählten Ryan die Neuigkeit, packten in Windeseile die letzten Gegenstände ein und nahmen ihre Rucksäcke auf die Schultern.

»Wir müssen sie finden, bevor es die Soldaten tun!«, drängte Anastasia die Jungen zur Eile. Dann liefen die drei in schnellem Tempo den Weg entlang und versuchten Malina einzuholen.

Die Brücke

Malina folgte dem Weg, ohne sich noch einmal umzusehen. Eine traurige Entschlossenheit trieb sie voran. Sie redete sich ein, dass sie ihren Freunden damit einen Gefallen tat. So mussten sie ihr erst gar nicht sagen, wie schlecht sie nun von ihr dachten und dass sie nichts mehr mit ihr zu tun haben wollten. Malina sah keine andere Möglichkeit, als allein die restliche Strecke nach Aurora zurückzugehen. Sie hatte mitbekommen, dass dieser Weg direkt zu ihrer Stadt führen sollte, und brauchte deshalb gar keine Landkarte. Sie wünschte Anastasia, Jan und Ryan jedoch alles Gute. Bestimmt würden sie sich in Aurora irgendwann wiedersehen. Aber Malina hatte vor diesen Moment so lange hinauszuzögern, wie es ihr möglich war. Die Hauptsache war, dass sie bald wieder bei Mark war und in ihr altes Leben zurückkehren konnte. Dann war sie wieder da, wo sie hingehörte, und bekam das, was sie verdiente. Sie wusste, warum Mark sie so schlecht behandelte und sie verstand ihn. Er musste seit langer Zeit vermuten, dass es ihre Schuld gewesen war. Malinas Herz zog sich schmerzvoll zusammen, doch sie ging eilig weiter. Ob der

Schmerz irgendwann nachlassen würde? Sie bezweifelte es stark. Doch nun hatte sie keine magischen Kräfte mehr, also konnte sie vielleicht auch nie mehr so etwas Schlimmes anrichten.

»Mutter«, wisperte sie und Tränen traten ihr in die Augen. »Mutter und Vater, bitte verzeiht mir! Ich hätte euch retten müssen, doch ich habe versagt!«

Nicht zum ersten Mal kam Malina der Gedanke, dass sie ihren Schmerz für immer beenden könnte. Dann wäre sie von ihrer Schuld befreit und würde ihre Eltern vielleicht sogar wiedersehen. Doch sie konnte Mark nicht allein lassen. Auch wenn er sie hasste, sie hatten keine andere Familie mehr. Sie hatten nur noch sich beide und Malina würde ihn nicht im Stich lassen. Doch wenn Mark durch den Angriff der Soldaten getötet worden war, gab es für sie keinen Grund mehr weiterzuleben. Sie dachte an Ryan und schüttelte schnell den Kopf. Ob er sie überhaupt vermissen würde? Bestimmt würde er eine neue Freundin finden, die ein besserer Mensch war und deren Gedanken so rein waren, dass er sie immer lesen konnte ohne böse Überraschungen zu erleben.

Malina hielt überrascht inne, als sie Wasser rauschen hörte. War das etwa ein Fluss? Sie sah sich um und bemerkte, dass die Bäume am Weg vor ihr weniger wurden. Sie rannte ein Stück und konnte das Wasser immer lauter hören. Der Weg führte sie aus dem Wald hinaus und direkt an einen breiten Fluss. Malina lächelte erfreut, als sie vor dem tosenden Wasser stand. Das war mit Sicherheit einer der Flüsse, die an Aurora vorbeiflossen. Sie sah auf die andere Seite des Flusses. Dort erhoben sich mehrere mit Bäumen bewachsene Hügel und Berge. Musste sie etwa diese Berge überwinden, um nach Aurora zu gelangen?

Malina ging an dem Fluss entlang und hielt nach einer Stelle Ausschau, an der sie den breiten Fluss überwinden könnte, ohne zu riskieren ins Wasser zu fallen und in der starken Strömung zu ertrinken.

Sie überlegte. Ob Anastasia mit ihrer Magie das Wasser beruhigen könnte? Doch sie durfte sich nicht mehr auf ihre Freundin verlassen. Sie wollte endlich einmal selbst stark sein und nicht länger auf die Hilfe von anderen angewiesen sein.

Als sie in einiger Entfernung eine Brücke erblickte, traute sie ihren Augen kaum. Sie beschleunigte ihr Tempo und bestaunte die Brücke, die von der einen Seite des Flusses über das tosende Wasser zur anderen Seite führte.

Warum gab es nicht auch bei Aurora eine Brücke, über die man den Fluss überqueren konnte? Malina blieb vor der Brücke stehen und ihre Freude verschwand wieder. Die Brücke war aus Holz gebaut worden und sah sehr alt und morsch aus. Sie wurde durch Seile gehalten, die am Ufer zu zwei Pfosten führten. Diese Pfosten steckten in der Erde, wackelten aber dennoch gefährlich. Einige Bretter der Brücke waren zerbrochen oder fehlten komplett und die Bretter in der Mitte wurden vom Wasser des Flusses ganz nass gespritzt. Wenn diese brachen, während man darauf stand, würde man mitten in die starke Strömung stürzen. Malina schluckte. Da sie nicht schwimmen konnte, wäre das ihr Todesurteil.

Da hörte sie plötzlich jemanden nach ihr rufen. Sie sah sich überrascht um. Anastasia, Jan und Ryan tauchten in einiger Entfernung beim Fluss auf und sahen zu Malina.

»Lina«, rief Anastasia laut und winkte ihr. Sie sagte noch mehr, doch Malina konnte ihre Worte nicht verstehen, da das Rauschen des Wassers sie übertönte. Malina verstand nicht, warum sie hier waren. Hatten sie ihr Verschwinden etwa gleich bemerkt? Hätten sie ihr nicht einen kleinen Vorsprung lassen können? Die drei kamen näher und Malina sah sich um. Was sollte sie jetzt tun? Sie wollte nicht mit ihnen sprechen. Sie konnte Anastasia doch nicht in die Augen sehen. Nicht jetzt, wo sie alles über Malina wusste!

»Lasst mich in Ruhe«, rief Malina und machte einen Schritt auf die Brücke zu. Sie stellte sich zwischen die zwei Pfosten und überlegte, ob die Brücke stabil genug war, damit sie den Fluss überqueren konnte.

»Warte!«, schrie Anastasia und rannte auf sie zu.

Malina bemerkte, dass Jan und Ryan stehen geblieben waren und mit Entsetzen die wacklige, halb kaputte Brücke anstarrten. Anastasia blieb ein paar Meter von Malina entfernt stehen und hob beschwichtigend die Hände.

»Lina, was ist denn los?«, fragte sie. »Wieso bist du ohne uns losgegangen?«

»Ich werde allein weitergehen«, antwortete Malina. »Es ist besser so.«

»Warum?«, wollte Anastasia wissen. »Bist du wütend auf uns?«

Malina sah sie erstaunt an und schüttelte den Kopf.

»Was ist es dann?«, rief Anastasia.

Malina öffnete den Mund, doch sie wusste nicht, wie sie es Anastasia erklären sollte.

»Geht es um das, was Ryan gestern gesagt hat?«, riet Anastasia.

Malina schluckte. »Ich bin gegangen, um nicht darüber reden zu müssen«, meinte sie, »und ich wusste, dass wir nun nicht mehr befreundet sein können.«

»Das verstehe ich nicht«, sagte Anastasia. »Wieso geht das denn nicht?«

Malina ballte ihre Hände zu Fäusten. »Weil ihr nun wisst, wie ich wirklich bin«, rief sie aufgebracht.

»Ja, das wissen wir«, meinte Anastasia. »Spätestens seit gestern wissen wir, wie du wirklich bist.«

Malina traten Tränen in die Augen. Genau dieses Gespräch hatte sie um jeden Preis vermeiden wollen.

»Als ich dich kennenlernte, warst du sehr ängstlich und hast kaum mit mir gesprochen«, erzählte ihr Anastasia. »Doch du warst immer an meiner Seite, hast mich in allem unterstützt und ohne dich hätte ich diese Reise nicht überstanden!«

Malina sah Anastasia verständnislos an. Wovon sprach sie denn da?

»Dank dir war ich in der schlimmsten Zeit meines Lebens nicht allein«, rief Anastasia, »und ich habe gemerkt, wie schlau und mutig du bist. Es ist kein Wunder, dass Ryan sich in dich verliebt hat!«

Malina sah zu Ryan, der wie Jan etwas näher gekommen war und Anastasias Worte wahrscheinlich sogar hören konnte. »Aber du hast doch gehört, was Ryan euch gestern erzählt hat«, sagte sie. »Jetzt wisst ihr es.«

»Und was ändert das?«, entgegnete Anastasia. »Du hast gestern deine eigene Magie aufgegeben, nur um mich zu beschützen. Du hast uns allen das Leben gerettet!«

Malina erstaunte es, wie Anastasia sie sehen musste. Sie dachte, Malina wäre mutig und hätte es geschafft, das böse Wesen zu besiegen. Aber so war sie nicht. Mark sagte ihr immer wieder, wie feige und wertlos sie war und er kannte sie viel länger und besser als Anastasia.

Sie konnte niemandem helfen und bereitete immer nur Probleme.

»Wie kann es dir nur egal sein, was du über mich erfahren hast?«, fragte sie Anastasia fassungslos und machte einen Schritt rückwärts auf das erste Holzbrett der Brücke. »Meine Eltern sind tot und das ist meine Schuld!« Sie hielt sich an dem Seil der Brücke fest.

Anastasia streckte einen Arm aus. »Bitte bleib stehen«, bat sie Malina. »Die Brücke sieht gefährlich aus!«

»Es ist alles meine Schuld«, wiederholte Malina und machte einen weiteren Schritt rückwärts. »Ich bin dafür verantwortlich. Wegen mir sind sie gestorben!«

Malina hörte Jan zu Ryan sagen: »Bitte rede mit ihr! Sie muss stehen bleiben!« Doch Ryan schüttelte nur den Kopf. Wahrscheinlich wollte er nun nie wieder mit ihr reden.

»Wie meinst du das?«, fragte Anastasia Malina und lief zu den Pfosten der Brücke. »Was hast du denn getan?«

»Nichts«, rief Malina und Tränen liefen über ihr Gesicht. »Sie sind verbrannt und ich habe ihnen nicht geholfen!«

»Du konntest ihnen bestimmt gar nicht helfen«, vermutete Anastasia. »Mark liegt falsch, wenn er dir die Schuld dafür gibt.«

Anscheinend wollte sie unbedingt daran glauben, dass Malina unschuldig war.

»Ich hätte es aber verhindern müssen«, schrie Malina

nun. »Ich habe in der Nacht davor von dem Feuer geträumt und Mark hat es mitbekommen. Inzwischen weiß ich, dass es eine Vision war. Ich sah, was passieren würde und habe sie nicht gewarnt. Ich habe meine eigenen Eltern sterben lassen!«

Malina sah wieder die brennende Schreinerei vor sich. In ihrem Traum hatte sie gesehen, wie ihre Eltern von den heißen Flammen eingekreist wurden. Sie konnten ihnen nicht entkommen. Ihre Mutter hatte entsetzlich geschrien, als das Feuer ihre Haut und ihre Haare versengte. Sie beugte sich beschützend über ihren bewusstlosen Mann, während sie verbrannte und vor Schmerzen laut schrie. Malina hatte das alles geträumt und danach war es tatsächlich geschehen. Es musste einfach ihre Schuld sein.

Anastasia sah Malina voller Mitgefühl an.

»Oh Lina«, murmelte sie. »Das ist doch nicht deine Schuld!«

Doch Malina schüttelte den Kopf. »Ich hätte sie retten können«, meinte sie. »Genauso wie ich Aurora hätte retten können, doch ich war zu feige! Das werde ich mir niemals verzeihen und ihr solltet das auch nicht tun! Ich bin ein schlechter Mensch und habe eure Freundschaft gar nicht verdient!«

»Lina«, begann Anastasia, »das stimmt nicht! Du bist doch meine beste Freundin!«

Malina machte einen weiteren Schritt nach hinten, doch dann hielt sie auf einmal inne. Hatte Anastasia in der letzten Nacht nicht auch schon gesagt, dass sie ihre beste Freundin sei? Meinte sie das vielleicht wirklich ernst? Malina erinnerte sich wieder, wie schlecht es ihr in der vergangenen Nacht gegangen war und dass Anastasia für sie da gewesen war, obwohl sie Malinas Geheimnis bereits gekannt hatte. Da brach plötzlich das Holz unter ihren Füßen durch und Malina schrie auf. Sie klammerte sich panisch an den Seilen der Brücke fest, als das Holz unter ihr ins Wasser stürzte. Dann hing sie mit ihrem ganzen Gewicht an den Seilen und fand mit den Füßen keinen Halt mehr.

»Hilfe!«, schrie Malina laut. Sie sah voller Angst hinunter in das tosende Wasser. Sie wollte nicht ertrinken!

»Lina«, rief Anastasia. »Halt dich gut fest!«

Sie machte einen vorsichtigen Schritt auf die wackelige Brücke. Das Holz unter ihren Füßen knarrte gefährlich.

»Pass auf«, rief Malina. »Bring dich nicht in Gefahr!« Sie versuchte, sich an den Händen hochzuziehen, doch dadurch schwankte die Brücke nur noch mehr.

Anastasia kam ganz langsam näher. Malina befürchtete, dass sie mit ihr ins Wasser stürzen würde. Das durfte sie nicht zulassen.

»Keine Angst«, meinte Anastasia. »Ich helfe dir!«

Malina schüttelte den Kopf. »Tu das nicht für mich!«,

rief sie. »Du wirst noch in den Fluss stürzen!« Sie war es nicht wert gerettet zu werden und sie wusste, was sie tun musste, um Anastasia zu beschützen. Sie sah wieder in das Wasser. Es war so einfach. Sie musste nur loslassen.

Malina sah Anastasia an. »Du bist auch meine beste Freundin«, meinte sie. »Bitte verzeih mir!«

Anastasias Augen weiteten sich vor Schrecken, als sie begriff, was Malina vorhatte. »Nein!«, rief sie entsetzt.

»Nicht loslassen!«, befahl Malina da plötzlich Ryans Stimme. »Halt dich fest!«

Malinas Hände schlossen sich noch enger um das Seil. Malina starrte Ryan mit großen Augen an.

Er hatte versprochen, diese Fähigkeit niemals bei ihr anzuwenden. »Denkst du etwa, ich lasse dich sterben?«, fragte Ryan in ihren Gedanken und starrte sie wütend an.

Da war Anastasia plötzlich bei Malina und hielt sie an den Armen fest. Sie half ihr, sich auf das nächste Holzbrett hochzuziehen.

Malina richtete sich vorsichtig auf und Anastasia atmete erleichtert auf.

»So ein Glück«, murmelte sie. Sie ahnte nicht, dass ihre Rettung nichts mit Glück zu tun hatte. Malina sah Ryan an und wurde mit einem Mal richtig wütend. Wie kam er nur auf die Idee ihr etwas befehlen zu dürfen? Was sie tat, war ihre eigene Entscheidung! Ryan hielt ihrem Blick stand und starrte ihr stur entgegen.

»Geht weiter«, rief Jan ihnen zu. »Vielleicht schaffen wir es so über den Fluss!«

Anastasia musterte die Strecke vor ihnen. »Ich weiß nicht«, meinte sie.

»Ihr müsst euch beeilen«, wies Jan sie vom Ufer aus an. »Umso weniger ihr ein Brett mit eurem Gewicht belastet, umso größer ist eure Chance.«

Anastasia sah zweifelnd zu ihm, dann nickte sie. »Versuchen wir es«, meinte sie zu Malina.

Malina drehte sich vom Ufer und Ryan weg. Dann lief sie schnell von einem Brett zum anderen und Anastasia war direkt hinter ihr.

»Schnell«, rief sie und Malina beeilte sich. Doch als sie in der Mitte der Brücke auf ein nasses Holzbrett trat, von dem bereits die Hälfte fehlte, schwankte die Brücke bedrohlich hin und her. Malina und Anastasia hielten inne und klammerten sich an den Seilen rechts und links von ihnen fest.

»Wir schaffen es nicht«, rief Malina.

»Doch«, meinte Anastasia. »Wir müssen es versuchen. Denk daran, dann sind wir bald wieder in Aurora!«

Malina nahm ihren ganzen Mut zusammen und rannte so schnell wie möglich über die schwankenden Bretter. Als sie sich an dem Pfosten auf der anderen Seite des Flusses festhalten konnte und auf einmal wieder festen Boden unter den Füßen hatte, ließ sie sich erleichtert auf die feuchte Erde sinken. Anastasia betrat ebenfalls das Ufer. Sie hielt sich an dem anderen Pfosten fest und holte tief Luft.

Malina sah, wie Jan mit Ryan sprach. Dann betrat Ryan mit wachsamem Blick die Brücke. Er lief so schnell wie möglich von einem Holzbrett zum nächsten. Malina hatte nicht wirklich daran geglaubt, dass sie unbeschadet über diese Brücke kommen würde und war nun froh, die Brücke entdeckt zu haben. Ryan kam bald bei ihnen an und lächelte erleichtert.

Malina überlegte, ob sie wütend auf ihn sein sollte oder dankbar, weil er sie gerettet hatte, obwohl er seine Gabe eigentlich nie mehr benutzen wollte. Ryan winkte Jan zu, dass er zu ihnen kommen sollte und Jan machte einen Schritt auf die Brücke. Malina merkte, dass Ryan nun zu ihr sah, doch sie konnte seinen Blick nicht deuten. Las er gerade ihre Gedanken? War er wütend auf sie, weil sie vorhin hatte aufgeben wollen, oder tat es ihm leid, dass er ihr Vertrauen gebrochen und ihr etwas befohlen hatte? Ryan sah wieder zu Jan. Malina war schrecklich verwirrt. Was sollte sie nur denken oder fühlen? Sie stützte ihren Kopf in ihre Hände. Da ertönte plötzlich ein reißendes Geräusch und Anastasia schrie erschrocken auf.

Malina sprang auf und sah, wie die Brücke ins Wasser

stürzte. Bevor sie begriff, was passiert war, hielten Anastasia und Ryan jeweils ein Seil fest, das an den rechten und linken Pfosten festgebunden war. Malina fiel auf, dass die Pfosten auf der anderen Seite des Ufers verschwunden waren.

»Wo ist Jan?«, schrie sie und sah ins Wasser.

Die Bretter der Brücke wurden nur noch durch die Seile von den Pfosten bei ihnen zusammengehalten und waren alle im Wasser. Jan klammerte sich an ein Holzbrett und kämpfte in der Strömung darum, nicht unterzugehen. Sein Kopf tauchte immer wieder kurz auf und er schnappte nach Luft.

»Lina, halt das Seil von Ryan fest«, rief Anastasia und Malina griff nach dem Seil, das Ryan festhielt.

»Ryan, bitte rette ihn!«, bat Anastasia ihn. »Wir können nicht schwimmen!«

Ryan nickte und ließ das Seil los. Malina spürte den starken Zug der Brücke, die fast von der Strömung fortgerissen wurde und hielt das Seil mit aller Mühe fest.

Wenn Anastasia und sie losließen, würden die zwei Pfosten hinter ihnen mit Sicherheit aus der Erde gerissen werden und die Brücke und Jan wären verloren. Ryan rannte am Fluss entlang, bis er auf der Höhe von Jan war. Dann kniete er sich am Ufer auf den Boden und streckte einen Arm nach Jan aus. Doch Jan war mindestens zwei Meter von ihm entfernt und wurde in der Strömung immer wieder unter Wasser gedrückt.

»Wir müssen die Brücke zu uns ziehen«, meinte Anastasia.

»Wie?«, fragte Malina. »Ich kann sie ja kaum festhalten.« Vor Anstrengung taten Malina schon die Arme weh.

Doch Anastasia biss die Zähne zusammen und zog das Seil näher zu sich. Ihre Arme und Beine zitterten vor Anstrengung. Malina versuchte, auch zu helfen. Sie hielt das Seil ganz fest und machte einen Schritt rückwärts, um die Brücke näher ans Ufer zu bringen.

»Es wird klappen«, rief Anastasia und zog noch stärker an dem Seil. Jan war nun etwas näher am Ufer und schaffte es seinen Kopf über dem Wasser zu halten. Ryan nahm seinen großen Rucksack ab, beugte sich noch weiter über das Wasser und hielt Jan den Rucksack hin. Jan sah zu Ryan. Er versuchte, zu ihm zu schwimmen, ohne die Brücke loszulassen. Anastasia und Malina zogen weiter an dem Seil. Da ließ Jan plötzlich los, machte einen Schwimmzug und schaffte es, sich an dem Rucksack festzuhalten. Ryan wurde fast mit ins Wasser gezogen, als die Strömung Jan mit sich reißen wollte.

»Ryan«, rief Anastasia, ließ das Seil los und rannte zu ihm. Die Strömung nahm die Brücke mit sich und Malina wurde das Seil ruckartig aus den Händen gerissen. Sie stürzte zu Boden und sah ängstlich zu Jan, der zum Glück nicht von den Brettern getroffen wurde. Anastasia half Ryan Jan ans Ufer zu ziehen. Jan kroch auf die Erde, spuckte Wasser und hustete.

Malina rappelte sich auf und rannte erleichtert zu den dreien. Sie hatten es geschafft! Jan schnappte nach Luft und spuckte noch einmal Wasser aus.

»Jan«, rief Anastasia und strich ihm über den Rücken, während er auf allen vieren auf dem Boden kniete und nach Luft rang. Da erblickte Malina Anastasias Hände.

»Anna«, rief sie erschrocken.

Anastasia sah fragend zu ihr und folgte dann ihrem Blick. Sie drehte ihre Handflächen nach oben und schien erst jetzt das Blut zu bemerken, das von ihren Händen tropfte. Anscheinend hatte sie so stark an dem Seil gezogen, dass es ihre Handflächen schmerzhaft aufgerieben hatte. Doch Anastasia kümmerte sich nicht darum, sondern sah gleich wieder zu Jan.

»Wie geht es dir?«, fragte sie ihn besorgt.

Jan setzte sich langsam hin. Seine Augen waren ganz rot und sein Haar klebte nass an seinem Kopf.

Seine Kleidung war so durchnässt, dass die Farbe viel dunkler wirkte als zuvor. Malina schluckte. Jan hätte tatsächlich sterben können! Nur weil Malina auf die Brücke gelaufen war, wäre Jan fast ertrunken.

Sie brachte ihre Freunde ständig in Gefahr. Malina

merkte, dass Ryan mit Tränen in den Augen zu Jan schaute. Dann sah sie auf Anastasias blutende Hände. Die beiden liebten Jan wirklich sehr! Sie dachte an Anastasias und Ryans große Sorge um sie, als sie fast von der Brücke gestürzt wäre und da wusste Malina plötzlich, dass sie ihren Freunden ebenso wichtig war. Wichtiger, als sie es je für möglich gehalten hätte.

* * *

Anastasia war so froh, dass es Jan gut ging, dass sie vor Erleichterung fast zu weinen begann. Sie hatte solche Angst gehabt, dass ihm etwas zustoßen und sie ihn für immer verlieren könnte. Der brennende Schmerz auf ihren Handflächen war ihr im Moment vollkommen egal. Jan rutschte etwas weiter vom Wasser weg und blieb neben Anastasia sitzen.

»Alles gut«, flüsterte er. Dann räusperte er sich. Der Schrecken stand ihm immer noch ins Gesicht geschrieben. Er hatte mit Sicherheit Todesangst gehabt.

Anastasia legte einen Arm um ihn und wollte mit der anderen Hand seine Wange streicheln. Doch Jan hielt ihre Hand fest und sah auf die blutende Wunde. Ryan holte ein dünnes Tuch aus Jans durchweichtem Rucksack und band es um Anastasias Hand.

»Danke«, murmelte sie, während sie immer noch Jan ansah. »Wie fühlst du dich?«, fragte sie ihn.

Ryan wickelte ein weiteres Tuch um Anastasias andere Hand.

»Nass«, antwortete Jan und lächelte zögerlich.

Anastasia lächelte ihn an. »Gut, dass du deinen Humor nicht im Fluss verloren hast«, meinte sie scherzend.

Da grinste Jan sie breit an und Anastasia wusste, dass es ihm wieder einigermaßen gut ging. Ryan holte für Jan ein etwas trockeneres Oberteil aus seinem eigenen Rucksack, der zum Glück nicht komplett nass geworden war. Daraufhin zog Jan sein durchnässtes Oberteil aus. Anastasia sah seinen gebräunten, muskulösen Oberkörper und musste an ihren leidenschaftlichen Kuss von heute Morgen denken. Schnell wandte sie den Blick von Jan ab, um nicht rot zu werden. Sie bemerkte, dass auch Malina absichtlich in eine andere Richtung schaute, bis Jan wieder vollständig bekleidet war.

»Eine andere Hose haben wir leider nicht, oder?«, fragte Jan seinen Bruder, der bedauernd den Kopf schüttelte.

Malina wich Anastasias Blick aus und Anastasia dachte daran, was vor Jans Sturz ins Wasser geschehen war. Als die Brücke unter Malina eingestürzt war, hatte Anastasia einen Moment lang wirklich geglaubt, dass Malina aufgeben und sich fallen lassen wollte, nur damit Anastasia sich nicht in Gefahr begab, wenn sie ihr half. Zum Glück hatte Malina es dann doch nicht getan. Aber Anastasia konnte nicht verstehen, dass für Malina ständig alle anderen wichtiger waren als sie selbst. Da sah sie auf ihre verletzten Hände und gab in Gedanken zu, dass sie es wohl doch ein wenig verstand. Aber obwohl Jan Anastasia unglaublich wichtig war, würde sie ihr eigenes Leben nicht einfach so aufgeben wie Malina, sondern darum kämpfen. Ihre Freundin schien nicht sehr viel von sich selbst zu halten und Anastasia gab Malinas großem Bruder die Schuld daran. Alles, was sie bis jetzt über Mark erfahren hatte, gefiel ihr gar nicht. Wie konnte er nur seine kleine Schwester schlagen und ihr einreden, dass sie ein schlechter Mensch wäre? Anastasia verstand auch immer noch nicht ganz, warum Malina sich die Schuld am Tod ihrer Eltern gab.

»Bleiben wir hier noch etwas sitzen«, schlug Anastasia vor. »Dann kann Jan sich erholen und wir können etwas essen, bevor wir weitergehen.«

Jan nickte zustimmend und Ryan holte etwas Essen aus den Rucksäcken.

Anastasia sah zu Malina. »Wirst du danach mit uns kommen?«, fragte sie sie.

Malina öffnete den Mund, sagte aber nichts und schloss ihn wieder.

Anastasia ergriff ihre Hand und schaute ihr direkt in die Augen. »Lina, wir denken nichts Schlechtes von dir«, meinte sie. »Du musst nicht alleine weitergehen. Außer natürlich du willst es.«

»Nein«, murmelte Malina. »Ich dachte nur...« Sie verstummte und sah kurz zu Ryan.

»Wie alt warst du?«, fragte Jan sie auf einmal und Malina sah überrascht zu ihm. »Wie alt warst du, als deine Eltern gestorben sind?«

»Es ist jetzt drei Jahre her«, antwortete Malina und runzelte nachdenklich die Stirn. »Ich war zwölf und Mark war sechzehn Jahre alt.«

Nun verstand Anastasia Jans Frage. »Lina, du warst ja noch ein Kind«, meinte sie erschüttert. »Und da hättest du deinen Traum ernst nehmen und deine Eltern warnen sollen?«

Malina sah sie an und schien nicht zu wissen, was sie sagen sollte.

»Das hätte wahrscheinlich auch nichts geändert«, meinte Jan. »Wer hört schon auf ein kleines Kind, das einen Alptraum hatte?«

Anastasia sah erstaunt zu Jan. Sie war ihm unglaublich dankbar. Er schien genau die richtigen Worte zu finden.

Malina schluckte. »Aber«, begann sie zögernd, »vielleicht hätte ich...«

Doch Jan unterbrach sie. »Hast du das Feuer gelegt?«, fragte er sie direkt.

Malina sah ihn erschrocken an. »Natürlich nicht!«, rief sie entsetzt.

»Dann ist ihr Tod auch nicht deine Schuld«, meinte Jan. »So einfach ist das!«

Malina sah Jan überrascht an und schwieg. Anscheinend dachte sie über seine Worte nach. Anastasia drückte ihre Hand und zuckte vor Schmerzen zusammen, da sie ihre Verletzung ganz vergessen hatte.

»Lina, du hättest nichts tun können«, sagte sie. »Es war nicht deine Schuld! Und wenn Mark dir die Schuld gibt, dann liegt er falsch. Wahrscheinlich kommt er selbst nicht damit klar.«

»Aber Mark ist immer so wütend auf mich«, entgegnete Malina. »Wieso sollte er mich denn sonst hassen?«

»Woher weißt du, dass er wütend auf dich ist?«, fragte Jan sie. »Du bist nur die Person, an der er seine Wut auslässt!«

Anastasia überlegte, ob Jan so etwas kannte, da er Marks Verhalten anscheinend sehr gut nachvollziehen konnte.

»Lina, ich habe drei kleinere Brüder«, erzählte Anastasia ihr. »Ich liebe sie über alles und vermisse sie jeden Tag, obwohl sie mir meistens auf die Nerven gehen und ich mir immer eine Schwester gewünscht habe.«

Malina hörte ihr gespannt zu.

»Ich glaube wirklich nicht, dass Mark dich hassen könnte«, meinte Anastasia. »Vielleicht ist er seit dem Tod eurer Eltern einfach sehr wütend und traurig und kann mit seinen Gefühlen nicht besonders gut umgehen. Aber bestimmt liebt er dich trotz allem, denn immerhin bist du seine kleine Schwester und wir sehen doch, wie liebenswert du bist. Du kannst gar kein schlechter Mensch sein!« Sie schwieg kurz, dann fügte sie hinzu: »Doch wenn du gar nicht an dich selbst glaubst, wirst du wahrscheinlich auch immer an unserer ehrlichen Freundschaft zweifeln.«

Malina stiegen Tränen in die Augen und sie sah zu Boden. »Danke«, murmelte sie leise. »Vielleicht habt ihr recht.«

Da beugte sich Jan zu Anastasia und flüsterte ihr ins Ohr: »Ich finde, wir sollten diesen Mark mal verprügeln. Dann sieht er, wie das ist!«

Anastasia schmunzelte, doch sie war sich nicht ganz sicher, ob Jan das wirklich als Scherz gemeint hatte.

Als sie mit dem Essen fertig waren, stellte Jan fest, dass sie ihren Proviant aufgebraucht hatten und die Landkarte so nass geworden war, dass man kaum noch den Weg nach Aurora erkennen konnte. Anastasia war sehr froh, dass sie das Buch über Magie in ihrem eigenen Rucksack gepackt hatte und es deshalb nicht nass geworden war.

»Jetzt ist es zum Glück nicht mehr weit«, meinte Anastasia. »Hinter diesen Bergen liegt Aurora. Vielleicht sind wir schon morgen wieder zuhause.«

»Das wäre schön«, sagte Malina, doch Anastasia bemerkte ihren ängstlichen Blick. Anastasia konnte es kaum erwarten, ihre Mutter und ihre kleinen Brüder endlich wiederzusehen. Hoffentlich ging es ihnen allen gut. Sie füllten ihre Wasservorräte wieder auf und machten sich dann auf den Weg.

»Vielleicht können wir zwischen den Bergen entlanglaufen«, überlegte Jan. »Dann müssen wir hoffentlich nur einen der Hügel überwinden.«

Anastasia sah die mit Wald bewachsenen Hügel vor ihnen und nickte. »Das schaffen wir schon«, versuchte sie sich und den anderen Mut zu machen.

Jan und Ryan liefen voraus über eine grüne Wiese. Anastasia ging etwas langsamer hinter ihnen und neben Malina her.

»Wo wohnen Mark und du eigentlich?«, wollte sie wissen.

»In der Nähe meiner alten Schule«, antwortete Malina. »Hast du von der Schreinerei gehört, die abgebrannt ist?«

Anastasia nickte.

Die Schreinerei war in der Stadt sehr beliebt gewesen, da die Besitzer wunderschöne Möbel herstellen konnten. Von der Tragödie vor ein paar Jahren hatte ihr Vater ihr erzählt.

Da machte Anastasia große Augen und fragte: »Sind deine Eltern etwa bei diesem Feuer ums Leben gekommen?«

»Ja«, meinte Malina. »Ihnen gehörte die Schreinerei. Mark hat sie wieder aufgebaut und versucht sie nun allein zu betreiben, doch das ist sehr schwer.«

Anastasia schluckte. Das war ja furchtbar!

»Ich möchte ihm gerne helfen«, erzählte ihr Malina, »aber ich bin furchtbar ungeschickt. Deshalb hat er mir den Job als Putzkraft vermittelt. Bei euch im Bürgermeisterhaus verdiene ich nun etwas mehr Geld, sodass wir über die Runden kommen.«

Anastasia runzelte die Stirn. »Wie meinst du das?«, fragte sie. »Hilfst du wohl nach der Schule den Dienstmägden in unserem Haus?«

Malina schüttelte den Kopf. »Ich gehe schon lange nicht mehr zur Schule. Das können wir uns nicht leisten«, meinte sie. »Anna, wir haben uns doch schon öfter vor deinem Zimmer im Gang gesehen. Erinnerst du dich nicht mehr?«

Anastasia schüttelte bedauernd den Kopf und Malina sah zu Boden. Anastasia fühlte sich schrecklich. Sie hatte den Angestellten in ihrem Haus kaum Aufmerksamkeit geschenkt. Nicht aus böser Absicht, sondern weil sie mit ihren eigenen Problemen beschäftigt gewesen war.

Dabei hatte Anastasia noch nie Geldsorgen gehabt und ihr Privileg, einen Privatlehrer zu haben, nie besonders geschätzt. Doch was musste Malina nun von ihr denken?

Anscheinend wohnte ihre Freundin fast im ärmsten Viertel der Stadt und musste bereits arbeiten gehen, um ohne ihre Eltern genug Geld zum Überleben zu haben.

Anastasia musterte sie und überlegte, ob Malina vielleicht so dünn war, weil sie zuhause nicht genug zu essen bekam. Diesen Gedanken fand Anastasia grauenvoll. So sollte es keinem Bürger in ihrer Stadt gehen! Ob sie dagegen etwas tun konnte, wenn sie wieder zuhause war?

»Ich werde Mark und dir helfen«, entschied Anastasia. Malina sah sie überrascht an. »Wie denn?«, fragte sie.

»Indem meine Familie ab jetzt immer eure Schreinerei beauftragt«, meinte Anastasia. »Dann verdient Mark mehr Geld und du kannst wieder zur Schule gehen.«

»Das ist lieb von dir«, sagte Malina. »Aber wir schaffen das schon. Mach dir meinetwegen bitte keine Umstände.«

Anastasia würde ihrer Freundin gern noch viel mehr helfen, doch sie wusste nicht wie. Wahrscheinlich konnte sie ihrer Freundin das Leben ein wenig erträglicher machen, ihr aber dennoch nicht ihr schweres Los abnehmen.

»Du kannst mich auf jeden Fall immer um Hilfe bitten!«, betonte Anastasia.

»Ich weiß«, meinte Malina und lächelte sie dankbar an. »Was würde ich nur ohne dich machen?«

Die Soldaten

Die warme Nachmittagssonne schien auf sie hinunter, als sie bergauf durch hohes Gras laufen mussten. Malina war nach einer Weile ganz außer Atem und bekam großen Durst. Doch sie wollte wie die anderen durchhalten und erst etwas trinken, wenn sie eine Pause machten. Sonst wären ihre Wasservorräte viel zu schnell aufgebraucht. Jans dunkelblonde Haare wurden dank der Hitze schnell wieder trocken.

»Jetzt stehen dir die Haare zu Berge«, zog Anastasia ihn auf und Jan sah sie ganz grimmig an.

Malina bemerkte, wie er sich durch die Haare fuhr, um seine Frisur wieder zu richten. Daraufhin lachte Anastasia und Ryan schmunzelte über seinen eitlen Bruder.

Malina lächelte. Sie fühlte sich nun unter ihren Freunden sehr wohl und machte sich auf einmal kaum noch Sorgen um die Zukunft. Solange sie vier zusammen waren, konnte ihnen bestimmt nichts Schlimmes geschehen. Malina fühlte sich so geborgen und willkommen wie ewig nicht mehr in ihrem Leben. Sollte es sich so nicht auch in einer Familie anfühlen?

Sie betraten nun einen etwas lichteren Wald und blieben kurz stehen. Jan und Anastasia fingen an, darüber zu diskutieren, in welche Richtung sie am besten weitergehen sollten. Malina war sehr erleichtert im Schatten der Bäume der heißen Sonne kurz zu entkommen und atmete auf.

Sie sah in den blauen Himmel und lauschte dem Zwitschern der Vögel in ihrer Nähe. Da spürte Malina Ryans Blick auf sich und sah zu ihm.

Ryan musterte sie und trat zu ihr. Malina sah ihm in die Augen und überlegte, was wohl gerade in ihm vorging. Da nahm Ryan Malinas Hand in seine und sah sie flehend an. Sie war sich sicher, dass er sie um Verzeihung bitten wollte. Er wollte, dass sie ihm vergab, dass er ihr auf der Brücke etwas befohlen hatte.

Malina holte tief Luft und nickte dann. »Es ist in Ordnung«, flüsterte sie. »Ich verstehe dich.«

Und sie meinte jedes Wort ernst. Ryan hatte sich große Sorgen um sie gemacht und das war bestimmt der einzige Grund, warum er seine Gabe angewandt hatte. Malinas Vermutung wurde dadurch bestätigt, dass Ryan ansonsten mit keinem von ihnen sprach. Er sah auch nicht so angestrengt aus, als würde er gerade ihre Gedanken lesen. Da lächelte Ryan sie erleichtert an und gab ihr einen Kuss auf den Handrücken.

Malina erwiderte sein Lächeln, doch ihre Gefühle waren

ganz durcheinander. Konnten Ryan und sie jetzt einfach so wieder zusammen sein? So, als wäre das böse Wesen nie in ihn gefahren, als hätte er nie Malinas Geheimnisse erfahren und als hätte er nicht mitbekommen, dass sie auf der Brücke erwogen hatte, ihr Leben aufzugeben? Obwohl sie Ryans Gedanken nicht hören konnte, wusste sie, dass er auch darüber nachdachte. Sie lächelte ihn traurig an und drückte seine Hand. Ob sie sich je wieder so nah sein würden wie in Giacomos Hütte?

Malina wünschte es sich sehr, doch etwas hielt sie davon ab Ryan nun zu umarmen. Es käme ihr vor, als würde sie ihre Gefühle dann ignorieren, nur um wieder seine Wärme zu spüren. Und das durfte sie nicht tun. Ryan sah bedrückt zu Boden. Er musste ihre Gedanken gar nicht lesen. Sie kannten sich inzwischen gut genug, um sich auch ohne Worte zu verstehen. Das bedeutete Malina viel.

»Sei mal still«, meinte Jan gerade zu Anastasia.

»Aber ich habe recht«, fing Anastasia an.

Jan legte ihr einen Finger auf die Lippen. Anastasia verstummte und sah Jan überrascht an. Er sah sich um und schien angestrengt zu lauschen. Nun sah auch Ryan sich um und ließ Malinas Hand los. Hörten die beiden wohl etwas?

Da hörte Malina es auch und drehte sich um. Nicht weit von ihnen entfernt ertönten laute Stimmen, doch sie konnte nicht verstehen, was sie sagten.

»Da ist jemand«, meinte Jan.

»Und sie kommen näher«, stellte Anastasia beunruhigt fest. Jan sah sich um. Ob er nach einem Versteck suchte? Malina hatte den Drang, in die entgegengesetzte Richtung wegzurennen, doch dann müssten sie den Wald wieder verlassen und wären auf der Wiese viel zu leicht zu entdecken.

»Anna, Lina, versteckt euch!«, wies Jan sie an. »Ryan und ich sehen nach, wer das ist.«

Anastasia öffnete den Mund, wahrscheinlich um ihm zu widersprechen.

Doch Jan sah ihr in die Augen und meinte: »Wenn irgendetwas Schlimmes passiert, rennt ihr weg! Verstanden?«

Anastasia schloss den Mund wieder und nickte.

Jan und Ryan liefen auf die Stimmen zu und Malina sah ängstlich zu Anastasia. »Schnell, klettre auf den Baum«, forderte Anastasia Malina auf und deutete auf einen nahestehenden, breiten Baum.

»Ja«, murmelte Malina.

Anastasia half ihr sich auf den tiefsten Ast zu ziehen und als Malina weiter nach oben kletterte, zog sich auch Anastasia auf den Ast. Da die Äste des Baumes sehr viele Blätter hatten, würde man sie hoffentlich vom Boden aus nicht sofort entdecken. Anastasia blieb auf einem Ast neben Malina sitzen und hielt wie sie nach Jan und Ryan Ausschau.

»Wieso verstecken sie sich nicht auch?«, fragte Malina leise.

»Sie wollen uns beschützen«, antwortete Anastasia. »Wenn wir auf dem Baum entdeckt werden, können wir nirgendwohin fliehen.«

»Und wenn es wieder der Nebel ist?«, flüsterte Malina ängstlich.

Anastasia sah kurz zu ihr und meinte ernst: »Dann werde ich ihn endgültig vernichten!«

»Hallo«, hörten sie Jan da sagen.

Malina entdeckte Jan und Ryan ein paar Meter von ihnen entfernt. Die beiden waren stehen geblieben und Jan schien mit jemandem zu reden, den Malina von ihrer Position aus nicht sehen konnte.

»Was treibt ihr denn hier?«, fragte eine tiefe, männliche Stimme.

»Wir haben uns verlaufen«, behauptete Jan.

»Kommt ihr etwa aus dieser kleinen Stadt hier in der Nähe?«, fragte eine andere männliche Stimme.

Malina überlegte, wer das wohl sein konnte. Waren das vielleicht nur ungefährliche Menschen? Oder vielleicht sogar Bürger aus Aurora?

»Nein«, meinte Jan. »Wir kommen wie ihr aus dem Königreich. Hoch lebe König Richard!«

»Hoch lebe König Richard!«, riefen mehrere Stimmen

gleichzeitig. Malina bekam eine Gänsehaut. Diese Männer waren aus dem Königreich. Bedeutete das, dass Jan und Ryan in Gefahr waren?

»Und was macht ihr dann hier?«, wollte ein Mann wissen.

»Es wird so viel über diese Stadt geredet«, meinte Jan. »Da wollten wir einfach mal selbst nachsehen, wie der Krieg so läuft.«

Einer der Männer lachte.

»Wir haben gewonnen, Bursche!«, antwortete ein anderer. »Der Krieg ist vorbei!«

»Sehr gut«, meinte Jan. »Dann machen wir uns am besten wieder auf den Heimweg.« Er und Ryan machten einen Schritt rückwärts.

»Wartet«, sagte ein Mann und machte einen Schritt auf die Jungen zu. Dadurch trat er in Malinas Sichtfeld und ihre Augen weiteten sich vor Schrecken. Dort stand ein Soldat in dunkelgrüner Uniform!

Malina sah panisch zu Anastasia. »Nein«, wisperte sie erschrocken. »Sie werden uns töten!«

Anastasia schüttelte den Kopf und legte einen Finger an ihre Lippen. In Anastasias Augen sah Malina so große Angst, dass sie sowieso kein Wort mehr über die Lippen brachte. Sie sah wieder zu Jan und Ryan.

»Bitte, rennt weg«, flehte sie die beiden in Gedanken

an. »Bringt euch in Sicherheit!«

»Habt ihr auf eurem Weg hierher irgendwo Mädchen gesehen?«, fragte der Soldat. »Wir suchen noch ein paar Flüchtlinge.«

»Nein«, antwortete Jan und schüttete den Kopf. »Wir haben niemanden gesehen.«

»Schade«, meinte der Soldat. »Der König hätte euch sicher reich belohnt.«

»Wenn wir auf unserem Heimweg jemanden treffen, werden wir es sofort melden«, versicherte ihm Jan.

»Gut, gut«, sagte der Mann. »Kommt doch am besten gleich mit uns. Ein paar von uns werden wieder im Königreich gebraucht und können euch auf einer Kutsche mitnehmen.«

»Nein, danke«, meinte Jan und Ryan machte einen weiteren Schritt rückwärts. »Das ist wirklich nicht nötig.«

Der Soldat stemmte die Hände in die Hüfte und Malina bemerkte die schwarze Waffe an seinem Gürtel.

»Wie heißt ihr eigentlich?«, wollte er nun wissen. Zwei weitere Soldaten traten in Malinas Sichtfeld. Anscheinend waren sie zu dritt.

»Oh nein«, flüsterte Anastasia.

Malina sah sie überrascht an. »Ob Diego ihre Namen verraten hat?«, überlegte sie ängstlich.

Malina schluckte. Was sollten sie nur tun? Sie konnten

den beiden überhaupt nicht helfen.

Und wenn die Soldaten sie erblickten, würden sie Anastasia und Malina bestimmt sofort erschießen.

Jan antwortete dem Soldaten nicht sofort. Wahrscheinlich überlegte er, welche Namen er ihnen nennen sollte. Da griff der Mann plötzlich nach seiner Waffe und richtete sie auf Jan.

»Wer seid ihr?«, rief er aggressiv. Jan hob beschwichtigend die Hände.

Anastasia richtete sich auf, als wollte sie wieder hinunterklettern.

Malina hielt sie schnell am Arm fest und schüttelte den Kopf.

»Jan braucht mich«, meinte Anastasia.

»Du kannst ihm nicht helfen«, erwiderte Malina.

»Vielleicht mit Magie?«, überlegte Anastasia verzweifelt.

Malina ließ sie nicht los und sah zu Ryan. Er besaß seine Magie noch und konnte Jan beschützen. Doch würde er sie auch nutzen? Da ließ der Soldat plötzlich seine Waffe los und sie fiel zu Boden. Er sah sich verwirrt um. Ryan sprang nach vorne und griff nach der Waffe. Malina war froh, dass er seine Gabe zu ihrem Schutz anwandte.

»Was war das?«, schrie der Mann und wollte Ryan treten. Da stieß Jan den Soldaten nach hinten. Die anderen zwei Männer hoben nun auch ihre Waffen.

Ryan richtete sich wieder auf und zielte mit der Waffe auf einen der zwei bewaffneten Soldaten. Malina hielt vor Schrecken die Luft an und klammerte sich an Anastasias Arm fest. Ryan durfte nichts geschehen!

Der Soldat, der seine Waffe vermutlich auf Ryans Anweisung hin fallen gelassen hatte, stürzte sich wütend auf Jan und warf ihn zu Boden. Nun zielten zwei Soldaten auf Ryan. Doch der Mann, den Ryan anstarrte, drehte sich plötzlich um und zielte auf den Mann neben sich.

»Was tust du da?«, schrie der Soldat neben ihm entsetzt.

»Waffe fallen lassen«, befahl der Soldat unter Ryans Kontrolle. Währenddessen stieß Jan den unbewaffneten Soldaten von sich, sprang auf und schlug dem Mann voller Wucht ins Gesicht. Der Mann fiel nach hinten um und Jan ließ ihm keine Zeit, sich wieder aufzurichten. Er stellte sich über ihn und schlug weiter auf ihn ein.

»Was ist hier los?«, rief der Soldat, der von dem anderen Soldaten bedroht wurde.

Er sah zu Ryan und dann zu Jan. Doch statt die Waffe fallen zu lassen, richtete er sie plötzlich auf Jan und ein Schuss ertönte.

Anastasia schrie erschrocken auf und hob die Hände an ihren Kopf. Malina, die sich an ihrem Arm festgehalten hatte, wurde ruckartig zu Anastasia hin gezogen und schaffte es nicht mehr sich an dem Ast festzuhalten, auf dem sie saß. Sie verlor das Gleichgewicht und stürzte rückwärts in die Tiefe.

Malina öffnete den Mund, um zu schreien, doch im selben Moment kam sie mit dem Rücken auf dem Boden auf. Der Aufprall raubte ihr den Atem und ihrem Mund entwich nur ein leises Stöhnen. Der Sturz war so schnell vorbei gewesen, dass sie nicht genau wusste, wie tief sie gefallen war.

Obwohl sie auf dem Boden lag, spürte sie noch den starken Luftzug, als würde sie immer weiter fallen.

»Lina!«, rief Anastasia und ihr Gesicht erschien auf einmal über Malina. »Hast du dich verletzt?«

Malina blinzelte einige Mal und versuchte etwas zu sagen, aber kein Wort kam über ihre Lippen.

»Kannst du atmen?«, fragte Anastasia.

Malina nickte und merkte erst dann, dass sie kaum Luft bekam. Sie schnappte nach Luft und Tränen traten ihr in die Augen. Ihr Rücken und ihr Hinterkopf taten furchtbar weh und fühlten sich so schwer an, als wären sie regelrecht im Boden versunken.

»Kannst du aufstehen?«, wollte Anastasia wissen.

Malina schüttelte den Kopf. Da zog ein lauter Schrei ganz in ihrer Nähe Anastasias Aufmerksamkeit auf sich.

»Ich bin gleich wieder bei dir«, meinte sie und verschwand aus Malinas Sichtfeld.

Malina sah nach oben in den Baum und beobachtete das Lichtspiel der grünen Blätter, die in der Sonne glänzten. Ein leichter Wind ließ die Blätter raschen. Sie fand diesen Anblick wunderschön und beruhigte sich ein wenig. Ganz langsam hob sie eine Hand vor ihr Gesicht und musterte sie. War sie verletzt? Ihr tat alles weh, doch es war ein ganz dumpfer Schmerz, der langsam schwächer wurde. Allmählich konnte sie wieder besser atmen und holte tief Luft.

»Alles wird wieder gut«, sagte sie sich in Gedanken. »Es ist nichts Schlimmes passiert!«

Doch da fiel ihr der Schuss wieder ein, der Anastasia und sie so sehr erschreckt hatte, dass sie deshalb von dem Ast gefallen war. Wer hatte vorhin auf wen geschossen? Ging es Jan und Ryan gut? Sie drehte den Kopf nach links und versuchte etwas zu erkennen, doch sie konnte ihre Freunde nicht sehen.

»Anna«, brachte sie ganz leise heraus. Wohin war Anastasia gegangen?

* * *

Anastasia war unglaublich erleichtert, als sie sah, dass Jan unverletzt war. Ryan hatte dem Soldaten anscheinend ins Bein geschossen, bevor dieser auf Jan schießen konnte. Der Soldat lag nun auf dem Boden und schrie vor Schmerzen entsetzlich laut, während das Blut sein linkes Hosenbein dunkelrot färbte. Jan ließ von dem Mann ab, den er zusammengeschlagen hatte.

Der Mann sah ziemlich mitgenommen aus. Sein ganzes Gesicht war rot und geschwollen. Der Soldat, den Ryan manipulierte, ließ nun seine Waffe fallen und ergriff die Flucht. Der Soldat bei Jan rappelte sich auf, warf ihm wütende Blicke zu und half dem verletzten Soldaten sich aufzurichten. Der eine Soldat stützte sich auf den anderen, um sein verletztes Bein nicht zu belasten, und die beiden liefen dem fliehenden Soldaten hinterher.

Ryan atmete erleichtert auf und griff sich an den Kopf, als habe er Schmerzen. Jan sammelte die drei Schusswaffen ein und sah dann zu Anastasia.

»Die haben wir verjagt«, sagte er und versuchte stolz zu klingen. Doch Anastasia sah in seinen Augen, dass ihn der Vorfall auch erschreckt hatte.

»Aber wir müssen schnell hier weg«, meinte Jan nun mit ernstem Ton. »Die Soldaten sind jetzt sicher richtig wütend und haben dich wahrscheinlich gesehen.«

»Es tut mir leid«, meinte Anastasia. »Lina ist bei dem Schuss vom Baum gefallen und ich habe mir Sorgen um euch gemacht.«

Ryan sah sich um und lief sofort zu Malina.

Anastasia bemerkte, dass Jans rechte Hand an den Fingerknöcheln blutete.

»Geht es dir gut?«, fragte sie ihn besorgt.

Er nickte.

»So ein Glück«, murmelte sie.

»Mit Glück hat das nichts zu tun«, meinte Jan und sah zu seinem Bruder. »Das war Ryan!«

Anastasia wusste, was Jan meinte. Ohne Ryans magische Fähigkeiten wären sie nun alle gefangen oder sogar tot. Sie schluckte. Das gefiel ihr gar nicht. Wieso waren immer noch Soldaten in der Nähe von Aurora?

Nur um nach weiteren Mädchen zu suchen? Oder hatten sie die Stadt nach dem Angriff vielleicht sogar besetzt? Erst jetzt fiel Anastasia auf, dass sie gar nicht genau wusste, was sie in Aurora erwartete.

Sie hatte die ganze Zeit angenommen, dass sie in Aurora endlich wieder in Sicherheit sein würden. Ihr Herz klopfte plötzlich schneller und sie würde am liebsten sofort nach Hause rennen. Hoffentlich ging es ihrer Familie gut!

»Alles in Ordnung, Lina?«, fragte Jan, als sie zu Malina und Ryan gingen.

Ryan half Malina beim Aufstehen und gab ihr dann eine Wasserflasche.

»Ich glaube schon«, meinte sie und trank einen Schluck.

Anastasia sah wieder ihren schrecklichen Sturz vor Augen. Auf einmal war Malina neben ihr verschwunden und sie hatte zu spät nach ihr gegriffen, um sie festzuhalten. Malina hatte Glück gehabt, dass sie auf ihrem Rucksack gelandet war und sich nichts gebrochen hatte.

»Es tut mir leid, Lina«, sagte sie. »Ich hätte dich festhalten müssen.«

Malina schüttelte den Kopf. »Das ging alles viel zu schnell«, meinte sie und Anastasia wusste, dass sie recht hatte.

»Wir haben leider keine Zeit zum Ausruhen«, drängte Jan sie. »Die Soldaten können jederzeit zurückkommen und weitere Soldaten mitbringen. Dann kann uns auch Ryans Gabe nicht mehr retten.«

»Der Nebel konnte uns alle gleichzeitig manipulieren«, wandte Anastasia ein. »Ryan, vielleicht kannst du deine Gabe auch auf mehrere Menschen anwenden und hast nur noch nicht herausgefunden, wie das geht.«

Ryan zuckte mit den Schultern und sah etwas ratlos aus. Anastasia kam der Gedanke, dass Ryan dann einer der mächtigsten Menschen wäre, die sie kannte. Sie bekam eine Gänsehaut.

»Also, lasst uns schnell weitergehen«, meinte Jan. »Schaffst du das, Lina?«

Malina nickte. Es schien ihr wieder einigermaßen gut zu gehen. Anastasia und Jan legten die ungefähre Richtung fest, in der Aurora liegen musste. Dann gingen sie in zügigem Tempo voran und Ryan und Malina folgten ihnen. Anastasia beeilte sich, mit Jan Schritt zu halten, und sah sich immer wieder um, weil sie fürchtete verfolgt zu werden. Jan schien ihre große Angst irgendwann zu bemerken und drückte ihr eine Schusswaffe in die Hand.

»Da musst du abdrücken«, meinte er und zeigte auf einen Abzug. Anastasia sah auf das schwarze, glänzende Ding in ihrer Hand. Ob sie sich damit wirklich verteidigen könnte? Sie konnte doch keinen Menschen erschießen! Die andere Waffe gab Jan Ryan. Da fiel Anastasia ein, dass Ryan den einen Soldaten nur angeschossen hatte, anstatt ihn zu töten. So konnte sie es im Notfall auch machen.

»Ich dachte wirklich, wir wären hier in Sicherheit«, meinte Anastasia zu Jan ein wenig entschuldigend.

Jan und Ryan hatten sie immerhin in der Hoffnung begleitet, in Aurora ein neues Leben beginnen zu können, ohne sich länger vor den Soldaten fürchten zu müssen.

»Vor dem König ist niemand sicher«, erwiderte Jan. »Habt ihr in Aurora eigentlich Soldaten?«

Anastasia schüttelte den Kopf. »Aber unsere Ordnungshüter können gut kämpfen«, erzählte sie ihm. »Wir zeigen ihnen am besten diese Waffen und vielleicht können sie weitere Männer zum Kampf ausbilden.«

Jan nickte und sah sie an. »Wir werden es schon schaffen, dass die Menschen in eurer Stadt wieder sicher sind«, versuchte er, sie aufzumuntern.

»Und die vielen entführten Mädchen?«, fragte Anastasia.

Jan sah zu Boden und beschleunigte sein Tempo noch etwas.

Anastasia schluckte. Waren die anderen Mädchen für immer verloren? Konnten sie sie nicht irgendwie retten?

Anastasia dachte an die Prophezeiung, wegen der das alles überhaupt geschehen war. Falls sie tatsächlich das Mädchen sein sollte, das den König stürzen konnte, würde sie alles in ihrer Macht Stehende dafür tun!

Nach ein paar Stunden verließen sie den Wald und betraten kahlen Boden aus fester Erde. Anastasia stellte fest, dass sie bereits weit oben auf dem Hügel waren, und hoffte, dass dahinter auch wirklich Aurora lag.

»Ich kann nicht mehr«, stöhnte Malina erschöpft.

»Halte noch etwas durch, Lina«, meinte Jan. »Es wird bald dunkel und wir müssen einen sicheren Schlafplatz finden.«

Sie liefen auf gleicher Höhe nach rechts und hielten nach einem Platz Ausschau, an dem die Soldaten ihr Zelt nicht sofort entdecken würden.

»Vielleicht sollten wir zurück in den Wald gehen«, überlegte Anastasia. »Die Bäume bieten uns wenigstens etwas Schutz.«

Jan schüttelte den Kopf. »Ich möchte so viel Abstand

wie möglich zwischen uns und die Soldaten bringen«, meinte er. »Also gehen wir auf keinen Fall zurück.«

Anastasia sah sich um. Auf freier Fläche waren sie aber viel zu leicht zu entdecken.

»Dort!«, rief Jan auf einmal und Anastasia befürchtete schon, dass die Soldaten sie gefunden hatten. Doch Jan deutete auf eine kleine Höhle vor ihnen. »Dort können wir uns über Nacht verstecken.«

Anastasia sah sich die Höhle genauer an.

Es war nicht einmal eine richtige Höhle, sondern eher ein Felsvorsprung, in dem sie vier gerade genug Platz hatten, um sich hinzulegen. Aber immerhin würde man sie in der Dunkelheit wohl kaum finden können und sie würden die Soldaten rechtzeitig entdecken, falls sich diese ihnen näherten. Sie blieben vor der kleinen Höhle stehen und legten die Rucksäcke ab.

»Ich übernehme die erste Wache«, beschloss Jan, setzte sich auf den Boden und legte die Schusswaffe neben sich.

»In Ordnung«, stimmte Anastasia ihm zu. »Aber bitte weck mich dann bald, um dich abzulösen.«

Er nickte.

Anastasia steckte ihre Waffe in den Rucksack, trank etwas Wasser und zog ihre Jacke an. Dann krabbelte sie auf allen vieren unter den Felsen und legte sich auf den harten, kalten Boden aus Stein. Sie konnte es kaum erwarten, wieder zuhause zu sein. Dann würde sie endlich wieder ein Badezimmer und ein weiches Bett zur Verfügung haben. Sie wollte gar nicht wissen, wie dreckig und ungepflegt sie wegen dieser langen Reise bereits aussah.

Malina und Ryan legten sich zu ihr, doch die beiden berührten sich nicht und Ryan drehte sich von Malina weg.

Anastasia dachte daran, wie süß die beiden in Giacomos Hütte gekuschelt hatten und überlegte, wie sehr es Malina verletzen musste, Ryan nun nicht mehr nahe zu sein. Konnten die beiden sich denn nicht wieder versöhnen? Anastasia wünschte sich, dass sie ihre Liebe nicht so einfach aufgeben würden. Da dachte sie an Jan und ein Lächeln glitt über ihre Lippen. Ob sie sich tatsächlich in ihn verliebt hatte? Sie war sich nicht ganz sicher. Doch ihr Kuss war so voller Gefühl gewesen, dass sie an nichts anderes mehr denken konnte. Sie schloss ihre Augen und schlief mit dem Gedanken an Jan ein.

»acht auf«, flüsterte jemand und rüttelte kurz an Anastasias Schulter. Anastasia öffnete widerstrebend die Augen. War sie nicht gerade erst eingeschlafen? Sie war noch viel zu müde, um schon wieder aufzustehen.

»Was...«, fing sie an. Da drückte Jan ihr seine Hand auf den Mund und sah besorgt über seine Schulter. Anastasia war plötzlich hellwach. Die Soldaten hatten sie bestimmt gefunden! Sie mussten hier weg! Malina und Ryan krochen aus ihrem Versteck und Anastasia folgte Jan nach draußen. Es war zwar dunkel, aber der Mond schien hell vom Himmel, sodass sie nach und nach die Umrisse ihrer Umgebung erkennen konnte. Jan deutete auf die Bäume in ihrer Nähe.

In einiger Entfernung erblickte Anastasia ein Licht wie von einem Lagerfeuer, nur dass es sich bewegte. Oh nein! Waren das etwa Fackeln? Und sie kamen direkt auf ihr Versteck zu!

»Teilt euch auf«, rief eine Männerstimme, die mit Sicherheit einem Soldaten gehörte. Gleich würden die Soldaten aus dem Wald treten und sie entdecken!

Jan drückte Anastasia ihren Rucksack in die Hand und machte ihnen ein Zeichen, dass sie ihm folgen sollten.

Anastasia hob schnell den Rucksack auf ihre Schultern und folgte Jan so leise wie möglich.

Malina und Ryan waren direkt hinter ihr. Sie liefen so weit, bis sie den Lichtschein der Fackeln nicht mehr hinter sich sehen konnten. Dann schlug Jan einen Weg ein, der sie abwärts führte. Ob sie schon auf der anderen Seite des Hügels waren, konnte Anastasia nicht sagen. Sehr weit konnte sie in der Dunkelheit leider nicht sehen. Die ganze Zeit sagte keiner von ihnen ein Wort. Wahrscheinlich aus Angst, dass die Soldaten sie doch hören und einholen könnten.

Doch Anastasia merkte, dass es auch gar nicht nötig war, miteinander zu reden. Sie vertraute darauf, dass Jan wusste, in welche Richtung sie laufen mussten und er sie ansonsten durch Gesten um Rat fragen würde. Sie sah sich immer wieder um, konnte jedoch keine Soldaten in der Nähe sehen oder hören.

Ihr Weg den Hügel hinunter war etwas beschwerlicher als hinauf, da sie in der Dunkelheit aufpassen mussten, wohin sie traten. Als Jan stehen blieb und auf einen Abhang direkt vor ihnen deutete, trat Anastasia vorsichtig näher heran und sah nach unten. Der Abhang war viel zu steil, um hinunterzuklettern und wenn Jan nicht aufgepasst hätte, wäre er in den sicheren Tod gestürzt.

Sie liefen vorsichtig am Rand entlang, bis sie wieder einen Weg abwärts einschlagen konnten. Bald boten ihnen einige Bäume etwas Schutz und es wurde allmählich heller.

Anastasias Anspannung und Angst ließen etwas nach. In dieser Nacht würden die Soldaten sie nicht mehr finden. Dank Jan! Zum Glück hatte er Wache gehalten und die Soldaten bemerkt. Sie sah zu ihm. Jan wirkte auf sie, als könnte er ein Anführer sein, der Verantwortung übernehmen und schwere Entscheidungen treffen konnte. Anastasias Vater hätte ihn mit Sicherheit gemocht. Sie stellte sich vor, wie es gewesen wäre ihrem Vater Jan als ihren Verlobten vorzustellen und schmunzelte verträumt. Ihr Vater hatte sich gewünscht, dass sie sich bis zu ihrem 16. Geburtstag für einen Mann ihrer Wahl entschied, den sie heiraten und mit dem sie Aurora regieren würde. Nun hatte sie tatsächlich einen Jungen gefunden, für den sie etwas empfand, doch sie konnte ihrem Vater niemals davon erzählen.

Da öffnete Anastasia überrascht den Mund. Welcher Tag war heute eigentlich? Sie überlegte, wie viele Nächte seit dem Angriff auf Aurora vergangen waren. Es war nun genau eine Woche her. Anastasia konnte es kaum glauben. Heute war ihr Geburtstag!

In diesem Moment traten sie aus dem kleinen Wald und hinter ihnen ging die Sonne auf. Anastasia sah die hellen Sonnenstrahlen, die zwischen den Bergen hervorlugten und drehte sich um. »Wunderschön«, murmelte Malina und Anastasia staunte. Direkt vor ihnen lag Aurora!

Sie sah den Zaun, der die Bürger vor den Wesen aus den Wäldern und Bergen schützen sollte, und dahinter die Felder der Bauern. Etwas weiter weg standen die vielen, kleinen Hütten der ärmeren Bürger und danach kamen die Häuser aus Stein. Das große Haus ihrer Familie lag am anderen Ende der Stadt und sie konnte es von hier aus nur undeutlich erkennen.

Doch sie sah die zwei stürmischen Flüsse zu beiden Seiten Auroras, die hinter der Stadt zusammentrafen. Anastasia lächelte. So oft hatte sie auf ihrem Balkon gestanden und beobachtet, wie die Sonne hinter den Bergen aufging und die ganze Stadt in Licht tauchte. Immer hatte es sie interessiert, welche Abenteuer wohl in den Wäldern oder hinter den Bergen auf sie warteten.

Nun sah sie zum ersten Mal den Sonnenaufgang von der anderen Seite der Stadt. Inzwischen kannte sie den Wald, hatte ganz neue Orte entdeckt und viel Magisches erlebt. Doch nun wollte sie unbedingt wieder nach Hause zurückkehren und ihre geliebte Familie wiedersehen.

»Das ist also Aurora«, meinte Jan beeindruckt.

Anastasia nickte und sagte dann glücklich zu Malina: »Wir sind wieder zuhause!«

Aurora

»Ohne dich hätte ich es niemals wieder nach Hause geschafft«, meinte Malina zu Anastasia und strahlte sie voller Freude an. Ihre Freundin hatte recht behalten. Sie hatte ihr von Anfang an versprochen, dass sie den Heimweg zusammen schaffen würden und nun waren sie tatsächlich wieder in Aurora. Sie war Anastasia unglaublich dankbar und konnte es kaum glauben, dass sie diese schlimmen Erlebnisse heil überstanden hatten. Malina sah zu ihrer Heimatstadt. Ob Mark sie vermisst hatte und sich freute, dass sie wieder nach Hause zurückkam? Sie wollte ihn unbedingt wiedersehen und ihm erzählen, was alles passiert war und was sie erlebt hatte. Die letzten Tage kamen ihr fast vor wie ein ganzes Leben. Malina war sehr stolz, dass sie auf ihrer Reise gelernt hatte mutig zu sein und auf ihr Herz zu hören. Sie hatte richtig gute Freunde gefunden und außerdem war sie zum allererstem Mal verliebt.

»Na dann«, unterbrach Jan ihre Gedanken. »Lasst uns gehen!«

Sie liefen das letzte Stück den Hügel hinab und Malina konnte nur noch an Mark denken. Gleich war ihre kleine

Familie wieder vereint. Ob er beeindruckt sein würde, dass ihre beste Freundin die Tochter des Bürgermeisters war und es wirklich einen Jungen gab, der sich für Malina interessierte? Sie sah zu Ryan. Ob sie ihn Mark vorstellen durfte?

Ryan lächelte sie an und teilte anscheinend ihre Freude. Bestimmt würden Jan und Ryan sich in Aurora bald auch zuhause fühlen, wenn Anastasia ihnen die versprochene Belohnung gab und sie ein eigenes kleines Haus in ihrer Stadt haben konnten. Malina wusste noch nicht genau, wie ihr Leben nun weitergehen würde, doch das machte ihr keine Angst.

Dank Anastasia fühlte sie sich, als könnten sie gemeinsam mit allem klarkommen. Malina war nun endlich nicht mehr alleine und ihr wurde bei dem Gedanken ganz warm ums Herz.

Sie durchquerten schnell das kurze Waldstück vor dem Hügel und erreichten schließlich den Zaun zwischen dem Wald und Aurora. Sie konnten die Felder eines Bauernhofes bereits sehen. Malina merkte, dass Anastasia sich so sehr freute wie sie selbst. Zum Glück hatte ihre Freundin auch eine Familie, zu der sie zurückkehren konnte. Sie dachte an den Bürgermeister und ihr Lächeln verschwand kurz. Ihres Wissens nach lebten von Anastasias Familie noch ihre Mutter und ihre drei kleinen Brüder. Wenn sie wieder bei ihnen war, konnte sie den Verlust ihres Vaters hoffentlich in Ruhe verarbeiten. Malina wusste, dass Anastasia sehr stark sein konnte, doch mit Sicherheit brauchte sie auch etwas Zeit zum Trauern, wozu sie in den letzten Tagen leider keine Möglichkeit gehabt hatte. Auf ihrer Reise war es ständig ums Überleben gegangen, doch nun waren sie endlich wieder in Sicherheit und konnten auf eine glückliche Zukunft hoffen.

Erst als sie durch die Öffnung des Zaunes gingen, fiel Malina auf, dass diese im Moment gar nicht wie sonst von Ordnungshütern bewacht wurde.

»Oh«, murmelte Anastasia überrascht und Malina folgte ihrem Blick. Einige Hütten am Ende des Feldes waren ganz schwarz und es fehlten die Dächer.

»Was ist denn da passiert?«, fragte Malina.

»Es sieht aus, als wären die Hütten abgebrannt«, meinte Jan.

»Ja, ich weiß«, sagte Anastasia. »Die Soldaten haben auch einige Häuser angezündet. Aber wieso hat denn niemand die Hütten wieder aufgebaut?«

Malina zuckte mit den Schultern.

Vielleicht waren die Bürger von Aurora noch nicht dazu gekommen, alle Häuser und Hütten wieder aufzubauen wie vor dem Angriff oder diese Bauern waren so arm, dass sie sich den Wiederaufbau nicht gleich leisten konnten.

Sie liefen an den verkohlten Überresten einiger Hütten

vorbei und betraten das erste Wohnviertel. Malina sah sich um, doch sie konnte keinen Menschen auf den Wegen entdecken und die Häuser wirkten irgendwie verlassen und leer.

»Wo sind denn alle?«, fragte sie sich laut. Anastasia wurde auf einmal etwas blass im Gesicht. Machte sie sich etwa Sorgen? Auch Jan runzelte beunruhigt die Stirn und sah sich wie Ryan um.

Malina schluckte. Was wohl passiert war, nachdem die Soldaten sie entführt hatten? Hatten etwa viele Menschen ihr Zuhause oder ihre Familie verloren und wohnten jetzt alle im reicheren Teil der Stadt?

Vielleicht halfen die Bürger, die den Angriff heil überstanden hatten, nun alle zusammen. Anastasia beschleunigte ihr Tempo und Malina wurde mulmig zumute. Ihr fiel nun auch die merkwürdige Stille auf. Obwohl es noch sehr früh am Morgen war, müssten sie doch in einem Haus eine Flamme brennen sehen oder Stimmen hören. Hoffentlich trafen sie gleich jemanden, der ihnen alles erklären konnte.

Doch Malinas Hoffnung verschwand, als Anastasia erschrocken den Mund zu einem stummen Schrei öffnete und zurücktaumelte. Malina rannte zu ihr und trat auf einen der kleineren Marktplätze. Sie öffnete ebenfalls den Mund, doch kein Ton kam heraus. Sie begriff nicht, was sie da vor sich sah. Überall auf dem Boden lagen Menschen, als würden sie schlafen. Doch sie schliefen nicht. Malina bemerkte das Blut im selben Moment, als sie den modrigen Geruch einatmete.

Direkt vor ihr lag ein kleiner Junge, dessen Gesicht mit Blut verschmiert war. Er starrte mit leeren Augen in den Himmel.

»Nein«, stammelte Malina und ihr wurde ganz schlecht. Da waren so viele Menschen. Sie wollte sie gar nicht zählen.

Anastasia keuchte und sank auf die Knie. Jan hielt sich an einer Häuserwand fest und musste sich übergeben. Malina sah zu Ryan, der die blutigen Leichen verzweifelt anstarrte. So, als würde er versuchen, ihre Gedanken zu lesen, und dadurch herausfinden wollen, dass sie noch am Leben waren. Malina schüttelte den Kopf. Das musste ein Alptraum sein! Es konnten doch nicht so viele Menschen bei dem Angriff der Soldaten getötet worden sein.

Das durfte einfach nicht wahr sein! Sie hielt sich eine Hand vor den Mund, um den grauenvollen Gestank nicht mehr einzuatmen. Sonst würde sie sich auch übergeben müssen. Da weiteten sich plötzlich ihre Augen, als ihr ein fürchterlicher Gedanke kam.

»Mark«, wisperte sie. Mark durfte nicht getötet worden sein! Er musste leben!

»Oh nein!«, rief sie. »Mark!«

Sie wandte sich von dem entsetzlichen Anblick ab und

rannte in eine Gasse rechts von ihr.

»Lina, nicht!«, rief Anastasia, doch Malina blieb nicht stehen. Sie musste zu Mark. Er musste einfach am Leben sein. Sie würde keine andere Wahrheit akzeptieren. Sie rannte den Weg entlang und musste immer wieder toten Menschen ausweichen, die am Boden lagen.

»Nein, nein, nein«, sprach sie monoton und sah die Leichen nicht einmal an. Das war alles nicht wahr. Mark ging es gut und sie würden sich gleich wiedersehen. Dann war sie in Aurora in Sicherheit und alles wurde wieder gut.

»Nein, nein, nein«, wiederholte sie und wagte es kaum zu atmen. Sie rannte noch schneller und kam endlich bei der Schreinerei an.

Zumindest hätte an dieser Stelle die Schreinerei ihrer Eltern stehen müssen. Doch anscheinend war sie wie viele andere Hütten abgebrannt. Von ihr war nicht viel mehr übrig geblieben als einige, verkohlte Holzreste und sehr viel Staub.

»Nein!«, schrie Malina und schüttelte den Kopf. Sie stolperte und fiel zu Boden. Doch sie hielt nicht lange inne. Sofort rappelte sie sich auf und rannte weiter. Mark war bestimmt bei ihnen zuhause.

Dort wartete er auf sie so wie jeden Abend, wenn sie später von der Arbeit heimkam als er. Er wartete dort schon ungeduldig auf sie, damit sie das Abendessen zubereiten konnte.

So war es! Es konnte nicht anders sein!

Malina schnappte erleichtert nach Luft, als sie ihre Hütte erblickte. Sie blieb stehen. Ihre Hütte war nicht abgebrannt. Mark und sie hatten also noch ein Zuhause. Alles konnte wieder gut werden!

»Mark?«, rief sie und ging zur Haustür. Sie nahm all ihren Mut zusammen und öffnete die Tür. »Mark, bist du hier?«

Sie trat in die kleine Küche. Alles sah noch so aus wie an dem Morgen, als sie das Haus verlassen hatte. Sie rannte in ihr Zimmer, dann ins Badezimmer und am Schluss in Marks Zimmer. Doch alle Räume waren leer. Niemand war hier.

»Nein«, schluchzte sie und ließ sich auf Marks Bett sinken. »Mark...«

Wieso war er nicht hier? Tränen liefen ihr über die Wangen und sie konnte sie nicht aufhalten. Doch sie durfte nicht weinen. Wenn sie weinte, bedeutete das, dass sie Mark aufgab. Aber das durfte sie nicht. Mark war noch am Leben und sie musste ihn finden!

Da klopfte es plötzlich an der Haustür. Malina sprang erschrocken auf. Sofort kam ihre Hoffnung zurück. Mark war da! Er hatte sie gefunden!

»Mark«, rief sie und rannte zur Tür. Sie riss die Haustür auf und hielt überrascht inne. Vor ihr stand Ryan und nicht Mark. Anscheinend war er ihr gefolgt, weil er sich Sorgen um sie gemacht hatte. Malina ließ die Arme sinken. Es war nicht Mark. Er war nicht bei ihr. Sie schüttelte verzweifelt den Kopf. Ryan trat zu ihr und nahm sie in den Arm. Er hielt sie ganz fest und Malina begann wieder zu weinen.

»Er ist nicht hier«, schluchzte sie. »Wieso ist Mark nicht hier?«

Als die Soldaten sie entführt hatten, war Mark ganz in ihrer Nähe gewesen. Er hatte sie retten wollen. Da war Malina sich sicher. Doch was war danach mit ihm geschehen? Malina musste an das schreckliche Bild denken, das ihr der Nebel gleich nach ihrer Flucht im Wald gezeigt hatte. Sie hatte gesehen, wie ein Soldat Mark mit einem Messer erstach. War das vielleicht gar kein Trugbild gewesen? War das etwa wirklich passiert? Sie hielt sich an Ryan fest, weil sie Angst hatte, dass ihre Beine sie nicht mehr tragen würden. Zum Glück war er hier. Sie wusste nicht, was sie ohne ihn getan hätte.

»Ryan«, schluchzte sie an seiner Schulter und ihr Herz verkrampfte sich vor Schmerzen. »Er darf nicht tot sein!«

Ryan drückte sie noch stärker an sich. Malina hielt diese Schmerzen kaum aus. Mark durfte einfach nicht tot sein, weil sie diese Schmerzen niemals überleben würde. Sie hatte schon ihre Eltern verloren. Sie konnte nicht auch noch ihren großen Bruder verlieren.

Da fiel ihr Blick auf die Tür zur Vorratskammer in der

Küche, die offen stand. Malina hörte auf zu schluchzen und löste sich von Ryan, der sie überrascht ansah. Die Tür zur Vorratskammer ließ Malina nie offen, wenn sie zur Arbeit ging. Wer hatte sie also geöffnet? Sie trat in die kleine Kammer und erblickte die leeren Regale.

»Alles ist weg«, rief sie erstaunt und sah zu Ryan. »Ryan, unsere Essensvorräte sind weg!«

Ryan musterte sie verwirrt und schien nicht zu verstehen, was sie ihm sagen wollte. Malina ging wieder in die Küche.

»Mark lebt noch!«, erklärte sie ihm. »Er hat unsere Vorräte mitgenommen und ist sicher vor den Soldaten geflohen. Bestimmt ist er in den Wald gerannt, um über die Berge zu entkommen. Mark ist immerhin sehr schlau und stark!«

Ryan wirkte nun nicht mehr verwirrt, doch er teilte Malinas Hoffnung anscheinend nicht. Er sah bedrückt zu Boden und wich so ihrem Blick aus. Vielleicht dachte er, dass auch jemand anderes ihre Vorräte geplündert haben konnte oder dass Mark trotzdem auf der Flucht von den Soldaten geschnappt worden sein konnte.

»Doch, so muss es sein«, versuchte Malina, ihren Worten Nachdruck zu verleihen. »Mark ist geflohen! Er lebt noch!«

Warum konnte Ryan das nur nicht verstehen? Sie rannte in Marks Zimmer und öffnete seinen Schrank.

»Etwas Kleidung und einige Decken sind weg«, rief sie aufgeregt.

Dann rannte sie in ihr Zimmer. Von ihrer wenigen Kleidung fehlte nichts, doch als sie die kleinste Schublade ihrer Kommode öffnete, hielt sie überrascht inne.

Die Schublade war leer. Nur ein einziger Gegenstand hatte sich darin befunden und niemand anderes als Mark hätte ihn mitgenommen. Es war das Bild gewesen, das Malina als kleines Kind von ihrer Familie gemalt hatte. Auf ein Stück Papier hatte sie vier Strichmännchen und über ihnen eine große Sonne gemalt.

Zwei Strichmännchen hielten sich an den Händen und unter sie hatte Malina in krakeliger Schrift geschrieben: »Meine Eltern«. Daneben waren ein großes und ein kleines Strichmännchen, unter denen stand: »Mark und Malina«.

Malina schluckte und Tränen stiegen ihr in die Augen. Doch nun waren es Tränen der Erleichterung. Mark lebte nicht nur, sondern er zeigte ihr dadurch auch, wie sehr er seine Schwester liebte. Während er schnell ein paar lebenswichtige Sachen eingepackt hatte, um zu fliehen, hatte er auch das einzige Bild mitgenommen, das Malina noch von ihrer Familie besaß. Malina würde Mark eines Tages wiedersehen. Dessen war sie sich nun ganz sicher!

Anastasia blieb vor dem großen Haus ihrer Familie stehen, das einmal so prächtig und voller Leben ausgesehen hatte. Nun waren all die schönen Blumen im Vorgarten eingegangen, weil sie niemand mehr gegossen hatte. Die Pflanzen waren so tot wie die gesamte Stadt. Anastasia sah immer noch die vielen Leichen der Bürger von Aurora vor sich. Die Soldaten hatten nicht nur getötet, um alle Mädchen entführen zu können. Nein, sie hatten anscheinend die ganze Stadt ausgelöscht. Anastasia griff sich an die Brust. Der Schmerz in ihrem Herzen wurde so groß, dass sie am liebsten laut geschrien hätte.

Dies hier war ihr Zuhause, ihre Stadt, die sie eines Tages regieren und um deren Bürger sie sich kümmern sollte.

Doch nun gab es niemanden mehr, den sie beschützen und anführen konnte. Alle waren tot! Mit Sicherheit auch ihre über alles geliebte Familie.

»Hast du hier gewohnt?«, fragte Jan, der sie auf dem Weg durch ganz Aurora begleitet hatte.

Anastasia nickte. Sie wagte es nicht, ein Wort zu sagen, denn sonst würde sie anfangen zu schreien und zu weinen und würde wahrscheinlich nie mehr damit aufhören können. Hier hatte sie ihr ganzes Leben verbracht. In diesem Haus und in dieser Stadt war sie glücklich gewesen. Doch ohne ihre Familie würde sie nie wieder glücklich sein können.

»Sollen wir nach ihnen suchen?«, schlug Jan vor. »Nach deiner Familie?«

Anastasia sah ihn nicht an. Sie wusste, was er eigentlich meinte. Er schlug ihr gerade vor, nach den Leichen ihrer Mutter und ihrer kleinen Brüder zu suchen, um sicher zu gehen, dass sie wirklich tot waren. Anastasia wurde plötzlich ganz schlecht und ihr Magen verkrampfte sich. Sie schnappte nach Luft und unterdrückte den Reiz zu erbrechen. Jan machte einen Schritt auf sie zu und wollte ihr eine Hand auf die Schulter legen. Doch Anastasia ging von ihm weg auf die große Eingangstür des Gebäudes zu, die offen stand. Sie ließ ihren Rucksack auf den Boden fallen und betrat das Bürgermeisterhaus.

Anastasia ahnte, was sie in dem großen Saal erwartete und dennoch traf sie der Anblick wie ein Schlag.

Mindestens zwanzig Ordnungshüter lagen auf dem Boden verteilt in ihrem eigenen, getrockneten Blut.

Manche hatten ihre Schwerter in der Hand, andere hatten sie anscheinend fallen gelassen. Ihre Waffen hatten sie sowieso nicht retten können, da die Soldaten nicht mit Schwertern kämpften. Sie kämpften überhaupt nicht, sie töteten einfach.

Anastasia lief am Rand des großen Raumes hinter den Säulen entlang und merkte, dass Jan ihr folgte. Entweder war er neugierig oder er wollte auf sie aufpassen, was Anastasia ziemlich lächerlich fand.

Sie hatte bereits alles verloren, was sie verlieren konnte. Also war es auch egal, was nun mit ihr geschah. Sie wusste, dass die Leiche auf dem Podest am Ende des Raumes ihr Vater war, doch sie konnte einfach nicht hinsehen.

Es war schlimm genug gewesen, ihn sterben zu sehen, doch dass sein Leichnam nun einfach hier lag und langsam verfaulte, war mehr, als Anastasia ertragen konnte. Der Gestank war hier drinnen so unerträglich, dass sie sich übergeben musste. Sie hielt sich an einer Säule fest, um nicht zusammenzubrechen, und beugte sich nach vorn. Sie erbrach alles, was noch in ihrem Magen war, was jedoch nicht sehr viel war. Ihre Kehle brannte wie Feuer und sie schnappte nach Luft.

Jan reichte Anastasia eine Wasserflasche und sie trank einen Schluck. Dann fiel ihr Blick auf das Porträt ihrer Familie, das ein begabter Maler an die Wand des großen Saals hinter den Stuhl ihres Vaters gemalt hatte.

Anastasias Vater saß in seinem breiten, silbernen Stuhl in genau diesem Raum und lächelte leicht. Ihre Mutter stand an seiner linken Seite und hatte ihm eine Hand auf die Schulter gelegt. In ihrem Arm hielt sie ein kleines Baby, das vor Freude zu lachen schien. Zu den Füßen ihres Vaters saßen die zwei älteren Brüder und hatten die Arme umeinander gelegt. Sie waren noch sehr klein und sahen einfach nur glücklich aus.

Rechts auf dem Porträt erblickte Anastasia sich selbst. Eine jüngere Anastasia saß in einem hübschen Kleid mit hochgesteckten, lockigen Haaren auf der rechten Stuhllehne ihres Vaters. Sie lächelte strahlend und hielt die Hand ihres Vaters ganz fest in ihrer. Anastasia erinnerte sich, wie viel Spaß es ihr gemacht hatte dort neben ihrem Vater zu sitzen, während der Maler das Bild erst auf einem Papier vorzeichnete, um es dann später farbig an die Wand zu malen.

Jan sah ebenfalls zu dem Porträt und trat näher an das Podest heran, auf dem der Stuhl von Anastasias Vater stand. Dann blickte er auf die Leiche vor ihm hinunter.

»Ist er das?«, fragte er mit leiser Stimme. »Ist das der Bürgermeister?«

Anastasia nickte, obwohl Jan vor ihr stand und es deshalb gar nicht sehen konnte. Er schaute wieder hoch zu dem Porträt von Anastasias Familie.

»Soll ich nach ihnen suchen?«, bot er ihr an. »Nach deiner Mutter und deinen Brüdern?«

Anastasia klammerte sich an der Säule fest. Sie war niemals stark genug, um durch das ganze Haus zu laufen und nach den Leichen ihrer schwangeren Mutter und ihren drei kleinen Brüdern zu suchen.

»Ja«, brachte sie mit rauer Stimme hervor. »Bitte fang

im dritten Stock an. Dort waren sie, als...«

Sie konnte nicht weitersprechen.

Als die Soldaten sie angegriffen hatten, war Anastasia zu ihrem Vater gerannt, anstatt auf den Wunsch ihres Vaters zu hören und ihre Mutter und ihre kleinen Brüder zu beschützen. Ob sie sie hätte retten können?

»Ich beeile mich«, versprach Jan ihr und lief zu der Tür rechts von ihnen. Er verschwand im Gang und sie hörte, wie seine Schritte leiser wurden.

Anastasia sah wieder zu dem prächtigen Stuhl ihres Vaters.

Wenn die Soldaten Aurora nicht angegriffen hätten, dann würde ihr Vater heute dort sitzen und Anastasia zu ihrem 16. Geburtstag gratulieren. Viele angesehene Bürger Auroras wären in diesem Saal versammelt, um Anastasias Geburtstag zu feiern. Es gäbe gutes Essen, Musik und Tanz und alle würden sich bestimmt großartig amüsieren. Als Höhepunkt der Feier würde der Bürgermeister Anastasias Verlobung bekanntgeben und sie würde mit ihrem Verlobten neben ihrem Vater stehen. Er wäre mit Sicherheit unglaublich stolz auf sie, dass sie eine Wahl getroffen hatte und dadurch bereit war, irgendwann diese Stadt zu leiten so wie er.

Anastasia sah, wie sie die Hand ihres Verlobten ergriff, die Menge jubelte und ihr Vater lächelte sie liebevoll an. All das hätte sie an diesem Tag haben können: Freude,

Glück und ganz viel Liebe. Das Bild verschwamm vor ihren Augen und Anastasia blinzelte.

Sie sah sich um. Statt den glücklichen Menschen erblickte sie die Leichen der Ordnungshüter, die ihre Familie hatten beschützen wollen.

Und der Stuhl ihres Vaters war leer. Nie wieder würde er dort sitzen. Nie wieder würde er mit ihr sprechen. Nie wieder würde sie ihn lächeln sehen.

Anastasia ließ sich langsam auf die Knie sinken und hielt sich immer noch an der Säule fest. Sie hatte das Gefühl jeden Moment in ein tiefes, schwarzes Loch zu stürzen, aus dem sie nie wieder herauskommen würde. Der Schmerz war so unglaublich groß, dass er ihr den Atem raubte. Es war gut, dass Jan nach ihrer Familie sah, damit sie Gewissheit hatte. Doch sie wusste, dass diese Gewissheit sie umbringen konnte. Es gab sowieso keine Hoffnung. Alle Bürger von Aurora waren tot. Wieso sollten die Soldaten ihre Familie verschont haben? Anastasia sah zu einem Schwert, das in ihrer Nähe auf dem Boden lag. Sie nahm es in die Hand und fuhr mit einem Finger über die scharfe Schwertspitze. Wenn sie ihr grauenvolles Leid beenden wollte, dann musste sie es tun, bevor Jan zurückkam und sie daran hindern konnte. Er würde es nicht verstehen. Er war nicht erzogen worden, um an der Seite einer liebevollen Familie eine ganze Stadt zu regieren, die nun ausgelöscht worden war. Anastasia überlegte, sich das Schwert einfach in den Bauch zu stechen.

Doch sie wusste nicht, ob sie die nötige Kraft dafür aufbringen würde. Da fiel ihr die Schusswaffe in ihrem Rucksack wieder ein, die Jan den Soldaten abgenommen hatte und mit der sie sich einfach in den Kopf schießen könnte.

Bei dem Gedanken an die Soldaten ließ Anastasia das Schwert fallen und stand wieder auf.

Sie durfte jetzt noch nicht sterben. Nicht solange der Mensch existierte, der ihrer Stadt dies angetan hatte. Sie musste Aurora rächen und den König töten! Ihre Trauer und ihr Schmerz verwandelten sich in grenzenlosen Zorn und dieser gab ihr neue Kraft. Anastasia würde nicht aufgeben, bevor König Richard das bekam, was er verdiente. Erst danach konnte sie ihrer geliebten Familie folgen. Anastasia wusste plötzlich, dass sie die Kraft dazu hatte diese Aufgabe zu erfüllen. Wenn es sein musste, würde sie sein ganzes Schloss abbrennen und den König qualvoll sterben lassen. Sie konnte das, da sie nun die Magie besaß, die Aurora hätte retten können. Nun musste sie diese Magie dazu verwenden Aurora zu rächen.

Anastasia wandte sich von dem Bild ihrer Familie, dem leeren Stuhl und dem Leichnam ihres Vaters ab. Sie lief durch den Saal zurück zur großen Eingangstür und trat nach draußen. Sie verließ das Haus, in dem sie glücklich gewesen war, in dem Wissen, dass es nun nie wieder so sein konnte wie früher.

Egal, was die Soldaten ihr angetan hatten und wie schwer ihr Weg auch gewesen war, sie hatte die Hoffnung wieder heimzukehren nie aufgegeben. Und nun war sie in Aurora und musste erkennen, dass von ihrer Heimat alles verloren war, was ihr jemals etwas bedeutet hatte. Anastasia blieb vor dem Haus stehen und bemerkte, dass es draußen dunkler geworden war. Sie runzelte verwirrt die Stirn. Gerade war doch erst die Sonne aufgegangen. Wo war das helle Licht denn hin verschwunden?

Anastasia sah nach oben und bemerkte dunkle Gewitterwolken, die sich über dem ganzen Himmel zusammenballten. Hatte sie diese Wolken etwa gerufen? War sie tatsächlich so mächtig, dass das Wetter ihren Schmerz und ihren Zorn widerspiegeln konnte?

Anastasia streckte ihre Hände vor sich aus und holte die tiefe Trauer aus ihrem Herzen noch einmal hervor. Sie war so schrecklich traurig und konnte trotzdem nicht weinen. Das Ganze war viel zu grauenvoll und sie war viel zu entsetzt, um darüber weinen zu können. Genau in diesem Moment fing es an, zu regnen.

Erst kamen vereinzelte Regentropfen auf dem Boden auf, dann verstärkte sich der Regen. Anastasia sah nach oben und war froh, dass der Himmel an ihrer Stelle weinen konnte. Der Regen nahm zu und bald schüttete es. Anastasia wurde vollkommen nass, doch das war ihr egal. Die Kälte war bereits in ihrem Herzen. Da konnte sie auch durch den Regen nicht mehr frieren. Mit dem Regen nahm auch der Wind zu und Anastasia wünschte sich, er könnte sie weit forttragen.

Am besten direkt ins Königreich in den Palast des Königs, damit sie ihre Aufgabe erfüllen konnte. Die Wolken verdunkelten den Himmel noch mehr und es ertönte ein lauter Donner.

Anastasia überlegte, ob sie einfach einen Blitz in das Schloss des Königs einschlagen lassen könnte. Diese Herausforderung wirkte auf sie im Moment wie ein Kinderspiel.

»Anna?«, rief plötzlich jemand.

Anastasia drehte sich um. Nicht weit von ihr entfernt standen Malina und Ryan.

»Anna, lass uns lieber reingehen«, rief Malina über ein Donnergrollen hinweg. »Das Gewitter kam ganz plötzlich.«

Anastasia schüttelte den Kopf. Sie wollte nie wieder in dieses Haus gehen, in dem ihre Familie hatte sterben müssen.

»Ich mag den Regen«, antwortete sie, als wäre das Erklärung genug.

Ein Blitz erleuchtete den Himmel und Malina zuckte erschrocken zusammen. Dann sah sie verwirrt auf

Anastasias ausgestreckte Hände. »Machst du das?«, fragte sie. »Kannst du es etwa regnen lassen?«

Anastasia sah zu den dunklen Wolken hinauf. »Ich kann alles!«, meinte sie und es war ihr egal, ob Malina sie hören konnte. Sie kannte nun die Kraft ihrer Magie und wusste, wofür sie diese nutzen würde. Sie dachte an den König und die Soldaten und wurde von Hass erfüllt. Sie sollten alle sterben für das, was sie getan hatten! Der Wind wurde noch stärker und riss an Anastasias Haaren und Kleidern.

»Anna, hör bitte auf«, rief Malina und machte einen Schritt auf sie zu. »Das wird ein richtiger Sturm! Wir müssen uns in Sicherheit bringen!«

Da trat Jan aus dem Haus. »Was ist hier los?«, fragte er und musterte erstaunt den dunklen Himmel.

Anastasia ließ ihre Hände sinken. Sie musste sich nicht mehr konzentrieren, da das Gewitter bereits in vollem Gang war.

Jan sah zu ihr. »Ich konnte sie nicht finden«, erzählte er ihr. »Vielleicht lebt deine Familie noch.«

Anastasia konnte nicht glauben, was er da sagte. Ob Jan sie anlügen würde? Sie schüttelte den Kopf.

Selbst wenn er die Wahrheit sagte, sie konnten nicht mehr am Leben sein.

»Sieh dich doch mal um«, rief Anastasia. »Alle in Aurora sind tot! Die meisten Häuser wurden niedergebrannt und zerstört. Die Soldaten haben alle umgebracht!«

Der Wind wurde immer stärker, ohne dass Anastasia etwas dafür tun musste. Sie war dem Wetter dankbar, dass es ihren Schmerz ausdrückte, den sie niemals in Worte fassen könnte.

»Nein, das ist nicht wahr«, widersprach Malina ihr auf einmal. »Mark lebt noch. Er hat unsere Vorräte eingepackt und ist geflohen. Ich bin mir ganz sicher, dass einige Bürger aus Aurora den Angriff überlebt haben und fliehen konnten!«

Anastasia musterte sie skeptisch. »Sei doch nicht so naiv, Lina«, meinte sie. »Selbst wenn Mark seine Sachen mitgenommen hat, wurde er höchstwahrscheinlich während dem Fluchtversuch getötet.«

»Nein«, beharrte Malina. Sie schüttelte den Kopf und ballte ihre Hände zu Fäusten. »Er lebt! Da bin ich mir sicher! Ich könnte es spüren, wenn...«

»Du hast deine Magie nicht mehr«, unterbrach Anastasia sie. »Du kannst uns nicht mehr sagen, was passieren wird.«

Malina öffnete den Mund, doch ihr schien keine Antwort einzufallen. Sie tat Anastasia sehr leid. Ihre Freundin wollte einfach nicht begreifen, dass alles umsonst gewesen war.

Aurora war verloren. Ihre Familien waren tot. Daran konnten sie nichts mehr ändern. Anastasias Herz krampfte sich zusammen und sie hatte Angst, dass es vor Schmerzen einfach aufhören würde zu schlagen.

Das Gewitter wurde immer lauter und der Wind kräftiger.

»Woher kommt dieser Sturm?«, rief Jan nun besorgt.

»Von mir«, antwortete Anastasia. »Das Wetter hat mit den Elementen zu tun und wird von meinen Gefühlen beeinflusst.«

Jan sah sie mit großen Augen an. »Dann stopp es bitte!«, bat er sie.

»Aber ich tue doch gar nichts mehr«, verteidigte sich Anastasia. »Es wird einfach immer schlimmer.«

»Du musst es aufhalten«, meinte Jan und kniff wegen des starken Windes die Augen zusammen. »Kannst du denn nichts dagegen machen?«

Anastasia sah nach oben in die dunklen Wolken. Wollte sie denn überhaupt etwas dagegen unternehmen? Ihr war das alles im Moment so egal. Ihre Freunde stemmten sich gegen den Wind, um nicht von ihm weggedrückt zu werden, doch Anastasia fiel es ganz leicht, stehen zu bleiben. Der Wind umwehte sie nun wie ein kleiner Wirbelsturm und sie stand geschützt in seiner Mitte.

»Ryan«, rief Jan nun.

Anastasia sah von Jan zu Ryan und begriff, warum Jan nach seinem Bruder rief. Er wollte Ryan darum bitten, Anastasia zu befehlen den Sturm aufzuhalten.

»Nein!«, schrie Anastasia erschrocken.

Wie konnte Jan Ryan nur um so etwas bitten? Wie konnte er sie nur so verraten? Nie wieder würde sie sich von Ryans Stimme kontrollieren lassen, so wie es der Nebel getan hatte. Ryan kniff die Augen zusammen, um sich auf sie zu konzentrieren.

»Das wirst du nicht tun!«, schrie Anastasia ihn wütend an. Sie hob eine Hand und schickte einen Windstoß in seine Richtung.

»Anna, nicht!«, rief Malina und stellte sich plötzlich vor Ryan. Anastasia erschrak, als der Windstoß Malina erfasste.

Er schleuderte sie gegen Ryan, weshalb dieser zu Boden stürzte. Doch der Wind ließ Malina nicht los, sondern wirbelte sie in einem kleinen Kreis um die eigene Achse. Ihre Füße hoben vom Boden ab und sie wurde immer schneller herumgeschleudert.

»Lina!«, schrie Anastasia entsetzt. Das hatte sie nicht gewollt! Sie versuchte, dem Wind die Kraft zu nehmen, damit Malina nicht weiter in die Höhe flog. Doch Anastasia musste, um den Wind zu beruhigen, sich selbst beruhigen und das konnte sie einfach nicht. Sie schaffte es nicht, ihre Gefühle unter Kontrolle zu bringen.

»Jan«, rief sie verzweifelt. »Ich kann ihr nicht helfen!«

Malina schrie, während sie immer höher gehoben und

schneller herumgewirbelt wurde. Jan rannte zu ihr, doch sie schwebte bereits mehrere Meter über dem Boden.

»Aufhören!«, schrie Anastasia. »Bitte Wind, hör doch auf!«

Ihre Verzweiflung schien jedoch alles noch schlimmer zu machen. Da schoss Malina plötzlich in die Höhe und wurde nach rechts geschleudert. Jan rannte hinter ihr her.

Anastasia beobachtete mit Schrecken, wie der Wind von Malina abließ und sie mit großer Geschwindigkeit in den reißenden Fluss direkt neben Anastasias Haus stürzte.

»Nein!«, schrie Anastasia entsetzt.

Malina wurde sofort unter die Wasseroberfläche gedrückt und mitfortgerissen. Die Strömung würde Malina umbringen! Direkt hinter dem Haus liefen doch die beiden Flüsse zusammen! Anastasia war starr vor Schreck. Sie konnte nicht glauben, was gerade passiert war.

Sie hatte gedacht, dass sie nichts mehr zu verlieren hatte.

Doch nun hatte sie ihre beste Freundin getötet! Bevor Anastasia reagieren konnte, rannte Jan zum Ufer des Flusses.

»Jan, nicht!«, schrie sie voller Angst. Da sprang Jan ins Wasser. Anastasia streckte einen Arm aus, als könnte sie ihn dadurch hindern im Wasser unterzugehen, doch er war sofort aus ihrem Sichtfeld verschwunden.

Jetzt hatte sie Jan ebenfalls verloren, weil er Malina retten wollte. Sie wusste, dass auch Jan diesen Fluss niemals überleben konnte!

Mit einem Mal war Anastasias Macht verschwunden. Sie brach zusammen und Tränen strömten über ihr Gesicht.

Hoffentlich würde Ryan ihr aus Wut befehlen, ebenfalls in den sicheren Tod zu springen. Dann musste sie sich selbst keinen Moment mehr länger ertragen.

Da ertönte ein dumpfer Schlag und sie sah zu Ryan. Er lag bewusstlos am Boden und über ihm stand ein Soldat mit gezückter Waffe. Ein anderer Soldat stand neben ihm und zielte mit seiner Schusswaffe direkt auf Anastasia.

»Keine Bewegung!«, befahl er ihr. »Oder wir erschießen dich sofort!«

Anastasia starrte die Soldaten geschockt an.

Woher waren sie so plötzlich gekommen? Hatten sie Ryan ernsthaft verletzt? Sie sah hoch zu den Gewitterwolken und versuchte sich durch den Wind zu schützen, doch sie hatte ihre Verbindung zu dem Wetter verloren. Der Regen war bereits schwächer geworden, hörte nun ganz auf und der Himmel lichtete sich ein wenig.

Anastasia konnte gegen die Soldaten nichts ausrichten. Sie überlegte, sich einfach töten zu lassen, als der eine Mann zu ihr kam. Er fesselte ihre Hände und zog sie dann auf die Beine. Der Soldat lachte und meinte grinsend zu Anastasia:

»Der König wird sich über dich sehr freuen!«

Das Abenteuer geht weiter auf
www.scherzer-verlag.de